UN SAUVETEUR POUR LILLY

SAUVETAGE À EAGLE POINT, TOME 1

SUSAN STOKER

DU MÊME AUTEUR

<u>Autres livres de Susan Stoker</u>

Sauvetage à Eagle Point

Un sauveteur pour Lilly

Un sauveteur pour Elsie (28 Juin 2022)

Un sauveteur pour Bristol

Un sauveteur pour Caryn

Un sauveteur pour Finley

Un sauveteur pour Heather

Un sauveteur pour Khloe

Delta Force Deux

Un refuge pour Gillian

Un refuge pour Kinley

Un refuge pour Aspen (1 Juin)

Un refuge pour Jayme

Un refuge pour Riley

Un refuge pour Devyn

Un refuge pour Ember

Un refuge pour Sierra

Hawaï : Soldats d'élite

Un paradis pour Élodie

Un paradis pour Lexie

Un paradis pour Kenna

Un paradis pour Monica (10 May 2022)

Un paradis pour Carly

Un paradis pour Ashlyn

Un paradis pour Jodelle

Mercenaires Rebelles

Un Défenseur pour Allye

Un Défenseur pour Chloé

Un Défenseur pour Morgan

Un Défenseur pour Harlow

Un Défenseur pour Everly

Un Défenseur pour Zara

Un Défenseur pour Raven

Ace Sécurité

Au Secours de Grace

Au Secours d'Alexis

Au Secours de Bailey

Au Secours de Felicity

Au Secours de Sarah

Forces Très Spéciales Series

Un Protecteur Pour Caroline

Un Protecteur Pour Alabama

Un Protecteur Pour Fiona

Un Mari Pour Caroline

Un Protecteur Pour Summer

Un Protecteur Pour Cheyenne

Un Protecteur Pour Jessyka

Un Protecteur Pour Julie

Un Protecteur Pour Melody

Un Protecteur pour l'avenir

Un Protecteur Pour Les Enfants de Alabama

Un Protecteur Pour Kiera

Un Protecteur Pour Dakota

Forces Très Spéciales : L'Héritage

Un Sanctuaire pour Caite

Un Sanctuaire pour Brenae

Un Sanctuaire pour Sidney

Un Sanctuaire pour Piper

Un Sanctuaire pour Zoey

Un Sanctuaire pour Avery

Un Sanctuaire pour Kalee

Un Sanctuaire pour Jane

Delta Force Heroes Series

Un héros pour Rayne

Un héros pour Emily

Un héros pour Harley

Un mari pour Emily

Un héros pour Kassie

Un héros pour Bryn

Un héros pour Casey

Un héros pour Wendy

Un héros pour Mary

Un héros pour Macie

Un héros pour Sadie

Un héros pour Annie

Autre

Un moment suspendu : Recueil de nouvelles

AUDIO

Un paradis pour Élodie

CHAPITRE UN

— Si vous avez vu Bigfoot, levez la main.

Lilly Ray se retint de ricaner... enfin, à peine.

Si son père ou ses frères la voyaient, là, tout de suite, ils se moqueraient clairement d'elle. Mais un travail était un travail et celui-ci, en tant que l'une des quatre caméramans d'une toute nouvelle émission qui serait diffusée à l'automne, était l'un des mieux payés qu'elle ait eu récemment.

Même si, quand elle avait signé le contrat, elle ne connaissait pas exactement le sujet de l'émission. Mais pour être honnête, ça n'aurait pas changé grand-chose. Elle avait besoin d'un travail après avoir quitté son ancien emploi car le réalisateur n'arrêtait pas de la harceler sexuellement. Les femmes caméraman étaient de plus en plus nombreuses, mais apparemment il n'y en avait toujours pas assez pour que certains des hommes avec qui elle travaillait soient convaincus qu'elle prenait son travail autant au sérieux que n'importe quel gars – et qu'elle n'était pas disposée à coucher avec tous ceux qui se montraient intéressés.

Lilly n'était pas prude. Elle aimait le sexe autant que

n'importe qui. Mais pas avec des abrutis prétentieux qui pensaient pouvoir coucher avec qui ils voulaient.

Alors elle avait démissionné et était rentrée en Virginie-Occidentale pour vivre avec son père et faire des économies, mais aussi pour se ressaisir et trouver ce qu'elle avait envie de faire dans la vie. À 34 ans, ça lui faisait bizarre de vivre à nouveau chez son père, mais ce dernier était ravi. Et tout s'était bien passé pendant un mois, jusqu'à ce qu'elle commence à étouffer... et qu'elle se souvienne pourquoi elle avait été si heureuse de partir quand elle avait terminé le lycée.

Son père était génial. Il la soutenait et l'encourageait. Mais il était aussi très protecteur. Il voulait savoir où elle allait et à quelle heure elle rentrait à chaque fois qu'elle sortait de la maison.

Cette bulle protectrice commençait à l'oppresser.

Ses quatre frères aînés étaient des copies conformes de leur père. Lance avait 40 ans, Leon 39, Lucas 37 et Lincoln 35. Étant le « bébé » de la famille et aussi la seule fille, Lilly avait passé sa vie à essayer de prouver qu'elle pouvait se défendre toute seule. C'est pourquoi, en retournant à la maison après son dernier travail, la pilule avait été dure à avaler.

Lilly avait donc accepté le premier emploi qu'elle avait trouvé, pour une nouvelle émission qui s'appelait *Enquêtes Paranormales*. Ça lui avait paru intéressant, ce qui était un vrai bonus. Car elle avait déjà travaillé sur de nombreuses émissions qui l'avaient ennuyée à mourir.

Malheureusement, son travail aurait pu être plus intéressant si tout ce qui était représenté dans le programme n'avait pas été aussi faux que les seins de chaque candidate de cette dernière émission de télé-réalité qu'elle avait filmée.

Lilly avait été très intriguée lorsqu'ils étaient partis au Mexique pour enquêter sur le fameux Chupacabra[1], mais après avoir vu le producteur – un homme hypocrite du nom de Tucker Ward – et les quatre « enquêteurs » tout mettre en scène avant de manipuler chaque séquence pour « prouver » que la bête infâme existait réellement, elle avait rapidement été déçue et dégoûtée.

La supercherie avait continué lorsqu'ils avaient passé la nuit dans un hôtel apparemment hanté du Nevada. Les bruits qu'ils avaient entendus et le morceau de bois qui avait volé dans les airs étaient en fait l'œuvre de l'un des employés du tournage.

Ils avaient failli se faire arrêter dans la Zone 51[2] par le gouvernement quand ils s'étaient approchés trop près du célèbre centre de recherche dans le désert essayant de prouver l'existence des extra-terrestres. Et leur séjour de deux semaines à Roswell au Nouveau-Mexique avait été très pénible, car ils avaient dû visiter les maisons et lieux supposés d'enlèvements extra-terrestres.

Ils étaient même allés à Point Pleasant en Virginie-Occidentale et avaient « enquêté » sur l'existence de « L'Homme Papillon[3] ». Lilly avait été gênée pour son État d'origine.

Ce n'était pas qu'elle ne croyait pas à l'existence de phénomènes étranges dans le monde, non. Mais après avoir observé Tucker payer des gens pour qu'ils racontent à la caméra leurs « expériences » – toutes complètement inventées – elle était devenue plus sceptique.

Mais le paranormal était un gros business qui rapportait beaucoup d'argent et c'était pourquoi elle avait actuellement un emploi. Il y avait un nombre incalculable de productions sur le paranormal, des émissions, comme celle sur laquelle elle travaillait aujourd'hui, aux films à succès en passant par les séries télévisées comme *The Walking Dead*.

Pour chaque épisode d'*Enquêtes Paranormales*, la configuration était toujours la même.

Tucker et ses trois assistants arrivaient dans les villes en avance pour faire le point. Il repérait un lieu pour organiser une « réunion publique » où il demanderait aux habitants de venir raconter des histoires sur le sujet de l'enquête. Il trouvait ensuite quelques personnes qu'il pouvait payer pour *raconter* lesdites histoires – celles que Tucker avait déjà imaginées. Puis les acteurs et l'équipe arrivaient, la réunion publique avait lieu et « l'enquête » pouvait commencer.

Lilly était l'une des quatre caméramans, il y en avait un pour chaque enquêteur. Michelle Becker, Chris Carr, Trent Morrison et Roger Kerr étaient les acteurs, choisis essentiellement pour leur beauté... et non pour leur expérience scientifique dans le domaine du paranormal.

Trent était celui qui avait créé l'émission. D'après les rumeurs, lui et son ami Joey Richards – l'un des caméramans – avaient réfléchi au concept de l'émission toute une nuit en étant complètement ivres.

C'est pourquoi ils étaient ici, à Fallport en Virginie. La petite ville était située au milieu des Appalaches dans le sud-ouest de l'État. C'était à environ trente minutes de l'Interstate 81, l'artère principale qui traversait la Virginie. Les gens ne débarquaient pas par hasard à Fallport ; l'endroit était hors des sentiers battus, donc toute visite était forcément intentionnelle.

Elle lui rappelait beaucoup la petite ville dans laquelle elle avait grandi. Très pittoresque et désuet... il y avait un Walmart, mais il se trouvait en périphérie de la ville, le long de la I-480, près d'un Dollar Store et d'un restaurant Sonic, tous des incontournables des petites villes du Sud.

L'organisation de cette réunion particulière prit plus de temps que prévu. Apparemment, Tucker avait eu du mal à trouver des gens intéressés pour mentir à la caméra en échange d'argent. Sans grande surprise – cet épisode n'était consacré qu'à Bigfoot[4]. Malgré le manque d'intérêt des habitants, Lilly devait reconnaître que Tucker avait choisi un endroit parfait. Il était possible que ceux qui regarderaient l'émission trouvent très probable que Bigfoot choisisse de se cacher dans cette zone particulièrement boisée. Il y avait des collines et des montagnes tout autour, la plus haute étant Eagle Point, un pic majestueux qui offrait à la ville un aspect de carte postale.

Le gymnase du lycée était plein à craquer ce soir-là. Les habitants de la ville n'étaient peut-être pas contents que l'émission soit filmée ici, mais ils étaient suffisamment curieux pour venir voir ce qui se passait réellement.

Quand Chris demanda si quelqu'un avait déjà vu Bigfoot, la moitié des personnes dans le gymnase levèrent la main. Mais Lilly ne fut pas surprise. Elle avait déjà vu ce genre de scène se dérouler de nombreuses fois au cours des derniers mois.

Trent et Chris choisirent des gens chacun leur tour, leur demandant de se lever et de raconter leurs histoires. Évidemment, les seules personnes qu'ils sélectionnèrent furent celles que Tucker avait déjà payées à l'avance, mais au lieu de lever les yeux au ciel en écoutant ces récits plus abracadabrants les uns que les autres, elle garda un visage neutre. Comme le producteur lui avait rappelé plusieurs fois, son travail consistait simplement à filmer. Elle n'était pas censée attirer l'attention sur elle de quelque manière que ce soit. Elle n'avait pas le droit de faire de bruit, de poser des questions et surtout, elle ne devait jamais, au grand jamais, s'impliquer dans l'émission, quel que soit ce qui s'y passait.

C'était plus facile à dire qu'à faire, surtout quand quelqu'un se blessait sur le tournage ou se retrouvait dans une situation dangereuse... choses qui arrivaient de temps en temps. Récemment, Michelle avait interviewé quelqu'un à Roswell au sujet des extra-terrestres et il l'avait attaquée sans crier gare, la poussant assez fort pour qu'elle tombe sur les fesses. Les frères de Lilly lui avaient appris à se défendre toute seule – assez pour se sortir d'une situation dangereuse et obtenir de l'aide – mais elle savait que si elle essayait d'aider Michelle, Tucker pèterait un plomb. Il adorait quand il y avait des confrontations ou que l'acteur était blessé. Il disait que ça faisait de bonnes audiences.

Les poils de sa nuque se hérissèrent soudain – et Lilly sut que quelqu'un l'observait. C'était un sentiment désagréable ; elle n'aimait pas ne pas savoir qui l'avait dans sa ligne de mire. Elle prit le risque de détourner rapidement le regard du viseur, pour voir si elle pouvait deviner qui la fixait.

Elle se tenait sur le côté de la salle et la plupart des habitants regardaient soit Roger, Trent, Chris et Michelle – qui se tenaient sur une plate-forme légèrement surélevée à l'autre bout de la pièce – soit celui ou celle qui racontait son histoire avec Bigfoot. Son regard se dirigea lentement vers le fond du gymnase où au moins deux douzaines de personnes se tenaient debout et observaient la scène.

Il y avait un homme qui portait un badge de policier, qui croisait les bras et fronçait les sourcils. À sa gauche se trouvait un autre homme, l'air hirsute, vêtu d'une chemise sale, d'un pantalon déchiré, de chaussures éraflées et d'une casquette de baseball baissée sur son front. Ses cheveux noirs, gras, filandreux et trop longs, dépassaient de son couvre-chef. Une femme à l'allure flamboyante, probablement âgée d'une cinquantaine d'années, vêtue d'une robe noire et fluide et portant environ une dizaine de colliers, affichait un sourire amusé alors qu'elle observait la scène.

Il y avait plusieurs autres hommes et femmes dans le groupe, qui regardaient tout cela avec intérêt... mais ce furent les sept hommes qui se tenaient près de la porte, légèrement à l'écart, qui attirèrent l'attention de Lilly.

Ils étaient tous plutôt grands, bien bâtis avec une barbe plus ou moins longue. Des hommes qui passaient probablement la plupart de leur temps à l'extérieur et que Lilly qualifierait de « robustes ». Elle ne savait absolument pas qui ils étaient ou ce qu'ils pensaient de l'émission... mais en les voyant, un frisson la parcourut.

Qui qu'ils soient, quel que soit ce qu'ils avaient vu et fait par le passé, cela les avait marqués. Ils avaient l'air d'être des hommes durs. Des hommes qui n'en avaient rien à faire de toutes ces conneries. Qui ne supporteraient probablement pas le genre de manigances que Tucker et le reste de la bande avaient ramenées dans leur ville.

Lilly sut immédiatement qu'il ne valait mieux pas être dans leur collimateur... mais à en juger par le regard noir que lui jetait un homme particulièrement beau, elle avait comme l'impression que c'était déjà le cas, simplement parce qu'elle faisait partie de l'émission. L'homme en question avait les cheveux noirs et courts avec des yeux marron foncé qui lui rappelaient la berge terreuse de la rivière où elle et son père aimaient bien pêcher. Il avait une mâchoire carrée, soulignée par une moustache et une barbe bien taillée. Il fronçait les sourcils en la regardant, comme s'il essayait de la cerner. Elle aperçut un tatouage sur son biceps droit et une phrase tatouée sur son avant-bras.

Un frisson lui parcourut l'échine et pour se préserver, Lilly préféra se reconcentrer sur la caméra. Elle se focalisa sur Michelle qui communiquait désormais des statistiques bidons que Tucker avait probablement inventées.

Lilly sentait son cœur battre rapidement dans sa poitrine et elle se mordit la lèvre en regardant à travers l'objectif. Elle eut envie de se retourner vers l'homme pour voir s'il la regardait toujours, mais elle se força à se concentrer sur ce qu'elle faisait. Tucker risquait d'être furieux si elle ratait son cadrage. Les réunions publiques étaient les seules choses qu'ils ne pouvaient pas refaire en cas de problème. Il les avait déjà sermonnés, elle, Kate, Andre, Joey et les autres caméramans, leur demandant de faire attention à ne jamais, jamais, éteindre leurs caméras, quoi qu'il arrive.

Elle ne savait absolument pas pourquoi cet homme la fixait du regard. Elle n'avait rien fait pour attirer l'attention sur elle. Tout ce qu'elle avait fait, c'était de se positionner sur le côté et filmer. Il n'avait pas l'air hostile... pas vraiment. Il avait plutôt un air interrogatif. Comme s'il pouvait lire en elle et comprendre les raisons de sa présence ici.

Elle faillit ricaner. Sa motivation, c'était son chèque. Elle économisait l'argent qu'elle touchait pour ce travail afin de se trouver un appartement une fois le tournage terminé. Elle avait envie d'un point d'attache, un endroit où elle pourrait se poser entre deux missions. Elle avait déjà décidé qu'elle ne retournerait pas en Californie. Hollywood l'avait complètement vidée. Oui, elle avait eu des boulots stables, mais avec l'impact que la ville avait eu sur son mental, ils n'en valaient pas la peine. Sans parler des hommes aux mains baladeuses qui croyaient que toutes les femmes étaient des proies faciles.

Lilly avait envie de croire en l'amour, mais plus les années passaient, moins son rêve de fonder une famille devenait probable. Elle n'avait clairement pas trouvé l'amour en Californie. Elle allait sûrement devoir se contenter d'être la Tata Lilly des enfants de ses frères.

Quand Roger débuta son discours, expliquant que les prochains jours seraient très excitants et que ses collègues enquêteurs étaient très reconnaissants pour la participation des habitants, Lilly sut que c'était le moment pour elle de prendre sa caméra. Alors que les habitants commençaient à partir, elle positionna la caméra sur son épaule et s'avança vers Trent. C'était lui qu'on lui avait attribué ce soir. Les acteurs se mêleraient aux habitants et agiraient comme des politiciens... souriant et tenant de beaux discours.

Elle resta collée à Trent, consciente que les sept hommes

au fond n'avaient pas bougé et étaient toujours collés au mur. Ils comptaient apparemment les observer jusqu'à la fin de la réunion.

Trent se dirigea vers le fond du gymnase et l'estomac de Lilly se noua. Elle n'avait pas envie de les approcher, surtout celui qui l'observait attentivement, mais comme c'était là où se rendait Trent, elle était obligée de suivre. Elle n'avait pas peur que les hommes l'attaquent elle ou Trent ou qui que ce soit, mais ils la mettaient vraiment mal à l'aise avec leurs regards pointus.

Trent s'avança vers Chris qui serrait la main du policier.

— Merci d'être venu ce soir, dit Chris.

— J'ai besoin d'être sûr de savoir ce qui se passe dans ma ville, répondit l'homme sans l'ombre d'un sourire.

— Je te présente Simon Hill, c'est le chef de la police expliqua Chris à Trent.

— C'est un plaisir de vous rencontrer, dit Trent en souriant.

— Vous savez où vous allez tourner votre show ridicule alors ? demanda le chef de la police.

Lilly lutta pour ne pas sourire. Elle aimait bien ce type. Il avait les couilles de dire ce que beaucoup de personnes avaient probablement dû penser ce soir.

Trent lui jeta un coup d'œil et secoua légèrement la tête. Lilly travaillait avec lui depuis assez longtemps pour savoir que cela signifiait qu'elle devait poser la caméra.

Elle l'enleva de son épaule et se tint à proximité, gênée. Elle avait envie de partir, de trouver autre chose à filmer, mais elle resta figée sur place.

Andre avait lui aussi posé sa caméra, mais ça ne semblait pas lui poser problème de s'éloigner de la conversation quelque peu tendue.

— Vous ne croyez peut-être pas au paranormal, mais je

peux vous assurer, qu'après tout ce que nous avons vu et expérimenté, tout ça est bien réel, dit Trent.

Lilly ne put s'empêcher de lever les yeux au ciel. Heureusement pour elle, elle avait baissé la tête et personne ne la regardait.

Du moins, c'était ce qu'elle croyait. Elle leva les yeux et vit que l'homme qu'elle avait remarqué un peu plus tôt la fixait. Lorsque leurs regards se croisèrent, les lèvres de l'inconnu tressautèrent. C'était un mouvement léger qui disparut aussitôt. Avait-il été amusé par sa réaction ?

Elle n'osa plus le regarder après ça.

Au lieu de ça, elle scanna la pièce pour se distraire – et fut surprise de constater que tout le monde était parti. Tout le monde sauf le chef de la police, les sept hommes, l'équipe de tournage et les acteurs de l'émission.

— Comme vous semblez vraiment aller au bout de cette farce ridicule, laissez-moi vous présenter les hommes qui devront venir vous tirer par la peau des fesses une fois que vous vous serez perdus dans les montagnes, dit le chef.

Tucker les rejoignit à ce moment-là et dit d'un air hautain :

— Mais personne ne va se perdre.

L'un des sept hommes ricana et Lilly dut vraiment redoubler d'efforts pour ne pas sourire.

— Bien sûr. C'est ce que tout le monde dit avant de s'aventurer dans les bois, rétorqua le chef de la police. Ces hommes font partie de notre équipe de sauvetage et de recherche locale. C'est eux qu'on appelle quand quelqu'un disparaît. Voici Ethan, Cohen, Zeke, Drew, Brock, Talon et Raiden.

Ethan. Voilà comment s'appelait l'homme qui l'avait examinée de si près toute la soirée. Pour le moment, il était focalisé sur Tucker.

— Vous devez nous laisser un compte rendu détaillé du lieu que vous avez choisi pour filmer, dit-il d'un ton sévère.

Tucker haussa les épaules.

— Je peux vous indiquer une zone générale, mais nous irons là où l'enquête nous mènera. Bigfoot n'est pas vraiment prévisible.

— Je vous garantis que si vous allez vous balader dans la forêt sans aucun plan, vous allez vous perdre, l'avertit Ethan.

— Et nous, nous devrons interrompre notre travail pour venir trouver vos petits culs, ajouta l'homme à côté de lui.

D'après ce qu'elle avait compris, celui-ci s'appelait Cohen.

— Ça ne nous dérange pas d'être appelés quand il y a vraiment une urgence, mais si nous devons partir à votre recherche après que vous aurez refusé de nous indiquer exactement où vous serez... on risque de ne pas être très contents, dit Zeke.

Lilly approuva en silence. Ils avaient raison. Évidemment. Et cela n'aidait pas non plus que Tucker préfère mener la plupart de ses enquêtes la nuit. Il était plus facile de tromper le public et de monter des canulars dans l'obscurité plutôt qu'en plein jour. Mais se promener dans une région sauvage aussi vaste que les Appalaches était très différent d'une balade dans les déserts du sud-ouest ou qu'être confiné à l'intérieur d'un bâtiment.

Elle savait mieux que quiconque, grâce à son père et ses frères qui le lui avaient fait comprendre quand ils chassaient, à quel point il était dangereux de s'écarter des sentiers. Il était très facile de se balader et de perdre son chemin... notamment dans le noir.

Tucker leva les mains en l'air de façon conciliante.

— Personne n'a envie de se perdre, pas quand il y a des créatures comme Bigfoot dans les parages. Nous serons prudents. Et je m'assurerai d'étudier les cartes et de faire savoir au chef où nous partons enquêter. Cependant, la dernière chose dont nous avons envie, c'est que quelqu'un apprenne notre emplacement et vienne saboter notre enquête ou trouve cela drôle de se faire passer pour Bigfoot.

— Ah, oui, ce serait vraiment dommage, dit Raiden, un type roux avec un limier du même pelage, dans sa barbe.

Lilly se mordit la lèvre pour ne pas éclater de rire.

— Vous croyez vraiment que vous allez trouver quelque chose là-bas, avec seulement quatre personnes plus quatre caméramans – pardon... caméramans *et* une femme – un ingé son et un producteur qui se balade partout ? demanda Brock.

— Peut-être, dit Trent en se mêlant à la conversation. Et même si parfois des caméras nous suivront, nous utiliserons aussi nos caméscopes, donc il n'y aura que nous, les enquêteurs, là-bas.

Encore un mensonge. Il n'y avait pas une seule seconde où les caméramans n'étaient pas dans les parages. Tucker ne faisait pas assez confiance aux animateurs de l'émission pour obtenir les meilleures images.

Ethan soupira.

— Enfin bref, c'est pas pour être des connards, dit-il. Vous seriez surpris du nombre de fois où on nous appelle pour retrouver des randonneurs perdus. Des gens qui pensaient être préparés, qui connaissent la région. Si vous sortez des sentiers, vous allez vous perdre. Je n'essaie pas de vous faire peur ou de vous empêcher de faire ce que vous avez prévu là-bas. Je vous demande juste de faire preuve de bon sens. Une fois que vous sortez des sentiers, vous n'avez plus de réseau, donc ne comptez pas sur vos portables pour vous sauver si vous ne retrouvez pas votre chemin.

— Nous avons de quoi communiquer par radio, dit Trent, désormais assez froid.

— Ce qui est une bonne chose, sauf quand elles sont hors de portée l'une de l'autre, répondit Drew.

— Écoutez, dit Tucker, essayant manifestement d'être un pacificateur. Nous ferons attention. Nous ne sommes pas stupides. Y a-t-il une raison pour laquelle vous ne voulez pas que l'on prouve l'existence de Bigfoot ?

— Oh, mon Dieu, dit Raiden en secouant la tête. Allez, viens, Duke ; je suis sûr que tu as envie de faire pipi, dit-il à son limier.

Le grand chien se leva et remua dans tous les sens, envoyant de façon impressionnante une grosse goutte de bave à l'autre bout de la pièce, avant de trotter derrière son maître.

— Vous risquez de croiser un ours noir. Peut-être même un lynx, ainsi qu'une tonne de mammifères, mais Bigfoot n'est pas dans ces montagnes, dit Brock.

Tucker ne sembla pas déconcerté par son scepticisme.

— C'est ce que tout le monde dit, jusqu'à ce qu'on trouve une preuve. Tu t'en mordras les doigts quand tu verras notre émission.

Lilly était définitivement mal à l'aise à ce stade. Tucker disait n'importe quoi, comme d'habitude. C'était un bon producteur. Mais c'était aussi un arnaqueur, ce qui l'agaçait.

Elle fit un pas en arrière, tentant de s'extirper de cette conversation et de cette atmosphère inconfortable.

— Ne bouge pas, Lilly, la gronda sévèrement Tucker.

Elle inspira brusquement et acquiesça. Elle était bien consciente de la règle qu'il n'avait cessé de leur répéter, à elle et aux autres caméramans. Ils n'avaient jamais le droit d'éteindre leurs caméras, jamais. Même s'ils ne les tenaient pas, Tucker voulait qu'elles enregistrent... au cas où. Il avait déjà utilisé les paroles d'une personne – des mots qu'elle croyait confidentiels – contre elle par le passé. Alors sa caméra restait allumée, enregistrant toute leur conversation.

Comme Andre s'était enfui avant que la conversation ne débute, elle était coincée. Face au ton que prenait Tucker, Ethan s'écarta du mur. Elle vit dans ses yeux qu'il était énervé. Lilly retint son souffle, priant pour que les hommes n'en viennent pas aux mains.

— Combien de temps ça va prendre ? grogna Ethan.

Tucker parut perplexe.

— Quoi ?

— Cette enquête. Combien de temps allez-vous rester en ville ? précisa-t-il.

Tucker haussa les épaules.

— Autant qu'il faudra. J'imagine que ça prendra plus de temps que les autres enquêtes, vu tout le terrain qu'il y a à couvrir.

— Putain, murmura Talon avant de tourner les talons et de partir.

Lilly soupira mentalement. Elle ne savait pas combien de temps encore elle pourrait travailler sur cette émission. Cela allait à l'encontre de toutes ses valeurs. Le mensonge, les tricheries, le fait de soudoyer les gens. Ça lui donnait la nausée... mais elle était bien payée. Elle ne supportait pas de faire passer l'argent avant ses convictions.

Même si son travail ne l'enchantait pas, le peu qu'elle avait vu de Fallport lui plaisait. Les gens étaient plutôt chaleureux et même s'ils se méfiaient des nouveaux arrivants, comme la plupart des habitants des petites villes, ils n'étaient pas hostiles. Chose qui, elle le savait, changerait s'ils découvraient ce qui se passait réellement avec cette émission.

— N'oubliez pas que vous n'êtes pas le seul à prendre un risque, dit Ethan à Tucker. Vous mettez également en danger tous ceux qui travaillent pour l'émission.

Sur ce, il leva le menton en direction du chef de la police et se retourna pour suivre ses amis.

Les autres ne restèrent pas non plus. Ils suivirent tous Ethan vers la sortie.

Dès l'instant où ils furent partis, Lilly, qui avait jusqu'à présent retenu sa respiration, expira enfin. Elle était à la fois contente et déçue que l'équipe de sauvetage soit partie.

— J'espère qu'il ne va pas nous poser problème, dit Tucker au chef de la police.

Le vieil homme haussa les épaules.

— Non. Et si jamais il se passe quelque chose là-haut, dit-il en faisant un geste vers les arbres derrière les vitres, vous serez contents qu'ils soient là.

— Ils sont si doués que ça ? demanda Tucker d'un air dubitatif.

— Oui, répondit simplement le chef.

— Je suis sûr que tout ira bien, dit Tucker. Maintenant, si vous voulez bien m'excuser, on doit s'organiser avec l'équipe.

Le chef de la police acquiesça.

— Après vous, dit-il en lui désignant la porte.

Lilly prit cela comme un signal et se précipita vers l'endroit où elle avait laissé le sac de sa caméra pour qu'elle puisse ranger ses affaires. Elle avait à moitié peur qu'Ethan et ses amis n'attendent Tucker et les autres quand ils s'en allèrent, mais le parking était vide.

— Je vous appellerai et vous dirai où on se retrouve demain, dit Tucker à Lilly et aux autres caméramans.

Comme d'habitude, le producteur et les acteurs décidaient du planning et des horaires de tournage. Lilly et les autres devaient simplement se présenter quand on avait besoin d'eux. Ce qui était plutôt une bonne chose car ça lui laissait toujours du temps libre entre les prises.

Mais le point *négatif*, c'était qu'elle n'avait aucune idée de ce qu'ils comptaient faire afin d'obtenir cette « preuve » dont l'émission avait besoin pour rester pertinente et intéressante.

Andre et Kate acquiescèrent et se dirigèrent immédiatement vers la voiture qu'Andre avait louée. Ces deux-là s'étaient rapprochés durant le tournage et n'avaient aucun problème à ce qu'on les exclue des prises de décisions quotidiennes concernant l'émission.

Joey et Trent marchèrent en direction de la voiture de location de Trent. Ils étaient meilleurs amis et Lilly croyait pleinement à la rumeur selon laquelle ils avaient imaginé le concept de cette émission ridicule ensemble.

Michelle, Chris, Roger et Tucker, ainsi que Brodie, l'ingé son, s'avancèrent tous vers le van que l'un d'entre eux avait loué. Ils avaient tendance à rester ensemble quand ils voyageaient, ce qui convenait parfaitement à Lilly. Même s'ils buvaient un peu trop à son goût.

Elle n'était proche d'aucune autre personne de l'émission. Ils n'avaient pas grand-chose en commun. Tellement peu que Lilly s'était arrangée pour loger seule de son côté durant leurs dernières destinations, séparée du reste de l'équipe. Elle préférait trouver de plus petits logements indépendants. Des chambres d'hôtes qui soutenaient l'économie locale plutôt que les grandes chaînes où l'équipe aimait être logée.

Elle aimait passer du temps loin de ses collègues et contrairement à beaucoup de gens, elle appréciait sa propre compagnie. Peut-être était-ce car elle avait rarement eu du temps pour elle enfant. Ses frères voulaient toujours savoir où elle était, ce qu'elle faisait et avec qui.

Elle avait aussi aimé passer du temps avec ses frères, mais il y avait eu des jours où elle aurait aimé être seule. Elle n'avait pas souvent eu cette opportunité en étant entourée de tant d'hommes si protecteurs.

Elle s'avança vers sa propre voiture de location, posa sa

caméra sur le siège arrière, puis s'installa derrière le volant pour retourner dans cette adorable chambre d'hôte qu'elle avait dénichée. Il s'agissait du Manoir de Chestnut Street qui était géré par une femme âgée et douce du nom de Whitney Crawford. Ce soir, au dîner, ils mangeraient un pot-au-feu et Lilly avait hâte. Cela faisait longtemps qu'elle n'avait pas mangé un pot-au-feu fait maison.

Faisant de son mieux pour ne pas penser à ce qu'elle allait devoir faire cette semaine – ni à cet homme du nom d'Ethan qui parvenait à la faire se sentir à la fois gênée et vivante – elle quitta le parking de l'école.

* * *

L'homme s'installa dans sa chambre d'hôtel et s'assit sur le lit, fixant le mur d'un air renfrogné. La journée avait été frustrante. Comparé à toutes les émissions qu'ils avaient tournées, il devenait évident que rien ne se passait comme il l'avait prévu.

Tout le monde s'était comporté comme un imbécile ce soir, oubliant ce qu'on leur avait dit sur la région et sur Bigfoot juste avant qu'ils ne prennent l'antenne. Les caméras étaient pointées dans la mauvaise direction, certains avaient déclaré des choses stupides qui allaient devoir être coupées au montage et il avait été presque impossible d'obtenir un enregistrement audio correct dans le grand gymnase. Mais en plus de tout ça, les habitants avaient paru plus sceptiques que dans n'importe quel autre endroit où ils étaient allés. Ils n'avaient même pas trouvé quelqu'un pour mentir devant la caméra en affirmant avoir vu Bigfoot jusqu'à peu de temps avant la réunion.

Oui, il pouvait dire qu'il avait un mauvais pressentiment pour ce tournage. Il fallait que tout se déroule sans accroc.

Jusqu'à présent, rien ne s'était passé comme il l'aurait

voulu pour l'émission et vu le scepticisme local, cet épisode risquait d'impacter négativement ou positivement toute la saison. Il n'avait pas voulu utiliser Fallport pour le lieu de tournage et apparemment il avait eu raison. Mais l'avait-on écouté ? Bien sûr que non.

Quelle bande d'imbéciles.

Il allait falloir apporter quelques changements à l'organisation... et si ses demandes n'étaient pas satisfaites, il s'assurerait de ne plus être impliqué après la première saison.

Pendant un instant, il se demanda si quelqu'un en aurait quelque chose à faire. Puis, il serra les dents et repoussa cette pensée au fin fond de son esprit.

Évidemment qu'ils en avaient quelque chose à faire. Cette émission n'existerait pas sans lui.

Prenant une grande inspiration, l'homme se leva et commença à défaire sa valise.

Environ une semaine seulement. Puis, ils en auraient fini avec ce tournage et partiraient au Canada pour tourner le dernier épisode.

Après ça, le *vrai* travail commencerait. Ils passeraient au crible des centaines d'heures de vidéos. Ils tenteraient de faire paraître les gens plus intelligents qu'ils ne l'étaient. Ils bricoleraient les épisodes pour rattraper les sons de mauvaise qualité.

S'il ne pensait pas être sur le point de réussir dans le monde de la télé, il aurait déjà fait demi-tour et serait parti. Mais il croyait en son projet et il ferait tout son possible pour que celui-ci ait du succès. Même s'il devait mentir, tricher et voler.

Rien ni personne ne l'empêcherait de devenir célèbre.

CHAPITRE DEUX

Ethan Watson dit « Le Chaos » faisait les cent pas dans la pièce avec agitation. Il ne savait pas vraiment pourquoi il était si déstabilisé par ce qui s'était passé lors de la réunion et par le producteur qui avait refusé d'entendre raison... mais il l'était.

— Ils vont nous donner du fil à retordre. Je te le dis, expliqua-t-il à son frère Cohen Watson dit « Rocky ».

Rocky eut un rictus.

— Ouaip.

Ethan s'arrêta à mi-chemin et regarda son jumeau. Ils ne se ressemblaient pas beaucoup, à part pour leur taille et leurs yeux bruns. La plupart des gens ne savaient absolument pas qu'ils étaient frères, et encore moins des jumeaux. Mais lui et Rocky étaient aussi proches que deux personnes pouvaient l'être. Ils avaient rejoint la Marine ensemble, puis avaient réussi leur UDT[1] et le reste des épreuves pour devenir SEAL[2]. Ils n'avaient pas fait partie de la même équipe mais avaient fréquemment travaillé sur les mêmes missions.

Quand il avait fallu décider de rester ou partir, ils avaient pris cette décision ensemble. Ils étaient venus à Fallport en Virginie pour démarrer une nouvelle vie, une où ils pourraient toujours servir la communauté, mais dans un contexte plus sûr. Ethan avait recruté d'autres gars qu'il avait connus lors de son passage aux forces spéciales ou que son ami Tex, un ancien Marine, qui semblait connaître tout le monde et en qui Ethan avait confiance, lui avait recommandés.

— Pourquoi est-ce que tu souris ? demanda Ethan à Rocky. Il n'y a rien de drôle putain !

Rocky haussa les épaules.

— Tu ne m'as pas dit l'autre jour que tu t'ennuyais ? demanda-t-il.

Ethan soupira. C'était ce qu'il avait dit, *oui*. Mais ce n'était pas pour autant qu'il avait eu envie qu'une bande d'enquêteurs sur Bigfoot débarquent en ville et annoncent qu'ils parcourraient *leur* montagne avant de se perdre.

— La dernière fois que l'un d'entre nous a dit qu'il s'ennuyait, on a retrouvé les corps de ces deux hommes qui avait été torturés et tués par ce serial killer, Andrew Ferry, dit Rocky.

Ça n'avait pas été une bonne journée. Bon sang, ça n'avait surtout pas été un bon mois. Les meurtres et la traque du tueur avaient animé les conversations des habitants pendant des semaines. Le seul point positif, c'était que les habitants avaient enfin cessé de traiter leur équipe comme des étrangers.

— C'est juste que... il y a quelque chose de louche avec ce Tucker et son émission, dit Ethan à son frère.

— Je suis d'accord, dit Rocky.

— Et ça ne fait peut-être que cinq ans que nous vivons ici, mais si le vieux Richards a vraiment vu Bigfoot sur sa propriété il y a dix ans, je m'habille comme un clown pour la fête du 4 juillet à Fallport.

Rocky éclata de rire.

— Mais tu détestes les clowns.

— Je sais, justement. Il n'y a aucune chance que ça arrive.

— Tu crois que ce gamin a vraiment vu ces traces dans les bois derrière sa maison ? demanda Rocky.

— Non.

— Donc ils mentaient.

— Ouaip, dit Ethan.

— Pourquoi ?

— C'est justement la question que je me pose. Mais comme tu le demandes, je vais te dire ce que je pense, dit Ethan. Je pense que ce Tucker est un escroc. C'est un gros bonnet d'Hollywood qui espère faire de l'audience avec son émission. Et la seule façon d'inciter les gens à regarder, c'est de trouver des « preuves » de l'existence des créatures qu'ils pourchassent.

— Donc le vieux Richards et le gamin ont été payés ? Comme des acteurs ? demanda Rocky.

— C'est ce que je pense, oui.

— Ce n'est pas vraiment un comportement criminel, dit Rocky.

— Non. Mais si ces connards se perdent dans la forêt, on va devoir s'en occuper. Tu viens juste d'obtenir ce boulot de rénovation de cette magnifique ancienne maison à l'autre bout de la ville et moi j'ai plein de travaux électriques à faire. Sans oublier que c'est sacrément pénible pour les autres d'être sollicités alors qu'ils travaillent ou font leur vie pour retrouver quelqu'un qui s'est perdu dans la forêt à cause de ce putain de Bigfoot.

Rocky plissa les yeux en observant son jumeau.

— Qu'est-ce qui te contrarie *vraiment* dans tout ça ? demanda-t-il. Chaque été nous devons retrouver plein de gens qui viennent ici pour s'attaquer aux sentiers de randonnée et qui se perdent. En quoi est-ce si différent ?

Ethan soupira et se remit à faire les cent pas.

— Je ne sais pas.

Rocky leva les yeux au ciel.

— C'est faux, putain. Je te connais, frérot. On a combattu des rebelles ensemble. On partage presque le même cerveau. Parle-moi.

Ethan se retourna pour regarder son frère.

— Je pense que c'est parce que lorsque les touristes s'aventurent dans la nature sans être préparés, ils se mettent – seulement eux – en danger. Cet imbécile en entraîne une demi-douzaine d'autres dans son sillage.

— Ils sont peut-être aussi pénibles que lui, dit Rocky d'un air raisonnable.

Ethan savait que son frère jouait à l'avocat du diable. C'était ce qu'ils faisaient quand l'un d'entre eux critiquait d'autres personnes. Mais bizarrement, ce soir, ça l'agaçait vraiment.

— Quand cette femme a baissé sa caméra, elle ne l'a pas éteinte, expliqua Ethan.

— Oui, j'ai remarqué, dit Rocky en acquiesçant.

Ethan n'était pas surpris que son frère sache de qui il parlait sans même qu'il lui ait posé la question. Ils avaient toujours été capables de suivre le chemin de pensée de l'autre.

— Et tu as entendu la façon dont ce connard de directeur lui a parlé ?

Rocky pinça les lèvres et hocha à nouveau la tête.

— Il y a quelque chose qui cloche avec cette émission, et ça me met la puce à l'oreille, dit Ethan. Crois-moi, ça va mal se terminer.

— Tu l'aimes bien, dit soudain Rocky.

— Hein ?

— La fille avec la caméra. Tu l'aimes bien.

— Oh, arrête. Je viens à peine de la rencontrer. Même pas. Je ne lui ai pas dit un mot, protesta Ethan.

— Je sais... mais ne crois pas que je n'ai pas vu que tu n'arrivais pas à la quitter des yeux.

Merde. C'était ça le problème quand on était si proche de quelqu'un d'autre. C'était presque impossible de garder un secret, son jumeau devinait tout.

— Elle paraît différente de tous ces abrutis.

— Pourquoi ?

Ethan ne sentit pas d'incrédulité ou de censure dans la voix de son frère. Il était vraiment curieux de savoir ce qu'il avait vu en elle.

— Je l'ai vue lever les yeux au ciel en entendant ce que l'un des animateurs de l'émission a dit à un moment. Elle semblait vraiment penser qu'ils disaient de la merde. Et quand elle nous a regardés, elle n'a pas vu une bande de ploucs. Elle nous a vus... *tels que nous sommes.*

Il savait qu'il ne s'expliquait pas très bien et qu'en fin de compte, il ne savait pas du tout *ce que* cette femme avait pu penser, mais Rocky semblait le comprendre.

— Oui, j'ai eu cette impression aussi, acquiesça-t-il.

— Et puis, c'est la seule de l'équipe qui ne loge pas dans l'hôtel à la sortie de la ville.

— Comment tu *le* sais ? demanda Rocky, visiblement amusé.

— J'ai entendu Otto et Art parler ce soir avant que le tournage ne commence.

Rocky se mit à rire.

— Je te jure, ces deux-là sont plus efficaces que le Système d'Alerte Nationale. Ajoute Silas et plus rien dans cette ville ne reste un secret.

Ethan était obligé de le reconnaître. Les trois hommes

plus âgés cherchaient à savoir tout ce qui se passait en ville et qu'ils jugeaient important.

— Très vrai. Et bien là, ils ont dit qu'elle logeait dans la chambre d'hôte de Whitney.

— Et ? demanda Rocky. Qu'est-ce que ça t'apporte de savoir qu'elle ne loge pas avec les autres ?

— Je ne sais pas, admit Ethan.

— Et ça te rend fou.

— Tu dois admettre que c'est bizarre. Pourquoi ne loge-t-elle pas au même endroit que les acteurs et l'équipe de tournage ? Elle ne semblait pas être très pote avec les autres ceci dit. Peut-être que ça a quelque chose à voir avec ça.

— Elle est peut-être nouvelle. C'est sûrement son premier tournage avec eux.

Ethan haussa les épaules.

— Je ne sais pas. C'est juste que... elle s'est démarquée, quoi.

— Ça doit faire du bien à Whitney de faire tourner son business, dit Rocky.

— C'est vrai. Et elle doit probablement être ravie de pouvoir parler à quelqu'un, convint Ethan.

— Alors... quoi ? Tu es contrarié qu'elle paraisse si cool et qu'elle soit pourtant impliquée dans cette émission ridicule ? demanda Rocky.

Ethan fit de son mieux pour passer au crible ses sentiments.

— Oui. Plutôt.

— Tu sais, comme elle loge chez Whitney, tu peux toujours aller lui parler sans qu'il y ait les autres abrutis autour, lui suggéra Rocky.

Ethan eut envie de refuser la proposition de son frère... mais il ne put ignorer cette étincelle d'excitation qui s'illumina au plus profond de lui quand il y pensa.

Rocky sourit.

— Quoi ? Je n'ai pas dit un mot, dit Ethan.

— Tu n'as pas besoin de le faire. Je te connais. Écoute, je suis totalement pour que tu trouves quelqu'un. Ça fait tellement longtemps qu'aucun de nous deux n'a eu de relation que je suis à fond derrière toi. Mais en plus d'apprendre à la connaître, même si c'est juste en tant qu'ami et rien de plus, on pourrait aussi obtenir des informations et comprendre ce qui se passe réellement avec cette foutue émission. Si on arrive à garder ces zozos en sécurité pendant qu'ils se promènent dans la forêt, la nuit, on s'en portera tous mieux. Et si en même temps tu arrives à t'envoyer en l'air... tant mieux pour toi !

Ethan ne put s'empêcher de glousser.

— Mec, elle est là pour quoi, une semaine ? On ne va pas réaliser que nous sommes des âmes sœurs et emménager ensemble en si peu de temps.

— Ce n'est pas ce que j'ai dit, lui dit Rocky avec un rictus. Mais si tu envisages déjà de passer le restant de tes jours avec elle...

— N'importe quoi, dit Ethan en levant les yeux au ciel.

— Hé, on ne rajeunit pas...

— On ne peut pas dire que nous sommes vieux à 35 ans, le coupa Ethan.

— Non, mais tu sais que papa et maman se sont rencontrés et se sont mariés quand ils avaient la vingtaine. Et ça a bien marché entre eux. Je veux dire, maman n'a jamais regardé un autre homme, même après la mort de papa. Je suis certain qu'elle croit que nous sommes un cas désespéré et que nous allons rester seuls pour toujours, dit Rocky.

— On ne sera jamais seuls. On est là l'un pour l'autre, dit Ethan sans hésiter.

C'était ce qu'ils avaient toujours dit à leur mère quand elle devenait sentimentale et émotive en pensant à leur vie amoureuse – ou à leur manque d'amour – quand ils rentraient à la maison pour les vacances.

— Tout ce que je veux dire, c'est qu'une femme suscite ton intérêt pour la première fois depuis très longtemps. Nous savons très bien qu'il n'y a pas vraiment pléthore de femmes à Fallport parmi lesquelles nous pouvons choisir. Tu n'as pas besoin de lui promettre l'éternité, mais simplement d'apprendre à la connaître, et si tu t'amuses un peu en cours de route ce n'est pas une mauvaise chose. Tu as été plutôt grognon ces derniers temps.

— Ce n'est pas à cause du manque de sexe, grommela Ethan. Le maire m'a saoulé.

— Il nous a *tous* saoulés, rétorqua Rocky. Ce n'est pas nouveau. Ce connard se croit meilleur que tout le monde... et déteste ne pas avoir le contrôle sur notre équipe. Écoute, je me fiche que tu aies une aventure ou pas, je t'aimerai et te respecterai quoi qu'il arrive. Mais sérieusement, ça fait longtemps que je ne t'ai pas vu être dans tous tes états comme ça. Tu as vu quelque chose en elle qui t'a intéressé. Et peut-être qu'elle est douée pour cacher ce qu'elle pense vraiment et que c'est une connasse. Ou non. Si effectivement elle pense que toute cette émission est une connerie et qu'elle a pris une chambre loin de l'équipe de tournage et des acteurs parce qu'elle n'a pas envie qu'on l'associe à eux, tu t'en voudras si tu n'essaies pas au moins d'apprendre à la connaître.

— OK, très bien, dit Ethan.

Il avait beau faire semblant d'être énervé contre son frère, au fond, il était soulagé d'avoir sa bénédiction.

— Je lui parlerai demain. Je verrai si elle sait où seront menées les recherches pour qu'on sache par où commencer s'ils se perdent.

— Tu sais s'ils commencent à filmer demain ? demanda Rocky.

— Non. Mais je parie tout ce que tu veux que si je passe à la poste, Silas ou les autres le sauront, et je pourrai les faire parler facilement.

— Je préfère ne pas parier, marmonna Rocky. C'est bon, tu te sens mieux ?

Ethan sourit. Son frère l'avait ramené jusqu'à chez lui juste pour vérifier qu'il allait bien. Il n'avait même pas eu besoin de lui dire quoi que ce soit pour que Rocky sache qu'il était préoccupé.

— Ça va, dit-il.

— Je rentre chez moi alors, répondit son frère.

— Dis-moi quand tu veux que je passe chez toi pour recâbler tout le système électrique, dit Ethan.

— Ça marche. Avec un peu de chance, on ne se reverra pas pour effectuer une battue avant que je n'aie besoin de ton aide, ajouta Rocky.

Ethan hocha la tête. Il espérait que ce serait le cas, mais il avait le pressentiment qu'avec le groupe d'Hollywood, ce serait impossible.

Rocky leva le menton en direction de son frère pour le saluer et s'en alla.

Ethan verrouilla la porte derrière lui et soupira. Puis, il se remit à faire les cent pas.

Son appartement n'était pas très grand, il n'eut donc pas besoin de faire beaucoup de pas pour atteindre l'autre bout du salon. L'endroit était plutôt miteux ; le seul intérêt était que son frère vivait dans un appartement qui faisait partie de la même résidence. Ils n'avaient peut-être plus envie de vivre ensemble, mais Ethan ne pouvait même pas envisager de ne plus être dans la même ville que lui.

Il se concentra à nouveau sur la réunion de tout à l'heure et pour la première fois, il réalisa qu'il ne connaissait même pas le nom complet de la femme à laquelle il n'arrêtait pas de penser. Bien que ce ne serait pas difficile de le découvrir.

Il sourit et secoua la tête. Le réseau de commérage de cette ville était plus précis que certains des renseignements qu'il avait pu obtenir dans la Marine.

Et demain, non seulement il connaîtrait son nom complet, mais il verrait également si la première impression qu'il avait eue d'elle était correcte.

Il l'espérait. Il espérait vraiment, *vraiment* qu'il avait raison. Car il y avait quelque chose chez cette femme qui avait capté son attention. Ce n'était pas vraiment son physique, même si elle était assez jolie. Elle était de taille moyenne, environ un mètre soixante-dix avec des cheveux blond foncé, qu'elle avait relevés en un chignon désordonné. Des yeux bleus qui semblaient pétiller avec humour... quand elle avait assez baissé sa garde pour laisser transparaître ses émotions. Il supposait qu'elle avait de jolies courbes, mais c'était difficile à dire avec son pantalon cargo et son tee-shirt trop grand. Les bottes qu'elle avait aux pieds étaient robustes et adaptées à la région et au travail qu'elle faisait.

Dans l'ensemble, tout chez elle était assez discret... c'est pourquoi Ethan ne comprenait pas pourquoi il n'arrêtait pas de penser à elle.

Non, ce n'était pas vrai. Il savait pourquoi. C'était parce que lorsqu'elle l'avait étudié, lui, et le reste de l'Équipe de Recherche et de Sauvetage d'Eagle Point qui se trouvait au fond de la pièce, même si, bizarrement elle avait l'air mal à l'aise, elle paraissait aussi... intriguée ? Peut-être était-ce parce qu'ils étaient tous grands et musclés et semblaient intimidants. Ou bien simplement parce qu'ils n'étaient pas désagréables à regarder. Du moins, d'après d'autres femmes qu'ils avaient rencontrées.

Peu importe la raison, Ethan aussi était intrigué. Les autres membres de l'équipe de tournage n'avaient pas semblé remarquer grand-chose autour d'eux, trop absorbés par ce qu'ils faisaient.

Mais la fille à la caméra, Lilly, leur avait simplement jeté un regard et avait immédiatement su qu'ils étaient plus que ce qu'ils paraissaient être. Il avait vu, à travers son langage corporel et l'expression de son visage, qu'elle avait réalisé qu'ils n'étaient pas juste une bande de types barbus du coin.

Et elle aurait raison. Ethan et Rocky avaient été des SEALs. Zeke avait été un Béret Vert[3]. Drew avait été membre de la police de l'État de Virginie. Brock avait travaillé pour les douanes américaines et la protection des frontières, et Talon avait été membre du Special Boat Service au Royaume-Uni, qui était une unité de forces spéciales de la Royal Navy anglaise. Raiden avait été un garde-côte maître-chien. Ils avaient chacun leurs compétences particulières qui contribuaient à faire de l'équipe de recherche et de sauvetage l'une des meilleures de l'État... et peut-être même de toute la côte est.

Quoiqu'il en soit, cette femme intriguait Ethan et ça ne lui était pas arrivé depuis un moment. Alors demain, il ferait ce que son frère lui avait suggéré pour assouvir sa curiosité.

Elle serait probablement occupée à filmer à nouveau ces crétins qui allaient partir à la recherche de Bigfoot. Ou alors elle le regarderait de haut à cause de son métier et de l'endroit où il vivait. Ou bien elle voudrait juste faire son travail et vite quitter Fallport. Ce n'était pas vraiment une grande ville... et c'était pour ça qu'Ethan et ses coéquipiers l'appréciaient.

Frustré de ne pas pouvoir penser à autre chose que cette femme, Ethan se dirigea vers sa petite cuisine. Elle n'était pas du genre gastronomique. Les plans de travail étaient en Formica, les appareils électroménagers en blanc, et non en acier inoxydable comme c'était le cas aujourd'hui. Le sol sous ses pieds était recouvert de carreaux vinyles bon marché... mais tout ça n'avait pas d'importance. Il était un homme simple qui n'en avait pas grand-chose à faire de la décoration intérieure. Il était juste heureux d'avoir un endroit sûr où se reposer.

Il sortit une brique de lait du réfrigérateur, remplissant un verre jusqu'au bord avant d'engloutir le tout. Il s'essuya la bouche avec sa manche et sourit.

Rocky se moquait toujours de lui car il utilisait un verre, surtout maintenant qu'il vivait seul. Il aurait pu boire à même la brique s'il l'avait voulu. Ce n'était pas comme si quelqu'un allait s'en plaindre.

Mais leur mère lui avait inculqué les bonnes manières dès son plus jeune âge. Et encore maintenant, même s'il ne vivait plus à la maison depuis longtemps, Ethan ne pouvait pas se résoudre à faire quelque chose d'aussi grossier que de boire à la bouteille.

Il posa son verre dans l'évier et prit la direction du salon en attrapant son ordinateur portable au passage. Il fallait qu'il vérifie ses mails et voie quelles missions étaient sur son planning pour la semaine à venir. Il n'avait pas eu beaucoup de travail dernièrement et pour une fois, Ethan en était reconnaissant. Comme ça, il aurait tout le temps de retrouver la fille à la caméra et peut-être même de lui offrir ses services en tant que guide.

L'idée lui plaisait. Il pourrait passer plus de temps avec Lilly et en apprendre plus sur l'émission – et où ils iraient enquêter – en même temps.

Ce n'était pas vraiment une excuse bidon non plus, il avait *vraiment* envie de s'assurer que personne ne se perdrait en filmant dans la forêt. Et Rocky avait raison. Cela faisait bien *longtemps* que personne n'avait attiré son attention. Demain, il verrait s'il perdait simplement la tête ou si elle était quelqu'un qui valait la peine d'être connu... comme il le soupçonnait déjà.

CHAPITRE TROIS

Le lendemain matin Lilly était assise à la petite table dans la cuisine de Whitney Crawford et regarda avec incrédulité ce qu'elle avait devant elle. Elle était la seule cliente de la chambre d'hôte, mais Whitney avait préparé des gaufres, des œufs brouillés, des galettes de pomme de terre, des petits pains à la cannelle, un gâteau à la banane ainsi que du bacon et des saucisses.

Il y avait tellement de plats sur la table qu'il n'y avait presque pas de place pour l'assiette que la vieille dame avait posée devant Lilly avant de s'asseoir.

— Je ne savais pas vraiment ce que tu aimais, alors je t'ai fait de tout, dit Whitney avec un grand sourire.

Lilly le lui rendit. Elle avait le sentiment que lorsqu'elle avait été jeune, la gérante de la chambre d'hôte avait dû faire tourner pas mal de têtes. Elle était toujours aussi charmante avec ses cheveux châtain clair et ses yeux gris qui scintillaient de temps en temps. Elle semblait avoir le visage ridé à force de rire – ce qui n'était pas surprenant puisqu'elle riait facilement et beaucoup – et elle était un peu ronde. Elle était gentille et chaleureuse et dès l'instant où Lilly lui avait parlé au téléphone pour réserver une chambre, elle l'avait fait se sentir chez elle.

Après avoir reçu un texto lui indiquant qu'on n'aurait pas besoin d'elle avant la fin du déjeuner, Lilly en avait profité pour dormir. Le lit était terriblement confortable et le chant des grillons dehors lui avait donné l'impression d'être chez elle, en Virginie-Occidentale. Le débit de la douche était incroyable et Lilly était restée sous le jet d'eau chaude pendant bien trop longtemps. Puis, elle avait regardé ses mails, envoyant des SMS à ses frères et son père pour leur faire savoir qu'elle était bien arrivée à Fallport et que le tournage commencerait dans la journée. Elle savait très bien que si elle ne leur donnait pas de nouvelles, ils s'inquiéteraient – et seraient capables de venir en personne pour s'assurer qu'elle allait bien.

Parfois, c'était vraiment pénible d'être le bébé de la famille, et la seule fille, mais c'était aussi agréable de savoir à quel point elle était aimée. Elle était extrêmement proche de sa famille et Lilly n'aurait pas voulu qu'il en soit autrement. Elle n'avait jamais souffert de ne pas avoir de mère étant petite, car son père l'avait merveilleusement bien élevée, s'assurant que pas un seul jour ne passe sans qu'elle ne sache à quel point elle était importante et spéciale.

Elle aurait facilement pu finir pourrie gâtée, mais ses frères avaient veillé à ce que ses chevilles n'enflent pas trop et qu'elle puisse encore rentrer dans ses pantalons. Lilly avait passé une bonne partie de son enfance à les suivre, voulant faire tout ce qu'ils faisaient... c'est pourquoi elle avait appris à chasser, tirer, changer un pneu et réparer les objets cassés de la maison. Elle avait regardé des films de guerre, avait adoré le sport et appréciait généralement être des leurs.

— Il y a un problème ? demanda Whitney, la voix nouée par l'inquiétude.

— Oh, non. Ça a l'air délicieux, dit rapidement Lilly. Je pensais juste à ma famille.

— Ils te manquent ? demanda Whitney.

— Tous les jours, dit Lilly. Mais en général, il suffit que je passe une journée avec eux pour que je me demande pourquoi ils m'ont manqué en fait.

Whitney rigola.

— Oui, je comprends. J'avais huit frères et sœurs.

— Waouh, et moi qui croyais que j'étais à plaindre avec quatre, dit Lilly avec un sourire.

Alors que Lilly se servait, prenant un peu de tout, Whitney commença à lui parler de sa famille. Ils étaient éparpillés partout dans le pays, chacun ayant fondé sa famille, et ils ne se donnaient pas souvent des nouvelles, mais il était évident qu'elle les aimait toujours tous.

Lilly mangea son petit déjeuner, s'empiffrant tellement qu'elle sut qu'elle ne pourrait pas déjeuner, sinon elle risquait de vomir en trimballant sa caméra pour suivre l'animateur qui lui aurait été affecté pour la journée. Alors qu'elle terminait de manger, quelqu'un frappa à la porte de la cuisine. Whitney se leva et alla ouvrir.

Tournant la tête, Lilly cligna des yeux, surprise en voyant l'homme qui entrait.

Ethan. Celui qui avait attiré son regard la veille au soir. Celui qui semblait lire en elle.

Celui qui avait bien fait comprendre qu'il n'était pas impressionné par Tucker ou son émission et qu'il n'avait pas vraiment envie de les avoir dans sa ville ou sa forêt.

Ce n'était pas vraiment *sa* forêt, mais Lilly avait le sentiment que si quelqu'un le lui faisait remarquer, il le remettrait directement à sa place.

— Regarde qui est là ! dit Whitney, rayonnante. Je ne sais pas si vous vous êtes déjà rencontrés. Ethan, je te présente Lilly Ray. Lilly, voici Ethan Watson. Elle est ici pour filmer cette émission de paranormal, lui expliqua la vieille dame.

— Je sais.

Sa voix était profonde et rauque – et Lilly dut se contenir pour ne pas fondre sur sa chaise en l'entendant. Elle se leva et lui tendit la main.

— On s'est vus hier soir à la réunion, dit Lilly à Whitney. Mais je suis ravie de te rencontrer plus officiellement, Ethan.

Quand il enroula ses doigts autour des siens, des picotements lui parcoururent le bras. Lilly resta figée, l'observant.

— Ravie de te rencontrer aussi, dit-il. Je suis désolé si je vous interromps.

Il n'avait toujours pas relâché sa main et Lilly ne pouvait se résoudre à la retirer. Ils se regardèrent fixement pendant un long moment. Elle n'avait aucune idée de ce qu'il cherchait ni de ce qu'il voyait dans ses yeux, mais il serra enfin sa main avec douceur et la relâcha. Ses doigts effleurèrent sa paume au passage, ce qui provoqua un nouveau frisson chez Lilly.

Les lèvres d'Ethan tressautèrent, comme s'il savait à quel point il l'affectait. Et pourquoi ne le saurait-il pas ? Lilly avait le sentiment que cet homme remarquait tout, ce qui le rendait plus... dangereux.

Ce n'était peut-être pas le bon mot, mais en général, les gens ne la remarquaient pas quand elle filmait. Ce qui était voulu d'ailleurs, son travail ne consistait pas à se faire remarquer. Et elle préférait ça. Comme ça, elle pouvait lever les yeux au ciel, pincer les lèvres ou sourire en entendant les bêtises que quelqu'un pouvait dire sur le plateau sans que personne ne le remarque jamais. Elle était en sécurité, cachée derrière la caméra.

Mais Ethan Watson remarquerait tout – c'était ce qui le rendait dangereux, car elle n'aurait plus l'esprit tranquille. Elle allait devoir être sur ses gardes quand il serait dans les parages. La dernière chose dont elle avait envie, c'était que Tucker, ou n'importe quelle *autre* personne avec qui elle travaillait, se rende compte du peu de respect qu'elle avait pour eux. Elle perdrait son emploi en un clin d'œil.

— Tu as faim, Ethan ? demanda Whitney, brisant cette drôle de connexion entre lui et Lilly. J'ai fait un peu trop à manger pour ce matin.

Il gloussa. Un son libre et léger.

— Je pense que c'est un euphémisme. Mais j'aimerais beaucoup me joindre à vous, si ça ne vous dérange pas.

— Bien sûr que non, dit Whitney. Je vais te chercher une assiette.

Pendant que la vieille dame se dirigeait vers le placard, Lilly resta debout, gênée, ne sachant pas quoi dire. Heureusement, son hôte revint rapidement et Ethan se mit à remplir son assiette.

Ils s'assirent tous les trois autour de la table et Lilly fit de son mieux pour faire la conversation. Elle n'avait jamais été une bonne interlocutrice et encore moins avec des gens qu'elle ne connaissait pas. Alors que sa famille la qualifiait de pipelette et ils n'avaient pas vraiment tort. C'était comme si elle refoulait tous les mots qu'elle n'osait pas prononcer dans la vie de tous les jours et les gardait pour quand elle serait en compagnie des hommes qu'elle aimait le plus au monde et en qui elle avait le plus confiance, pour ensuite déverser tout un flot de paroles.

— Alors comme ça le tournage commence aujourd'hui ? demanda Ethan.

Lilly acquiesça.

Ses lèvres tressautèrent à nouveau, comme s'il la trouvait amusante mais se retenait de souligner son manque d'enthousiasme concernant son travail.

— Comment es-tu devenue caméraman ? lui demanda-t-il.

Lilly regretta d'avoir déjà terminé de manger. Au moins, elle aurait pu se concentrer sur autre chose qu'Ethan. Mais comme Whitney avait déjà mis son assiette vide dans l'évier, elle n'avait rien pour la distraire.

— Disons que ça m'est un peu tombé dessus, lui répondit-elle avec honnêteté. J'ai toujours été plus à l'aise derrière la caméra, et quand j'étais à l'université, l'une de mes amies faisait partie du club d'audiovisuel et m'a convaincue de venir avec elle une fois. Je me suis rendu compte que j'aimais bien regarder la façon dont étaient montées les émissions et pièces de théâtre en coulisse... et la suite on la connait.

Pendant qu'elle parlait, Ethan la regardait droit dans les yeux. Comme si elle était actuellement la personne la plus importante au monde. Comme s'il était suspendu à ses lèvres. C'était intense... et très flatteur à la fois.

Elle n'avait pas le souvenir que quelqu'un lui ait déjà prêté autant attention quand elle parlait.

— Tu as dû voir de sacrées choses, dit Whitney.

Lilly se força à détourner le regard des yeux bruns d'Ethan et hocha la tête.

— D'après les rumeurs, vous revenez d'un tournage dans le Nevada, dit Ethan.

Lilly acquiesça à nouveau.

— L'Hôtel Goldfield ?

Elle n'avait vraiment pas envie de parler de son travail, mais ne voulait pas non plus être impolie.

— Oui.

— Qu'est-ce que c'est ? demanda Whitney.

Ethan se tourna vers l'hôte de la chambre d'hôte et lui expliqua :

— Goldfield, au Nevada, était une ville minière en plein essor au début du XXe siècle. L'hôtel Goldfield était la pièce maîtresse de la ville. Il est maintenant abandonné, et considéré comme l'un des bâtiments les plus hantés du pays. De nombreuses personnes sont venues tourner des émissions ici au fil des ans, essayant de prouver que les fantômes existent et d'en filmer quelques-uns.

— Oh, mon Dieu, dit Whitney, tremblant presque d'excitation en se tournant vers Lilly. Vous avez vu des fantômes alors ?

Merde. Lilly ne savait pas quoi dire. Même s'ils étaient restés là-bas quelques nuits, ils n'avaient rien filmé de suspect. Ce n'était pas pour autant que Lilly ne s'était pas sentie extrêmement mal à l'aise tout le long. Au contraire. Le sentiment d'être observée ne l'avait pas quittée jusqu'à ce qu'ils partent de la ville.

Elle n'avait pas eu l'impression que l'hôtel était malveillant, elle avait plutôt éprouvé un sentiment de tristesse.

Notamment dans la chambre 109. La chambre était celle d'une femme du nom d'Elizabeth qui avait été enchaînée à un radiateur et forcée de rester jusqu'à ce qu'elle donne naissance au bébé du propriétaire de l'hôtel, dont il ne voulait pas. Les rumeurs sur ce qui s'était passé étaient toutes différentes. Certains disaient qu'elle était morte en couches, d'autres racontaient que le propriétaire l'avait tuée. Mais dans tous les cas, Lilly avait clairement ressenti la présence de *quelque chose* dans cette chambre.

Évidemment, le simple fait de le *ressentir* n'était pas assez excitant pour la télé. Alors Tucker avait demandé à Brodie de jouer une vidéo d'un bébé qui pleurait au bout du couloir, derrière une porte fermée.

Depuis la chambre 109, cela paraissait étrange et hanté, ce qui était le but. Et Roger, Trent, Chris et Michelle avaient surjoué, prétendant être choqués et avoir une peur bleue.

La nuit suivante, essayant de reproduire les images qu'une autre émission d'investigation très populaire avait filmées, Tucker avait demandé à Joey de lancer un skate vers Trent et Michelle alors qu'ils se trouvaient dans la cave. Mais il avait mal mesuré sa force et avait tapé Michelle au niveau du tibia, laissant une entaille ensanglantée sur sa jambe.

Tucker, évidemment, avait adoré et avait été pratiquement surexcité en voyant les images. Avec ces incidents en tête, Lilly ne savait pas vraiment quoi dire à Whitney. Avait-elle vu des fantômes ? Non. Les avait-elle sentis autour d'elle ? Oui.

Sachant qu'elle avait mis trop de temps à répondre, elle fit un petit sourire à la gentille dame âgée.

— J'ai signé un accord de confidentialité, je ne peux pas vous raconter ce qui se passe dans les coulisses de l'émission. Mais je *peux* vous assurer qu'il est hors de question que je reste une nuit seule dans cet hôtel.

Le visage de Whitney s'illumina.

— Oooooh, j'ai tellement hâte de regarder l'émission !

Lilly parvint à ne pas grimacer. De justesse. Son regard passa de son hôte à Ethan et elle ne fut pas surprise de constater qu'il l'étudiait attentivement.

— Vous allez filmer dans la forêt aujourd'hui ? demanda-t-il.

Contente qu'il ne fasse pas de remarque sur le fait qu'elle croie aux fantômes ou qu'il n'insiste pas pour obtenir plus d'informations sur l'hôtel, Lilly haussa les épaules. Elle avait *vraiment* signé un contrat de confidentialité et même si elle détestait à quel point tout était faux dans cette émission, elle ne pouvait pas en parler sans risquer que la production ne lui fasse un procès.

— Je ne sais pas trop. Je n'ai pas encore eu de nouvelles de Tucker concernant le programme d'aujourd'hui. D'habitude, on interviewe d'abord les personnes dont nous allons mettre l'histoire en avant. Ensuite, nous nous rendons sur les lieux où ils affirment avoir vu quelque chose. Les acteurs se réunissent ensuite pour enquêter et nous essayons d'immortaliser un phénomène paranormal avec la caméra.

— Vous êtes quatre caméramans ? Ça fait beaucoup, dit Ethan.

— Pas vraiment, lui dit Lilly. Parfois, on nous attribue chacun un acteur, mais en général il y en a un qui fait les plans larges, un qui part chercher des éléments de décors qui viendront remplir le segment vidéo et un autre s'occupera des gros plans. Tout dépend de là où nous sommes et du type de tournage que nous effectuons.

Ethan acquiesça.

— L'émission a-t-elle déjà été tournée dans une forêt ?

Lilly secoua la tête.

— Non. Jusqu'à présent, nous avons été à l'intérieur de bâtiments ou dans une zone limitée comme un cimetière par exemple. Nous avons fait quelques tournages en extérieur, mais dans de grands espaces comme au Nevada ou au Nouveau-Mexique.

— Laisse-moi deviner... les extra-terrestres ? demanda Ethan.

Il n'était pas difficile d'entendre le scepticisme dans sa voix. Se sentant sur la défensive, même si elle était devenue de plus en plus cynique à l'égard de la série au fil du temps, Lilly se crispa. Mais elle n'eut pas le temps de parler avant que Whitney ne le fasse.

— Des extra-terrestres ? Oh mon Dieu !

Son air tout excité fit sourire Lilly. Elle essaya de se dire que ce que faisait Tucker n'était pas illégal. Non, les êtres paranormaux qu'ils filmaient n'étaient pas réels... mais ils créaient une émission qui divertissait les gens. S'il inventait des histoires et payait des gens pour raconter de fausses observations, ils ne faisaient de mal à personne.

Pour certaines personnes, regarder l'émission leur permettait de faire une vraie pause.

Ethan repoussa son assiette désormais vide et posa ses coudes sur la table, plantant son regard dans le sien.

— Il faut que vous fassiez attention. Crois-moi, vous n'avez pas envie de vous perdre dans la nature.

— Je sais, dit-elle doucement.

— Si Tucker veut me voir pour qu'on passe en revue les meilleurs sentiers à emprunter, je suis disponible, proposa-t-il.

Lilly pinça les lèvres. Jamais Tucker n'accepterait les suggestions d'un habitant concernant les lieux où il devrait filmer. Il était arrogant et prétentieux et même s'il n'était jamais venu à Fallport et n'était clairement pas du genre à passer beaucoup de temps dans la nature, il considèrerait quand même qu'il savait tout mieux que tout le monde. De plus, il ne voulait pas que l'on sache où ils allaient filmer, pour qu'ils ne puissent pas les suivre discrètement et les voir jouer la comédie. Lilly ne serait pas étonnée si lui ou l'un des acteurs avaient un costume grandeur nature caché dans ses valises.

— Je vois. Il ne voudra pas de mes conseils, conclut Ethan sans que Lilly n'ait besoin de dire un mot. Est-ce que l'un des hommes de l'équipe s'y connaît en nature et randonnée ?

— Juste moi, dit Lilly avec honnêteté.

Il haussa les sourcils.

— Toi ?

Lilly souffla d'un air irrité.

— Oui, moi. Et il n'y a pas *que* les hommes qui s'y connaissent en nature.

Ethan hocha la tête d'un air compréhensif.

— Et qu'est-ce qui fait que tu es expérimentée ?

— J'ai quatre grands frères. Nous avons grandi dans une

petite ville en Virginie-Occidentale, similaire à Fallport. Nous n'avions pas le câble sur la télé, alors on s'occupait en jouant dans les bois. J'ai suivi mes frères dès l'âge où j'ai pu marcher. Je n'avais pas le droit de rejoindre les scouts garçons, puisque j'étais une fille, mais j'ai fait tout ce qu'ils entreprenaient pendant qu'ils obtenaient leurs badges. J'ai même été à la chasse avec eux et j'ai appris à tirer quand j'avais 8 ans. Mais je n'aime pas tuer les animaux. J'aime juste passer du temps avec mon père et mes frères, assise dans la forêt, attendant qu'un cerf passe par-là.

Le camping aussi était l'une de nos activités préférées en famille. Je sais démarrer un feu avec un silex et quelques bâtons, reconnaître les traces de la plupart des animaux de la région et je peux me servir des étoiles comme carte rudimentaire si besoin. Un été, nous avons même fait une partie du sentier des Appalaches. Ça fait longtemps que je n'ai pas eu le plaisir de camper, mais je n'ai pas oublié à quoi ressemble le sumac vénéneux, et en cas de besoin je suis sûr que je saurai construire un abri à peu près correct.

Lilly n'arrivait pas à croire qu'elle venait de vomir tout ce flot de paroles, mais l'air sceptique d'Ethan l'avait agacée. Elle ne supportait pas quand les gens ne considéraient pas les femmes aussi capables que les hommes dans certains domaines. Elle adorait leur prouver qu'ils avaient tort.

Ethan hocha la tête et Lilly aurait pu jurer voir un peu de respect dans son regard. Mais au lieu de l'interroger à nouveau sur les zones où Tucker voulait filmer ou de lui demander comment ils comptaient trouver Bigfoot, il lui dit :

— Ta mère aussi aimait la nature ?

— Ma mère est partie juste après ma naissance.

Il cligna des yeux et grimaça.

— Je suis désolé.

Lilly haussa les épaules.

— Ne le sois pas. J'ai eu une super enfance. Mon père est génial. Je ne changerais rien à la façon dont j'ai grandi.

— Et tu as raison, approuva Ethan à voix basse.

Lilly observa ce grand type assis à côté d'elle, sans savoir quoi dire.

Elle eut soudain envie de se confier à lui. De lui dire à quel point elle pensait que Tucker était un con. À quel point elle détestait l'émission pour laquelle elle travaillait. Qu'elle était d'accord avec lui ; aller filmer dans la forêt en entraînant tout un tas de gens qui n'avaient aucune idée de ce qu'ils faisaient dans un tel environnement était une mauvaise idée. Mais au lieu de ça, elle resta figée et le fixa comme une imbécile.

— Eh bien..., ne faites pas attention à moi. Je vais juste emballer les restes, dit Whitney en se levant de table avec un petit sourire.

Bizarrement, Lilly rougit. Elle n'avait pas réalisé qu'elle et Ethan s'étaient regardés aussi longtemps.

— Tu as visité Fallport depuis que tu es arrivée ? demanda Ethan.

Lilly secoua la tête.

— Tu voudras faire un tour un de ces quatre ? Je veux dire, j'imagine que tu dois avoir du temps libre sur le planning des tournages ?

— Oui. Une fois qu'on commence, ça devient assez intense, mais Tucker n'a pas le droit de nous faire travailler vingt-quatre heures sur vingt-quatre. Il y a des règles.

— Et donc ? demanda-t-il.

— Et donc... quoi ?

Il sourit.

— Tu veux que je te fasse visiter ?

— Oh ! Pardon. Euh... je ne suis pas obligée de travailler toute la journée, mais je ne sais pas non plus quand j'aurai du temps libre. Ça dépend du planning de tournage.

— Ethan est assez flexible avec son travail, intervint Whitney qui se trouvait près du comptoir, leur tournant le dos.

Elle mettait les restes de bacon dans un Tupperware.

— Il est électricien. Et il est sacrément doué. Il travaille quand les gens ont besoin de lui, donc il peut adapter son emploi du temps au tien.

Ethan secoua la tête et sourit un peu plus.

— Elle a raison. Je te donnerai mon numéro et tu me diras quand tu auras un peu de temps.

Ils étaient en train d'échanger leurs numéros de téléphone ? Lilly couina mentalement. Ce genre de chose ne lui arrivait jamais. Elle était juste cette bonne vieille Lilly Ray. Personne ne la regardait jamais deux fois de suite. Mais Ethan ne lui proposait pas vraiment un rencard. Il voulait probablement juste garder un œil sur l'organisation de l'émission. Il voulait s'assurer que personne ne se perdrait dans la forêt.

— Hum... OK.

— Tu devrais l'emmener au Broyeur. Oh ! Et au Bec Sucré. Tu aimes les pâtisseries, pas vrai Lilly ? lui demanda Whitney.

— Qui n'aime pas ça ? dit Lilly.

— Oh, tu serais surprise, marmonna Ethan.

— Personne que je n'ai envie de connaître, répondit Whitney, ignorant la remarque d'Ethan. Et le restaurant Sunny Side Up a l'air d'une vraie poubelle comme ça, mais c'est le meilleur endroit de la région. Il faut que tu l'emmènes là-bas aussi, Ethan.

— On verra, dit-il avec diplomatie. Mais personne ne fait aussi bien le pain de viande que toi, Whit.

La vieille dame rougit.

— Oh, arrête. Et je suis sûre que Zeke aimerait bien vous voir dans son bar.

Ethan regarda Lilly.

— Tu as rencontré Zeke hier. Il possède le pub du coin, On the Rocks ça s'appelle.

— C'est un joli nom, dit Lilly.

— Oui.

Elle n'eut pas de mal à voir l'amusement dans son regard.

Lilly ne comprenait pas bien ce qui se passait. Hier soir, elle avait eu l'impression que cet homme et ses amis ne l'aimaient pas, comme *tous ceux* qui faisaient partie de l'émission. Et même quand il était arrivé ce matin, elle avait ressenti la même chose. Mais voilà qu'il était assis à côté d'elle, lui souriant et prévoyant de lui faire visiter Fallport – ce qui, pour être honnête, ne prendrait pas beaucoup de temps, car ce n'était pas très grand.

D'après ce qu'elle avait vu, il y avait le centre-ville, où se trouvaient le palais de justice et la plupart des magasins locaux, situés autour de la place centrale – un immense espace vert, avec un kiosque. Main Street longeait un côté de la place, reliant le centre-ville aux franchises plus connues – hôtels et fast-foods – plus proches de la I-480. C'était la route qui menait à l'autoroute, à quarante-huit kilomètres à l'est de la ville.

Alors qu'elle s'efforçait de trouver quelque chose à dire, son téléphone sonna.

Elle se pencha sur le côté et le sortit de sa poche. C'était Tucker.

— Excuse-moi, il faut que je réponde, dit-elle à Ethan.

Il acquiesça.

Lilly se leva et sortit de la cuisine pour se rendre dans la salle à manger.

Whitney lui avait dit hier que c'était là que les clients mangeaient habituellement, mais comme elles n'étaient que toutes les deux, elle lui avait demandé si ça ne la dérangeait pas de manger de façon moins formelle dans la cuisine. Lilly avait accepté sans hésiter.

Elle préférait toujours le décontracté au formel, quel que soit le jour de la semaine.

Elle se tint devant la fenêtre à l'autre bout de la pièce, observant le jardin et les arbres qui semblaient s'étendre indéfiniment. Le manoir de Chestnut Street était collé à la forêt et était extrêmement paisible. Lilly avait le sentiment qu'elle aurait besoin de cette ambiance détendue pour l'aider à faire face à ce tournage.

— Allô ? dit-elle après avoir cliqué sur le prénom Tucker.

— J'ai besoin de toi au kiosque du centre-ville à 11 heures 30. On va d'abord aller chez le gamin, le filmer en train de raconter son histoire, puis chez le vieux. On fera la même chose là-bas puis on filmera l'équipe en train de discuter stratégie.

Lilly s'était habituée à sa façon de parler directe. Tucker ne lui demandait jamais comment elle allait ou si elle avait bien dormi. Elle savait qu'il était agacé qu'elle insiste pour loger dans des chambres d'hôtes quand c'était possible plutôt que dans le même hôtel que le reste de l'équipe, mais comme elle payait elle-même la différence de prix quand il y en avait une, il n'avait jamais trop protesté à ce sujet.

— Très bien. On va aller dans la forêt aujourd'hui ?

— Pourquoi ?

Lilly fut surprise par son ton sec.

— Je me demandais juste quel genre de vêtements il fallait que je porte.

— Qu'est-ce que ça *change* ?

Encore une question qui prouvait à quel point il était mal préparé pour ce tournage. Et Lilly ne comptait pas lui expliquer pourquoi elle voulait porter des pantalons et des bottes et enfiler plusieurs couches de vêtements s'ils allaient dans la forêt. Cela ne ferait qu'agacer Tucker et lui donner l'impression qu'elle essayait de lui dire quelque chose qu'il ne savait pas déjà.

— J'étais juste curieuse, dit-elle à la place.

— On improvisera au fur et à mesure. On ira peut-être faire une randonnée pour explorer et filmer quelques images la journée. Il faut aussi qu'on reconstitue ce que nos témoins ont vu et il faudra le faire dans un environnement forestier.

Lilly savait que cela signifiait qu'ils ne filmeraient pas vraiment là où les soi-disant témoins prétendaient avoir vu Bigfoot. Tucker filmerait ce qui lui semblait être les meilleurs endroits.

— OK.

— 11 heures 30. Ne sois pas en retard, dit Tucker avant de raccrocher.

Lilly regarda son téléphone d'un air renfrogné. À quand remontait la dernière fois où elle avait été en retard ? Jamais, voilà.

Plus le tournage de l'émission se prolongeait, moins Lilly avait de respect pour Tucker, mais aussi pour les quatre acteurs. Individuellement, elle n'avait rien à reprocher à Roger, Trent, Chris et Michelle. Mais ils espéraient tous que cette émission serait une « consécration » pour eux. Ils voulaient devenir de grandes stars... et étaient prêts à mettre leur morale de côté pour y arriver.

— Tout va bien ?

Lilly sursauta en entendant la voix rauque d'Ethan, et se retourna pour le voir appuyé contre l'encadrement de la porte de la cuisine.

Elle remit son téléphone dans sa poche et acquiesça.

— Oui. Il faut que je sois au kiosque à 11 heures 30.

— On l'appelle Le Cercle.

Lilly hocha la tête. C'était logique. C'était un magnifique kiosque circulaire minutieusement conçu.

— Je parie que beaucoup de mariages ont eu lieu là-bas, dit-elle sans réfléchir.

Il acquiesça.

— Oui. Du coup... vous allez dans la forêt aujourd'hui ?

Il était évident qu'il avait entendu une partie de sa conversation avec Tucker.

— Ce n'est pas encore décidé. Ce qui veut dire qu'il faut que je me prépare à tout.

— Des chaussures de randonnée, un pantalon cargo, une veste et un tee-shirt par-dessus un débardeur, alors c'est ça ?

Lilly ne put s'empêcher de rire.

— Oui. Si on ne fait que filmer dans le coin, je pourrai m'en sortir avec un short et mes baskets, mais si nous allons dans la forêt je préfère porter des habits qui me couvrent. On doit souvent s'enfoncer dans les buissons pour obtenir les meilleurs plans.

— Je vois. Donc... je peux avoir ton numéro ? demanda Ethan en sortant son téléphone.

Lilly hésita soudain. Elle ne serait là que le temps du tournage, puis elle partirait. Heureusement, il n'y avait plus qu'un seul épisode de prévu pour la première saison de la série. Ensuite, elle devrait décider de rentrer ou non en Virginie-Occidentale et réfléchir à sa prochaine mission.

En vérité, elle avait envie de se poser. De trouver une jolie ville comme Fallport, pas loin de sa famille et d'y construire sa vie. Quant à son travail... elle allait devoir y réfléchir. Elle était caméraman depuis qu'elle avait été diplômée de l'université, mais elle ne pouvait plus nier que son travail n'était plus aussi attirant et excitant qu'autrefois. Même si elle ne savait absolument pas quoi faire d'autre comme métier.

— Lilly ? l'interpella Ethan. Si ça te met mal à l'aise de me donner ton numéro, tu peux simplement passer au On the Rocks et dire à Zeke que tu me cherches. Il pourra me joindre. Ou même, si besoin, Whitney a mon numéro. J'ai refait la plupart du système électrique de cette maison. Elle peut m'appeler.

— Non, c'est bon, dit rapidement Lilly.

Elle ne faisait que donner son numéro à ce type, ce n'était pour autant qu'elle accepter de s'installer avec lui. Elle rougit rien qu'à l'idée.

— Est-ce que j'ai envie de savoir pourquoi tu rougis ? demanda Ethan avec un petit sourire.

Merde. Elle avait déjà oublié à quel point il était observateur. La plupart des gens n'auraient même pas fait attention ou se seraient poliment abstenus d'en parler... mais pas Ethan.

— Non, répondit-elle tout en sachant qu'elle rougissait encore plus.

Désormais, il la fixait du regard avec un grand sourire.

Merde, attendait-il vraiment qu'elle lui dise à quoi elle pensait ? Il était hors de question que Lilly admette que l'idée d'emménager avec lui ne lui paraissait pas si horrible.

— Même si j'aimerais bien l'être, je ne suis pas télépathe. Lil. Je peux avoir ton numéro ?

Oh ! Il attendait qu'elle lui donne son numéro. Lilly leva les yeux au ciel face à sa bêtise. Mon Dieu, elle était vraiment bizarre parfois. Elle énonça rapidement les chiffres et le regarda les enregistrer.

— C'est bon, dit-il en s'écartant du mur pour s'avancer vers elle.

Lilly leva le menton alors qu'il s'approchait. Sa taille était parfaite pour elle... même si elle ne pensait pas à lui de *cette* façon.

Non, mais, de qui se moquait-elle ? Évidemment que si. Cet homme était terriblement beau.

Il baissa les yeux vers elle durant un instant, puis acquiesça comme s'il avait trouvé ce qu'il cherchait dans ses yeux.

— Sois prudente aujourd'hui. Je ne plaisantais pas hier soir quand j'ai dit que c'était facile de se perdre dans les bois.

— Je sais. J'ai mon GPS avec moi, donc ça devrait aller.

Ethan cligna des yeux, surpris.

— Tu as un GPS ?

— Bien sûr. Quand j'ai appris que nous allions partir à la recherche de Bigfoot, je me suis bien doutée qu'on n'allait pas le chercher dans les rues de New York.

Ethan parut soulagé.

— Ouf. Je me sens mieux.

— Moi aussi, dit Lilly. Je ne sais pas comment ça va se passer une fois que nous serons dans la forêt, mais j'imagine que les acteurs ne vont pas du tout regarder où ils mettent les pieds. Ils vont entendre quelque chose et partir en hurlant et nous, les caméramans, nous allons devoir les suivre comme on peut.

Les lèvres d'Ethan tressautèrent.

— Mais s'ils se perdent, ça fera une meilleure audience, dit Lilly qui se sentait obligée de le prévenir.

Ethan, qui semblait amusé, prit soudain un air sérieux.

— Ils seraient capables de le faire exprès ? D'inquiéter les habitants, d'obliger mon équipe et moi à abandonner toute une journée de travail simplement pour faire de bonnes audiences ?

Lilly grimaça.

— Hum...

— Ne me réponds pas. Tu n'es pas obligée.

— C'est juste que, même si j'ai pris mon GPS, je n'ai pas

le droit d'intervenir dès que les caméras tournent. Je me ferais virer sur-le-champ si je faisais quoi que ce soit qui puisse faire prendre conscience aux téléspectateurs que les acteurs ne se promènent pas tout seuls dans les bois.

— C'est ridicule, dit Ethan avec dégoût.

— Qu'est-ce qui est ridicule ? Le fait que nous n'ayons pas le droit d'aider ou de dire quoi que ce soit ou que ceux qui regardent l'émission réalisent qu'il y a en fait quatre caméramans, un producteur et un ingé son qui marchent juste à côté des acteurs ?

— Oui, dit Ethan avec fermeté.

Lilly ne put s'en empêcher. Elle éclata de rire.

— C'est un peu comme ça que fonctionnent toutes les émissions de télé-réalité. Ça ne me plaît pas, mais je savais dans quoi je m'embarquais quand j'ai accepté ce job.

— Qu'est-ce que tu dis de ça : si ces imbéciles se perdent, tu te sers de ton GPS, tu marques l'endroit et tu ramènes tes fesses ici. Tu viens me trouver. Et on les laisse mijoter un moment avant de venir les chercher. Marché conclu ?

— Marché conclu, dit Lilly avec un sourire.

— Tu n'es pas du tout comme je l'imaginais, dit soudain Ethan.

— Je sais, répondit Lilly d'un air sérieux.

Elle avait entendu ce genre de remarque toute sa vie.

Les gens s'attendaient toujours à ce qu'elle soit différente de ce qu'elle était vraiment. Plus extravertie. Plus intéressante. Plus féminine.

— Tu es bien mieux, dit Ethan en se parlant presque à lui-même.

Puis, il fit un pas en arrière et hocha la tête.

— Je t'enverrai un texto plus tard pour savoir comment ça s'est passé aujourd'hui. Tu as une pause pour dîner ?

Lilly mit quelques secondes à comprendre ce qu'il lui demandait. Elle était encore bloquée sur le « mieux ».

— Je ne sais pas.

Il fronça les sourcils.

— Tu ne sais pas si tu auras droit à une pause pour manger ?

— Parfois, si le tournage se passe vraiment bien, on travaille durant le dîner. Mais ce n'est pas bien grave.

— Si, insista Ethan. Mais OK. On a qu'à dire que c'est toi qui m'envoies un SMS quand tu as un peu de temps. Je peux toujours appeler Sandra – la propriétaire du Sunny Side Up – et prendre un repas à emporter pour te l'amener si jamais tu n'as pas de pause.

Lilly pencha la tête sur le côté, l'examinant.

— Quoi ? dit-il.

— Pourquoi es-tu si gentil ? lui demanda-t-elle, réellement curieuse.

— Je ne sais pas.

Lilly ne put s'empêcher de sourire. Il avait répondu de façon si honnête. Si franche.

— Si je suis venu ici aujourd'hui c'était pour t'avertir à nouveau en espérant que je puisse parler à Tucker. Il n'y a pas de putain de Bigfoot dans ces montagnes. Crois-moi, j'ai arpenté de nombreux, *nombreux* kilomètres et je n'ai jamais rien vu ni entendu d'étrange. Il y a des ours, des lynx et des contrebandiers qui n'aiment pas que des étrangers mettent leur nez dans leurs affaires. Mais pas de Bigfoots. Ou *Bigfeet*. C'est quoi le pluriel de Bigfoot en fait ?

Lilly haussa les épaules.

— Je n'en ai aucune idée.

— Quoiqu'il en soit, j'imagine que si vous ne trouvez rien, ça ne fera pas de bonnes audiences, et comme je suis sûr à cent pour cent que les acteurs, comme tu dis, ne vont pas croiser la carcasse d'un Bigfoot mort, ça veut probablement dire qu'il y aura des supercheries. Et tu dois probablement bien les connaître et être toi-même impliquée... d'où la clause de confidentialité que tu as dû signer. Donc pour être honnête, je suis venu ici pour essayer de t'intimider et que tu fasses passer le message : si mon équipe et moi sommes obligés de venir chercher qui que ce soit, nous n'allons pas être contents.

Lilly déglutit avec difficulté. Cet homme était malin. Il avait vu clair dans le jeu de Tucker et n'avait pas cru à ses mensonges. Elle n'aimait pas être mise dans le même sac que Tucker et les autres, mais au bout du compte, elle était quand même impliquée.

— Mais mis à part l'avertissement... tu m'intrigues. Tu es une femme complexe et il y a quelque chose chez toi qui a piqué mon intérêt, termina Ethan.

— Je ne suis pas complexe, lâcha-t-elle. Je suis telle que tu me vois.

— On verra, dit-il d'un air mystérieux.

— Je suis sérieuse, Ethan.

— Très bien.

— Et je m'en vais dès que nous aurons terminé le tournage.

Il fronça les sourcils.

— Je sais, mais ça ne me donne pas moins envie d'apprendre à te connaître.

Lilly resta perplexe. Elle avait envie de lui dire qu'il était ridicule. Qu'elle n'était pas du genre à avoir une aventure. Qu'elle avait envie de se poser... de fonder une famille, avoir des enfants, une maison. Mais au lieu de ça, elle lâcha :

— Tu es déroutant.

Il sourit.

— Je sais. Laisse-moi assez de temps et tu finiras par me cerner.

Puis Ethan hocha à nouveau la tête dans sa direction et retourna dans la cuisine.

Lilly resta là où elle était. Elle l'entendit remercier

Whitney pour le petit déjeuner et lui dire au revoir. La porte de la cuisine s'ouvrit et se referma et Lilly resta figée sur place.

Elle avait des choses à faire. Il fallait qu'elle se change et s'assure que tous les équipements de sa caméra étaient prêts pour le tournage de la journée, mais au lieu de ça, elle resta là, sans bouger, se demandant ce qui venait de se passer.

Whitney pointa le bout de son nez dans le salon et gloussa.

— Les hommes d'Eagle Point font toujours cet effet, dit-elle en voyant le regard hébété de Lilly.

— Donc ce sont des séducteurs ? lâcha Lilly, souhaitant obtenir plus d'informations sur Ethan Watson avant qu'elle ne fasse une bêtise – comme de tomber raide dingue amoureuse de lui.

— Pas du tout, lui dit Whitney. Pour autant que je sache, ils ne sont jamais sortis avec personne en ville depuis leur arrivée il y a cinq ans.

Lilly écarquilla les yeux.

— Personne ?

— Non. Mais ça ne veut pas dire qu'ils n'ont pas eu de propositions. Ce sont de chics types, continua Whitney. La ville a mis du temps à les accepter, mais après tous les gens qu'ils ont aidés, les habitants comme les étrangers, ce serait horrible de notre part de les traiter comme des intrus.

Lilly hocha la tête. Elle savait comment fonctionnaient les petites villes. Il valait mieux y être né pour être considéré comme un local. Son père avait vécu dans sa ville natale pendant plus de quarante ans et certaines personnes le considéraient encore comme un nouveau venu.

— Ce sont tous d'anciens militaires, chuchota Whitney, comme si elle avait peur que quelqu'un ait placé des micros dans la maison et ne l'entende. Sauf Drew qui était un officier de police en Virginie. Mais ils ont tous vu des choses assez difficiles dans leur vie. Ils sont venus ici pour un rythme de vie plus lent. Pour ne pas avoir à constamment surveiller leurs arrières.

— Comment sais-tu tout ça ? lui demanda Lilly.

Whitney gloussa.

— Le réseau d'informations de cette ville est plus efficace que tout ce que le gouvernement pourrait mettre en place dans leurs super bureaux de la CIA ou du FBI, dit-elle. Je vais te donner un conseil : si jamais tu croises un homme du nom de Otto, Silas ou Art, ne lui dis *rien* que tu ne veuilles pas que tous les habitants de cette ville ne sachent.

Lilly prit les conseils de sa nouvelle amie à cœur. Il y avait aussi un groupe de commères dans sa ville natale, sauf que c'étaient des femmes. Elles se faisaient un plaisir de transmettre toutes les informations qu'elles entendaient, même si celles-ci étaient fausses.

— Enfin bref, ce que je veux dire, c'est que tu ne peux pas faire mieux qu'Ethan Watson.

— Je ne cherche pas à sortir avec qui que ce soit, dit Lilly. Je suis juste là pour le travail, rien de plus.

— Hum, hum, dit Whitney en hochant la tête. Mais ça, l'amour n'en a rien à faire. Ça arrive quand ça doit arriver, et si tu es maligne, tu ne tourneras pas le dos à cette opportunité.

Lilly avait l'impression que Whitney la réprimandait, alors qu'elle n'avait rien fait de mal.

— Dans tous les cas, ce sera un bon ami, ajouta Whitney. Tu veux que je te prépare ton déjeuner ?

— Non. Mais merci, dit-elle en se tapotant le ventre. J'ai assez mangé pour tenir un moment.

— Ça, c'est ce que tu dis maintenant, mais quand tu seras debout sous la chaleur avec cette caméra lourde sur l'épaule, tu ne penseras pas la même chose. Je vais au moins te préparer un en-cas.

Whitney se dirigea vers la cuisine, puis s'arrêta et se retourna à nouveau.

— C'est un bon gars, dit-elle doucement. Il me fait beaucoup penser à mon mari qui est décédé. Tu pourrais faire pire. Bien pire.

Et sur ce, elle disparut dans la cuisine.

Lilly lâcha un long soupir. Elle avait oublié à quel point les habitants des petites villes étaient curieux, mais ça ne la dérangeait pas vraiment. Elle et Ethan ne finiraient pas ensemble. Elle ne resterait pas assez longtemps en ville pour qu'ils aient le temps de s'attacher l'un à l'autre. Mais ça ne voulait pas dire qu'elle ne pouvait pas accepter qu'il lui fasse visiter les lieux. Elle avait bien aimé ce qu'elle avait vu jusqu'à présent et était curieuse de découvrir les endroits mentionnés par Whitney. Quel mal y aurait-il à ce qu'Ethan soit son guide touristique ?

Une fois cette décision prise, Lilly traversa le couloir jusqu'à sa chambre. Elle n'avait pas envie d'être en retard et de s'attirer les fameuses foudres de Tucker. Le tournage, n'en serait que plus long. Il fallait qu'elle vérifie ses caméras et se rende en centre-ville bien avant 11 heures 30. Peut-être que Kate ou Michelle lui en diraient plus sur le planning de la journée.

Elle fit de son mieux pour sortir Ethan Watson – et cette impression que lorsqu'il la regardait, elle était la seule femme au monde – de son esprit. Elle était là pour le travail. Rien de moins. Rien de plus.

CHAPITRE QUATRE

Finalement, elle aurait dû accepter que Whitney lui prépare un déjeuner. Cela faisait bien longtemps que Lilly avait consommé l'en-cas que sa gentille hôtesse lui avait préparé. Les membres de l'équipe s'étaient séparés avec Roger et Trent qui étaient partis chez le petit garçon, et Chris et Michelle qui se rendaient chez le vieil homme. On lui avait assigné Chris pour la journée et elle avait fait tout son possible pour ne pas éclater de rire devant le jeu excessif des acteurs, et de l'habitant qui avait enjolivé cette histoire fantasque où Bigfoot était entré dans son jardin et avait attrapé son chien avant de disparaître dans la forêt.

L'équipe entière s'était ensuite retrouvée sur le parking du sentier de Barker Mill, une randonnée assez populaire qui menait dans la forêt, une fois que les interviews avaient été terminées. Il leur restait environ une heure avant que le soleil ne se couche et Tucker voulait commencer à filmer dès ce soir.

Il venait tout juste de leur expliquer leur planning, lorsque Roger secoua la tête.

— C'est trop tard.

Tucker lui lança un regard noir.

— *J'espère* que tu n'es pas en train de me contredire là, l'avertit-il.

Lilly se raidit. Il était évident que Tucker n'était pas de bonne humeur et Roger n'arrangeait pas la situation... même si elle était totalement d'accord avec lui.

— Tu sais aussi bien que moi que les tournages de nuit sont bien plus compliqués qu'en journée. Nous avons tous besoin de nous changer de toute façon, on ne peut pas porter les mêmes vêtements qu'aujourd'hui à l'écran. Demain on pourra regarder les cartes et trouver les meilleurs endroits pour filmer.

— J'ai déjà regardé les cartes, dit Tucker d'un ton acide. Tu crois que je nous enverrais marcher dans la forêt sans avoir de plan ?

Lilly fit de son mieux pour ne pas ricaner d'un air incrédule. C'était justement ce que Tucker faisait tout le temps. Il était le roi de l'improvisation quand il était question du planning.

— On peut peut-être aller jeter un coup d'œil ce soir, proposa Trent.

Des quatre acteurs, c'était le plus lèche-botte. Lilly n'en avait pas grand-chose à faire d'eux, mais Trent était toujours le premier à faire des courbettes devant Tucker. C'était probablement pour ça qu'il obtenait toujours les meilleurs plans de l'émission... comme au Nevada. C'était lui qui avait « vu » les lumières dans le ciel. Il avait fait la moue quand ils avaient décidé que ce serait Michelle qui se prendrait le skate dans les jambes à l'Hôtel Goldfield, mais Tucker l'avait apaisé en disant que c'était mieux si c'était une femme qui était blessée. Car les spectateurs auraient plus d'empathie pour elle.

— Tu vois ? Trent est partant, pourquoi tu n'es pas comme lui ? demanda Tucker à Roger.

Lilly retint son souffle, attendant la réaction de Roger.

— Parce qu'il est prêt à faire tout ce que tu dis, même si c'est n'importe quoi, pour rester dans ton camp. On sait tous que c'est ton préféré.

Tucker croisa les bras sur la poitrine et jeta un regard noir à Roger.

— T'as un problème ?

— Oui, répondit-il sans aucune hésitation.

Regardant autour d'elle, Lilly fut heureuse qu'ils soient les seuls sur le parking. La dernière chose dont ils avaient besoin, c'était que quelqu'un entende ou voie cette altercation. L'émission n'avait pas encore été diffusée, mais il ne valait mieux pas qu'ils lavent leur linge sale en public.

À 27 ans, Roger était le plus âgé des quatre acteurs. Il mesurait un mètre quatre-vingts et avait des cheveux bruns et des yeux noisette. Ils étaient tous exceptionnellement beaux. Michelle avait 22 ans, elle était petite, blonde, avec une forte poitrine et aussi mince qu'un mannequin. Son rôle principal était de sourire beaucoup, de porter des chemises décolletées et de flatter les trois animateurs masculins.

Chris avait 25 ans, il mesurait un mètre quatre-vingt-dix, était costaud avec une barbe brune assez touffue et jouait le rôle du plus sceptique de la bande. C'est lui qui était chargé de trouver des explications alternatives aux choses qu'ils voyaient et entendaient, mais bien entendu, à la fin de chaque épisode, il finissait par admettre qu'il ne pouvait pas expliquer ce qu'il avait vu.

Trent avait 29 ans, il était à peine plus grand que Lilly et mesurait moins d'un mètre quatre-vingt, il avait les cheveux noirs et les yeux marron, des pommettes hautes, des fossettes et était toujours en train de plaisanter devant la caméra. Il avait le rôle du pote, celui vers lequel les habitants étaient toujours attirés en raison de son côté décontracté.

Évidemment, tout ça n'était qu'une façade. Lilly l'avait vu péter les plombs plus d'une fois... lorsqu'il n'obtenait pas de siège en business dans l'avion, quand la voiture de location qu'il désirait n'était pas disponible. Il était poli et sympathique quand ça l'arrangeait, mais n'accordait aucune importance à ceux qu'il jugeait inférieurs à lui. Il ne remerciait jamais les caméramans ni Brodie et en vérité, plus le tournage avançait, plus il leur parlait comme de la merde.

Roger était le seul des quatre acteurs qui avait déjà fait de la télé avant. Il avait animé une émission de courte durée durant laquelle les participants devaient manger le plus rapidement possible. Et même si l'émission avait eu de très mauvais retours, il pensait tout savoir mieux que tout le monde grâce à son expérience.

Tucker, la quarantaine, était le plus âgé. Sa bedaine dépassait de la ceinture de son pantalon et il avait un début de calvitie – et Lilly était certaine qu'il détestait son travail. Elle ne comprenait pas pourquoi il avait été embauché au départ ; son seul lien avec la célébrité était son grand-père qui avait été un réalisateur connu à l'époque. Elle supposait qu'on avait dû payer quelqu'un pour laisser Tucker avoir le contrôle sur la série.

Il se rapprocha de Roger et ils se firent face sur le parking.

Kate, Andre et Joey, les autres caméramans, restèrent silencieux en observant la confrontation.

— Tu crois que tu sais tout mieux que moi ? lui demanda Tucker.

— Oui, complètement, rétorqua Roger sans battre en retraite.

— J'aimerais bien vous y voir si je partais maintenant. Que je vous abandonnais à votre sort.

Quel que soit ce qui se passait entre eux, le problème semblait aller au-delà du fait de continuer le tournage cette nuit. Mais comme Lilly n'était pas au courant de ce dont parlait le reste de l'équipe pendant leur temps libre, cherchant justement à être séparée d'eux, elle ne savait pas du tout quel pouvait être le problème.

Roger leva les yeux au ciel et passa la main dans ses cheveux parfaitement coiffés. Lilly résista à l'envie de coiffer ses propres boucles. Elle les avait relevés en un chignon désordonné plus tôt dans la journée lorsqu'elle avait commencé à avoir chaud et elle était plutôt certaine de ne ressembler à rien.

— Ce n'est pas une si mauvaise idée de faire quelques prises de vue en amont ce soir, suggéra Michelle.

— Oui, on pourrait faire quelques vidéos de nous en train de marcher, des arbres, de la lune, de trucs comme ça, approuva Chris.

Roger souffla et s'éloigna de Tucker.

— OK. Peu importe.

— Bien, maintenant que c'est réglé, on peut se remettre à bosser, putain, grommela Tucker. On partira ce soir, on prendra quelques vidéos en amont et on ira repérer la zone. Kate et Andre vous êtes en charge de faire quelques prises de vue de la ville demain. On pourra les ajouter au montage final. Joey, toi et Lilly vous aurez l'après-midi de libre demain, mais vous travaillerez le soir. On partira dans la forêt dans la soirée et on y restera aussi longtemps que nécessaire pour obtenir des images exploitables.

Lilly ne comprenait pas pourquoi tout ce qui était en lien avec le paranormal devait forcément se passer la nuit. Comme si Bigfoot était un être nocturne. Tout comme les fantômes, les extra-terrestres et tout ce qu'ils avaient filmé. Ce n'était pas une noctambule, mais elle ne comptait pas contredire Tucker.

Andre était le caméraman le plus âgé et le plus expérimenté – et le seul qui eut le courage de demander :

— C'est quoi le planning ? Combien de temps allons-nous rester ici ?

— Aussi longtemps qu'il le faudra, dit Tucker sans devoir y réfléchir.

Puis, il ajouta :

— On passera quelques nuits avec tous les acteurs, puis on se séparera et on les filmera par binôme. Ils feront semblant de se parler les uns aux autres via les radios, on frappera quelques coups puis ils en entendront d'autres en retour. Puis on les appellera et on entendra quelque chose répondre. Ensuite on accélèrera les choses en trouvant des traces de pas inexplicables et peut-être une ombre qui se déplace entre les arbres.

Lilly soupira. Elle détestait ce subterfuge. Il ne faisait aucun doute que les traces seraient effectuées par quelqu'un de l'équipe, pareil pour les coups contre les arbres et tout ce que les acteurs risquaient d'entendre. Elle espérait juste que Tucker n'avait pas investi dans un foutu costume de Bigfoot. Sinon, il allait vraiment trop loin.

— Tuck, je me disais, et si on changeait un peu les choses et que l'un d'entre nous passe la nuit dans la forêt ? On pourrait utiliser un caméscope et rester seuls là-bas, dit Trent. On pourrait acheter une tente chez Walmart, l'installer et enregistrer tout un tas de trucs effrayants qui se passent la nuit.

— Mec, c'est justement ce que fait l'autre émission sur Bigfoot. On a déjà pris des risques en faisant des réunions publiques et d'autres trucs qu'ils font déjà. Si on fait une mission solo, ça sera encore plus flagrant qu'on les copie, dit Joey en secouant la tête.

Joey et Trent étaient plutôt proches, ce qui expliquait pourquoi il était assez à l'aise pour dire ce qu'il pensait.

Mais même s'ils étaient de bons amis, Joey n'était jamais d'accord avec ce que voulait faire Tucker et proposait toujours ses propres idées sur la façon de tourner une scène.

— Non, je pense que c'est une bonne idée, dit Tucker. Et comme c'est toi qui l'as suggérée, tu peux t'en occuper. Mais ce sera sur deux nuits.

Trent sourit. Il était évident qu'il avait espéré être choisi pour l'opération de tournage solo.

Tucker se tourna vers Lilly.

— Comme tu as l'après-midi de demain de libre, tu peux aller au magasin et prendre la tente et d'autres choses. Mais ne t'emballe pas non plus. Prends des trucs pas chers.

Lilly se mordit la langue. Elle eut envie de protester et de dire qu'elle était caméraman et non assistante, mais à la place, elle hocha simplement la tête. Ça ne valait pas la peine de s'énerver et ce n'était pas comme si c'était la première fois qu'il envoyait un membre de l'équipe faire des courses.

— Mais *lui*, il a déjà pu passer la nuit seul au Nevada, se plaignit Michelle.

— T'es sûre que t'as envie d'être seule dans les bois au milieu de la nuit ? lui demanda Chris d'un air ironique. Meuf, t'as peur des araignées, putain. Il n'y a pas un seul spectateur, après avoir vu la façon dont tu as hurlé quand t'as vu cet insecte au Mexique, qui va croire que tu as passé toute la nuit seule dehors.

Tout le monde se mit à rire, même Lilly. *Effectivement*, la réaction de Michelle avait été assez drôle.

— Tais-toi, connard, marmonna-t-elle.

— Kate, tu peux t'occuper de trouver le caméscope pour Trent, ordonna Tucker.

L'autre caméraman acquiesça.

— OK, donc demain soir, on vous filmera tous les quatre en train d'explorer, à la recherche de Bigfoot, puis Trent tu pourras partir en forêt pour deux nuits, tout seul. On en profitera pour vous filmer tous les trois en train de marcher et de faire des découvertes.

— Attends, tu veux dire qu'il va vraiment camper ? demanda Brodie.

— Oui. Pourquoi ?

— Le son va être pourri, se plaignit Brodie.

— Ça paraîtra plus authentique s'il n'est pas équipé pour le son. Le caméscope suffira et ces coups frappés contre les arbres paraîtront encore plus inquiétants avec le micro de merde.

Brodie haussa les épaules, pas convaincu.

— Il y a encore plus de chances qu'il se perde s'il est tout seul là-bas, ne put s'empêcher de souligner Lilly.

— Mais non, tout ira bien, dit Tucker, en chassant ses inquiétudes d'un revers de la main.

— Donc on va travailler de nuit les prochains jours ? demanda Chris.

— Oui.

— Je déteste rester debout toute la nuit, se plaignit Michelle.

— On donnera *l'impression* d'y avoir passé la nuit, mais on aura probablement terminé d'ici 1 ou 2 heures du matin, dit Tucker, habitué à ce que Michelle râle. Plus vite on boucle les prises, plus vite on aura terminé chaque soir. Andre, comme tu es le plus grand de nous tous, c'est toi qui feras Bigfoot, l'informa Tucker.

— Oh, quelle joie, dit le caméraman d'un air sarcastique. Attends... je croyais que demain je bossais la journée et que j'avais la nuit de libre.

— C'est le cas. On fera les prises avec Bigfoot dans la forêt la nuit suivante, dit Tucker.

— Pitié, ne me dis pas que je vais devoir mettre un putain de costume, marmonna Andre.

— Je n'ai pas pu en trouver un qui fasse authentique, avoua Tucker. Donc tu t'habilleras en noir et on te fera marcher au loin dans l'obscurité. Ça va le faire.

Lilly n'était pas vraiment convaincue. Les autres émissions se servaient de détecteurs de chaleur et d'équipements spéciaux. Eux n'avaient rien de tout ça. Elle n'était pas certaine que les spectateurs allaient croire que Roger, Trent, Chris et Michelle avaient vraiment vu Bigfoot alors que personne d'autre dans les autres émissions ne l'avait aperçu. Mais ce n'était pas son problème. Son travail consistait à braquer la caméra et filmer ce qui se passait. Point.

Comme s'il pouvait lire dans ses pensées, Tucker s'adressa d'un air sévère au groupe.

— N'oubliez pas que vous avez tous signé une clause de confidentialité. Si j'entends une seule rumeur sur ce qui se passe sur le plateau, je vous poursuis en justice, c'est clair ?

Tout le monde marmonna son accord.

— Très bien. Maintenant qu'on a fini de perdre du temps, il est temps de se remettre au boulot, ajouta-t-il avant de se retourner et de se diriger vers le début du sentier.

Lilly jeta un coup d'œil à sa montre. Il n'y avait aucun moyen de savoir combien de temps Tucker allait les garder dans les bois ce soir.

— Ça craint, murmura Kate en se mettant en ligne derrière Lilly.

Puis ils s'engouffrèrent tous dans la forêt.

Lilly lui sourit rapidement, lui faisant comprendre qu'elle était d'accord avec elle, puis elle se baissa et réinitialisa le GPS qu'elle avait accroché à sa ceinture. Elle n'avait pas remarqué si les autres en portaient sur eux, mais au moins Tucker avait une carte en mains. Elle serait surprise qu'il sache la lire correctement, mais elle ne comptait pas lui demander. Si Tucker les perdait tous, elle avait toujours son GPS avec le sentier marqué et le parking balisé. Elle serait capable de les faire sortir de la forêt pour qu'ils n'aient pas à appeler les secours.

En pensant aux hommes qui viendraient les chercher, ses pensées se tournèrent vers Ethan. Elle avait pensé à lui toute la journée, ce qui était plutôt inhabituel pour Lilly. Mais vu sa franchise un peu plus tôt ce matin, elle était intriguée. Il lui était impossible de le sortir complètement de son esprit.

Elle n'avait pas eu l'occasion de lui envoyer un message aujourd'hui, et elle aurait bien aimé manger ce repas qu'il lui avait proposé de lui apporter depuis le restaurant du coin. Ils s'étaient arrêtés pour faire une pause, comme l'exigeait le Screen Actors Guild[1], mais elle avait dû se contenter de l'en-cas de Whitney. Elle n'avait pas voulu trop manger, pensant qu'elle partirait bien plus tôt en randonnée dans les bois. Au lieu de ça, elle avait dû supporter des acteurs capricieux, un producteur trop sollicité qui s'occupait de deux tournages à la fois et le jeu d'acteur grotesque des habitants de la ville.

Ethan la troublait. Il lui faisait peur aussi. Mais elle devait reconnaître qu'elle n'avait pas été aussi excitée d'apprendre à connaître quelqu'un depuis longtemps. Même après avoir trébuché sur une racine en chemin car elle pensait à lui, tombant presque face contre terre – où elle avait d'ailleurs failli casser la caméra très onéreuse qu'elle transportait – elle n'arrivait *toujours* pas à se le sortir de la tête.

Mais peu importe à quel point il était intrigant. Elle ne serait ici que pour une semaine, peut-être un peu plus, et ce serait tout. Cela ne laissait pas assez de temps pour débuter une relation. Elle serait amicale avec Ethan, mais ce serait tout.

Lilly eut alors le sentiment qu'elle avait perdu quelque chose avant même de l'avoir eu, mais elle chassa cette idée de son esprit. Elle avait passé l'âge des coups d'un soir et Ethan était manifestement très heureux à Fallport. Il avait des amis, un super boulot et fournissait un travail dont les habitants et les touristes avaient grandement besoin. Il ne partirait pas et elle ne pouvait pas rester. C'était comme ça.

Cependant, au fond, une petite voix en elle insistait pour lui rappeler qu'elle n'était plus heureuse dans *son* travail. Qu'elle ne rajeunissait pas et que l'opportunité d'avoir des enfants toucherait bientôt à sa fin. Que si elle ne se mettait pas sérieusement à chercher quelqu'un avec qui elle resterait jusqu'à la fin de ses jours, elle finirait seule et amère.

— Lilly ! Cours devant et filme les acteurs qui marchent vers toi. Tous les autres, sortez du sentier pour que vous ne soyez pas dans le champ ! hurla Tucker.

Lilly fut reconnaissante d'avoir été interrompue, car elle avait beau se dire qu'il fallait qu'elle arrête de penser à Ethan, elle n'y arrivait pas. Alors qu'en se concentrant sur les plans que voulait Tucker, elle était sûre d'occuper toute son attention, mais aussi de les faire sortir de la forêt le plus rapidement possible.

* * *

Cinq heures plus tard, les acteurs et l'équipe sortirent du sentier forestier, épuisés, grincheux et ne s'adressant plus un mot. Le retour au parking se fit en silence, ce qui était plutôt rare. D'habitude, il y avait toujours quelqu'un qui plaisantait avec un autre, ou qui anticipait le prochain plan ou qui discutait du planning pour la journée de tournage du lendemain.

Apparemment, marcher la nuit dans la forêt était bien plus stressant pour tout le monde que de se retrouver dans un bâtiment ou l'espace restreint d'un cimetière, ou même dehors dans le désert. Tout le monde était tombé au moins une fois et les moustiques qui étaient sortis juste avant que la nuit ne tombe les avaient tous rendus fous.

Tucker avait été insupportable – plus que d'habitude. Joey et Andre avaient été d'humeur maussade. Même les acteurs avaient eu du mal à être convaincants à la caméra. Lilly n'était pas certaine que les prises qu'ils avaient faites ce soir-là pourraient être exploitables, mais elle n'avait rien dit. Oriente la caméra et filme.

C'était ça son travail.

Elle n'avait jamais été aussi soulagée de séjourner dans un autre logement que l'équipe de tournage. Tout le monde s'en alla sans dire au revoir, ce qui lui allait très bien.

Elle soupira et sortit son téléphone de sa poche. Pas de message. Bizarre étant donné qu'elle avait au moins toujours un email ou un texto de sa famille. Puis, elle remarqua qu'elle n'avait pas de réseau. Car celui-ci était inexistant, comme l'avait prévenue Ethan.

Et hop, voilà qu'il occupait à nouveau toutes ses pensées alors qu'elle l'avait repoussé au fin fond de son cerveau.

Secouant la tête, elle alluma le moteur de sa voiture et roula jusqu'en ville. Elle envisagea de s'arrêter au restaurant pour prendre quelque chose qui la calerait jusqu'à demain matin, mais préféra ne pas le faire. Elle suait et se sentait repoussante et devait probablement ressembler elle-même à une créature paranormale. La dernière chose dont elle avait envie, c'était de devenir le sujet des prochains commérages. Et puis, elle n'était pas dans une grande ville ; Sunny Side Up était probablement fermé à cette heure-là.

Alors elle rentra au manoir de Chestnut Street, essayant d'ignorer les grondements de son estomac. Elle ne pensait pas que Whitney y verrait un inconvénient si elle pillait le frigo pour y trouver un en-cas. Son hôtesse avait insisté pour qu'elle se sente ici comme chez elle aussi longtemps qu'elle y resterait.

Elle venait de se garer sur une place de parking derrière la maison lorsque son téléphone se mit soudain à recevoir des notifications. Éteignant le moteur, Lilly prit son portable et sourit. Oui, elle était bel et bien de retour au pays de la réception cellulaire, car elle avait reçu trois emails – deux de ses frères et un de son père – un message vocal d'un escroc prétendant que son numéro de sécurité sociale avait été bloqué ainsi qu'un texto d'un numéro qu'elle ne reconnut pas.

Trop fatiguée pour se mettre en mouvement, elle resta assise dans sa voiture et lut les emails de sa famille. Tout allait bien, ils prenaient juste de ses nouvelles et bavardaient entre eux. Puis, elle cliqua sur le texto, se préparant à le supprimer et à rentrer.

Mais elle vit soudain que c'était Ethan. Et il n'y en avait pas qu'un seul. Il lui avait envoyé plusieurs textos au cours des dernières heures. Et soudain, elle ne se sentit plus aussi fatiguée que tout à l'heure.

Inconnu : Salut, c'est Ethan. Je prends juste de tes nouvelles, comme j'avais dit que je le ferais. T'as faim ? J'étais sérieux quand j'ai dit que je t'apporterais un truc de Sunny Side Up.

Inconnu : J'espère que si je n'ai pas de nouvelles de toi c'est parce que tu es dans un endroit où il n'y a pas de réseau et non parce que tu m'ignores. Dis-moi quand tu auras ce message.

Inconnu : Heureusement que je viens d'apprendre que vous étiez en train de tourner dans la forêt, sinon je me serais inquiété. Et avant que tu ne me demandes comment je le sais... je te rappelle que tu es à Fallport. Il y a toujours quelqu'un qui sait ce qui se passe et qui est très heureux de faire la commère. Tu me diras quand tu seras arrivée à la chambre d'hôte ? Que je sois sûr que tu ne t'es pas perdue dans la forêt et que vous êtes en mode Expédition Donner[2].

Lilly ne put s'empêcher d'éclater de rire en lisant ses messages. Sans hésiter, et avec un grand sourire, ses pouces s'activèrent sur l'écran pour lui répondre.

Lilly : Premièrement, nous sommes au printemps, pas en plein milieu de l'hiver. Deuxièmement, si tu crois que je vais manger les gens avec qui je travaille, tu es complètement cinglé. Si l'on se fie à l'humeur grincheuse qui régnait ce soir, ils auraient un goût amer et seraient pleins de cartilage.

Elle appuya ensuite sur entrée avant de réaliser qu'il était presque minuit. Mince. Elle n'aurait peut-être pas dû envoyer un SMS aussi tard, même s'il lui avait demandé de le faire.

Quand elle vit les trois points danser en bas de l'écran, elle se sentit moins coupable.

Inconnu : Je t'aurais bien demandé comme s'est passé le tournage de ce soir, mais je crois que ta réponse est plutôt claire. T'as mangé ?

Lilly fixa son texto pendant un long moment. Elle ne savait pas vraiment quoi en penser.

Non, c'était faux. Son inquiétude était agréable. Très agréable.

Réalisant qu'elle était étrangement au bord des larmes, elle prit le temps d'enregistrer le numéro d'Ethan dans son téléphone. Elle avait passé une sale journée, enfin une sale demi-journée, et avec l'intérêt qu'il lui portait lui, un inconnu, cela faisait beaucoup de choses à encaisser. Lors-qu'elle eut repris le contrôle de ses émotions, Lilly tapota lentement sa réponse, faisant de son mieux pour ne pas être trop sarcastique.

Lilly : J'ai hésité à déterrer quelques vers de terre quand on tournait en rond pendant que Tucker essayait de trouver l'endroit parfait pour tourner une séquence de trois minutes où les acteurs faisaient un compte rendu des interviews de la journée, mais j'ai décidé de tenir bon jusqu'à ce que je voie ce que Whitney avait dans son frigo.

Ethan : Je ne peux pas t'en vouloir. Whit est une super cuisinière et je suis sûr qu'elle a plein de restes que tu peux chaparder. Tu veux toujours que je te fasse visiter demain ? Ou ton planning a changé ?

Lilly : J'ai l'après-midi de libre demain, mais je travaillerai le soir et la nuit... et ce sera probablement aussi le cas ces prochains jours. Pourquoi est-ce que ce Bigfoot n'est-il visible que la nuit ?

Ethan : Parce que c'est plus facile de dissimuler les trucages de l'enquête dans le noir. Et si je passais à la même heure que ce matin ? Ça te laissera le temps de dormir un peu.

Lilly observa son téléphone. Ce type était-il réel ? Il était drôle, attentionné et il semblait être impatient de passer du temps avec elle. Honnêtement, elle ne comprenait pas pourquoi.

Lilly : Ça ne m'arrange pas. Il faut que j'aille au magasin acheter des trucs pour le tournage. Et comme je vais travailler de nuit les prochains jours, il vaut mieux que je fasse une sieste avant de reprendre le boulot.

Elle retint son souffle en voyant qu'il ne répondait pas. Puis, les trois points apparurent à nouveau.

Ethan : J'ai pensé à toi toute la journée.
Ethan : Et ça ne m'arrive jamais de faire ça.
Ethan : Quand je rencontre quelqu'un qui n'est là que pour

faire de la randonnée, ou pour les vacances, je l'ignore immédiate-ment. C'est moche dit comme ça, mais c'est vrai.

Ethan : J'adore Fallport. J'ai travaillé comme un fou pour protéger mon pays et nos libertés pour pouvoir passer le restant de mes jours dans une ville paisible comme celle-ci.

Ethan : Ça fait des années que je n'ai pas eu de vraie relation, parce que c'est ici que je veux vivre et la plupart des femmes n'ont qu'une hâte c'est de partir. Mais tu es la première femme que je n'arrive pas à me sortir de la tête. Je sais que tu n'es là que pour le travail. Je sais que tu finiras par partir. Mais je m'en fiche.

Ethan : Juste quelques heures, Lil. Laisse-moi te faire visiter Fallport. Et au pire, tout ce que tu apprendras sur la ville pourra peut-être te servir pour cette foutue émission.

Lilly prit une grande inspiration et ferma les yeux. Elle imaginait Ethan en train de tout taper rapidement. Appuyant sur entrée, sans se soucier du fait qu'il envoyait plusieurs textos à la suite. Franc et direct.

Ses pouces se mirent en mouvement avant même qu'elle ne réalise qu'elle avait pris sa décision.

Lilly : OK.

Ethan : Merci. On se voit demain, alors. On pourra faire tes courses, puis je te ferai visiter. Je suis certain que Whitney te préparera un énorme petit déjeuner comme elle l'a fait aujourd'-hui, donc on déjeunera plus tard. Comme ça tu seras en forme pour le travail et ça veut aussi dire que moins de gens nous fixe-ront pendant qu'on mange. Je te ramènerai même à la chambre d'hôte pour que tu puisses faire la sieste avant d'aller travailler. Tu es où là ?

Waouh, c'était un sacré changement de sujet. Mais Lilly n'avait pas envie d'être le centre de l'attention de Fallport ni que des gens la fixent du regard pendant qu'elle mangeait, alors elle accepta.

Lilly : Je suis à la chambre d'hôte, dans ma voiture. J'ai regardé mes messages seulement en arrivant parce que mon téléphone a reçu énormément de notifications une fois que je suis retournée à la civilisation.

Ethan : lol. Ça fait bizarre que Fallport soit décrit comme étant la civilisation. Mais je comprends ce que tu veux dire. Ce n'est pas une grande ville, mais il nous arrive d'avoir des crimes ici, crois-le ou non. Allez, rentre, Lil. Prends-toi un truc à grignoter et va dormir. On se voit demain.

Lilly : OK. Je suis désolée de t'avoir écrit si tard.

Ethan : Moi non. J'étais inquiet. Et puis, je suis debout de toute façon.

Lilly : Ça va ?

Ethan : Oui. Parfois je n'arrive pas à dormir. Il y a trop de démons dans ma tête.

Lilly fronça les sourcils. Bizarrement, ça ne lui plut pas. Et elle ne connaissait rien d'Ethan. Ni son âge, ni pourquoi il avait emménagé à Fallport ou ce qui avait pu causer ces démons. Même si sa remarque sur le fait d'avoir travaillé comme un fou pour protéger son pays et les libertés confirmait ce que Whitney lui avait dit ce matin. Elle n'était pas surprise qu'il ait été dans l'armée. Ça se voyait sur lui... et ses amis, d'ailleurs.

Ethan : Lil ?

Lilly : Je suis désolée pour les démons.

Ethan : Merci. Ça s'améliore tous les jours. Maintenant, rentre avant que je ne sois obligé de rouler jusqu'ici pour m'assurer que tu es bien saine et sauve.

Lilly : Mes frères m'ont appris à me défendre. Ne t'inquiète pas pour moi.

Ethan : Content de l'apprendre, mais quand même... Je me sentirai beaucoup mieux quand je saurai que tu es en sécurité à l'intérieur.

Lilly : J'y vais, j'y vais. Eh, Ethan ?
Ethan : Oui ?
Lilly : Merci de rendre ma soirée merdique moins merdique.
Ethan : Quand tu veux. Bonne nuit.
Lilly : Bonne nuit.

Lilly sourit en sortant de la voiture de location. Elle prit le sac de sa caméra sur le siège arrière et rentra discrètement dans la maison. Elle souriait encore en portant dans sa chambre une assiette que Whitney avait mise dans le réfrigérateur et sur laquelle elle avait écrit un mot qui disait : *Lilly, mets ça au micro-ondes pendant deux minutes. Bon appétit.*

Le plat fut délicieux et remplit son estomac vide. Lilly se doucha, se changea pour aller au lit, se lava les dents, puis se faufila sous les couvertures. Une semaine difficile l'attendait avec tous les tournages de nuit et une équipe qui ressentait clairement le stress du planning et du lieu de tournage, si l'on en croyait la journée qu'ils venaient de passer.

Même si, honnêtement, cela avait déjà commencé il y a plusieurs semaines. L'excitation d'une nouvelle émission et de nouveaux collègues s'était finalement estompée et les personnalités finissaient par s'opposer.

Mais malgré tout ça, Lilly ne pouvait pas s'empêcher de sourire alors qu'elle pensait à la journée de demain... où elle apprendrait à connaître Ethan. Ça ne pourrait pas aller bien loin entre eux. Il n'avait aucune intention de quitter Fallport et avec son travail, Lilly voyageait à travers tout le pays. Mais ça n'allait pas l'empêcher de passer du temps avec lui demain. C'était peut-être une erreur... mais tant pis !

Elle allait vivre au jour le jour et simplement apprécier d'apprendre à connaître un homme intéressant qui la faisait sourire. Ce qui devait arriver arriverait.

Une fois cette idée en tête, Lilly sombra dans un sommeil profond et sans rêves, excitée d'être le lendemain, pour la première fois depuis des mois.

* * *

Plus il travaillait sur cette émission, plus il était contrarié. On lui manquait tellement de respect que ça en devenait ridicule. Personne ne l'écoutait... tout ce qu'il suggérait était rejeté d'emblée. Comme s'il était idiot.

Eh bien, il n'allait pas se laisser faire. Il fallait que les choses changent. Il ne savait pas comment, mais il resterait sur ses gardes pour tirer profit des erreurs des autres. Cette émission était censée l'aider à percer, et pour l'instant, c'était de la merde.

C'était à lui de faire bouger les choses. D'en faire une émission que les gens ne pourraient s'empêcher de regarder. Une émission dont on parlerait sur les réseaux sociaux. Il ferait tout son possible pour qu'elle fasse le buzz.

Tout.

Il fallait juste qu'il soit prêt à agir quand le moment serait venu. Se sentant soudain mieux grâce à sa décision, même s'il ne savait pas encore ce qu'il allait faire, il se détendit un peu. Jamais personne ne lui enlèverait cette opportunité d'être quelqu'un, il faudrait d'abord lui passer sur le corps.

CHAPITRE CINQ

Ethan jeta un coup d'œil à Lilly pendant qu'il roulait en direction du Walmart en périphérie de la ville. Il s'était réveillé plus tôt, même s'il s'était couché plus tard que d'habitude. Il avait beaucoup trop pensé à Lilly... puis un cauchemar troublant avait interrompu son repos. Mais il n'avait pas envie d'y penser pour le moment.

Fallport ne correspondait pas à l'idée que les gens se faisaient d'une ville idéale pour s'installer, mais Ethan l'aimait beaucoup. Il adorait la façon dont tout le monde se connaissait. Le fait que rien n'était secret. Qu'ils étaient tous une grande famille. Parfois agaçante, mais dès que quelqu'un avait besoin d'aide, la ville entière se serrait les coudes.

Il l'avait vu maintes et maintes fois quand les habitants avaient fait appel au service de secours de l'équipe d'Eagle Point. Ils se mobilisaient autour des amis et de la famille des disparus, leur apportant des repas, s'asseyant à tour de rôle avec eux pendant les recherches et si le résultat n'était pas positif, ce qui malheureusement était parfois le cas, ils collectaient de l'argent pour les frais d'obsèques et tout ce qui pouvait être nécessaire. Et ils le faisaient dans tous les cas, que la personne disparue soit du coin ou pas.

Ethan et son frère – enfin, tous les membres de l'équipe de recherche et de sauvetage en fait – méritaient Fallport après tout ce qu'ils avaient vu et vécu. Ils s'étaient bien installés avec leur travail de tous les jours, mais nourrissaient toujours cette partie d'eux-mêmes qui les poussait à rendre service. La ville les payait pour le temps qu'ils consacraient aux recherches, mais ce n'était qu'un complément de revenu. Rien qui ne puisse leur permettre de vivre, mais combiné à leurs autres emplois, personne ne risquait de mourir de faim ou de se retrouver sans abri. Ça leur allait très bien à lui et son équipe, et ils étaient très contents de vivre à Fallport.

Lilly et lui étaient à l'opposé. Elle avait un travail qui l'amenait à parcourir les États-Unis. Elle partirait d'ici une semaine ou deux, dès que le tournage de l'épisode serait terminé.

Ethan en était bien conscient, mais il s'en fichait. Il y avait quelque chose chez elle auquel il ne pouvait pas résister. Elle pouvait toujours s'avérer être une connasse enragée... mais il ne pensait pas que ce serait le cas. Au fil des ans, il avait aiguisé sa capacité à lire les gens rapidement. Et après ce qu'il avait vu en Lilly, il ne pouvait pas résister.

Premièrement, elle ne se prenait pas au sérieux. Il avait remarqué qu'elle levait les yeux au ciel en entendant les commentaires ridicules des habitants qui confiaient avoir vu Bigfoot lors de la réunion dans le gymnase. Elle semblait également agacée par Tucker lorsqu'il était abrupt et impoli, non seulement envers les hommes et les femmes qui travaillaient pour lui, mais aussi envers les habitants. Elle était proche de sa famille, comme il l'était de la sienne, et était reconnaissante envers Whitney pour son hospitalité.

Ce qui n'était pas grand-chose, dit comme ça, mais il avait déjà vu des clients ingrats profiter de la vieille dame.

Au fond, Ethan espérait qu'en passant plus de temps avec Lilly il remarquerait quelque chose qui le rebuterait. Quelque chose qui lui permettrait de lui dire au revoir plus facilement quand elle partirait. Il était conscient qu'il passait pour un con avec ce genre de pensée, mais il ne s'était jamais retrouvé dans ce genre de situation auparavant. Le fait de vouloir connaître une femme tout en ayant la trouille de *trop* l'aimer et d'être blessé quand elle partirait.

— Merci de faire tout ça, dit-elle doucement, brisant le silence qui s'était installé dans la voiture.

— Pas de problème.

— Je sais que j'aurais pu aller au magasin que j'ai vu en ville mais Tucker est un peu radin en matière de budget et je me suis dit que le matériel de camping serait plus cher là-bas qu'à Walmart.

— Je pense que tu as raison, le vieux Grogan propose des prix intéressants pour les articles de la vie de tous les jours et l'alimentaire, parce que c'est ce que la plupart des habitants achètent. Mais pour tout ce qui pourrait intéresser un touriste, il augmente les prix, dit Ethan en haussant les épaules.

— C'est plutôt malin à vrai dire. C'est comme les magasins dans les aéroports. Ou dans une station balnéaire. Les gens achèteront ce qu'ils veulent, quel que soit le prix, simplement parce que c'est pratique, dit Lilly avec un sourire.

— Exactement. Du coup... tu dois acheter du matériel de camping ? demanda Ethan.

Il n'avait pas voulu être indiscret et lui demander ce qu'elle devait acheter, au cas où ce seraient des articles liés à l'hygiène féminine et qu'elle ne soit pas à l'aise d'en parler.

Mais comme c'était elle qui avait lancé le sujet, il en déduisit qu'il pouvait lui poser la question.

Elle fronça le nez et Ethan sourit face à son expression mignonne.

— Oui. Trent a eu la brillante idée de passer la nuit dans la forêt tout seul, pour voir quel genre de preuves sur l'existence de Bigfoot il pourrait trouver. Il a dit que la bête serait curieuse et s'approcherait sans doute plus près s'il n'y avait que lui et non un gros groupe de personnes, une connerie comme ça. Comme s'il n'y avait pas déjà eu des milliers de personnes qui ont campé dans les Appalaches et qui n'ont *jamais* reçu la visite d'un Bigfoot curieux. Bref, Trent a besoin d'une tente, d'un sac de couchage et d'autres trucs.

— Ne le prends pas mal, mais il n'a pas l'air d'être un type qui s'y connaît en nature, dit Ethan.

Lilly rigola et Ethan lutta pour ne pas faire une sortie de route.

Elle était si jolie quand elle souriait.

— Oui, clairement pas. Tu le verrais avec ses lingettes antibactériennes. Il est obsédé par ces trucs. À l'hôtel Goldfield il refusait de toucher quoi que ce soit à cause de toute la poussière et de la saleté partout. Andre, l'un des caméramans, n'a pas aidé quand il lui a expliqué ce qui composait la poussière. Que c'était un mélange de cellules de peaux mortes, d'acariens, des morceaux d'insectes morts, de fibres de vêtements et de bactéries. Puis il s'est demandé à voix haute si la poussière du bâtiment pouvait provenir des personnes mortes depuis des décennies. La tête qu'a fait Trent, c'était trop drôle.

Ce fut au tour d'Ethan de rire.

— Je crois que je vais devoir faire la poussière en rentrant chez moi, dit-il au bout d'un moment.

Sa remarque fit à nouveau glousser Lilly, et Ethan eut le

sentiment que la faire rire deviendrait bientôt son obsession.

— Enfin bref, donc oui, j'ai reçu l'ordre d'acheter le matériel le moins cher possible, car on sait tous qu'il ne sera pas réutilisé. Attends, est-ce que quelqu'un dans le coin pourrait avoir besoin de matériel de camping ? Je peux essayer de demander à Tucker de le donner quand on n'en aura plus l'utilité.

— Bien sûr. J'ai quelques personnes en tête qui seraient ravies d'en avoir, dit Ethan.

— Super. J'ai prévu de prendre une tente, un sac de couchage, une glacière, une chaise de camping et une lanterne parce que ça rendra bien à la caméra, je pense. Nous avons déjà plein de lampes frontales et de poche, donc je n'ai pas besoin d'en acheter.

— Et un tapis de sol ? Oreiller ? Un maillet pour planter les piquets de la tente ? Des pains de glace pour la glacière ? Des assiettes et des couverts pour qu'il puisse manger ? A-t-il des vêtements appropriés pour le camping ? Comme un tee-shirt à manches longues anti-humidité et autres ? Il est censé pleuvoir dans quelques jours. Oh, et du papier toilette.

— Tu vas sûrement penser que je n'ai aucun cœur, mais... non, je ne prendrai rien de tout ça. Déjà, Tucker risque de me botter les fesses si j'achète trop de choses. Et deuxièmement, je suis prête à parier que Tucker volera un des oreillers de l'hôtel, ce qui est naze, mais c'est bien son genre. Quelqu'un d'autre pourra acheter des pains de glace plus tard, si j'en prends maintenant, ils vont fondre. Je suis sûre qu'il commandera à manger dans un fastfood avant de partir ou il pourra toujours acheter des sandwichs ou quoi. Il n'a pas besoin d'assiettes et de couverts pour ça et je suis assez certaine qu'il ne voudrait pas que je choisisse la nour-riture à sa place de toute façon. Pour les vêtements, je n'en sais rien du tout, mais ce n'est pas mon problème. Et puis, comme le dit toujours si bien Tucker, souffrir à l'écran, ça fait de bonnes audiences, donc s'il souffre de la pluie et du froid, c'est tant mieux pour l'audimat. Et pour le papier toilette je lui rappellerai d'en prendre. Même s'il en volera probablement à l'hôtel.

Ethan ne fit pas de commentaire. Il ne fut pas surpris par sa réponse.

— Tout le monde croit que ce show va avoir beaucoup de succès, dit doucement Lilly.

Quelque chose dans sa voix poussa Ethan à tourner la tête vers elle avant de regarder à nouveau la route.

— Pas toi ?

— Je sais que je suis censée soutenir et être optimiste à propos des émissions pour lesquelles je travaille ... mais celle-ci, c'est un désastre. Toutes les choses paranormales sur lesquelles on enquête ont déjà été le sujet de nombreuses émissions. Il y a au moins quatre émissions sur Bigfoot en ce moment...et celles-ci sont *essentiellement* consacrées à Bigfoot, pas à des choses paranormales de manière générale. Pareil pour les émissions sur les fantômes. On ne se focalise pas que sur une seule chose et je pense que c'est une erreur. Sans compter que nous ne faisons rien de différent des autres et que nous n'avons même pas d'équipement spécialisé. On se balade dans le noir en prétendant voir et entendre des choses qui ne sont pas là, soupira-t-elle. Merde. Oublie ce que je viens de dire. Je pourrais avoir de gros problèmes si on apprend que j'ai dit ça à voix haute.

— Motus et bouche cousue. Tu peux me dire ce que tu veux je ne le dirai à personne. Et puis, on ne sait jamais, dit Ethan avec diplomatie, peut-être que cette émission plaira aux spectateurs.

— Peut-être, dit Lilly en haussant les épaules alors qu'il

entrait sur le parking du grand magasin.

Ethan se gara sur une place et éteignit le moteur.

— Allez, allons chercher ces trucs pour ton type, puis je te montrerai la ville.

Elle lui fit un petit sourire.

— Tu veux dire qu'il y a plus que ce que je n'ai déjà vu ?

Il gloussa.

— Non. Mais j'imagine que tu n'es pas entrée dans tous les magasins. Il y a beaucoup de gens super qui vivent dans cette ville et je suis sûr qu'ils seraient ravis de te rencontrer.

— Moi ? dit Lilly en secouant la tête. Je suis sûre qu'ils préféreraient rencontrer Roger ou les autres. Ce sont eux qui ont une chance de devenir célèbres.

— Non. Je veux dire, oui, ça ne les dérangerait pas de les rencontrer, mais vu que l'équipe de tournage préfère loger à l'hôtel à l'autre bout de la ville, ça ne doit pas beaucoup les intéresser de rencontrer les habitants. Toi tu as déjà piqué leur intérêt en logeant chez Whit.

— J'aime bien soutenir les entreprises locales, admit Lilly.

— Et c'est pour cela qu'ils seront ravis de te rencontrer toi et non les autres, lui dit Ethan.

Puis il se retourna et sortit de la voiture. Lilly le retrouva derrière le véhicule et ils marchèrent côte à côte vers l'entrée du magasin.

— Ne sois pas surprise si les gens me regardent bizarre-ment, l'avertit Ethan.

— Pourquoi feraient-ils ça ? demanda Lilly.

— Déjà, je ne viens pas souvent faire mes courses ici. Deuxièmement, je ne suis jamais en compagnie d'une jolie femme. Et troisièmement, ils seront probablement choqués de voir que tu traînes avec moi.

— N'importe quoi, dit Lilly avec un petit rire.

Il ne plaisantait pas, mais Ethan n'insista pas. Il n'était

pas le plus sociable de ses coéquipiers. Ça, c'était plutôt Drew. Son ancien statut de policier d'État faisait de lui la personne idéale pour parler à la presse et rassurer les habitants en cas de besoin. Ou Zeke. En tant que propriétaire du On the Rocks, il connaissait tout le monde. Enfin, surtout ceux qui venaient boire un verre au bar. Il était aussi plus avenant.

Lilly boucla rapidement sa liste de courses. Elle ne s'attarda pas et n'alla pas dans d'autres rayons que ceux destinés au camping. Elle prit ce dont elle avait besoin et se dirigea vers les caisses. Ethan salua quelques personnes qu'il connaissait et comme il l'avait anticipé, leurs regards s'attardèrent quand elles virent avec qui il était. Lorsqu'il sortait, il était soit seul, soit avec l'un de ses coéquipiers. Le fait de le voir accompagné d'une femme changeait de d'habitude. Il eut le sentiment que, le temps qu'ils retournent au centre-ville, tout le monde saurait qu'il fréquentait Lilly.

Alors qu'il poussait le caddie avec le matériel de camping jusqu'à sa voiture, Lilly lui dit :

— Merci d'avoir pris le temps de faire ça avec moi.

— Avec plaisir. Tu as besoin de déposer ça quelque part ?

— Non. Je l'apporterai ce soir quand on se retrouvera.

— Cool.

Ethan posa ce qu'elle avait acheté à l'arrière de la Subaru Outback, puis s'avança vers le siège passager. Il lui ouvrit la portière et la ferma une fois qu'elle fut installée. Puis il fit rouler le caddie jusqu'au corral sur le parking et retourna à sa voiture. Lorsqu'il s'assit, Lilly le regarda d'un air étrange.

— Quoi ? demanda-t-il.

Elle secoua la tête.

— Rien.

— Non sérieusement, dis-moi. N'aie pas peur de me

parler, ordonna-t-il.

— J'aurais pu ramener le caddie moi-même, dit-elle.

— Oui, bien sûr, tu aurais pu, lui dit-il, mais je n'allais pas rester planté là en attendant. Ou pire encore, rester assis dans la voiture en t'attendant. Ç'aurait été impoli. Et tant que je suis là, ça n'arrivera jamais.

— C'est... gentil.

— J'imagine que les hommes que tu as fréquentés par le passé n'ont jamais pris la peine d'être des gentlemen, hein ? demanda-t-il en démarrant le moteur.

À sa grande surprise, elle gloussa.

— Quand j'étais petite, mes frères ont toujours eu l'habitude de dire des choses comme : « Le dernier qui arrive à la voiture doit ramener le chariot ! » et bien évidemment, comme j'étais la plus jeune et la plus petite, j'étais toujours la dernière. En grandissant, j'ai voulu faire tout ce que mes frères faisaient, et pour ça, je ne pouvais pas être une diva que les gens attendent.

Ethan sourit.

— Et les hommes avec qui tu es sortie ? insista-t-il.

Il ne pouvait pas nier qu'il était curieux.

— Non. Eux non plus. Il faut que tu comprennes que dans mon milieu, je suis toujours reléguée au second plan. Personne ne regarde les caméramans. On est juste... là. Les quelques fois où j'ai essayé de fréquenter quelqu'un, ça a été un désastre. Et puis, je peux me débrouiller toute seule. Mon père et mes frères m'ont tout bien appris. J'imagine que quand on peut changer l'huile de moteur de sa voiture, reconstruire les marches de son porche et couper son propre bois, ça rebute certains hommes. Ou alors ça leur donne l'impression qu'ils n'ont pas besoin de faire preuve de politesse, comme d'ouvrir les portes devant toi ou de prendre ta défense quand quelqu'un fait une remarque grossière.

Il y avait tellement de points dans sa déclaration qu'Ethan voulait aborder. Il décida de le faire progressivement.

— Tu es la première personne que j'ai remarquée à la réunion dans le gymnase, lui dit-il avec honnêteté.

Elle le regarda d'un air surpris.

— Les stars de l'émission étaient à l'avant de la salle, mais elles étaient si jeunes et leur façon de parler à tout le monde avec condescendance m'a agacé. Alors je me suis mis à regarder autour de moi – et je t'ai vue lever les yeux au ciel quand l'une d'entre elles a parlé. Tu l'as fait subtilement, mais je l'ai vu. Et ça m'a suffisamment intrigué pour te regarder une deuxième fois... et pour être honnête, j'ai aimé ce que j'ai vu. Une femme bien dans sa peau. Ce qui est bien plus sexy que quelqu'un qui en fait trop en se maquillant et en enfilant des vêtements moulants.

Lilly le regardait simplement, alors Ethan continua. C'était probablement une bonne chose qu'il soit en train de conduire, comme ça il ne la ferait pas paniquer avec son côté intense. Sa mère lui disait toujours qu'il fallait qu'il se détende. Qu'il ne soit pas si sérieux tout le temps, mais il était comme il était.

— Et si tes anciennes relations étaient catastrophiques, c'est de *leur* faute, pas de la tienne. Je trouve ça génial que tu saches te débrouiller toute seule. Je n'imagine pas plus repoussant que de devoir endosser les rôles typiquement « masculins » dans une relation. Même si je préfère travailler main dans la main quand il s'agit de réparer une voiture ou de couper du bois, le fait que tu saches faire tout ça n'est clairement pas un frein. Et le fait que tu saches te débrouiller toute seule ne m'empêche pas de me comporter en gentleman. Et pour finir, nous ne sortons pas vraiment ensemble, mais je ne laisserai jamais personne chercher à intimider la fille avec qui je suis en couple. Je me fiche que ce soit un homme, une femme ou un enfant. Si un homme avec qui tu sors ne prend pas immédiatement ta défense quand quelqu'un te manque de respect, alors il ne mérite pas que tu sois avec lui. Mais je ne vois vraiment pas comment quelqu'un pourrait avoir un problème avec toi.

— Ce n'est pas toujours facile de vivre à Hollywood, lui répondit-elle.

Ethan lui laissa le temps d'élaborer, mais comme elle ne le faisait pas, il lui demanda :

— Et ?

Lilly soupira.

— J'étais comme un éléphant dans un magasin de porcelaine. Tout le monde faisait toujours attention à son apparence, son poids et sa personnalité, mais moi, tout ça, je m'en foutais. Je ne suis pas mince et je ne le serai jamais. J'aime manger et même si j'essaie de maintenir une hygiène de vie saine, parfois, quand je travaille, ce n'est pas possible. Un jour j'étais avec un homme – je crois que c'était genre notre quatrième rencard, quelque chose comme ça, donc on commençait à se connaître un petit peu, même si on ne couchait pas ensemble ou quoi. On était dans un café et j'ai commandé un donut. Je venais de travailler pendant douze heures non-stop et j'étais épuisée, mais le type voulait vraiment me voir. Alors j'ai accepté de le rejoindre pour boire un café avant de rentrer chez moi et de m'effondrer. Bref, la fille derrière le comptoir a eu un rictus et a fait une remarque, disant que je ferais mieux de ne pas prendre de pâtisserie. Puis elle s'est mise à flirter avec le type avec qui j'étais jusqu'à ce que nos cafés soient prêts. Non seulement il ne lui a pas reproché sa remarque déplacée, mais en plus il a flirté avec elle en retour.

— Quel connard, dit Ethan. J'espère que tu l'as largué.

— Bien sûr que je l'ai largué, dit Lilly. Enfin je veux dire, je sais que je n'aurais pas dû manger ce donut, mais je n'avais pas mangé depuis le petit déjeuner et je mourais de faim.

— On s'en fout de ça. Moi je me fiche que tu aies mangé une entrée, un plat et un dessert juste avant, si t'as envie d'un donut, ça ne regarde personne d'autre que toi. Et pour info, il n'y a aucun problème avec ta silhouette. Pas du tout, dit Ethan qui ne put s'empêcher de l'examiner de haut en bas.

Elle n'était pas hyper mince, mais elle n'était pas obèse non plus. Elle était... normale. Et ça lui plaisait beaucoup.

— Et le fait qu'il soit resté planté là en la laissant flirter avec lui après qu'elle t'a insultée est complètement tordu. J'espère que tu t'en rends compte.

Lilly acquiesça.

— Oui. Mais honnêtement, j'ai l'habitude. C'est comme si les mecs attendaient mieux. Une fille plus intelligente, qui gagne plus d'argent, qui est plus jolie. Honnêtement, c'est plus facile d'être célibataire.

— C'est simplement que tu n'as pas encore rencontré le bon, lui dit Ethan.

Elle le regarda rapidement, mais ne fit pas de commentaire.

Ethan avait envie de la rassurer et de lui dire que *lui*, il était le bon, mais il avait l'impression que c'était déjà trop intense entre eux. Il ne la connaissait que depuis quelques secondes. Elle ne lui ferait pas encore confiance, et elle avait raison. Se jurant de lui prouver, même si elle n'était en ville que pour une semaine, qu'il y avait des hommes sur terre qui pouvaient apprécier une femme comme elle, Ethan changea de sujet.

— J'imagine que tu n'as pas encore faim, comme Whitney a encore préparé un énorme brunch pour toi avant que tu ne quittes la maison, donc je me disais qu'on pouvait peut-être se promener sur la place centrale et que je pouvais te présenter quelques personnes et te montrer le charme de Fallport.

— Tu as raison, ça me plairait bien. Observer les magasins et autres depuis la voiture ce n'est pas pareil qu'y rentrer, parler aux gens et créer du lien.

Ethan la vit se détendre sur son siège maintenant qu'ils ne parlaient plus d'elle. Encore une chose qui la différenciait des autres femmes qu'il avait connues. La plupart adoraient parler d'elles. Mais pas Lilly.

Ils restèrent silencieux alors qu'ils roulaient jusqu'en ville. Ils passèrent devant le seul garage automobile de Fallport, là où Brock travaillait, puis devant quelques maisons, et d'autres commerces avant d'arriver sur la place. Il y avait des rues et des bâtiments le long des quatre côtés avec un grand parc au milieu. Le kiosque, que les locaux surnommaient « Le Cercle » faisait la fierté de la ville, car la plupart des habitants avaient aidé à collecter des fonds pour le construire. Les parades du 4 juillet et de Noël étaient les moments forts de l'année, se terminant sur la place, avec des chars fabriqués par les organisations locales et les élèves du lycée. Quelques festivals étaient parfois organisés dans le parc ainsi que des concerts occasionnels. Pas avec des groupes de musique connus, mais plutôt des chanteurs et groupes originaires du sud-ouest de la Virginie qui faisaient des tournées pour gagner des fans.

Il y avait des parkings derrière les bâtiments mais Ethan eut la chance de trouver une place juste devant le bureau de poste. Il sourit lorsqu'il vit le trio de commères préféré de Fallport à leur place habituelle, jouant aux échecs sur le trottoir, sous le grand auvent devant le bâtiment.

— Tu es prête à rencontrer les plus grandes fouines de Fallport ? lui demanda-t-il en éteignant le moteur.

Elle sourit.

— Prête.

— Tu peux me rendre un service ? lui demanda-t-il.

— Bien sûr.

— Reste assise et laisse-moi t'ouvrir la portière. Je sais que tu es tout à fait capable de l'ouvrir toute seule, mais si je ne le fais pas, Art et sa bande vont m'en parler pendant des mois.

Elle rigola.

— D'accord. Je peux faire ça.

— Merci bien, lui dit Ethan.

Il ouvrit rapidement sa porte, bien conscient des trois paires d'yeux qui étaient rivées sur lui et contourna la voiture jusqu'à la portière côté passager. Il l'ouvrit pour Lilly et elle tendit gracieusement la main vers lui pour qu'il l'aide à descendre.

— Bien joué, murmura-t-il et elle sentit ses lèvres tressaillir tandis qu'il la conduisait vers les trois hommes qui n'essayaient même pas de cacher qu'ils les observaient.

— Otto. Silas. Art, dit Ethan, saluant chacun des hommes en hochant la tête. Je vous présente Lilly Ray. Elle est en ville pour travailler sur l'émission de Bigfoot.

— J'ai entendu dire que Harry a commandé des tee-shirts et des casquettes avec écrit « Fallport, La Maison de Bigfoot » dessus grommela Silas en guise de réponse.

— Si nous sommes envahis par des gens qui veulent voir Bigfoot par eux-mêmes, je vais me plaindre auprès du maire, lâcha Otto.

— Je pense que ce sera une bonne chose. Il nous faut plus de jolies filles dans cette ville, dit Art en faisant un clin d'œil à Lilly.

— Pourquoi faire ? C'est pas comme si ton zigouigoui marchait toujours, râla Silas.

— Je suis peut-être plus vieux que toi, mais il n'y a rien de mal à se rincer l'œil, rétorqua Art. Peut-être que si tu n'étais pas aussi coincé tu saurais apprécier une jolie fille comme je le fais.

Ethan jeta un coup d'œil à Lilly et vit qu'elle faisait de son mieux pour ne pas éclater de rire.

Depuis le jour où il avait rencontré les trois meilleurs amis, ils s'étaient toujours disputés. Art avait 91 ans et était le plus âgé. Il ne manquait jamais une occasion de faire savoir aux autres qu'il se considérait comme le plus sage de la bande. Il avait les cheveux bruns et les peignait rarement et en ce moment, c'est pourquoi ils flottaient au-dessus de sa tête dans la brise. Il portait une salopette et les mêmes pantoufles qu'il avait toujours aux pieds.

À 69 ans, Silas était le plus jeune et se faisait constamment emmerder par les deux autres qui lui rappelaient qu'il n'avait pas assez d'expérience dans tel ou tel domaine. Il était complètement chauve, arborant la même casquette de baseball qu'il portait tous les jours depuis qu'Ethan avait emménagé en ville. Il avait environ quarante-cinq kilos en trop, mais il était fier de pouvoir encore rivaliser avec les participants plus jeunes que lui au concours de mangeurs de hotdogs du 4 juillet. Sa chemise était froissée et usée, mais il s'en fichait. Il était très bien dans sa peau.

Otto, qui avait 80 ans, jouait habituellement le rôle du gardien de la paix puisqu'il était entre les deux en termes d'âge. Il était aussi mince que Silas était en surpoids. Mais Ethan savait que ce n'était pas parce qu'il mangeait peu. Il l'avait vu engloutir plus de nourriture que lui et ses coéquipiers ne pouvaient en consommer en une seule fois. Les rides recouvraient son visage brun, démontrant qu'il avait manifestement passé beaucoup de temps au soleil dans sa vie. En contraste avec sa peau foncée, ses cheveux étaient blancs comme neige et constamment bien coiffés. S'il y avait du vent, comme aujourd'hui, il avait toujours un peigne sur lui pour s'assurer que ses cheveux ne se décoiffent pas.

Les trois hommes étaient les meilleurs amis du monde. Ils avaient tous grandi à Fallport, étaient partis, s'étaient mariés, et une fois que leurs femmes étaient décédées, ils étaient retournés dans cette petite ville qui leur avait manqué depuis leur départ. Ils possédaient chacun une maison près du centre-ville et chaque matin, ils se rendaient en ville après le petit déjeuner et s'asseyaient devant le bureau de poste pour jouer aux échecs et recueillir tous les potins auprès des habitants qui passaient. Ils se rendaient ensuite au restaurant pour déjeuner, puis rentraient chez eux vers 17 heures, à la fermeture du bureau de poste.

— C'est un plaisir de vous rencontrer, dit Lilly aux trois hommes.

— Pourquoi ? On ne t'a même pas adressé la parole encore, dit Otto sans ménagement.

— Ne sois pas grossier, le réprimanda Art avant de regarder Lilly. C'est aussi un plaisir de te rencontrer. Tu crois à l'existence de Bigfoot ?

Silas émit un drôle de bruit de gorge.

— Tu ne peux pas lui demander ça.

— Pourquoi ? dit Art en penchant la tête sur le côté.

— Parce que ! Elle travaille pour l'émission. Si elle dit non, ça donnera une mauvaise image de la série.

— Et si elle dit oui ? demanda Otto.

Silas parut déconcerté durant une seconde avant de se redresser et de dire :

— Alors c'est qu'elle ment.

Lilly éclata de rire et Ethan ne put s'empêcher de glousser à ses côtés.

— Tu as un joli sourire, lui dit Silas.

Évidemment, ça la gêna et le sourire que le vieil homme admirait s'estompa.

— Hum... merci.

— Qu'est-ce que tu fais avec Ethan ? demanda Art.

— Eh bien, il m'a proposé de me faire visiter la ville, dit Lilly.

— Il n'y a pas grand-chose à voir, dit Otto en fronçant les sourcils.

— Oh non, je ne suis pas d'accord. Et puis, s'il ne m'avait pas fait visiter, je ne vous aurais pas rencontrés, dit Lilly avec diplomatie.

— C'est vrai, dit Silas. Dis, tu veux déjeuner avec nous ? J'ai entendu dire que Sandra avait du poulet frit au menu du jour.

— Oh, hum…, dit Lilly d'un air incertain, regardant Ethan pour qu'il la sauve.

Cela ne lui posait aucun problème de la tirer d'affaire, surtout qu'il n'était pas encore prêt à la partager. Et cette pensée elle-même aurait dû le convaincre qu'il était déjà dépassé par les événements avec cette femme, mais il refusait de l'admettre.

— Désolé les gars, mais on a beaucoup de monde à rencontrer. Il faut aussi que Lilly fasse une sieste comme elle travaille de nuit pour l'émission… sans compter que Whitney lui a préparé son célèbre brunch ce matin.

Les trois hommes hochèrent la tête et Ethan sut que c'était le dernier argument qui les avait le plus convaincus.

— J'aurais bien aimé qu'elle travaille pour Sandra, dit Art.

— C'est une sacrée bonne cuisinière, ajouta Otto.

— Tu vas regretter d'avoir raté le poulet frit, marmonna Silas dans sa barbe.

Ethan entendit que Lilly se retenait à nouveau de rire.

— Tu es prête pour la visite ? lui demanda-t-il.

— Ouaip.

— Ne laisse pas Harry te convaincre d'acheter ces affreux tee-shirts Bigfoot, l'avertit Silas.

— Elle a le droit d'acheter ce qu'elle veut, le gronda Art.

— De toute façon, Harry n'a même pas encore ces foutus tee-shirts, dit Otto. Et si on se reconcentrait sur le jeu ?

Les échecs se jouaient à deux, mais cela n'empêcha pas les trois amis de réussir, d'une manière ou d'une autre, à jouer une partie entre eux trois. Ethan n'avait aucune idée des règles établies pour leur partie d'échecs à trois joueurs, mais s'ils étaient contents comme ça, ce n'était pas lui qui allait leur dire quoi que ce soit.

Lilly salua les trois hommes de la main, puis le regarda.

Ethan lui tendit le bras.

— Après vous.

Ses yeux scintillèrent alors qu'elle enroulait son bras autour du sien.

— Allons-y.

Pendant une seconde, Ethan se retrouva paralysé. Son contact le fit frissonner et il adora voir cette excitation, cette curiosité et, oui, cette attirance qu'il lut dans les yeux de Lilly. Il eut envie de couper court à la visite et de l'emmener à l'un de ses points de vue préférés dans la forêt. Celui qui lui avait inspiré le nom de son équipe de recherche et de sauvetage. Celui qui était loin de la civilisation, où ils pouvaient être seuls... et qui lui permettrait ensuite de passer à autre chose et de se sortir Lilly de la tête.

Il était certain que ce n'était qu'une passade. Elle était arrivée en ville à un moment où il se sentait seul. Sa sœur venait tout juste d'avoir un bébé et sa mère n'arrêtait pas de le tanner pour qu'il se case avec quelqu'un. Il aimait bien sa vie solitaire, mais il avait aussi l'impression d'être à la croisée des chemins. S'il ne trouvait pas rapidement une femme, une avec qui il pouvait s'imaginer vivre les quarante prochaines années, il avait le sentiment que ça n'arriverait jamais. Il finirait comme Otto, Silas et Art... jouant aux échecs devant le bureau de poste de Fallport avec un ou plusieurs de ses coéquipiers qui lui ressemblaient plus qu'ils ne voulaient bien l'admettre.

— Ethan ? dit Lilly en fronçant les sourcils.

Se secouant mentalement la tête, Ethan repoussa l'idée d'embrasser cette femme. Il se rappela, une fois de plus, qu'elle ne serait en ville que pour une semaine environ et qu'aujourd'hui serait probablement la seule fois où il pourrait passer du temps avec elle étant donné qu'elle travaillait de nuit.

— Pardon, je réfléchissais. Commençons par ce côté de la place et faisons le tour. Ça te va ?

— Bien sûr. C'est toi le guide.

Ethan parvint à se contrôler jusqu'à ce qu'elle lui serre le bras, puis commence à écarter sa main. Il remonta rapidement la sienne pour maintenir celle de Lilly. Ils restèrent comme ça, le temps d'un battement de cœur, se regardant droit dans les yeux.

— Ce ne sera pas vraiment une visite si vous restez plantés là, observa Art qui ne leur fut d'aucune aide.

— *Chhhut.* Tu ne vois pas qu'ils sont en train de flirter ? dit Silas en murmurant comme un acteur au théâtre.

— Le flirt le plus bizarre que j'ai jamais vu, marmonna Otto.

Lilly lui sourit et le sort que l'on avait jeté à Ethan se rompit. Il se retourna et l'entraîna sur le trottoir vers le salon de coiffure sur la place. Il y avait forcément des gens du coin à lui présenter, et Ethan avait le sentiment qu'il avait tout intérêt à s'entourer du plus grand nombre de personnes possible.

Sinon, l'envie d'embrasser Lilly, pour voir si elle ressentait la même attirance pour lui que lui pour elle, risquait de le submerger et il finirait par lui proposer de se rendre au point de vue d'Eagle Point, que ce soit ou non une bonne idée.

CHAPITRE SIX

Ethan lui avait présenté tellement de monde, que Lilly avait la tête qui tournait. Avec chaque nouveau commerce qu'ils visitaient, elle tombait un peu plus amoureuse de Fallport et de ses habitants. C'était une petite ville pittoresque où presque tout le monde avait les pieds sur terre et était sympathique. Près de la moitié des gens qu'elle avait rencontrés semblaient intéressés par l'émission. L'autre moitié était plutôt sceptique par rapport au concept.

Ils s'arrêtèrent au salon de coiffure Un Cran Au-dessus ; au supermarché de Grogan où elle rencontra le vieux Grogan qui lui parla de cette superbe création de son petit-fils pour les vêtements Bigfoot qu'il avait commandés. Puis, il l'avait emmenée à la librairie de livres d'occasion L'Amour des Livres et lui montra le bowling Badaboum avant de mentionner La Cave... qui était apparemment une salle de billard fréquentée par les habitants les moins recommandables de Fallport. Il l'avertit de ne jamais s'y rendre seule, ce que Lilly n'hésita pas à lui promettre.

Il lui offrit un café au Broyeur, le café que Whitney avait mentionné, et Lilly tomba amoureuse de ce lieu excentrique. À la place d'une peinture ennuyeuse sur les murs, il y avait tout un tas de citations tirées de livres. Lilly reconnut certaines de ces citations, mais pas la plupart.

Elles étaient presque toutes en rapport avec le fait de boire du café. Puis, il avait insisté pour lui offrir un petit pain à la cannelle de la boulangerie Le Bec Sucré juste à côté. Lilly ne put s'empêcher de gémir d'extase après sa première bouchée. C'était l'une des meilleures choses qu'elle ait jamais mangées. Les beignets achetés en supermarché ne seraient jamais comparables à ce délice.

Quand Ethan émit un drôle de bruit en entendant son gémissement, elle le regarda d'un air perplexe. En voyant l'étincelle de désir dans ses yeux, elle faillit s'étouffer avec son petit pain à la cannelle. Elle n'avait pas fait exprès d'émettre des bruits sexuels en mangeant cette pâtisserie, mais elle réalisa rapidement de quoi ça avait l'air.

Après cela, ils continuèrent à marcher autour de la place et Ethan lui présenta le sans-abri le plus sympathique qu'elle ait jamais rencontré dans sa vie. Davis Woolford semblait avoir un peu moins de 40 ans et n'eut aucun mal à lui dire qu'il avait atterri à Fallport par accident. Il était descendu au mauvais arrêt de bus et n'était jamais reparti.

Après que Davis se fut éloigné, Ethan se pencha vers elle et lui dit :

— C'est un ancien Marine. Il souffre d'un SSPT[1] assez important. Toute la ville veille sur lui. Quand il se met à faire froid, nous nous assurons qu'il ait un endroit chaud où dormir. La plupart des commerçants sont assez cool et lui offrent les restes de nourriture qu'ils auraient normalement jetés. Il se fait couper les cheveux gratuitement et Zeke le laisse passer du temps au On the Rocks tant qu'il ne cause pas de problème.

— C'est génial, mais pourquoi personne ne lui propose

un travail pour l'aider à sortir de la rue pour de bon ? demanda Lilly.

— Il a l'air heureux comme ça, mais il est profondément perturbé, dit Ethan. Il ne peut pas garder un travail. Et crois-le ou non, il est un peu le chien de garde de Fallport. Quand le vieux Grogan a fait une crise cardiaque dans son magasin, Davis a été le premier à le trouver. Il lui a fait un massage cardiaque jusqu'à ce que les secours arrivent. Il lui a sauvé la vie. Quand une petite fille à échapper à la surveillance de sa mère alors qu'elle jouait sur la place, Davis l'a attrapée juste au moment où elle allait s'engager dans la rue devant un camion. Mon équipe et moi, nous avons essayé de lui trouver une chambre... rien d'incroyable mais quelque chose qui puisse lui permettre de ne plus vivre dans la rue, mais il dit qu'il préfère être dehors plutôt que confiné.

Lilly eut alors encore plus de respect pour cette ville et l'homme qui se trouvait en face d'elle. Elle ne supportait pas l'idée que quelqu'un puisse manquer de produits et choses de première nécessité comme la nourriture, l'eau et un logement, mais au moins, Davis semblait bien dans sa vie.

— Tu es prête à manger quelque chose ? lui demanda Ethan après lui avoir montré le parc à chiens.

Il se trouvait derrière une rangée de bâtiments sur un côté de la place.

Elle ne l'était pas, mais Lilly hocha quand même la tête. Elle ne voulait pas que cette journée se termine. Elle aimait apprendre à connaître les habitants de Fallport... et passer du temps avec Ethan.

— Ça te dérange si quelques gars de mon équipe nous rejoignent ?

Lilly ne savait pas trop quoi en penser ; elle n'était pas toujours très à l'aise avec les nouvelles personnes. Elle réalisa qu'elle avait envie d'impressionner Ethan... et si l'un de ses amis ne l'appréciait pas pour x raisons, ce n'était pas comme ça qu'elle avait envie que la journée se termine. Mais elle acquiesça quand même.

Étant attentif, Ethan s'avança plus près, lui donnant l'impression qu'ils étaient seuls au monde, même s'ils se tenaient sur un trottoir en plein centre-ville et que des yeux curieux devaient probablement les observer depuis les boutiques.

— Tu as le droit de dire non, la rassura-t-il avec une voix calme.

— Non, ça ne me pose pas de problème, dit Lilly en se forçant à sourire. Pourquoi ça n'irait pas ?

— Eh bien, même si j'adore mes amis, je suis tenté de leur dire qu'on annule le déjeuner. J'aime bien t'avoir rien que pour moi.

— Tu vas rester planté là toute l'aprèm ou tu vas enfin nourrir cette fille ? lui cria Otto de l'autre côté de la place, de retour sur sa chaise devant le bureau de poste.

Ethan et Lilly rigolèrent.

— J'imagine que c'est mon signal de départ, dit Ethan en tendant le bras vers elle une fois de plus.

Lilly enroula la main autour de son coude et sourit alors qu'il la guidait vers le restaurant.

— La bibliothèque est là-bas, dit Ethan en désignant le côté de la place qu'ils n'avaient pas encore visité. Raiden y travaille. C'est le type roux avec son limier. Talon est barbier et son salon est au coin de la rue. Drew est comptable, mais il travaille de chez lui. Zeke est propriétaire du On the Rocks, Brock travaille au garage en bas de la rue et mon frère a sa propre entreprise de construction.

— Attends – ton frère ? Tu veux dire, ton *vrai* frère ?

Ethan gloussa.

— Ça existe les faux frères ? demanda-t-il.

Lilly haussa les épaules.

— Je pensais que c'était juste une façon de parler.

— Disons qu'on peut dire que tous les gars sont mes frères, mais Cohen – que l'on surnomme Rocky – est mon vrai frère. Nous sommes jumeaux même.

Lilly parut surprise.

— Vous ne vous ressemblez pas.

Il sourit, comme s'il avait déjà entendu ça de nombreuses fois auparavant.

— Je sais. Nous sommes de faux jumeaux. Mais si tu as besoin de preuves, je peux retrouver nos actes de naissance pour te les montrer.

Lilly rougit.

— Non, non, non. Je suis désolée. C'est juste que… je n'en avais aucune idée.

— On était à l'armée ensemble, nous l'avons ensuite quittée et un ami à nous – un ancien SEAL que nous connaissons – nous a expliqué que Fallport avait besoin d'une équipe de recherche et de sauvetage. Je ne sais pas ce qu'on ferait si nous n'avions pas l'autre à proximité.

— Je peux comprendre. Mes frères me manquent terriblement, mais je pense que ce serait pire si j'avais un jumeau.

Ethan acquiesça.

— Ce n'est pas quelque chose que l'on peut expliquer, mais j'imagine que ce serait comme si on perdait une partie de nous-mêmes si l'on ne vivait pas l'un à côté de l'autre. Bref, Raid a dit qu'il viendrait déjeuner avec nous ce midi. Tal et Zeke aussi. J'espère que ça ne pose pas de problème. Les autres étaient déçus de ne pas pouvoir venir, mais ils aimeraient bien passer du temps avec toi un autre jour.

— Non, aucun souci, mais…

Lilly se mordit la lèvre tandis qu'ils continuaient leur promenade jusqu'au restaurant.

— Je ne comprends pas bien pourquoi ils ont envie de me rencontrer.

— Parce que l'émission les intéresse. Parce qu'ils n'ont encore jamais rencontré de caméraman professionnelle auparavant. Parce qu'ils veulent voir si tu leur parleras du planning de tournage pour qu'ils puissent savoir si nous allons devoir nous rendre dans la forêt pour retrouver des gens. Et parce que ça fait très longtemps que je n'ai pas montré d'intérêt pour quelqu'un... alors ils sont curieux.

Lilly leva les yeux vers lui en entendant ces derniers mots. Elle ne savait pas quoi dire. C'était agréable de savoir qu'elle n'était pas la seule à ressentir cette connexion étrange, mais elle ne savait pas trop quoi faire étant donné qu'elle partirait dès que le tournage serait terminé.

— Nous y voilà, dit Ethan, ne semblant pas réaliser l'agitation que ses mots avaient provoquée en elle.

Il lui ouvrit la porte du restaurant et lui fit signe de la précéder.

Dès l'instant où Lilly entra, son estomac se mit à gronder. Elle ne pensait pas avoir faim après le repas copieux que lui avait servi Whitney, puis le petit pain à la cannelle, mais il était trop dur de résister à cette l'odeur d'ail et de pain cuit.

Les lèvres d'Ethan tressautèrent.

— Je te jure qu'à chaque fois que je viens ici, je dis que je n'aurai pas les yeux plus gros que le ventre, mais je ne peux pas m'en empêcher. Tout est aussi délicieux que ça sent bon. Je te le promets.

Avant même que Lilly n'ait le temps de répondre, une dame s'avança vers eux.

— Ethan ! Ça fait tellement plaisir de te voir. Ça fait combien de temps que tu n'es pas venu ? Trois jours et quelques ? lui demanda-t-elle avec un sourire.

Elle devait avoir une quarantaine d'années et aurait facilement pu être la vedette d'un défilé à Paris... tellement elle était belle. Elle avait une coupe afro courte et serrée qui encadrait parfaitement son visage à la peau couleur châtaigne et impeccable et Lilly se mit à sourire en voyant Ethan interagir avec cette femme. Elle était grande et mince et portait des talons de dix centimètres qui lui permettaient de faire la même taille que lui alors qu'elle le serrait dans ses bras.

Cette femme était bien dans sa peau et ça se voyait.

Ethan lui rendit son étreinte puis se tourna vers Lilly.

— Sandra, j'aimerais te présenter Lilly Ray. Elle est ici pour travailler sur cette émission de télévision. C'est l'une des caméramans. Lilly, je te présente Sandra Hain. C'est la propriétaire de Sunny Side Up et c'est à cause d'elle que j'ai perdu la silhouette svelte que j'avais en arrivant ici.

Sandra s'esclaffa et Lilly constata que son rire aussi était sublime.

— Ravie de te rencontrer, dit Sandra en lui tendant la main.

Lilly la serra, gênée par les callosités sur ses paumes de main à force de trimballer des caméras tout le temps.

— J'ai entendu dire que tu logeais au Manoir de Chestnut Street... tu n'aurais pas pu choisir meilleure chambre d'hôte. Et je sais que tu manges bien, car Whitney ne peut pas s'empêcher de nourrir ses invités. Habituellement, ils sont tellement satisfaits qu'ils ne viennent jamais ici.

Il était évident que Sandra était amie avec Whitney. Il n'y avait aucune animosité dans sa voix et son grand sourire paraissait sincère.

— Tu n'as pas tort, dit Lilly. J'ai tellement mangé ce matin que j'étais persuadée de ne plus pouvoir avaler quoi que ce soit avant demain, mais dès l'instant où je suis entrée ici mon estomac a décidé d'être complètement vide, et que si je ne le remplissais pas de petits plats que vous préparez ici, il allait se révolter.

Sandra éclata à nouveau de rire et Lilly ne put s'empêcher de sourire.

— T'es mignonne, dit-elle.

Puis, elle se tourna vers Ethan et lui répéta :

— Elle est mignonne.

— Effectivement, approuva Ethan.

— Bon, comme vous pouvez le voir, nous ne sommes pas très occupés pour le moment, alors asseyez-vous où vous voulez. Les plats du jour ne sont pas encore prêts pour le dîner, mais si vous cherchez des suggestions, le filet de poulet frit du jour est incroyable. On vient tout juste de terminer la première fournée de bretzels ail-parmesan que l'on teste en apéritif. Vous pourrez me dire ce que vous en pensez... s'il faut rajouter de l'ail ou du parmesan ou quoi que ce soit. Et une fois que vous les aurez terminés, je suis sûre que les mi-cuits au chocolat seront prêts.

Lorsque Sandra eut terminé de parler, Lilly avait déjà l'eau à la bouche.

— Oui, lâcha-t-elle.

Sandra sourit.

— Oui pour quoi ? demanda-t-elle.

— Pour tout. C'est oui.

— Je me souviens de la dernière fille que tu as ramenée ici, dit Sandra à Ethan en haussant les sourcils. C'était il y a quoi, trois ans ou plus ? Enfin bref, elle avait commandé une salade. Une *salade*, souligna-t-elle, comme si le mot en lui-même l'offensait. Et si je me souviens bien, c'était le jour où j'avais préparé les lasagnes de ma grand-mère en plat du jour, dit Sandra en secouant la tête d'un air dégoûté. Je l'aime bien, elle, ajouta-t-elle.

Lilly ne fut pas offensée que Sandra parle d'elle comme si elle n'était pas là. Elle avait l'habitude que les gens fassent pareil dans sa ville natale. Elle supposait que toutes les petites villes fonctionnaient pareil, peu importe où elles étaient situées.

— Moi aussi, dit Ethan avec bonhommie. On va prendre le filet de poulet frit et les bretzels et le mi-cuit au chocolat, c'est sûr. Raid, Tal et Zeke devraient bientôt arriver. Tu en auras assez pour eux aussi ?

Sandra leva les yeux au ciel.

— Quelle question ! Je fais tourner un restaurant moi gamin. Évidemment que j'ai assez à manger. Bon sang. Raid ramène son chien errant ?

— J'imagine oui, puisqu'il ne va jamais nulle part sans lui, dit Ethan.

— Très bien. Je vais voir si je peux lui trouver un os alors. On est entre deux services là, mais Karen n'est pas loin. Elle va vous apporter des assiettes et couverts. Ce sera de l'eau pour toi Ethan, c'est ça ?

— Oui, madame.

— Et pour toi ? demanda Sandra en regardant Lilly.

— De l'eau aussi, c'est très bien. Merci.

— Et pas difficile en plus. Jusqu'ici tout va bien, dit-elle en jetant un autre regard appuyé en direction d'Ethan avant de retourner vers ce que Lilly supposa être la cuisine.

— Ne fais pas attention à elle, dit Ethan en posant la main sur son dos pour la guider jusqu'à une table près du mur.

Sa main était chaude et lourde contre elle et Lilly apprécia son contact. Il tira une chaise et elle s'assit dessus, heureuse de voir qu'il s'asseyait juste à côté d'elle. Ils avaient le dos collé au mur et avaient donc vue sur toute la salle à manger. Ce n'était pas très grand et il n'y avait que quelques tables d'occupées. L'atmosphère était chaleureuse et relaxante. Lilly espérait que la nourriture serait aussi bonne qu'elle sentait bon.

— J'ai grandi dans une ville très similaire à celle-ci,

rassura-t-elle Ethan. C'était tellement frustrant de ne rien pouvoir faire en douce. Il y avait toujours quelqu'un pour tout raconter à mon père.

Ethan sourit.

— Tu faisais beaucoup de bêtises ?

— Non. J'étais une gentille fille. Mais les rares fois où j'ai essayé de m'amuser, on m'a toujours balancée.

— Pour quoi par exemple ? demanda Ethan.

— Comme la fois où mes copines et moi voulions jouer à sauter sur les vaches.

Ethan éclata de rire.

— Non, sérieux. On en avait entendu parler par d'autres enfants à l'école. Même mes frères l'avaient fait. Je les avais entendus en parler. Alors nous sommes allées à la ferme Allen pour voir de quoi il s'agissait. Évidemment, on avait bu avant, donc ça n'a pas aidé. On a fait énormément de bruit et il était impossible pour nous de prendre une vache par surprise. On a essayé d'en approcher quelques-unes, mais elles ne dormaient pas et elles se sont enfuies avant même qu'on ne puisse s'approcher. On a parcouru tout le champ en essayant de trouver une vache qui coopérerait. On en a enfin trouvé une qui semblait n'en avoir rien à faire qu'une bande de gamines pompettes et mortes de rire s'approchent. Nous avons compté jusqu'à trois et nous l'avons poussée aussi fort que possible – et cette foutue vache s'est retournée et a meuglé avant de s'en aller.

Elle attendit qu'Ethan arrête de rire avant de continuer :

— Donc nous étions désabusées et sommes parties. Cara conduisait – elle n'avait pas bu, juste pour que tu le saches, nous n'étions pas assez bêtes pour rouler dans les montagnes de Virginie-Occidentale en étant ivres. Quoi qu'il en soit, on avait faim, donc on s'est arrêtées dans un restau ouvert vingt-quatre heures sur vingt-quatre qui ressemblait beaucoup à celui-ci et nous avons mis de la bouse de vache partout sur le sol. Sans compter qu'il y en avait aussi partout sur la voiture de Cara. Notre petite soirée clandestine a fini par être le sujet de conversation des habitants pendant des jours. Mon père était furieux, le fermier aussi et j'ai été punie pendant trois semaines. Donc, oui... je sais comment fonctionnent les petites villes.

Ethan n'essayait même pas de cacher son amusement et Lilly adorait l'idée de le faire rire. Bizarrement, elle avait l'impression qu'il ne souriait ou ne riait pas beaucoup.

— Voilà votre eau, dit une femme, faisant sursauter Lilly.

— Merci, Karen, répondit Ethan.

La serveuse ne regarda même pas Lilly.

— De rien. Au fait, il y a un truc qui cloche avec les lumières de ma chambre. Elles clignotent constamment. Tu crois que tu pourras venir jeter un coup d'œil un de ces quatre ?

— Bien sûr, lui dit Ethan.

— Je finis à 21 heures ce soir. Tu pourrais passer à ce moment-là, dit-elle en souriant d'un air suggestif.

Lilly lutta pour ne pas lever les yeux au ciel face au jeu de séduction flagrant de cette fille.

— Désolé, mais je ne travaille pas le soir, répondit Ethan avant de se tourner à nouveau vers Lilly sans la lui présenter. Tu as quatre frères, c'est bien ça ? lui demanda-t-il.

Karen avait beau vouloir désespérément attirer l'attention d'Ethan, elle n'était pas idiote non plus. Elle comprit le message et s'en alla vers la cuisine.

Lilly fit de son mieux pour cacher son sourire, mais sut qu'elle n'avait pas réussi lorsqu'Ethan soupira.

— Elle ne veut pas comprendre, dit-il doucement. Je n'ai pas envie de la blesser parce qu'elle est vraiment gentille la plupart du temps, mais je ne suis juste pas intéressé.

— J'imagine qu'il ne doit pas y avoir beaucoup d'hommes intéressants à Fallport, dit Lilly. Et même si c'était le cas, tu es probablement la meilleure option. Tu es beau, intelligent et tu as l'air d'être un homme bien. Ça ne me surprend pas qu'elle fasse de son mieux pour attirer ton regard.

— C'était impoli de sa part de dire ça devant toi, répondit Ethan en fronçant les sourcils.

— Ce n'est pas grave, dit Lilly.

— Si, insista-t-il.

Lilly n'avait pas l'intention de lui raconter toutes ces fois où des femmes avaient dragué les hommes qu'elle fréquentait à l'époque. Elle n'avait jamais été amoureuse d'aucun d'entre eux et ça lui demandait trop d'énergie de se vexer. Même lorsqu'elle avait travaillé sur des émissions avec une grosse équipe dont la plupart étaient des hommes, les femmes venaient toujours draguer ses collègues, comme si elle n'était pas là. Elle avait l'habitude d'être mise de côté.

— Pour répondre à ta question, oui. J'ai quatre frères. Lance, Leon, Lucas et Lincoln. Lance a six ans de plus que moi et les autres se situent entre lui et moi.

— Laisse-moi deviner, le prénom de ton père commence aussi par un L ? demanda Ethan avec un sourire.

— Non. Il s'appelle Mark.

Ethan cligna des yeux, puis gloussa.

— D'accord.

— Ma mère s'appelait Lisa. C'est elle qui a pensé que ce serait mignon de nous donner des prénoms commençant par la même lettre. Évidemment, elle n'est pas restée assez longtemps pour devoir supporter les nombreuses moqueries dont nous avons été victimes.

— Je suis désolé.

Lilly haussa les épaules.

— C'est pas grave. Honnêtement elle ne nous manque pas vraiment. OK, peut-être qu'elle a manqué à Lance étant donné qu'il était assez âgé pour se souvenir d'elle quand elle est partie. Mais mon père est incroyable et il nous a très bien élevés. Je n'ai pas l'impression d'avoir manqué de quoi que ce soit.

— C'est aussi ce que Rocky et moi pensons de notre mère. Elle s'est démenée pour nous trouver des modèles masculins positifs après la mort de notre père quand nous avions environ 5 ans. Nous avons pratiqué des tonnes d'activités sportives en grandissant et avons été chez les scouts. Chacun de nos entraîneurs et chefs scouts a eu une bonne influence sur nous. Quand nous avions entre 12 et 13 ans, une tornade a dévasté notre ville et notre maison a été épargnée – Dieu merci, car je ne pense pas que maman aurait eu les moyens de la réparer – mais beaucoup de nos voisins n'ont pas eu cette chance. Quand elle a vu à quel point Rocky et moi étions intéressés par ce que les ouvriers faisaient pour reconstruire les maisons, maman leur a demandé si nous pouvions rester dans les parages pendant qu'ils travaillaient. Ils ont accepté et mon frère et moi avons passé tout le temps où nous n'étions pas à l'école à les observer travailler.

— C'est comme ça que tu as commencé à t'intéresser à ce que tu fais maintenant ?

— Oui. L'un des entrepreneurs s'est rendu compte que nous étions vraiment intéressés et non en train de repérer les lieux pour venir cambrioler les maisons après. Il nous a fait travailler. Nous avons gagné un peu d'argent pour aider notre mère, nous nous sommes occupés et sommes tombés amoureux du travail manuel.

— C'est génial, dit Lilly.

— Oui.

Ils levèrent tous les deux la tête lorsque la clochette de l'entrée retentit et Lilly vit trois des amis d'Ethan s'avancer. Raiden fut facile à reconnaître, étant le seul roux de la bande et aussi parce qu'il était extrêmement grand. Il dut littéralement se baisser pour passer par la porte sans se cogner la tête. Sans oublier le gentil limier à ses côtés.

Talon était le deuxième plus grand du groupe avec une barbe brune bien taillée et des yeux bleus qui la fixèrent avec tellement d'intensité qu'elle dut détourner le regard. Elle ne savait pas ce qu'il faisait avant d'arriver à Fallport, mais c'était clairement intense.

Zeke, en comparaison, semblait être le plus amical de la bande. Lilly se souvenait qu'Ethan lui avait dit qu'il était le propriétaire du bar qu'ils n'avaient pas encore visité... ce qui signifiait qu'il devait probablement avoir l'habitude de mettre les gens à l'aise.

Le trio s'avança vers la table et Ethan se leva pour les saluer.

Lilly fit de même mais Zeke lui dit rapidement :

— Non, non, ne te lève pas Lilly.

Elle se rassit dans son siège alors que les hommes s'installaient autour de la table. Le limier s'assit à côté de Raiden, puis après que son maître lui eut fait un signe de la main, il se coucha en gémissant.

Lilly fut surprise que le chien ait le droit d'entrer à l'intérieur du restaurant, mais encore une fois, ce n'était pas une grande ville. Les règles étaient différentes dans les petites villes, et elle était bien placée pour le savoir.

— Alors, Lilly, je suis ravi de te rencontrer officiellement, dit Zeke avec un sourire chaleureux.

Alors que Lilly lui rendait son sourire, elle remarqua que même si cet homme semblait sympathique et facile à vivre, elle avait l'intuition qu'il valait mieux qu'elle reste prudente.

— Pareil, dit-elle en regardant les hommes dans les yeux pour bien s'adresser aux trois.

— Bon, dit Tal en se penchant en avant, les coudes posés sur la table. C'est quoi ton histoire, alors ?

Lilly réalisa pour la première fois qu'il était britannique. Son accent était super sexy, mais elle ne savait pas vraiment comment réagir à sa question.

— Non, dit sèchement Ethan.

Lilly le regarda sans comprendre. Mais il était focalisé sur son ami.

— Ne fais pas ça, dit-il fermement.

— Faire quoi ? demanda Tal en se rasseyant sur sa chaise.

Ethan lui lança un regard noir.

Lilly posa la main sur la sienne durant une seconde et la serra. Puis, elle se redressa. Elle n'avait rien à cacher. Et puis, elle partait bientôt et ne reverrait plus jamais ces types.

Ignorant sa déception en y pensant, elle dit :

— Je m'appelle Lilly Ray. J'ai grandi en Virginie-Occidentale. J'ai quatre grands frères. Je suis allée à l'université sur la côte Est, j'ai déménagé en Californie car j'ai entendu dire que c'était là que se trouvaient tous les bons postes de ce milieu. Ce qui était vrai. J'ai travaillé comme une dingue et j'ai fait de mon mieux pour ignorer tout le harcèlement sexuel dont j'ai été victime. Je suis douée dans mon travail – vraiment douée. Mais la Californie m'a épuisée. Alors j'ai commencé à postuler ailleurs. Ils ne payent pas aussi bien, mais j'essaie d'économiser assez d'argent pour m'installer quelque part, avec un peu de chance pas loin de mes frères pour que je puisse être plus présente dans leurs vies et celles de leurs enfants.

J'ai accepté ce boulot pour l'émission sur le paranormal parce que ça semblait être intéressant. Il nous reste, je crois, encore un tournage, après celui-ci, puis je trouverai autre chose – je suis une contractuelle, donc je suis employée pour un job à la fois. Est-ce que je crois aux phénomènes paranormaux ? Oui. Est-ce que je crois à tous les phénomènes paranormaux qui existent ? Non. Oui, nous irons filmer dans la forêt, je ne pense vraiment pas que quelqu'un se perdra. Ces gens ne sont pas très nature, mais nous nous éloignerons assez de la ville pour qu'aucun adolescent fauteur de troubles ne se mette en tête de venir perturber l'enquête. Nous n'allons pas marcher trente kilomètres pour trouver Bigfoot.

Je ne sais pas vraiment ce que vous souhaitez savoir d'autre, mais je serais ravie de répondre à toutes vos questions. Cependant, j'ai signé une clause de confidentialité, donc il y aura certaines choses auxquelles je ne pourrai pas répondre et j'espère que ça ne vous contrariera pas. Je ne cherche pas à être sournoise ou quoi que ce soit, mais je peux littéralement me faire poursuivre en justice pour un million de dollars ou plus si je parle de l'émission.

Elle aurait pu continuer, mais elle leva simplement le menton en regardant Tal, espérant que sa réponse honnête suffise à le rassurer sur... quoi que ce soit. Lilly ne savait pas vraiment ce qu'il cherchait, ni pourquoi il avait accepté de manger avec eux s'il ne lui faisait pas confiance, mais en grandissant avec quatre frères, elle avait appris à ne pas reculer quand les hommes tentaient de l'intimider.

Tal la regarda pendant un moment, puis sourit.

Et mon Dieu, son sourire changea tout sur son visage. Il passa de super flippant à carrément sexy en un clin d'œil.

— OK, dit-il.

Lilly jeta un coup d'œil à Raiden qui hocha la tête dans sa direction.

Plus qu'un. Prenant une grande inspiration, elle se tourna vers Zeke.

— Vous avez déjà commandé ? demanda-t-il.

Lilly cligna des yeux, surprise.

— Oui. Enfin, ce n'est pas comme si Sandra nous avait vraiment laissé le choix, mais comme le filet de poulet frit, les bretzels à l'ail et au parmesan et les mi-cuits au chocolat paraissaient délicieux, je crois que je suis contente de ne *pas* avoir eu le choix, dit-elle avec honnêteté.

— Vous prenez la même chose d'ailleurs, dit Ethan à ses amis. Je me suis dit que ça ne vous dérangerait pas.

— Non, c'est parfait, dit Zeke.

Lilly expira, réalisant alors qu'elle avait retenu son souffle jusqu'à présent. Bizarrement, elle avait vraiment envie que ces hommes l'apprécient. Ce n'était pas rationnel étant donné qu'ils l'oublieraient probablement dès qu'elle serait partie, mais elle était soulagée d'avoir franchi le premier obstacle en les rencontrant.

— J'ai parlé à Rocky avant de venir ici et il voulait que je te demande quelque chose, dit Raid.

Tournant son attention vers cet homme à l'allure un peu intello et ringarde, mais quand même beau à sa façon, Lilly lui dit :

— Dis-moi.

— Tu as déjà travaillé pour une émission de déco ?

Lilly sourit. C'était une question tellement normale. Elle s'attendait plutôt à ce qu'il lui en demande plus sur Tucker ou l'émission de paranormal.

— Eh bien oui. Juste avant celle-ci.

— Une émission de rénovation ? demanda Ethan.

Elle n'eut pas de mal à sentir l'intérêt dans sa voix.

Lilly secoua la tête. Ce n'était pas surprenant qu'il soit aussi intéressé que son jumeau avec leur expérience dans le bâtiment, etc.

— Non, désolée. C'était une de ces émissions sur l'immobilier. Vous savez, quand le couple doit décider entre trois maisons à acheter.

— Et ? Est-ce qu'ils sont réels ? demanda Raid. Enfin, je veux dire, on dirait toujours que leurs métiers sont inventés de toutes pièces. La femme dit toujours « Je travaille pour un refuge d'animaux » et le mari dit « Et moi je travaille depuis chez moi pour fabriquer des origamis d'animaux que je vends sur Internet ». Puis leur budget est genre de deux millions cinq cent mille.

Lilly gloussa.

— Mais oui, j'ai remarqué aussi. Et pour répondre à ta question... non, ils ne sont pas réels.

Elle aurait pu jurer que les quatre hommes s'étaient penchés en avant, impatients d'en apprendre plus.

— En fait, dans chaque épisode, le couple a déjà acheté la maison. Entre une semaine et des mois avant le tournage de l'émission. Le producteur passe en revue les maisons à vendre dans le quartier et en sélectionne deux autres pour que le couple puisse les « choisir », dit-elle en mimant des guillemets avec ses doigts. Puis, les producteurs choisissent ensuite la liste de souhaits pour le couple. Si sur cette liste il y a une cuisinière à gaz, ils s'assurent que deux des maisons en sont équipées et l'autre non. S'il s'agit d'un concept avec espace ouvert, deux des maisons peuvent en être équipées, mais pas la troisième, etc. Pour les spectateurs, c'est comme si le choix était difficile car aucune maison n'a tout ce qu'ils souhaitent. Tout est également filmé le même week-end, donc les petits extraits à la fin quand ils disent que nous sommes un ou deux mois plus tard et que le couple s'est installé, c'est un mensonge. Si vous regardez bien, les meubles sont souvent les mêmes que lors de la visite de la maison... parce que ce sont *leurs* meubles qui ont déjà été installés. Si la maison est encore vide durant le tournage, les extraits où on les voit parler de leurs recherches sont souvent filmés dehors pour que le spectateur ne réalise pas qu'il n'y a toujours pas de meubles dans la maison.

Les quatre hommes la regardaient, incrédules.

Tal finit par briser le silence.

— Putain, maintenant je ne pourrai plus jamais regarder aucune de ces émissions.

— Tu en regardes beaucoup ? lui demanda Zeke.

— Ben oui, dit Tal en haussant les épaules. J'adore regarder toutes les maisons.

— Je ne sais pas si j'ai envie de le dire à Rocky, ajouta Raid. Il adore ces émissions de rénovation. J'imagine qu'elles sont aussi fausses que celles sur l'immobilier.

Lilly n'avait pas travaillé sur ce type d'émissions, mais elle connaissait d'autres personnes pour qui c'était le cas et Raid avait raison. Mais elle préféra se taire.

— Attention, j'arrive ! dit Karen en s'approchant de la table avec un énorme plateau sur les épaules.

Elle dut faire deux voyages pour déposer toutes les assiettes, mais quand elle eut terminé, il ne resta plus un seul centimètre de disponible.

L'odeur était extraordinaire et Lilly eut le sentiment que si elle vivait ici, elle prendrait probablement vingt kilos tout simplement car elle ne pourrait pas résister à toute cette nourriture incroyable. Entre l'énorme brunch que Whitney avait préparé, le petit pain à la cannelle qu'elle avait mangé un peu plus tôt en guise d'en-cas, en passant par l'appétissant filet de poulet accompagné de purée de pommes de terre et du gombo frit – sans parler des bretzels et du dessert qui, Lilly n'en doutait pas, seraient aussi bons que le reste du repas – elle allait devoir marcher des kilomètres et des kilomètres chaque jour pour garder le même poids qu'aujourd'hui.

Comme si Ethan pouvait lire dans ses pensées, il se pencha vers elle et son souffle lui chatouilla l'oreille lorsqu'il lui dit :

— On ne mange pas comme ça tous les jours. Sandra aime bien tester les gens.

— Comme la fille que tu as ramenée ici et qui a demandé une salade ? ne put-elle s'empêcher de demander.

Il grimaça, mais acquiesça.

— Oui. Comme elle.

— Il ne sortait pas avec elle, dit Zeke après avoir avalé un morceau de gombo. Elle cherchait à acheter une maison ici à Fallport et elle a obtenu un devis de Rocky et Ethan pour la vider et la refaire. Rocky s'est désisté dès qu'il a vu la maison et lui a dit qu'il n'acceptait pas ce contrat.

— Elle voulait en faire quelque chose d'ultramoderne et Rocky a refusé par principe, ajouta Tal.

— Elle était très bien comme elle était, marmonna Ethan. Elle avait juste besoin d'un petit coup de frais. Pas de tout refaire.

— Enfin bref, Ethan a juste été poli en l'emmenant déjeuner, pour lui annoncer qu'aucun d'entre eux n'était intéressé par le projet, continua Zeke. Ce n'était pas un rencard, conclut-il, se répétant.

Lilly ne put s'empêcher d'être secrètement satisfaite, même si elle fit tout pour ne pas le laisser transparaître lorsqu'elle demanda :

— Et du coup, est-ce qu'elle a acheté la maison ?

— Non, dit Raid. Elle est restée dans le coin quelques jours de plus, mais comme elle s'est fait rembarrer par tout le monde, elle a décidé que finalement elle ne voulait pas vivre ici.

Lilly ne put s'empêcher de rire. Elle n'aurait pas dû. Ce n'était pas très cool de la part des habitants de juger autant les autres, mais, une fois de plus, c'était comme ça que fonctionnaient parfois les petites villes.

Le reste du déjeuner se déroula plutôt bien, en ce qui concernait Lilly en tout cas.

Les amis d'Ethan étaient drôles une fois qu'ils se détendaient un peu. Ils parlèrent encore un peu de son travail – elle avoua qu'elle n'avait aucune idée de ce qu'elle ferait une fois le tournage terminé – et ils lui racontèrent plusieurs histoires sur les personnes que Duke, le limier de Raid, avait retrouvées, et elle comprit mieux pourquoi les habitants de Fallport n'avaient aucun problème à ce que le chien puisse suivre son maître partout.

Lilly aimait bien à quel point la ville était loyale envers les bonnes personnes qui vivaient ici. Elle se doutait bien qu'ils étaient méfiants et distants envers les nouveaux arrivants, mais une fois que vous aviez fait vos preuves, les habitants vous accueillaient à bras ouverts.

Le temps que Lilly ait mangé la moitié de son énorme mi-cuit au chocolat, elle fut si rassasiée qu'elle ne fut pas sûre de pouvoir tenir debout. Elle s'effondra sur sa chaise, posa une main sur son ventre et gémit.

Les hommes autour d'elle éclatèrent de rire.

— Ce n'est pas drôle, se plaignit-elle. Comment vais-je faire pour marcher dans ces bois pendant des heures avec une caméra sur mon épaule alors que j'ai l'impression que je vais éclater ?

— On dirait bien que tu vas avoir besoin d'énergie, dit Zeke en s'éloignant de la table.

Les autres suivirent son exemple et se levèrent également. À sa grande surprise, Duke se leva de sa chaise et lui renifla la main. Le chien ne lui avait pas montré le moindre intérêt durant le repas, mais désormais, il semblait vouloir se lier d'amitié.

Elle fit semblant de ne pas voir que Raid regardait les autres en haussant les sourcils alors que Lilly se penchait vers Duke.

— Oh, ça c'est un chien câlin, dit-elle en le caressant avant de sourire à Raid. Il est trop gentil.

— Pas vraiment, à vrai dire, dit Raid en haussant les épaules, l'air perplexe. D'habitude, il est plutôt grognon. Il adore la nourriture et sortir dans les bois. Mais pour le reste, il le tolère à peine.

Haussant mentalement les épaules, Lilly se leva.

— Eh bien, il m'a tout l'air d'être un chien facile à vivre pourtant.

Le groupe se dirigea vers l'entrée du restaurant et Sandra sortit soudain de nulle part.

— Comment s'est passé votre repas ? demanda-t-elle.

— Oh, c'était incroyable, comme tu t'en doutes, lui dit Ethan.

— Délicieux.

— C'était parfait.

— Ces bretzels étaient putains de bons.

Les hommes ne tarirent pas d'éloges sur le repas et Lilly fit de même.

— Si je ne devais pas travailler cette nuit, je retournerais à la chambre d'hôte et tomberais dans un coma alimentaire... ce qui, soit dit en passant, est un sacré compliment, dit-elle à Sandra avec un sourire.

La propriétaire rayonnait.

— Tant mieux.

Lilly sortit son téléphone et sa carte de crédit de la pochette en silicone qu'elle avait fixée à l'arrière. Elle détestait porter un sac et la petite pochette pouvait facilement contenir son permis de conduire et ses deux cartes de crédit. Ça lui convenait très bien.

Mais Sandra fit un pas en arrière quand elle lui tendit sa carte.

— Oh, non, dit-elle en secouant la tête.

Au même moment, Ethan repoussa son bras vers le bas.

— Je m'en occupe, lui dit-il.

— Mais..., commença Lilly.

— Non, l'interrompit-il. L'équipe de recherche et sauvetage d'Eagle Point a un compte ici. On règle tout à la fin de chaque mois. Ne t'inquiète pas.

— Et en plus, ils nous donnent vingt pour cent de pourboire, mes serveurs sont très heureux, dit Sandra en faisant un clin d'œil à Ethan. Mais c'est mignon qu'elle ait envie de payer.

— Très subtil, dit Tal dans sa barbe.

Lilly rougit en remettant sa carte de crédit dans sa pochette. On aurait vraiment dit que la propriétaire du restaurant l'avait validée. Mais il n'y avait rien entre Ethan et elle n'est-ce pas ?

Zeke leur tint la porte ouverte alors qu'ils sortaient tous dehors en cette belle après-midi de printemps. Il ne faisait pas assez chaud pour que le soleil lui donne l'impression de fondre, mais il ne ferait pas non plus trop froid cette nuit quand ils marcheraient dans la forêt, ce qui était une bonne chose. La plupart des arbres avaient des feuilles sur leurs branches, ce qui était idéal pour chasser Bigfoot – du moins c'était ce que Tucker avait proclamé la veille.

Lilly aurait voulu préciser que cela aurait été plus facile de voir une créature humanoïde poilue de deux mètres de haut marcher dans les bois en hiver, quand il n'y avait justement pas de feuilles, mais elle ne pensait pas que le producteur aurait apprécié.

Elle resta plantée là, mal à l'aise, tandis qu'Ethan faisait ses adieux à ses amis. Duke fourra à nouveau son museau dans sa main alors Lilly s'occupa de dire au revoir au chien baveux.

Une fois de plus, Raid secoua simplement la tête en observant le chien avec elle. Puis il salua ses amis en levant le menton et se dirigea vers la bibliothèque.

Tal lui serra la main et repartit vers son salon de coiffure, mais Zeke tendit les mains vers elle et la serra dans ses bras.

— Zeke, l'avertit Ethan.

— Quoi ? dit l'autre homme avec un sourire. Je lui dis juste au revoir.

Lilly ne put s'empêcher de glousser.

— Ravie de t'avoir rencontré.

— Pareil, dit Zeke avant de prendre un air sérieux. Fais attention là-bas. Ce serait mieux que vous ayez tous un guide, mais votre producteur a décliné notre offre.

— Tu lui as proposé d'être notre guide ? demanda-t-elle avec surprise.

— Oui. Il a rigolé et a dit que vous n'aviez pas besoin qu'une personne extérieure prenne des photos et divulgue des informations sur l'émission.

Lilly leva les yeux au ciel. Oui, c'était bien le genre de Tucker.

— La *dernière* chose dont tu dois t'inquiéter c'est de ce putain de Bigfoot, dit Zeke.

Lilly pencha la tête.

— C'est-à-dire ?

— Il y a des ours. Et des lynx. Et des contrebandiers.

— Des contrebandiers ? Ethan l'a mentionné hier aussi.

— Oui. La forêt est un endroit idéal pour cacher leurs alambics. Et ils peuvent devenir très grognons si quelqu'un tombe accidentellement sur leur cachette. Si jamais ça arrive, je vous recommande de battre en retraite et de quitter la zone.

— Tu sais où ils se trouvent ? ne put s'empêcher de demander Lilly.

— Pour beaucoup, oui. Mais les anciens savent qu'on ne dira rien. Notre travail consiste à retrouver les personnes perdues, pas de l'alcool illégal, dit Zeke.

— J'en parlerai à Tucker, lui dit Lilly.

Zeke hocha la tête, puis sourit, et le propriétaire du bar sympathique fut de retour. Mais une fois de plus, Lilly eut l'impression d'avoir eu un aperçu du véritable Zeke sous le masque. Elle n'avait pas encore rencontré les trois autres membres de l'équipe de recherche et sauvetage, mais elle avait le sentiment qu'ils seraient tout aussi complexes que les quatre avec qui elle avait déjeuné.

— Ça fait longtemps que je ne t'ai pas vu au On the Rocks, Chaos... ce serait sympa de voir ta sale tronche de l'autre côté de mon bar bientôt.

Ethan acquiesça.

— Je passerai peut-être ce soir. Rocky termine un gros projet et il sera probablement partant pour une bière ou deux.

— Super. On se voit ce soir alors.

Sur ce, Zeke se retourna et descendit le trottoir pour retourner à son bar.

Lilly se tourna vers Ethan.

— Chaos ? lui demanda-t-elle.

Il sourit.

— C'était mon surnom quand j'étais un SEAL.

— Attends... tu étais un SEAL ? demanda Lilly en écarquillant les yeux.

— Ouaip. Tout comme mon frère. Zeke était un Béret Vert, Tal faisait partie des forces spéciales au Royaume-Uni, Raid était garde-côte, Brock – aussi connu sous le nom de Bones – travaillait pour la douane américaine et la protection des frontières et Drew, que nous appelons parfois Koop, parce que son nom de famille est Koopman – faisait partie de la police d'État de Virginie.

— Waouh, je suis impressionnée, dit Lilly avec honnêteté. Whitney a mentionné que vous aviez tous une sorte de passé militaire, mais c'est juste... waouh.

Ethan haussa les épaules face à son admiration.

— Nous sommes simplement des hommes qui ont servi leur pays d'une manière ou d'une autre, et maintenant tout ce que nous voulons c'est de vivre une vie simple.

Lilly acquiesça. Elle l'avait bien compris.

— Eh bien, je trouve que Fallport est un endroit charmant pour vivre cette vie simple justement.

— Parfois moins simple que d'autres, dit Ethan en regardant sa montre et en fronçant les sourcils. J'aurais voulu te montrer la bibliothèque et le bar de Zeke, mais il se fait tard.

Lilly regarda sa propre montre, surprise de voir le temps qui s'était écoulé. Ils avaient mangé et parlé depuis plus longtemps qu'elle ne le pensait.

— Oui, si je veux pouvoir faire une sieste, il vaut mieux que j'y aille, dit-elle avec regret.

Ethan acquiesça et ils marchèrent jusqu'à sa voiture devant le bureau de poste dans un silence agréable. Alors qu'ils arrivaient, Silas, Otto et Art étaient toujours assis à la même place qu'auparavant.

— Alors, qu'est-ce que tu en as pensé ? demanda Silas tandis qu'ils s'approchaient.

— De la ville ? J'adore, dit Lilly.

— Non, d'Ethan, la corrigea Otto.

Lilly rougit et regarda Ethan qui secouait la tête en direction du vieil homme.

— Ne la mets pas mal à l'aise comme ça, dit-il.

— Elle n'est pas mal à l'aise. Si ? demanda Otto.

— C'est bien de faire la cour à une dame, ajouta Art. De nos jours, trop d'hommes sautent cette étape et passent directement à la galoche.

Lilly ne put s'empêcher de rire. Elle était un peu gênée, mais ces hommes étaient si authentiques, qu'elle ne pouvait pas être offensée.

— Jusqu'ici tout va bien, dit-elle à Otto.

— Apparemment, Sandra l'aime bien, dit Silas à Ethan.

— Et j'ai vu que c'était aussi le cas de Duke, dit Art. Pourtant ce chien n'aime jamais personne.

— T'as intérêt à faire gaffe, l'avertit Otto, sinon Raid risque de te la piquer.

— Personne ne volera personne, dit Ethan en secouant la tête. Maintenant, si vous voulez bien m'excuser, il faut que Lilly fasse un petit somme avant de travailler cette nuit.

— C'est censé être la pleine lune ce soir, dit Otto. C'est là que les bêtes se transforment, tu sais.

Silas lui donna une tape à l'arrière de la tête en disant :

— Mais non, ce sont les loups-garous, espèce d'imbécile. Pas Bigfoot.

— Hé ! Tous les animaux deviennent bizarres à la pleine lune, se défendit Otto.

Lilly souriait encore quand Ethan lui ouvrit la porte. Il attendit qu'elle soit installée, puis il ferma sa portière et contourna la voiture en trottant. Il salua les trois hommes et fit marche arrière. Ce faisant, il lui dit :

— Rappelle-moi de ne pas me garer devant la poste la prochaine fois que nous viendrons en ville.

Lilly éclata de rire.

Ethan la regarda et elle adora ce sourire facile sur son visage.

— Ils étaient drôles.

— J'espère qu'ils ne t'ont pas trop mise mal à l'aise. D'ailleurs, j'espère que personne ne l'a fait aujourd'hui. Fallport est super, mais les gens ont tendance à vouloir se mêler des affaires des autres.

— Non, tout le monde a été gentil, lui dit-elle avant de poser sa tête sur le siège.

Elle se tourna vers Ethan pour lui sourire.

— J'ai passé un bon moment aujourd'hui. J'ai passé tellement de temps à Hollywood, là où tout le monde s'ignore et où on ne connaît même pas le prénom de son voisin qui vit là depuis cinq ans, que j'avais presque oublié à quel point les petites villes pouvaient être géniales.

— Oui, approuva Ethan. Même si elles ne sont pas toujours super. C'est presque impossible de garder un secret. Au point que, si j'achète un flacon d'aspirine chez Grogan, le temps que je rentre chez moi, j'ai déjà eu au moins trois appels téléphoniques des habitants qui me demandent si je vais bien.

— Donc j'imagine que l'achat de préservatifs est exclu ? demanda Lilly – avant de rougir. Pardon, oublie ce que j'ai dit.

Mais Ethan se mit à rire.

— Exactement. C'est pareil pour les tests de grossesse.

— J'imagine, dit-elle.

La chambre d'hôte n'était pas loin et avant même que Lilly ne soit prête, Ethan se garait déjà devant la vieille maison majestueuse. Il se tourna vers elle.

— Fais attention ce soir. Zeke a raison, il y a beaucoup de choses qui pourraient s'en prendre à vous dans les bois.

— À part Bigfoot ? plaisanta-t-elle.

Mais il ne sourit même pas.

— Oui.

— OK, je ferai attention. Mais honnêtement, si Roger, Trent, Chris et Michelle passent plus de quelques heures à errer dans le noir en imitant des cris d'accouplement pour appâter Bigfoot – ou du moins ce qu'ils pensent être des cris d'accouplement – en frappant les arbres avec des bâtons, je serais surprise.

— Que penses-tu qu'ils feraient si ces cris fonctionnaient vraiment ? demanda Ethan. Si un Bigfoot en chaleur de plus de deux mètres déboulait à travers les arbres, enragé et avec la trique, prêt à répondre à l'appel de l'amour ?

Lilly gloussa.

— Oh, mon Dieu, je serais prête à payer pour voir ça.

Quand elle eut repris son sérieux, elle regarda Ethan.

— Merci encore pour cette belle journée. J'en avais besoin.

— Moi aussi, dit-il avant d'éteindre le moteur. Je vais t'aider à ramener ce que tu as acheté à l'intérieur.

— Oh non, ça ira. Je peux m'en occuper, dit-elle rapidement.

— Je suis sûr que tu peux, mais il est hors de question que je reste assis pendant que tu décharges toutes ces conneries.

Elle aurait dû se douter qu'il dirait ça.

— OK. Mais au lieu de tout amener à l'intérieur, on pourrait simplement le mettre dans ma voiture. Ça m'évitera de devoir les déplacer deux fois et comme je dois tout amener à Tucker et Trent, c'est plus logique.

— Ça me paraît bien.

Il ne leur fallut que quelques minutes pour déplacer la tente et les autres affaires qu'elle avait achetées jusqu'à la voiture de location. Puis, Lilly resta plantée là, soudain mal à l'aise.

— Bon... merci encore, Ethan.

— Je t'en prie. Je sais que tu vas travailler toutes les nuits et probablement dormir la journée et il faut moi-même que je travaille... mais si jamais tu te réveilles et t'ennuies, je serai ravi de te divertir à nouveau. J'aimerais beaucoup que tu rencontres Rocky et je parie que Drew et Brock voudront eux aussi passer du temps avec toi, après avoir entendu les autres parler de notre déjeuner d'aujourd'hui.

Il paraissait presque nerveux – ce qui surprit beaucoup Lilly. Mais si c'était possible, elle avait vraiment envie de passer du temps avec Ethan.

— Oui, j'aimerais bien aussi, dit-elle timidement.

— Super. Envoie-moi un message quand tu veux. Le jour ou la nuit. Je suis sérieux. Je sais que les téléphones ne fonctionnent pas très bien dans les bois, mais si tu as besoin de quoi que ce soit, fais-moi signe et je ferai ce que je peux pour t'aider.

— OK.

Ils se regardèrent un long moment avant qu'Ethan ne

fasse un pas en avant et ne la serre dans ses bras. Ce fut un câlin rapide, et Lilly n'eut pas envie de le lâcher. Mais elle se força à s'écarter, puis lui sourit.

— À bientôt, lui dit-il.

— À plus, dit Lilly en le regardant retourner à sa voiture.

Il la salua et elle fit de même avant de se retourner et de rentrer.

Whitney n'était pas là et Lilly en fut reconnaissante. Elle avait envie de garder les souvenirs de cette journée pour elle et de les chérir pendant un moment. Avec tout ce temps qu'elle avait passé avec Ethan, sa famille lui manquait. Ils étaient proches, comme lui l'était avec ses amis. Cette ville lui rappelait sa maison.

Et puis, il y avait ce qu'Ethan lui faisait ressentir... comme si elle était la personne la plus importante au monde. Il ne regardait pas à travers elle. Il ne la mettait pas de côté comme si elle n'était personne, comme l'avaient fait de nombreux producteurs et acteurs au fil des ans. Cela faisait aussi longtemps qu'elle n'avait pas rigolé comme ça et c'était très agréable.

Lilly enleva ses chaussures, régla son alarme et se mit au lit. Elle ferma les yeux et soupira. Elle n'avait pas eu hâte de participer à ce tournage pour de nombreuses raisons, mais désormais, elle espérait que celui-ci durerait plus longtemps qu'une semaine, comme c'était prévu. L'idée de quitter Fallport et Ethan était en fait un peu douloureuse.

Elle repoussa cette pensée. Il n'y avait aucun moyen de savoir ce que le prochain tournage apporterait. Espérant grandement avoir raison quand elle avait dit à Ethan qu'ils ne filmeraient probablement pas toute la nuit et qu'elle aurait à nouveau l'occasion de passer du temps avec lui, Lilly se laissa sombrer dans le sommeil.

CHAPITRE SEPT

— Alors, qu'est-ce que tu as appris sur le tournage ? demanda Rocky à Ethan ce soir-là au bar.

Ils s'étaient retrouvés après que Rocky eut terminé l'inspection des travaux de rénovation qu'il avait effectués sur l'une des anciennes maisons de la ville. Drew et Brock les avaient également rejoints.

— Oui, Ethan, le taquina Zeke, qu'est-ce que tu as appris sur le tournage ?

— Tais-toi, dit Ethan en lui jetant dessus une serviette roulée en boule.

Zeke rigola et se dirigea vers le bar pour préparer un verre à l'un des habitués qui venait d'arriver.

— J'imagine que le déjeuner s'est bien passé ? demanda Rocky avec un sourire.

— Oui.

— Tu la trouves toujours aussi sympa ?

Ethan acquiesça. Sympa n'était pas exactement le terme qu'il aurait employé, mais ça ferait l'affaire pour le moment.

— Attends, je croyais que tu fréquentais seulement –

mince, comment elle s'appelle déjà ? – juste pour savoir où ils allaient tourner dans la forêt exactement, dit Drew.

— Il l'aime bien, chantonna presque Rocky.

— Oh, pour l'amour de Dieu, ferme-la, grommela Ethan en donnant un coup sur l'épaule de son frère, assez fort pour que ce dernier manque de tomber de son tabouret.

Puis, il se tourna vers Drew.

— Elle s'appelle Lilly. Je lui ai fait visiter les alentours parce qu'elle avait vraiment envie de voir la ville, mais aussi pour avoir plus d'informations sur le tournage.

— Et ? demanda Brock.

— Et elle a dit qu'il n'y avait pas de plan établi pour traquer Bigfoot. Ils vont simplement marcher dans les bois et voir ce qu'ils trouvent.

— Merde, soupira Drew en portant sa bière à ses lèvres.

— Elle semblait penser qu'ils n'iraient pas bien loin, dit Ethan. Juste assez loin pour qu'aucun gamin du coin n'essaie d'interférer avec le tournage. Elle pense qu'ils auront fini d'ici minuit ou un peu plus tard.

— C'est déjà ça, dit Rocky.

— Elle a aussi un GPS, ce qui me rassure, expliqua Ethan à ses amis. Le producteur n'en a pas, mais au moins, l'un d'entre eux pourra revenir sur leurs pas jusqu'au parking sur lequel ils se seront garés.

Les trois autres hommes hochèrent la tête.

— Du coup... qu'est-ce que les bons habitants de cette ville ont pensé de Lilly ? demanda Rocky avec un sourire.

— Eh bien, je pense que Otto, Silas et Art l'ont bien aimée. Et elle a impressionné Sandra quand elle n'a pas commandé de salade mais le filet de poulet frit qui était au menu du jour, dit Ethan. Mais j'imagine que la plupart des gens vont avoir besoin d'un peu plus de temps pour apprendre à la connaître avant de se décider.

— Ce qui ne sera pas possible puisqu'elle n'est là que pour le tournage, ensuite elle sera partie, dit Drew.

Son ami ne disait pas ça pour être méchant, mais Ethan n'aimait pas l'entendre confirmer aussi crûment ce qu'il savait déjà au fond de lui. Il prit une gorgée de sa bière pour cacher son agacement. Mais il aurait dû se douter qu'il ne pouvait *rien* cacher à ses amis. Ils avaient traversé beaucoup de choses ensemble et ils étaient tous plus observateurs que la moyenne.

— Attends... tu l'aimes *vraiment* cette fille en fait, c'est ça ? demanda Drew en plissant les yeux.

Ethan soupira.

— Oui. Il y a quelque chose chez elle qui m'attire. Elle a les pieds sur terre. Elle est drôle. Intelligente. Elle ne se prend pas trop au sérieux.

— Sans oublier qu'elle est jolie, ajouta Brock.

— Oui, y a ça aussi, dit Ethan avec un petit sourire.

— Duke l'a adorée, dit Zeke.

— *Hein* ? T'es sérieux ? demanda Drew.

— Ouaip. Il est allé droit vers elle et a bavé partout sur sa main, exigeant qu'elle le caresse.

— Wow, dit Brock. Pourtant ce chien n'aime personne d'autre que Raid. Et il nous tolère à peine.

— Je sais. J'étais choqué aussi. Mais visiblement, le chien a bon goût, dit Zeke avant de se diriger vers un client à l'autre bout du bar.

Ethan ne pouvait pas le contredire, même si le comportement de Duke était *effectivement* surprenant.

Raid avait sauvé le chien quand il n'était encore qu'un chiot. Il roulait dans le nord de l'état, revenant d'une conférence de bibliothécaires – allez savoir ce que ça implique exactement – quand il avait vu un homme s'arrêter sur le bord de la route et jeter quelque chose. Raid avait été assez curieux pour faire demi-tour et voir ce qu'il avait jeté. Il s'était avéré que c'était un petit limier. Il était en mauvais état, manifestement maltraité et négligé.

Raid n'avait pas pu laisser la pauvre bête sur le bord de la route, alors il l'avait récupéré et ramené chez lui... et la suite, on la connaissait.

Il avait dressé le limier pour qu'il reconnaisse l'odeur humaine et les deux étaient dévoués l'un à l'autre. Cependant, le limier était très distant. Il n'aimait pas beaucoup les gens, probablement à cause des maltraitances qu'il avait subies étant chiot. Mais vu la réaction du chien envers Lilly, il s'était autant entiché d'elle qu'Ethan lui-même.

— C'est naze qu'elle soit obligée de s'en aller, dit Drew après un moment.

— Et si elle ne s'en allait pas ? dit Rocky.

Tout le monde tourna la tête vers lui.

— Tu sais quelque chose qu'on ne sait pas ? demanda Ethan.

Il ne put s'empêcher d'éprouver un désir fort.

— Ne t'emballe pas trop vite, l'avertit Rocky, brisant rapidement les espoirs d'Ethan. Je n'ai pas entendu de ragot sur elle ou quoi. Mais Ethan, quand tu y mets un peu du tien, tu peux convaincre n'importe qui. Tu te souviens de cette fois où nous étions en Afrique et avons dû être séparés de nos équipes ?

— Qu'est-ce qui s'est passé ? demanda Drew, posant ses coudes sur le bar.

Ethan leva les yeux au ciel. Son frère adorait raconter cette histoire. Il était surpris que Drew et Brock n'en aient toujours pas entendu parler. Rocky ne put s'en empêcher.

— On était foutus. Une demi-douzaine d'habitants extrêmement agressifs nous ont encerclés et ont commencé à se rapprocher de nous. Nous étions en terrain hostile et à deux minutes de nous faire tabasser à mort et traîner par les chevilles dans la rue. Puis, Ethan a réussi à leur faire croire qu'un raid aérien était imminent. Il n'arrêtait pas de pointer le ciel et sa montre du doigt. Je vous jure qu'il a même réussi à verser quelques larmes. Il était complètement paniqué, à tel point que j'ai commencé à le croire. Les hommes autour de nous ont battu en retraite, courant dans six directions différentes, essayant de s'éloigner du bombardement qu'ils étaient sûrs de voir venir.

Drew et Brock rigolèrent.

— Oui, ça ressemble bien à notre leader intrépide, dit Brock.

— Tout ce que je dis c'est que, si elle te plaît... pourquoi ne pas essayer de la convaincre de rester à Fallport ? lui demanda Rocky.

— OK. Et si elle reste et que ça ne marche pas entre nous ? Ça craint. Parce que cette ville est minuscule et si elle vit ici et que les choses tournent mal, ça sera problématique. Très problématique, dit Ethan.

— Et si ça ne tournait *pas* mal ? lui demanda Rocky.

Ethan prit une grande inspiration. Son frère n'avait pas tort.

— Écoute, t'es une perle mon frère. Je te connais mieux que quiconque sur cette planète. Tu travailles dur, tu ne prends pas de drogues, tu as pas mal d'argent sur ton compte en banque, tu respectes les femmes quand tu *sors* avec elles. Si tu es intéressé par Lilly, alors je sais que c'est parce qu'elle a quelque chose de spécial, même si je n'en sais pas beaucoup sur elle. Et je te connais surtout *toi* – si tu n'essaies pas au moins de voir comment ça pourrait évoluer entre vous, tu le regretteras.

Son frère n'avait pas tort. Le fait d'être si proche de son jumeau était une bonne *et* une mauvaise chose. Il le connaissait trop bien.

— Donc je suis censé lui dire qu'elle ferait mieux de

quitter son travail et emménager ici pour faire… quoi exactement ? Ce n'est pas comme si on avait beaucoup besoin de caméramans professionnels à Fallport.

— Pour qu'elle puisse trouver autre chose à faire, dit Rocky en haussant les épaules, ne semblant pas du tout préoccupé par la question.

— Parce que si quelqu'un te disait d'abandonner l'équipe de recherche et de sauvetage et de « trouver autre chose à faire » ça ne te contrarierait pas peut-être ? lui demanda Ethan.

— Oui, je vois ce que tu veux dire. Mais honnêtement… est-ce que tu penses vraiment que Lilly aime ce qu'elle fait autant que nous ? Est-ce que ça la prend aux tripes ?

— Je ne la connais pas assez pour répondre à cette question, dit Ethan.

— Alors, *apprends* à la connaître, insista Rocky.

Ethan eut envie de taper sa tête contre le bar. À entendre Rocky, on aurait dit qu'apprendre à connaître Lilly, la convaincre de quitter son travail et d'emménager à Fallport où ils vivraient heureux pour toujours, était la chose la plus facile au monde. Ce n'était pas comme ça que ça fonctionnait.

— Qu'est-ce que tu as à perdre ? lui demanda Drew.

— Le pire qui puisse arriver, c'est qu'elle te rembarre, ajouta Brock.

— Pourquoi est-ce que vous forcez autant ? demanda Ethan. Sérieux, j'ai seulement passé quelques heures avec elle aujourd'hui, c'est tout.

— Parce qu'on ne t'a jamais vu montrer autant d'intérêt pour quelqu'un, dit Rocky. Elle est clairement différente. C'est évident quand on voit ta réaction envers elle. C'est quand la dernière fois que tu as fait l'effort de faire visiter la ville à quelqu'un ? Ce n'est pas comme si Fallport était une grande ville. Elle aurait pu faire le tour de la place sans ton aide.

Une fois de plus, son frère n'avait pas tort.

— Je pense que nous sommes tous conscients que nous avons très peu de chances d'avoir une relation sérieuse, dit Brock. Le temps passé dans l'armée ne nous a pas fait de cadeaux. Et ça n'aide pas que l'on vive au milieu de nulle part et que nous soyons plus à l'aise dans la forêt que dans n'importe quel autre cadre social. Si tu ressens vraiment une connexion avec cette femme, tu dois l'explorer. Personne n'a dit que tu devais l'épouser demain. Il n'y a rien de mal à vouloir d'une relation sur le long terme et faire tout ton possible pour que celle-ci fonctionne.

— Et si là on te disait qu'elle s'en va demain ? Que tu ne la reverras plus jamais. Que tu n'auras jamais plus l'occasion d'apprendre à la connaître. Honnêtement, quelle serait ta réaction ? lui demanda Rocky.

Ethan fronça les sourcils, et la bière qu'il avait bue un peu plus tôt lui retourna l'estomac.

— C'est bien ce que je me disais. Elle ne t'a pas laissé indifférent, dit Rocky. Le frère que je connais écouterait cette petite voix qui lui dit « Oh, merde » si l'on était en plein milieu d'une opération et là, c'est la même chose.

— Pas vraiment, dit sèchement Ethan. J'imagine que Lilly ne va pas surgir de derrière une voiture dans le parking avec un lance-roquettes sur l'épaule en menaçant de me faire sauter la tête... ainsi que la moitié du quartier.

— Tu vois très bien ce que je veux dire, lui dit Rocky.

Effectivement. Ethan soupira.

— Elle va travailler de nuit les prochains jours. Il faut qu'elle se repose la journée.

— Pff, tu te trouves des excuses.

Son frère avait raison. Ethan ne faisait *que* de se trouver des excuses. Aujourd'hui, c'était l'une des plus belles journées qu'il avait passées depuis longtemps. Il avait apprécié de passer du temps avec Lilly et avait adoré la voir interagir avec les habitants de Fallport. Presque tout le monde avait été chaleureux, sans être totalement accueillant non plus, mais il avait le sentiment qu'avec le temps, ils le seraient. Lilly n'était pas coincée. Elle avait dit plusieurs fois que Fallport lui rappelait sa ville natale. Et elle avait aussi dit qu'elle cherchait un endroit pour s'installer près de sa famille.

— Je lui enverrai un texto demain. Je lui demanderai si elle veut que l'on se voie à nouveau avant d'aller travailler, dit Ethan.

Les trois hommes se mirent à rayonner, sincèrement heureux pour lui.

— Pourquoi vous êtes tous excités comme ça ? demanda Zeke en les rejoignant, essuyant ses mains sur un torchon.

— Ethan va officiellement demander à Lilly de sortir avec lui. Puis il va faire en sorte qu'elle quitte son travail et emménage à Fallport pour qu'ils puissent se marier et avoir des enfants, expliqua Rocky.

Zeke haussa les sourcils d'un air interrogateur.

— Ce n'est pas exactement ce que j'ai dit, se défendit Ethan en secouant la tête.

— Eh bien je trouve ça super. Bonne chance, dit Zeke en hochant la tête. Quelqu'un veut un autre verre ?

C'était tellement son genre de suivre le mouvement. Zeke était le plus facile à vivre de l'équipe de sauvetage et de recherche... mais si jamais on le provoquait, il n'hésitait pas à laisser s'exprimer le Béret Vert mortel qui était en lui.

Ethan n'était pas non plus surpris que Zeke l'encourage à séduire Lilly. Il avait bien remarqué les regards que son ami avait jetés à Elsie, l'une des serveuses, toute la soirée. Il était évident qu'il l'aimait bien... mais bizarrement, il gardait ses distances.

Drew fut le premier à partir. Il enchaînait de grosses journées de travail, car la période fiscale arrivait bientôt, l'occupant beaucoup. Brock fut le suivant, mais pas avant de faire promettre à Ethan de bientôt lui faire rencontrer Lilly.

Rocky donna un petit coup d'épaule à Ethan.

— T'es pas en colère contre moi, hein ? lui demanda-t-il lorsqu'ils ne furent plus que tous les deux.

— À propos de quoi ?

— De t'avoir un peu forcé la main pour Lilly.

— Non. Je ne suis toujours pas sûr que ce soit une bonne idée d'essayer de construire quelque chose avec elle. Il y a de fortes chances qu'elle ne veuille pas sortir avec moi, genre pour un vrai rencard quoi.

Rocky haussa les épaules.

— Alors elle rate quelque chose. Mais d'après ce que m'ont dit Raid et Tal, tu lui plais.

Les paroles de son frère le détendirent alors qu'il n'avait même pas réalisé qu'il était tendu.

— Ah, oui ?

— Oui, confirma Rocky.

Ethan aimait l'idée que Lilly soit tout aussi intéressée que lui. Il avait pensé la même chose, mais c'était bien d'en avoir la confirmation.

— Tu viendras m'aider demain ? lui demanda Rocky.

— Bien sûr. À quelle heure ?

— Je pensais vers 10 heures. J'y serai à 8 heures et me mettrai au travail. Je devrais être prêt pour le câblage à 10 heures. Je t'enverrai l'adresse par message quand je serai chez moi.

— Ça me va. T'es prêt à partir ?

Rocky leva sa bière et but le fond de son verre avant de se lever.

— Ouaip.

Ethan laissa quarante dollars sous son verre pour ses

bières et celles de Rocky, plus un bon pourboire. Les deux frères sortirent du bar côte à côte, saluant Zeke avant de partir.

Le bar était à moins d'un kilomètre de chez eux et les deux hommes apprécièrent l'air frais en rentrant.

— À demain, dit Ethan à son frère quand ils arrivèrent à la résidence.

Ce n'était pas un grand bâtiment. Il n'y avait que deux étages avec un total de huit appartements.

— Ethan ? l'interpella Rocky.

— Oui ?

— Suis content pour toi.

Ethan gloussa.

— Ne sois pas content trop vite. Elle n'acceptera peut-être pas de me revoir, entre son travail et le manque de sommeil.

— Mais si, dit Rocky d'un air confiant.

Ethan sourit simplement à son frère, puis déverrouilla sa porte et entra. Il alluma la lumière du plafond et jeta ses clés sur la table à côté de la porte d'entrée. L'appartement était petit, mais Ethan n'avait jamais eu besoin de beaucoup d'espace. Il avait un canapé en cuir, pas de table à manger, une grande télévision et un énorme fauteuil. La cuisine linéaire était démodée mais fonctionnelle, ce qui était tout ce dont Ethan avait besoin.

Alors qu'il observait son espace de vie avec un regard neuf, il se demanda ce que Lilly en penserait. Était-elle le genre de femme qui s'attendait à des appareils ménagers en acier inoxydable, des comptoirs en granit et des serviettes en tissu sur une table parfaitement dressée ? Non, probablement pas, mais encore une fois, il ne la connaissait pas vraiment. Et ce n'était pas comme si Ethan n'appréciait pas tout cela non plus, mais c'était simplement que ça ne lui avait pas paru important. Il avait connu les communautés les plus pauvres du monde et avait vu ces gens vivre des vies heureuses et épanouies. Et d'un autre côté, il avait aussi vu les étalages de richesse les plus obscènes de la part d'êtres humains malheureux et qui n'étaient pas satisfaits de ce qu'ils avaient, désirant toujours plus.

Il s'était juré de ne jamais faire partie de cette dernière catégorie. Tant qu'il avait son frère et ses amis, de la nourriture et un toit au-dessus de sa tête, il serait heureux. Et il l'était. Mais Ethan ne pouvait s'empêcher d'angoisser un peu pour le futur. Il n'avait pas envie d'être seul pour toujours. Il n'avait pas envie de rentrer chez lui et d'y trouver une maison ou un appartement vide pour le restant de ses jours. Lilly n'était peut-être pas faite pour lui... mais, et si elle l'était ?

Rocky avait raison, il regretterait totalement de ne pas avoir tenté sa chance pour que cela fonctionne entre eux.

Ethan se rendit dans sa chambre. Le lit deux places lui avait toujours paru adéquat, puisqu'il n'y avait que lui. Il n'avait jamais ramené de femme ici et n'avait jamais envisagé de partager son lit avec quelqu'un. Quoi qu'il en soit, il ne voulait pas d'un lit immense. S'il aimait quelqu'un, il voudrait qu'elle soit près de lui. Il supposait qu'il apprécierait de serrer une femme dans ses bras toute la nuit. Il ne l'avait jamais fait.

Mais désormais, il n'arrêtait pas de penser à Lilly, l'imaginant dormir dans ses bras. Secouant la tête, réalisant qu'il allait bien trop vite, Ethan alla dans la salle de bains. Elle était attenante à la chambre, mais minuscule. Le mélange douche/baignoire n'était pas vraiment le rêve de tout architecte, mais l'eau était chaude et il y en avait beaucoup.

Il se prépara pour aller dormir, puis jeta ses vêtements sales dans le panier à linge qui se trouvait le long du mur de sa chambre. Il se glissa sous les couvertures en ne portant qu'un caleçon et tendit la main vers son téléphone. Il était tard et Lilly n'aurait probablement pas de réseau, mais il avait envie qu'elle sache qu'il pensait à elle et qu'il espérait la revoir quand elle aurait terminé de travailler. Il voulait lui faire comprendre qu'il souhaitait mieux la connaître.

Ethan : *Salut. Je sais que tu ne recevras probablement pas ce message jusqu'à ce que tu sortes de la forêt sombre et profonde, mais je voulais te dire que j'ai passé un très bon moment aujourd'hui. J'aimerais bien te revoir. Peut-être qu'une fois que tu auras dormi un peu on pourra passer un peu de temps ensemble ? Si ça te dit, envoie-moi un texto. J'aiderai Rocky demain matin, mais je devrais être libre l'après-midi. Sinon... je suis sûr qu'on se recroisera.*

C'était même certain qu'il la recroiserait. Ce n'était pas parce qu'elle le laisserait sans réponse qu'Ethan allait se décourager. Il s'arrangerait pour tomber sur elle, si besoin, et verrait si cette connexion qu'il ressentait était toujours là. Évidemment, si elle ne semblait vraiment pas intéressée, il n'insisterait pas. Ethan n'avait jamais forcé une femme et n'était pas près de commencer maintenant... même si la femme en question l'avait intrigué plus que quiconque depuis des années. C'était peut-être même la première fois.

Content d'avoir fait ce qu'il pouvait pour passer à l'étape supérieure, Ethan s'allongea dans le noir et observa le plafond. Il se demanda où était Lilly et ce qui se passait avec l'émission. Peut-être avaient-ils déjà trouvé Bigfoot et les acteurs et l'équipe de tournage devraient remballer leurs affaires et partir demain.

Il secoua la tête. Non, ce type allait passer une nuit ou deux, seul dans les bois, pour une sorte d'enquête solo. Lilly et le reste des personnes qui travaillaient pour l'émission resteraient encore au moins quelques jours.

Ethan réalisa que cette idée le faisait sourire.

Il roula sur le côté et ferma les yeux. Il avait l'impression d'être un petit garçon la veille de Noël. Il avait hâte de savoir comment s'était passé le tournage de nuit. Mais surtout, il avait hâte de revoir Lilly.

CHAPITRE HUIT

Lilly avait envie de hurler. Le tournage ne se passait pas bien. Pas bien du tout. Trent et Roger s'étaient envoyé des piques toute la nuit, se coupant la parole pour proposer les meilleures idées pour trouver Bigfoot. Michelle hurlait chaque fois qu'elle rencontrait les nombreuses toiles d'araignées qui se trouvaient sur le sentier et entre les arbres, et Chris semblait avoir une sacrée gueule de bois.

Sans compter que Brodie n'était pas content de la qualité du son. Kate et Andre semblaient manifestement avoir un différend – et ils étaient tous en colère contre Tucker, puisqu'ils avaient déjà travaillé la journée et qu'il les avait fait venir ce soir aussi. Et Joey était simplement de mauvaise humeur et refusait de parler à qui que ce soit.

Et pour couronner le tout, Tucker ignorait la morosité ambiante et faisait comme si tout allait bien et que marcher dans la forêt, la nuit, en dehors des sentiers battus, n'était pas un problème.

Lilly ne passait pas vraiment le meilleur moment de sa vie. Mais au moins, elle n'était pas obligée de faire semblant qu'elle s'intéressait à tout ça en souriant à la caméra.

Après avoir traversé une nouvelle toile d'araignée, Michelle hurla, puis se tourna vers Tucker en criant :

— Sérieux, c'est n'importe quoi putain ! en essayant frénétiquement d'enlever la toile de son visage.

— Qu'est-ce que tu veux que je fasse ? lui demanda Tucker. Ce n'est pas comme si je pouvais demander aux insectes et araignées de la forêt de s'en aller jusqu'à ce qu'on ait terminé de tourner.

— Je sais mais qu'est-ce qu'on *fait* au juste, là ? pleurnicha-t-elle. On tourne en rond ! C'est ennuyeux à mourir. Il faut qu'on *fasse* quelque chose. Quand est-ce qu'on va faire les cris et tout ça ? Et qui va s'éloigner pour crier en retour ? Et j'ai déjà envie de taper sur les arbres avec des bâtons moi !

Lilly lutta de toutes ses forces pour ne pas lever les yeux au ciel.

— Très bien. Je crois qu'on a assez d'images de tout le monde qui trébuche dans le noir, dit Tucker d'un air magnanime.

Lilly avait le sentiment que si Michelle ne s'était pas arrêtée pour faire sa crise, ils auraient continué à errer dans la forêt jusqu'au lever du soleil. Au moins, on lui avait demandé de marcher derrière les acteurs. Les pauvres Joey et Andre avaient dû marcher devant eux pour les filmer, ce qui voulait dire qu'ils trébuchaient constamment et avaient essayé de grimper sur des branches et autres débris pour rester assez loin du quatuor.

— Trent et Michelle, on va commencer avec vous deux. Nous allons retourner à la colline que nous avons dépassée tout à l'heure. Vous pourrez dire que c'est l'endroit parfait pour que Bigfoot vous entende et réponde à vos appels. Chris toi et Roger vous irez sur la crête de l'autre côté, celle qu'on a vue hier et vous pourrez crier en retour et taper sur des arbres.

— Attends, pourquoi est-ce qu'on doit aller tout en haut de l'autre crête ? se plaignit Chris.

— Parce que je vous le demande, dit Tucker d'un ton belliqueux.

— C'est naze, dit Roger dans sa barbe.

— Demain vous serez les acteurs principaux, les rassura Tucker. Portez les mêmes vêtements que ce soir et demain on fera comme si c'était une extension de la même soirée. Je suppose qu'on n'aura pas le temps de faire les deux prises avant qu'il fasse jour.

Lilly sentit son cœur rater un battement suite à l'annonce de Tucker. Elle avait espéré qu'ils auraient au moins terminé vers 1 ou 2 heures du matin. Mais d'après ce qu'il disait, ils allaient rester là toute la nuit.

— Non, parce que je ne pourrais pas jouer, dit Trent. Demain je commence mon enquête en solo.

Tucker marmonna dans sa barbe. Puis parla plus fort :

— Peu importe. Michelle et Andre pourront aller dans les bois pour faire Bigfoot.

Désormais, ce fut *Andre* que Lilly entendit râler dans sa barbe. Ce n'était pas la première fois que l'on demandait au caméraman de simuler une rencontre avec l'entité paranormale sur laquelle ils enquêtaient, mais c'était la *première* fois que ça lui demandait un effort important... à savoir une randonnée dans les bois pour atteindre un point qui donnerait l'impression que Bigfoot était assez loin.

— C'est chiant à mourir, se plaignit Chris.

Tucker tourna la tête.

— Qu'est-ce que tu viens de dire ? lâcha-t-il.

Lilly retint son souffle. Ce n'était jamais bon d'énerver Tucker, mais apparemment Chris était assez fatigué pour n'en avoir rien à faire.

— Cet épisode est chiant à mourir ! On ne fait rien de nouveau. Il faut qu'on *trouve* quelque chose, pour de vrai.

Pas simplement qu'on entende des bruits dans le noir. C'est bien beau de taper contre un arbre et de lâcher quelques hurlements, mais il faut qu'on trouve des preuves de l'existence de ce putain de Bigfoot si on veut avoir une audience. Il faut qu'on soit différent des autres émissions.

— Qu'est-ce que tu veux qu'on fasse, que quelqu'un se déguise en Bigfoot et se déplace entre les arbres ? demanda Trent en rigolant.

— Peut-être, dit Chris. Au moins, ce serait différent. On pourrait le filmer de loin et flouter l'image pour que personne ne puisse être sûr de ce qu'on a vu. Il faut juste que ça paraisse assez réaliste pour que ça *puisse* être Bigfoot.

— C'est débile, dit Joey.

Lilly le regarda, écarquillant les yeux en exagérant, lui faisant comprendre qu'il fallait qu'il se taise. Tucker détestait que les caméramans donnent leur avis sur l'émission. Il le tolérait quand c'étaient les acteurs, mais lorsque quelqu'un qu'il considérait comme inférieur à lui osait s'exprimer, il ne le prenait pas bien.

Mais Joey ignora l'avertissement non verbal de Lilly. Ou alors il ne le vit pas, étant donné qu'ils étaient dans la forêt sombre. Quoi qu'il en soit, il continua de parler.

— Sérieux, de nos jours les spectateurs peuvent mettre l'émission en pause, zoomer, réparer numériquement des trucs. Je ne sais pas. Mais si on essaie de les berner avec un faux Bigfoot, ils vont dire qu'on se fout de leur gueule. C'est pour ça que les autres émissions fonctionnent. Ils fournissent juste assez de preuves alléchantes indiquant qu'ils *pourraient* avoir vu ou entendu quelque chose. Les spectateurs en redemandent, espérant que la prochaine émission apportera quelque chose de plus concret. Si nous filmons Bigfoot dès notre première tentative, on va se moquer de nous à l'antenne.

Il n'avait pas tort. Et Lilly avait le sentiment que Tucker

le savait. Mais il était trop vaniteux et têtu pour l'admettre. Surtout parce que c'était Joey qui lui faisait remarquer.

— Tu ne sais pas de quoi tu parles, dit Tucker, méprisant et ignorant Joey. Demain je passerai quelques appels. Trouvez-nous de meilleurs équipements. En attendant, on a juste à fermer nos gueules et filmer de bonnes séquences. La dernière chose dont on a besoin c'est de devoir faire le tri parmi tout un tas de rushs et de ne rien trouver d'exploitable. Joey, toi et Lilly vous partirez avec Chris et Roger. Vous pourrez peut-être les filmer en train de marcher, de parler de coups frappés contre les arbres et vous les enregistrerez en train de pousser des cris qu'on pourra utiliser.

Eh, merde. Pourquoi était-elle punie *aussi* ? Elle n'avait pas dit un mot, elle. Mais Lilly savait bien qu'il ne valait mieux pas refuser.

Brodie s'occupa des réglages audio des acteurs avant qu'ils ne se mettent tous à marcher vers leurs destinations respectives. Il leur fallut bien deux heures pour arriver au sommet de la crête qu'ils avaient aperçue la veille. Cela n'aurait pas pris autant de temps si Chris et Roger ne s'étaient pas disputés concernant l'endroit exact où aller.

Joey était apparemment assez énervé pour se taire et laisser les deux hommes se disputer entre eux. Lilly n'osa pas donner son avis, car elle savait qu'on ne l'écouterait même pas. Même si elle n'était pas la personne la plus expérimentée concernant les activités de plein air, personne n'avait pensé à lui demander ce qu'elle en pensait.

Peu importe. Lilly s'en fichait. Cela faisait longtemps qu'elle n'était plus en accord avec l'émission. Même l'émission immobilière sur la recherche de maison n'avait pas été aussi mauvaise que celle-ci. Certes, les propriétaires ne devaient pas vraiment choisir entre trois maisons, mais c'était amusant et inoffensif à ses yeux et finalement, ils achetaient vraiment une nouvelle maison. Mais ça ? C'était un mensonge pur et dur et Lilly n'aimait pas ça. Elle se sentait également piégée. Elle ne savait pas ce qu'elle ferait si elle n'était pas caméraman. Mais elle commençait à se dire que rentrer chez son père avec la queue entre les jambes, était toujours mieux que ça… faire une randonnée dans les bois, au milieu de la nuit, pour filmer des stars de la télé pourries gâtées qui prétendaient être le légendaire Bigfoot.

Quand ils arrivèrent enfin là où Chris et Roger pensaient qu'ils devaient être, il leur fallut encore vingt-minutes pour faire fonctionner suffisamment bien les radios afin qu'ils puissent communiquer avec Tucker et les autres.

La caméra de Lilly était posée sur son épaule, comme elle l'avait été pendant tout le voyage de deux heures. Il ne fallait surtout pas qu'elle manque de filmer si l'un des acteurs tombait ou se faisait mal. Sinon, Tucker la virerait sur-le-champ. Donc quand Trent demanda via la radio :

— Vous êtes prêts ? On va taper quelques coups.

Lilly était prête et filmait.

— On est prêts, répondit Roger, parlant par-dessus Chris.

Environ vingt secondes plus tard, un bruit sourd résonna dans les bois.

Lilly soupira, contente d'avoir pu filmer sans que personne n'ait parlé en même temps. C'était idiot d'être fière d'avoir enregistré le bruit alors que ces images allaient être utilisées pour tromper les gens, mais elle l'était quand même.

Chris saisit la branche qu'il avait trouvée un peu plus tôt et se dirigea vers un grand arbre. Il se retourna et le frappa aussi fort qu'il le put. Le craquement de la branche contre le tronc fut très fort et Lilly filma alors que l'écho résonnait dans la forêt vide.

Chris et Roger se sourirent, leur querelle semblant terminée pour le moment.

— OK, on recommence, dit Tucker dans la radio. Ça sonnait parfaitement bien de là où on est. Vous avez pu entendre notre coup ?

— Haut et fort, le rassura Roger.

Et ça continua. Des hommes et femmes adultes passèrent l'heure suivante à frapper des arbres, prétendant que les coups de leurs collègues à des kilomètres de là, étaient en fait ceux de Bigfoot qui essayait de communiquer avec eux.

Lilly supposa que s'il y avait bien un Bigfoot dans les bois, il chercherait probablement à leur dire de se la fermer.

— Est-ce qu'on essaie d'émettre un hurlement ? demanda Trent via la radio.

— Oui, dirent Chris et Roger en même temps.

Mais Tucker n'était pas d'accord.

— Non, il faut d'abord qu'on termine cette histoire de coups.

La radio resta silencieuse un moment et Lilly eut le sentiment que Tucker se disputait avec Trent. Finalement, le producteur revint et dit :

— Je pense qu'il faut que vous vous éloigniez un peu. Brodie dit qu'il trouve que les coups sont trop forts. Trop parfaits.

— Putain de merde ! dit Chris dont la bonne humeur disparut immédiatement. Je n'ai pas envie de faire un pas de plus dans cette putain de forêt. Si jamais on se *perd,* il se sentira bien bête.

Lilly soupira. Elle non plus n'avait pas envie de marcher. Son épaule commençait à lui faire mal à cause de la caméra. Cela faisait longtemps qu'elle n'avait pas eu à la trimballer pendant des heures. Même avec les pauses obligatoires, elle était encore endolorie. Elle avait le sentiment que Tucker ne serait absolument pas compatissant, alors elle prit sur elle.

Le temps que Tucker soit satisfait des prises de vue de nuit et des images qu'ils avaient filmées, il était déjà 4 heures du matin. Roger et Chris se parlaient à peine et ils ne disaient pas plus que quelques mots, d'un ton sec, via la radio, quand ils communiquaient avec Tucker.

Quand les quatre – Lilly, Chris, Roger et Joey – retrouvèrent le reste du groupe, il parut évident que personne n'était d'humeur bavarde.

Pour la première fois de sa carrière, Lilly éteignit sa caméra alors qu'elle était encore en tournage. La batterie était quasiment morte de toute façon. Elle l'avait déjà changée trois fois et avait des heures et des heures d'images de la soirée. Tout ce qui se passait sur le chemin du retour vers le parking ne serait pas filmé. Du moins, pas par elle.

Elle et Joey fermaient la marche alors qu'ils retournaient à leurs voitures. Il la regarda et lui demanda doucement :

— Qu'est-ce que tu penses qu'il ferait si on se barrait de ce tournage tous en même temps ?

Lilly ne savait pas trop quoi lui répondre. Joey n'avait jamais été complice avec elle. À vrai dire, personne ici ne l'avait jamais été. Ils se disaient bonjour et au revoir et parlaient parfois des meilleurs angles et cadrages à faire, mais ça n'allait jamais plus loin.

— Tu veux dire, tous les caméramans ou le reste de l'équipe aussi ?

— Tout le monde, dit Joey. J'aimerais bien le voir essayer de tourner une émission sans nous.

Elle lui fit un sourire compatissant. C'était une question bête, car, oui, évidemment que sans eux il n'y aurait *pas* d'émission. Après, si c'était seulement l'équipe de techniciens qui partait, il pourrait probablement les remplacer en une journée. Mais ce serait plus difficile de remplacer les acteurs.

Kate marchait devant Joey et avait manifestement entendu sa question. Elle se retourna et leur dit :

— C'est beaucoup plus facile de retrouver du travail pour *toi* que pour Lilly et moi. Tous ceux qui disent qu'il n'y a aucune discrimination n'ont clairement jamais été à notre place.

Elle n'avait pas tort. Durant sa carrière, Lilly avait vu un nombre incalculable de postes lui passer sous le nez. Elle ne pouvait pas prouver que c'était parce qu'elle était une femme, mais elle avait des soupçons.

— Pour une fois dans ma vie, j'aimerais bien travailler sur une émission avec un producteur qui nous écoute vraiment, se plaignit Joey. Je veux dire, ce n'est pas comme si on ne savait pas de quoi on parlait.

— J'ai entendu dire que cette émission était en partie ton idée, répondit Kate.

— Effectivement. Trent et moi l'avons imaginée un soir et avons même imaginé les différents sujets sur lesquels nous allions enquêter.

— Mais ce n'est pas censé durer qu'une seule saison ? insista Kate. Je veux dire, il n'y a qu'un nombre limité de choses paranormales sur lesquelles nous pouvons enquêter.

— Peut-être, mais on pourra toujours aller dans d'autres pays pour enquêter sur le même genre de choses. Et il y a encore beaucoup de sujets que nous n'avons pas abordés. Les cercles de culture. Les lumières de Marfa au Texas. Et Bigfoot a été aperçu partout dans le monde et on dirait bien qu'il y a des fantômes dans toutes les putains de bicoques et cimetières. Il y a encore d'autres choses sur lesquelles nous pouvons nous pencher.

— Comme quoi ? demanda Kate.

— Je ne sais pas. Je suis fatigué, j'ai mal aux pieds et les muscles de mes bras sont putains de douloureux à force de porter cette caméra, se plaignit Joey.

— Bien sûr, dit Kate en levant les yeux au ciel.

Lilly le remarqua juste avant que Kate ne tourne la tête pour regarder où elle marchait.

— J'en ai marre d'être traité comme de la merde, marmonna Joey.

Lilly n'aimait pas particulièrement ça non plus, mais honnêtement, le tournage de cette nuit aurait pu être pire encore. Certes, ça avait été long. Et plus difficile puisque tout le monde était de mauvaise humeur comme un gamin qui n'a pas fait sa sieste. Mais il ne pleuvait pas. Il ne faisait ni trop chaud ni froid. Cette partie de la Virginie était magnifique et ils avaient filmé de bonnes images. Elle était plus contrariée par toutes ces simulations et les mauvais comportements que le fait de filmer.

Juste à ce moment-là, Roger, trébucha sur une racine d'arbre au milieu du sentier et tomba violemment sur les genoux et les mains.

Tucker se retourna immédiatement vers les caméramans.

— Vous avez filmé ça ?

Lilly secoua la tête et Kate et Joey répondirent négativement aussi.

— Moi oui, dit Andre.

— Heureusement qu'il y en a *un* qui fait son travail, dit Tucker d'un ton méprisant.

Mais il ne leur ordonna pas de se remettre à filmer, donc Lilly haussa simplement les épaules et continua d'avancer. Elle ne pouvait rien filmer de correct de toute façon puisque Chris, Michelle, Trent et Roger marchaient tous devant et qu'elle se trouvait tout derrière.

— Je m'attends à ce qu'il ordonne à l'un d'entre eux de se perdre pour qu'il puisse le filmer, marmonna Kate en se tournant à nouveau vers Lilly et Joey. Je veux dire, il n'y a pas plus excitant qu'un acteur qui se perd dans les bois et qui tombe sur Bigfoot. Notamment si nous ne sommes pas là pour le filmer. Imaginez les histoires qu'il ou elle pourrait raconter quand on le retrouverait enfin.

— Je pense qu'il se mettrait carrément à avoir une érection si l'un d'entre eux se blessait aussi, dit Joey. Il n'y a rien qu'il aimerait plus que de voir l'un des quatre tomber et se casser une jambe.

— Si ça arrivait à l'un d'entre nous, dit Kate qui était manifestement d'accord avec Joey, il nous dirait de nous bouger le cul et de continuer à filmer. Mais si l'un des acteurs tombait, il voudrait qu'ils exploitent leur blessure au maximum. Qu'on appelle un hélicoptère et tout le tra-la-la pour le sauver. Tout pour l'audimat.

Lilly ne pouvait qu'être d'accord. Mais elle ne se sentait pas à l'aise de parler de ça quand Tucker était littéralement à quatre mètres d'eux.

Le reste de la marche jusqu'au parking se déroula en silence et quand ils approchèrent l'entrée du sentier, Michelle dit :

— Oh, mon Dieu, nous sommes enfin arrivés.

Pour Lilly, ces mots résumaient plutôt bien ce que tout le monde pensait. Personne ne dit grand-chose lorsqu'ils arrivèrent au parking. Personne ne se dit au revoir quand ils grimpèrent dans leur voiture et se dirigèrent vers l'hôtel.

Lilly mit un peu de temps à ranger sa caméra et à sortir ses batteries externes de ses poches. Le temps qu'elle relève la tête, il n'y avait plus qu'elle sur le parking. Elle n'avait pas peur du noir, mais trouvait cela quand même impoli de la laisser toute seule. Soupirant, elle se mit au volant et tourna la clé.

Pendant une seconde, elle se demanda ce qu'elle ferait si la voiture ne démarrait pas. Sans aucun réseau et aucun moyen d'appeler à l'aide, elle devrait soit retourner en ville à pied – ce qui représentait au moins douze à quatorze kilomètres – soit attendre que le jour se lève et que quelqu'un vienne faire de la randonnée.

Heureusement, ce n'était pas quelque chose dont elle avait à se soucier pour le moment. La voiture de location se mit en marche sans problème et Lilly roula jusqu'à la chambre d'hôte. Dès la seconde où elle se gara, son téléphone se mit à vibrer à cause des notifications, alors qu'il se connectait à une tour de téléphonie mobile.

Appréciant le silence et le fait de ne pas être debout, Lilly prit le temps de voir ce qu'elle avait manqué dans les bois.

Elle reçut une alerte météo de la Californie, qu'elle oubliait toujours de désactiver depuis qu'elle ne vivait plus là-bas ; une alerte orange pour un enfant qui avait disparu à Roanoke, en Virginie ; quelques nouvelles de la chaîne locale de sa ville en Virginie-Occidentale.

Et un SMS d'Ethan.

Lilly déverrouilla rapidement son téléphone et cliqua sur le texto.

Ethan : Salut. Je sais que tu ne recevras probablement pas ce message jusqu'à ce que tu sortes de la forêt sombre et profonde, mais je voulais te dire que j'ai passé un très bon moment aujourd'hui. J'aimerais bien te revoir. Peut-être qu'une fois que tu auras dormi un peu on pourra passer du temps ensemble ? Si ça te dit, envoie-moi un texto. J'aiderai Rocky demain matin, mais je devrais être libre l'après-midi. Sinon... je suis sûr qu'on se recroisera.

Elle eut un grand sourire. Elle avait des papillons dans le ventre en pensant à lui. Elle était tout émoustillée d'avoir de ses nouvelles et de savoir qu'il avait envie de la revoir. Elle n'était toujours pas sûre que ce soit une bonne idée de l'encourager alors qu'elle n'était ici que pour une courte période, mais ses pouces bougeaient déjà sur l'écran avant même qu'elle n'ait le temps de s'en empêcher.

Lilly : Moi aussi j'ai passé un bon moment. Je dois être de retour au travail à 19 heures ce soir. On peut peut-être se retrouver vers 13 heures ? Ça me laissera le temps de dormir.

Elle appuya sur entrée, puis grimaça. Merde, elle n'avait même pas regardé l'heure. Elle espérait qu'Ethan avait mis son téléphone en mode silencieux et qu'elle ne le réveillerait pas.

Lilly : Pardon, il est super tard. Ou tôt. J'avais espéré qu'on finirait vers minuit ou 1 heure, mais c'était loin d'être le cas.

Elle se frappa le front une fois de plus après avoir appuyé sur entrée. Merde, il ne pouvait pas avoir son téléphone en silencieux puisque si on l'appelait pour cette histoire de sauvetage et de recherche il devait rester joignable. Marmonnant une excuse, elle envoya un autre texto.

Lilly : Désolée pour ce troisième message. Tu dois probablement avoir envie de jeter ton téléphone maintenant. Ma seule excuse c'est que je suis fatiguée et de mauvaise humeur car j'ai passé la nuit avec des personnes fatiguées et de mauvaise humeur. Nous n'avons pas vu Bigfoot et nous ne nous sommes pas perdus... j'imagine que c'est gagnant-gagnant. Je voulais te dire que j'aimerais bien te revoir et que j'ai vraiment apprécié de rencontrer tes amis aujourd'hui. Ou hier. Bref. Si tu n'es pas trop fâché que je t'aie envoyé trois messages alors que j'aurais pu m'arrêter au premier, on se tient au courant.

Cette fois-ci, Lilly fut certaine d'avoir terminé. Elle était toujours un peu énergique quand elle était fatiguée. Elle aurait clairement dû s'arrêter au premier texto. Ne disait-on pas qu'il ne fallait jamais avoir l'air trop impatient de sortir avec quelqu'un ? Elle ne savait pas vraiment qui disait ça exactement, mais c'était un conseil stupide. Comme elle n'avait pas le droit de parler ou de trop montrer ses émotions au travail, elle avait tendance à en faire trop dans l'intimité. Parfois, ça rebutait certaines personnes, mais peu importe. Elle était comme elle était et ça n'allait pas changer maintenant.

Lilly sortit de la voiture, mit son téléphone dans sa poche et attrapa la caméra avant d'entrer dans la maison. Le temps qu'elle branche ses batteries pour les recharger, se change, se douche, aille aux toilettes, se lave les dents et se mette au lit, Lilly était déjà à moitié endormie.

Mais ça ne l'empêcha pas de prendre son téléphone et de relire le message d'Ethan une dernière fois. Elle s'endormit avec un grand sourire sur le visage.

CHAPITRE NEUF

Deux jours plus tard, Lilly ne comprenait toujours pas ce qu'elle faisait depuis qu'elle avait accepté qu'Ethan lui fasse visiter la ville. Car plus elle passait du temps avec lui, plus elle l'appréciait. Elle avait toujours été indépendante, son père et ses frères s'en étaient constamment assurés. Elle n'avait jamais eu besoin de personne dans sa vie. Elle était très heureuse toute seule.

Mais quand elle marchait dans la forêt, elle pensait à Ethan. Quand elle conduisait aussi. Quand elle était sur le point de s'endormir. C'est assez surprenant... et déconcertant. Elle appréciait également son séjour à Fallport. Elle imaginait très bien à quoi pouvait ressembler la place centrale sous la neige durant les fêtes. Ethan lui avait parlé de la vente de poisson frit organisée par les pompiers volontaires à l'automne pour récolter des fonds pour l'année à venir.

Il l'avait emmenée au Parc Wagon pour un pique-nique hier soir avant qu'elle parte au travail. Il avait appelé Whitney à l'avance et elle avait préparé tout un tas de petits plats et ils avaient observé un groupe d'enfants courir et jouer pendant qu'ils mangeaient et parlaient. Ça s'appelait le parc Wagon car il y avait un gros wagon à l'ancienne au milieu de la pelouse. Ethan ne savait pas qui l'avait mis là, mais les enfants que Lilly observait adoraient jouer dedans et dessus. Quelqu'un avait même fixé un toboggan qui sortait d'un côté.

Dans l'ensemble, Fallport était paisible et la plupart des habitants étaient sympathiques. Elle avait le sentiment que lorsque l'émission serait diffusée à la télé, la ville allait être submergée de personnes à la poursuite de Bigfoot. Ça leur permettrait de gagner quelques dollars grâce aux touristes, mais ça serait probablement aussi très pénible. Notamment pour Ethan et ses amis qui allaient devoir secourir les gens quand ils se perdraient en allant eux-mêmes chercher la créature légendaire.

Lilly voyait bien que certains habitants n'étaient pas très enthousiastes à l'idée de la rencontrer, notamment quelques femmes qu'elle avait croisées quand Ethan l'avait amenée au salon de coiffure Un Cran Au-dessus, lors de leur première sortie. Elles étaient gentilles mais sur la réserve. Elle avait l'impression qu'elles pensaient qu'elle n'était pas assez bien pour Ethan. Elle ne pouvait pas vraiment dire le contraire. Plus elle en apprenait sur lui, plus elle était intimidée. Même s'il ne faisait ou ne disait jamais rien pour que ce soit le cas ; c'était plutôt à cause de ce qu'elle apprenait de la part de Whitney et des autres en ville quand il ne pouvait pas les entendre.

Il était le leader de facto de l'équipe de recherche et sauvetage d'Eagle Point. Une fois, il avait escaladé une pente de neuf mètres sur le flanc de la montagne sans corde de sécurité, pour attraper un enfant qui était tombé et avait atterri sur une corniche instable. Une année, il avait joué le rôle du père Noël quand celui qui s'en occupait habituellement était tombé malade. Il s'était porté volontaire pour toute sorte de comités, laissait toujours de gros pourboires, ne buvait pas avec excès, et était généralement un type sacrément agréable à côtoyer. Et tout cela sans que personne ne sache quels honneurs il avait pu recevoir en tant que Marine.

Oui, on pouvait dire que les accomplissements de Lilly dans sa vie étaient loin d'égaler ceux d'Ethan Watson. Et l'une des choses qu'elle aimait le plus chez cet homme, c'était qu'on n'aurait jamais pu deviner, en le regardant ou en le rencontrant, qu'il était si adulé dans le coin. On n'aurait jamais pu savoir qu'il souffrait de stress post-traumatique – il le lui avait avoué la veille. C'était un type facile à vivre qui faisait tout pour être gentil avec tous ceux qu'il rencontrait.

Cependant, même si elle aimait passer du temps avec Ethan, son séjour ici à Fallport était limité. Plus les jours passaient, plus elle s'inquiétait de la douleur que lui causerait son départ.

Elle avait envie de *rester*. Pour mieux apprendre à connaître Ethan et ses amis. Pour faire partie de cette ville soudée.

Ce qui était fou, non ? Si elle devait choisir un nouvel endroit pour vivre, ne devrait-elle pas plutôt s'orienter vers une grande ville où il y aurait plus d'opportunités de travail ? Où elle pourrait rencontrer du monde ?

Le cerveau en ébullition, Lilly se gara sur le parking du sentier de Rock Creek qu'ils emprunteraient pour le tournage de ce soir. Tucker avait décidé de filmer un peu plus loin que Fallport, ils se trouvaient donc à environ une quinzaine de kilomètres du centre-ville sur un nouveau sentier qu'ils n'avaient jamais emprunté avant. Elle éteignit le moteur et sortit, se dirigeant vers Tucker et les autres. Trent était le seul qui n'était pas présent puisqu'il avait démarré son enquête solo la veille. Cette nuit était la dernière qu'il passerait seul, puis demain, il serait de retour avec les autres. En attendant, ils continueraient de filmer. Quand Trent reviendrait, ils obtiendraient d'autres images de l'équipe au complet dans la forêt avant de passer à l'enquête suivante.

Ignorant la peine que lui causait cette pensée, Lilly s'avança vers le groupe.

— Salut.

Tout le monde la salua en retour, mais l'enthousiasme dont l'équipe avait pu faire preuve au début du tournage avait disparu.

— Ah, je suis content que tu sois là. J'ai besoin que tu ailles à Roanoke et que tu ailles récupérer un paquet pour moi, lui dit Tucker avec nonchalance.

Lilly cligna des yeux.

— Quoi ?

— J'ai commandé des caméras de vision nocturne. Celles avec le détecteur de chaleur. Elles sont arrivées dans l'après-midi et j'ai besoin que tu ailles les chercher pour qu'on puisse filmer quelques prises avec elles ce soir. Je pense que c'est sous cet angle qu'on devrait filmer. Qu'on puisse apercevoir quelque chose d'assez gros avec le détecteur de chaleur. Ce sera vraiment très loin, donc personne ne pourra voir ce que c'est, mais nous dirons que nous sommes certains qu'il s'agit de Bigfoot.

Lilly secoua la tête.

— Il est déjà 19 heures. Roanoke est à deux heures d'ici. Où les as-tu fait livrer et pourquoi est-ce qu'on ne peut pas attendre jusqu'à demain ?

— Elles ont été livrées dans un de ces casiers de livraison dans une pharmacie ouverte vingt-quatre heures sur vingt-quatre. J'ai pas pu faire plus proche avec cette ville paumée. Je t'envoie l'adresse par texto. Et il nous les faut dès que possible. Je pense que si tu pars maintenant tu peux revenir vers minuit, si tu ne perds pas de temps en conduisant comme une mamie. On pourra faire quelques prises ce soir puis filmer les images principales avec Andre au loin demain, quand Trent sera de retour parmi nous.

— Pourquoi c'est moi qui dois y aller ? demanda Lilly.

— Parce que t'es arrivée en dernier ! s'agaça Tucker. N'oublie pas de brancher les caméras sur le chemin du retour pour qu'elles soient chargées et prêtes à fonctionner quand tu arriveras.

Lilly n'en revenait pas de l'attitude de Tucker.

— Et comment je vais faire pour vous retrouver quand je reviens ? demanda-t-elle.

— Commence juste par suivre le sentier. Je suis sûr que tu sauras te débrouiller, répondit Tucker avant de lui tourner le dos pour parler à Roger, Chris et Michelle.

Elle observa son patron durant un moment, bouche bée. D'un côté, elle était impressionnée qu'il ne pense pas qu'elle ait besoin d'être dorlotée ou qu'on ne puisse pas lui faire confiance pour aller récupérer le matériel. Il la traitait tout aussi mal que les autres, quel que soit son genre. Mais l'envoyer dans une ville qu'elle ne connaissait pas, dans une pharmacie qui était à deux heures d'ici, ne lui paraissait pas très sûr. Elle ne put s'empêcher de se demander quand ces foutues caméras avaient été livrées. Probablement cet après-midi, ce qui voulait dire qu'il aurait pu rouler lui-même jusqu'à Roanoke pour aller les chercher... mais soit il était paresseux, soit il n'avait pas envie de faire le trajet.

— Désolé, il se comporte comme un con, chuchota Joey en s'approchant d'elle. Si ça peut te rassurer, il ne nous a rien dit à propos de cette commande de caméras.

Ça n'aidait pas vraiment.

— Moi je pense que tu devrais rouler doucement, prendre ton temps en arrivant à Roanoke, puis prétendre qu'il y a eu un grave accident sur la route ou un truc du genre... et qu'il était trop tard pour aller nous chercher dans les bois à ton retour.

Lilly regarda le caméraman. Il souriait et elle ne put s'empêcher de lui rendre son sourire.

— Oui. J'ai entendu dire que la I-81 est un enfer entre Blacksburg et Roanoke.

— Et puis, tu ne t'en sors pas si mal finalement, dit Joey. Au moins, tu ne seras pas obligée de marcher dans la forêt. En plus, je crois qu'il est censé pleuvoir cette nuit.

— Arf, dit Lilly.

— Viens, Joey. On veut trouver un bon endroit pour s'installer avant qu'il ne fasse complètement noir ! lui cria Tucker.

— Fais attention sur la route, lui dit Joey en haussant les épaules d'un air désolé.

— Oui.

Lilly regarda le groupe partir en file indienne sur le sentier bien marqué. Elle n'attendit pas qu'ils soient hors de vue pour retourner à sa voiture. Elle n'avait pas prévu de rouler plus de trois-cents kilomètres ce soir, donc elle avait besoin d'essence, qu'elle s'assurerait de facturer à l'émission.

Réalisant que Joey avait raison et qu'elle devait considérer cela comme un changement de rythme qui lui permettrait de profiter de ce temps loin du tournage, elle s'installa dans sa voiture et mit la clé sur le contact. Elle mit quelques secondes à trouver une station de radio rétro – qui passait des tubes des années 1980 ; elle trouvait cela dommage qu'ils soient considérés comme rétro – avant de quitter le parking.

* * *

Six heures plus tard, Lilly était fatiguée et de mauvaise humeur. Elle avait effectivement prévu de mentir au sujet de l'accident sur l'autoroute, comme l'avait suggéré Joey, mais malheureusement pour elle – c'était peut-être le karma – elle n'aurait même pas à inventer d'histoire. Il y avait *vraiment* eu un accident et elle s'était retrouvée bloquée sur la I-81, attendant qu'un semi-remorque renversé soit redressé et remorqué.

Puis, elle s'était perdue en cherchant la pharmacie et avait retenu son souffle jusqu'à ce qu'elle soit de retour dans sa voiture et s'en aille, car ce n'était clairement pas un quartier recommandable. Lilly avait vu au moins deux trafics de drogue se dérouler devant ses yeux pendant qu'elle cherchait la pharmacie et n'avait jamais été si heureuse de retrouver l'autoroute. Elle n'avait pas eu le temps de brancher les caméras sur son chargeur externe car elle n'avait pas voulu traîner dans le coin en sortant de la pharmacie. Alors elle s'était arrêtée à la première aire de repos et s'en était occupée, jetant un regard noir à l'indicateur jaune qui clignotait.

C'était ridicule d'en vouloir à un objet, mais à ce moment-là, Lilly avait détesté le fait que les caméras soient plus importantes pour Tucker que sa sécurité. Pour la première fois ce soir-là, ses pensées se tournèrent vers Ethan. Elle était prête à parier tout ce qu'elle avait – c'est-à-dire pas grand-chose, juste assez pour tenir dans la cave de la maison de son père – qu'il n'aurait jamais suggéré de l'envoyer chercher ces foutues caméras au milieu de la nuit.

Lilly n'avait jamais été aussi soulagée de voir la sortie de l'autoroute qui menait à Fallport. Plus que trente minutes et elle serait de retour dans la petite ville. Il était 1 heure 30 du matin et il était hors de question qu'elle se rende dans les bois une fois de retour au parking des départs de sentiers.

Elle resterait gentiment assise dans sa voiture et attendrait que Tucker et les autres *reviennent.*

Elle conduisait depuis dix minutes après avoir pris la sortie lorsque des feux de détresse attirèrent son attention. Elle n'avait croisé aucune autre voiture depuis la sortie de l'autoroute et ils étaient littéralement au milieu de nulle part. Vérifiant son téléphone, Lilly vit qu'elle n'avait qu'une barre de réseau.

Elle se remémora les histoires que ses frères et son père lui avaient racontées sur les tueurs en série qui attendaient que les victimes naïves tombent dans leur piège. Il ne valait mieux pas qu'elle s'arrête, elle le savait... mais et si c'était elle ? Si sa voiture tombait en panne et qu'elle n'avait aucun moyen de contacter qui que ce soit et qu'elle se retrouvait coincée sur le bord de la route ? Elle aurait bien aimé que quelqu'un s'arrête et l'aide.

Elle avait déjà levé le pied de l'accélérateur avant même de décider ce qu'elle allait faire. Alors qu'elle s'approchait de la voiture sur le bord de la route avec ses feux de détresse, elle vit que l'un des pneus arrière était complètement à plat. La voiture penchait sur la droite. Il n'y avait toujours aucun véhicule derrière elle, seulement l'obscurité totale. On ne distinguait même pas la lune ce soir, car le ciel était trop nuageux avec la pluie annoncée.

Lilly s'arrêta en plein milieu de la route, le moteur toujours allumé, prête à démarrer si quelqu'un sortait de nulle part et tentait de la kidnapper. Elle baissa la vitre côté passager de quelques centimètres et vit que la personne dans la voiture en panne faisait de même.

Une vague de soulagement envahit Lilly quand elle vit que le conducteur était une femme. Mais la voix de son père résonna dans sa tête, lui demandant de faire attention, car c'était peut-être toujours un piège. Quelqu'un pouvait attendre non loin et la femme n'était qu'un leurre.

— Est-ce que ça va ? demanda Lilly.

Ses mots semblèrent briser toute la retenue dont la femme faisait preuve, car des larmes coulèrent sur ses joues et elle secoua la tête.

Puis, à la grande surprise de Lilly, un petit garçon surgit à côté de la femme. Il ne devait pas avoir plus de 7 ou 8 ans, le même âge que certains de ses neveux.

— On est coincés ! dit le garçon.

— Chhut, lui dit la femme avant de se tourner vers elle. Vous allez à Fallport ? Je n'ai pas de réseau et il fait trop sombre pour que je puisse marcher sur la route pour essayer de capter quelque part. Vous pouvez peut-être appeler quelqu'un pour moi une fois là-bas ?

Lilly fut horrifiée qu'elle ait pu *envisager* de marcher le long de la route à cette heure-ci. Premièrement, il faisait tout noir. Deuxièmement, il était censé bientôt pleuvoir. Troisiè-mement, elle avait un enfant. Quatrièmement, elle ne savait pas quelle distance il lui faudrait parcourir avant que son téléphone ne fonctionne.

Elle pouvait encore penser à plein d'autres raisons, mais elle imaginait déjà assez de scénarios horribles comme ça, alors elle dit simplement :

— Ne bougez pas. Je vais me garer devant vous et venir vous aider.

— Oh, mais...

Lilly n'attendit pas d'entendre ce que la femme comptait dire. Elle ne pouvait pas plus la laisser sur le bord de la route que de donner un coup de pied à un chiot innocent.

Elle gara rapidement sa voiture sur le côté et sortit. Il semblait qu'elle allait mettre encore plus de temps à rentrer en ville, mais elle s'en fichait.

Toujours un peu méfiante quant à l'éventualité d'un piège – même si les larmes de la dame et la peur dans sa voix semblaient sincères – Lilly marcha jusqu'à leur voiture.

La femme et son fils étaient sortis et elle tenait une lampe torche puissante dans la main. Lilly approuva. Cela faciliterait le changement du pneu et elle espérait que la femme était prête à s'en servir comme arme si besoin. Vu la façon dont elle serrait la lampe torche, Lilly en conclut que c'était le cas.

— J'ai percuté quelque chose sur la route. Je crois que c'était un véhicule. Mais je ne l'ai même pas vu jusqu'à ce que ce soit trop tard, dit la femme. Le pneu s'est immédiatement dégonflé.

Lilly observa le pneu et acquiesça.

— Est-ce que vous avez une roue de secours ?

— Je crois, oui.

— OK. On va changer ça alors pour que vous puissiez reprendre la route.

La femme l'observa un moment. Puis, lui demanda :

— Vous savez le faire ?

— Quoi, changer un pneu ? demanda Lilly. Oui. J'ai quatre frères... ils m'auraient renié de la famille si je n'avais pas appris à le faire, plaisanta-t-elle.

Elle était consciente que le petit garçon la regardait pendant qu'il serrait la main de sa maman. Il avait peur mais essayait de ne pas le montrer. Elle leur laissa un peu d'espace et se dirigea vers l'arrière de la voiture.

— Ouvrez le coffre et on va voir ce qu'on peut utiliser.

La femme se pencha sur le siège conducteur et tira sur le levier pour l'ouvrir. Lilly sourit quand elle vit que celui-ci était vide.

— Heureusement, il n'est pas plein, comme ça on n'a pas besoin de tout enlever pour accéder à la roue de secours, dit-elle avec un sourire.

— Je l'ai nettoyé hier, dit la femme.

— Je m'appelle Lilly, dit-elle, réalisant qu'elle ne s'était pas présentée.

— Je sais. Tu es à Fallport pour cette émission de télé, répondit-elle.

Lilly fronça le nez. Elle n'était pas surprise que la femme sache qui elle était.

— C'est ça.

— Moi c'est Elsie. Elsie Ireland. Et ça, c'est Tony.

— J'ai 8 ans. Mais c'est bientôt mon anniversaire, donc on peut dire que j'ai 9 ans. Vous avez trouvé Bigfoot alors ? demanda le petit garçon.

Lilly sourit.

— On y travaille. Tu es en quoi, CE2 ou CM1 ?

— CE2. Comment tu sais ?

— J'ai quelques neveux qui ont ton âge, lui dit Lilly.

Le garçon hocha la tête, puis la regarda d'un air sceptique.

— Tu sais vraiment comment changer un pneu ?

— Ouaip, dit Lilly en allant chercher la roue de secours dans le coffre.

— Mais t'es une fille.

— C'est vrai, dit Lilly en se redressant, le pneu à la main.

Elle le posa contre la voiture, puis se tourna vers Tony.

— Le genre n'a rien à voir avec le fait de savoir changer un pneu. *Toi*, par exemple, tu es un garçon : mais est-ce que tu sais changer un pneu ?

Elle connaissait déjà la réponse à sa question mais elle la lui posa quand même.

— Je suis trop jeune.

— Selon qui ? lui demanda-t-elle.

— J'avais 5 ans la première fois que j'ai aidé mon père à changer un pneu.

Il écarquilla les yeux.

— Ah oui ?

— Ouaip. Tu veux que je t'apprenne comment faire ? Tu veux m'aider ?

— Oui ! répondit-il immédiatement.

— Merci, lui dit Elsie en silence.

— Pas de problème, lui dit Lilly avec un sourire.

Elle attrapa le petit sac d'outils qu'elle avait trouvé avec la roue de secours et s'agenouilla près du pneu crevé. Elsie se tint au-dessus d'eux et pointa la lampe torche dans leur direction, les éclairant suffisamment pour qu'ils fassent leur travail.

Lilly expliqua patiemment ce qu'elle faisait. Elle laissa Tony essayer de retirer les écrous de cosse et comme ceux-ci ne bougeaient pas, elle l'aida à tirer sur la clé à ergot pour lui donner assez de puissance et les enlever. Tony resta très sérieux et attentif tout au long du processus. Lilly le laissa faire autant qu'il le pouvait. Elle dut soulever le pneu crevé et insérer le nouveau, mais Tony fit pratiquement tout le reste. Lorsqu'il avait activé le cric, il avait écarquillé les yeux en réalisant qu'il était en train de soulever la voiture du sol. Il s'allongea pour regarder en dessous pour voir à quoi ressemblait le point de levage et Lilly lui expliqua pourquoi cette partie renforcée de la voiture était celle où le cric devait être positionné. Il tira la langue en se concentrant pour visser les écrous de la roue de secours. Lilly s'assura qu'ils étaient bien serrés pour que le pneu ne se détache pas en roulant.

Puis, il eut un grand sourire en abaissant le cric, permettant à la voiture de reposer sur le pneu. Il se tourna vers sa mère et lui dit :

— J'ai réussi !

— Je vois ça, mon bébé, dit Elsie avec un petit sourire.

— On n'a pas besoin de papa. On se débrouille très bien tout seuls, dit-il farouchement.

Elsie prit une grande inspiration mais ne laissa rien transparaître.

— C'est vrai, approuva-t-elle.

Le garçon s'apprêta à remonter dans la voiture quand Lilly lui dit :

— Attends une seconde, et tout ça alors ?

Tony parut déconcerté.

— Tu ne crois quand même pas que les outils vont se nettoyer tout seuls, si ? Ils ne vont pas retourner dans leur sac et remonter dans le coffre par eux-mêmes. Il faut prendre soin d'eux, pour qu'ils soient exactement là où tu en auras besoin la prochaine fois. On ne peut pas changer un pneu sans eux.

Comprenant finalement ce qu'elle lui disait, Tony hocha la tête. Il s'agenouilla immédiatement et commença à les nettoyer.

— Merci, murmura Elsie en se rapprochant de Lilly. Je ne savais vraiment pas ce que j'allais faire jusqu'à ce que tu t'arrêtes.

— C'est normal.

— Il faut que j'apprenne à faire ce genre de choses. Je n'ai juste pas beaucoup de temps comme je travaille beaucoup et que j'essaie de maintenir le rythme avec les activités de Tony.

Lilly acquiesça.

— C'est difficile d'être un parent célibataire.

— Tu as des enfants ? lui demanda Elsie.

— Non, mais l'un de mes frères élève ses deux enfants tout seul. Enfin, pas vraiment tout seul puisqu'il vit dans la même ville que mon père. Mais il n'aime pas demander de l'aide trop souvent, même s'il y a beaucoup de gens prêts à lui donner un coup de main quand il en a besoin.

Les lèvres d'Elsie tressautèrent.

— T'es en train de me dire qu'il faut que je demande de l'aide ?

— Non ! dit Lilly, un peu chagrinée qu'Elsie l'interprète comme ça. Je n'aurais jamais la prétention de savoir quoi que ce soit sur ta situation. Je dis juste que je sais à quel point ça peut être difficile d'élever ses enfants seuls.

— Merci. C'est vrai que c'est dur. Mais je ferais tout pour Tony, dit Elsie d'un ton ferme.

Lilly aimait bien cette femme. Il était évident qu'elle était en difficulté, mais qu'elle n'abandonnait pas.

— Où est-ce que je les range ? demanda Tony tenant les outils dans ses bras.

— Je vais te montrer, dit Lilly.

Elsie les suivit alors qu'ils contournaient la voiture, pointant la lampe torche en direction du coffre tandis que Lilly soulevait le compartiment où se trouvait habituellement la roue de secours.

— Ici, tu vois ce petit compartiment ? Voilà, juste là. Bien. Maintenant, est-ce que tu veux bien tenir ça pendant que je remets le pneu à l'intérieur ?

— Pourquoi est-ce qu'on ne le laisse pas là ? demanda Tony en fronçant son petit nez.

— Sur le bord de la route ? demanda Lilly, surprise.

— Oui. J'en vois tout le temps.

— Eh bien parce qu'avec un peu de chance il peut être réparé et ça permettra à ta mère de faire des économies si elle n'a pas à acheter un nouveau pneu. Et si on le laisse là, ce serait de l'abandon de détritus. Et c'est aussi dangereux. Et si ta mère se garait sur le côté de la route et en heurtait un ? Et en plus, c'est mauvais pour l'environnement. Et l'eau peut s'accumuler à l'intérieur après la pluie et les moustiques peuvent pondre leurs œufs dedans.

Elle eut du mal à trouver autre chose à ajouter, mais Tony sembla comprendre.

— Tu as raison. Pardon. Tiens, je vais tenir ça.

Lilly lui sourit et souleva le pneu crevé. Lorsqu'il fut rangé dans le compartiment du coffre, Tony referma le couvercle et se dirigea vers la voiture.

— Merci encore, dit Elsie.

— Aucun problème. Je te conseille de réparer ce pneu le plus tôt possible. Ce n'est pas prudent de rouler trop longtemps avec la roue de secours. Je vais vous suivre jusqu'à Fallport pour m'assurer que tout va bien.

— Non, tu n'es pas obligée, protesta Elsie.

— Si, dit Lilly fermement. Et puis, nous allons au même endroit de toute façon, ce n'est pas bien grave. Ne roule pas à plus de cinquante kilomètres/heure non plus, une fois de plus ce n'est pas prudent.

— Très bien. Merci beaucoup. Je travaille au On the Rocks. Si tu as le temps, j'aimerais vraiment t'inviter à dîner ou quoi. C'est un bar restaurant, pas comme le Sunny Side Up, mais c'est quand même bon.

— C'est le bar que possède Zeke, c'est ça ? demanda Lilly, surprise.

Elsie acquiesça.

— Tu l'as déjà rencontré ?

— Oui, j'ai déjeuné avec Ethan, Tal, Raid et Zeke un jour. Je l'ai vraiment apprécié.

— C'est un bon gars, dit Elsie.

Lilly crut entendre une sorte de mélancolie dans sa voix, mais comme elle ne connaissait pas vraiment cette femme, elle n'en fut pas sûre.

— Je risque de bientôt quitter la ville, mais si je peux, je passerai. J'ai beaucoup entendu parler de ce bar et je suis curieuse.

— Cool.

— Vas-y, passe devant et je te suivrai, lui dit Lilly.

Elsie hocha la tête et lui tendit la main.

— Merci encore.

Lilly la lui serra.

— Tu as rendu la soirée de Tony inoubliable. Je me sens mal de ne pas pouvoir lui apprendre ce genre de choses.

— Je suis sûre que tu lui apprends plein d'autres choses, dit doucement Lilly. Allez, partons d'ici. Il est très tard et je parie que tu es fatiguée.

— Oui. Tony a eu un rendez-vous avec un spécialiste à Roanoke et ça s'est prolongé. Comme je ne voulais pas dépenser d'argent pour un hôtel, j'ai décidé de rentrer à la maison, rigola-t-elle sans pour autant paraître amusée. J'aurais probablement dû rester.

— Est-ce qu'il va bien ? demanda Lilly.

— Oui. Il a subi une opération du cœur quand il était bébé et c'était juste un contrôle de routine. Il va très bien.

— Ah, tant mieux, dit Lilly. Mais si tu avais pris une chambre d'hôtel, je ne vous aurais pas rencontrés, dit-elle avec un sourire.

— C'est vrai. Avec un peu de chance, je te verrai au bar avant que tu t'en ailles.

— Je ferai tout mon possible pour que ce soit le cas, lui dit Lilly, tout en sachant qu'il était hors de question qu'elle quitte la ville sans le faire.

Les deux femmes se sourirent un instant puis Lilly remonta dans sa voiture alors qu'Elsie faisait de même.

Les vingt minutes restantes jusqu'à Fallport se déroulèrent sans incident, et Lilly fit un signe de la main par la fenêtre quand Elsie se gara sur un petit parking devant le Mangree Motel et une aire de stationnement pour camping-car en périphérie de la ville. C'était un bâtiment à l'aspect délabré, mais il y avait beaucoup de lumières sur le parking et une petite piscine bien entretenue à l'avant, entourée d'une clôture.

Lilly n'allait pas la juger. Elsie semblait faire de son mieux et Tony paraissait heureux et en bonne santé.

Il était 2 heures 30 du matin quand elle arriva au parking du sentier de Rock Creek. Elle venait tout juste d'éteindre le moteur, comptant rester là où elle était au lieu de s'aventurer seule dans les bois, lorsqu'elle aperçut du mouvement sur le côté.

Pendant une seconde, elle imagina que des tueurs surgissaient pour s'en prendre à elle – puis, elle eut soudain peur que Bigfoot ait enfin décidé de se montrer, ce qui était tout aussi ridicule. Mais ce n'était que Roger qui sortait de la forêt. Il fut rapidement suivi par les autres.

Plutôt surprise qu'ils soient déjà de retour alors que les deux dernières nuits ils étaient restés dehors jusqu'à au moins 4 heures, Lilly sortit de la voiture pour les rejoindre.

— Pourquoi t'as mis autant de temps ?! aboya Tucker.

Lilly s'arrêta en entendant le fiel dans sa voix. Tucker était souvent de mauvaise humeur, mais jamais autant.

— Il y a eu un accident sur l'autoroute. Puis je me suis perdue en essayant de trouver la pharmacie avec les casiers. J'ai dû m'arrêter sur une aire de repos pour faire pipi et charger les caméras, puis une dame s'est retrouvée avec un pneu crevé et je me suis arrêtée pour l'aider.

— Tu savais que je voulais les utiliser ce soir, dit Tucker, clairement mécontent.

— Désolée. Mais je ne contrôle pas la circulation.

— Peu importe, marmonna le producteur. Où sont-elles ? Je vais les prendre avec moi pour qu'on puisse se familiariser avec leur fonctionnement à l'hôtel. Et demain, il faudra qu'on travaille toute la nuit pour obtenir les plans qu'on veut.

Sur ce, il marcha d'un pas lourd jusqu'à la voiture de Lilly, et ouvrit le hayon arrière pour récupérer les caméras désormais complètement chargées.

— Ignore-le, dit Andre en s'approchant d'elle. Il est juste énervé car tout le monde l'est. Michelle a piqué une crise et Roger a refusé catégoriquement de marcher cinq kilomètres de plus jusqu'à une autre crête pour pousser d'autres cris de yeti, gloussa-t-il. C'était assez génial de voir tout le monde tenir tête à Tucker pour une fois. Comme la pluie menaçait, tout le monde a refusé de continuer le tournage ce soir. On a plus qu'assez d'images des acteurs marchant dans la forêt, tapant contre les troncs et émettant ces appels d'accouplement ridicules ou je ne sais quoi.

Pile à ce moment-là, il se mit à pleuvoir, comme Andre l'avait prédit. Des petites gouttes d'abord, mais en quelques secondes, ce fut le déluge, trempant tout le monde jusqu'aux os avant qu'ils n'aient le temps d'aller s'abriter.

Tout le monde courut vers sa voiture, laissant Lilly seule sur le parking. Une fois de plus. Le hayon arrière de sa voiture était toujours ouvert et elle ne put qu'en rire.

Ça avait été une drôle de soirée, mais néanmoins sympa. Elle avait aimé aider Elsie et son fils et c'était agréable de savoir qu'ils n'étaient plus assis sur le bord de la route, sans savoir quoi faire, ou pire, marchant sous la pluie battante.

Lilly trotta jusqu'à sa voiture, ferma le hayon, ce que Tucker n'avait pas pris la peine de faire, puis sauta derrière le volant. Ses cheveux étaient trempés et elle était fatiguée, mais au moins, elle n'avait pas été obligée de marcher des kilomètres dans la forêt. Elle était toujours agacée d'avoir dû rouler jusqu'à Roanoke pour récupérer ces caméras, mais elle ne pouvait pas nier que ça lui avait permis de faire une pause agréable avec l'émission.

Et c'est avec cette idée en tête qu'elle retourna à la chambre d'hôte. Elle n'avait jamais autant redouté son travail auparavant. C'était juste un travail. Quelque chose qui lui permettait de payer les factures. Parfois, c'était même sympa. Mais elle réalisa qu'elle en était venue à redouter la présence de Tucker, des acteurs, et même des autres membres de l'équipe. Avant, ils étaient au moins sympathiques, rigolant et plaisantant durant leur pause et entre les prises.

Mais désormais, tout le monde faisait son truc, ignorant

les autres. Plus ils passaient du temps ensemble, plus ils étaient grincheux... et cette atmosphère commençait à la bouffer de l'intérieur. Il était vraiment temps que ça change. Elle n'avait pas envie de passer le restant de ses jours à détester son travail. Elle n'avait aucune idée de ce qu'elle pourrait faire d'autre, mais filmer de la fausse « télé-réalité » n'était pas ce qu'elle voulait.

Ayant l'impression d'avoir pris une décision importante, même si elle n'avait rien décidé en soi, Lilly eut le cœur plus léger que lorsqu'elle était partie pour Roanoke un peu plus tôt dans la soirée.

Elle se gara derrière la chambre d'hôte et sortit son téléphone. Ces derniers jours, elle avait pris l'habitude de vérifier ses messages et ses notifications lorsqu'elle rentrait chez elle à la fin de la nuit. Elle avait entendu son téléphone sonner un peu plus tôt, mais n'avait pas eu l'occasion de regarder. Elle avait été plus préoccupée par le fait de sortir de ce quartier effrayant en toute sécurité, puis de conduire, puis d'aider Elsie à réparer son pneu crevé.

Et comme d'habitude, elle avait reçu un message d'Ethan. Elle sourit avant même de le lire.

Ethan : Je n'arrive pas à croire que tu aimes l'ananas sur la pizza. Je ne suis pas sûr qu'on puisse rester amis Drew et Brock étaient contents de t'avoir rencontrée aujourd'hui. Mon moment préféré de la journée a été quand Brock a expliqué quels outils il utilise sur les voitures de son garage et que tu l'as corrigé. Je ne l'avais encore jamais vu rester sans voix. C'était génial. J'espère que le travail s'est bien passé ce soir. Envoie-moi un message quand tu te réveilles demain et je viendrai te chercher... enfin, si tu as toujours envie de voir la maison sur laquelle Rocky et moi travaillons. Dors bien.

Lilly sourit. Elle adorait surprendre les gens. Personne ne s'attendait à ce qu'elle s'y connaisse en voiture. Ou en construction. Ou en plomberie. Tout ce qui était perçu comme un « travail d'homme ». Tout comme elle avait surpris Tony et sa mère ce soir. Brock avait *effectivement* été surpris aussi quand elle l'avait corrigé, puis il avait ensuite rigolé en disant que si Ethan ne l'épousait pas, il le ferait.

Elle avait rougi et même Ethan avait paru mal à l'aise, mais il s'était repris et lui avait dit « bas les pattes » – avant de passer un bras autour des épaules de Lilly et de l'attirer contre lui.

Ça avait été agréable d'être dans les bras d'Ethan, même s'il l'avait relâchée bien avant qu'elle ne soit prête. C'était également difficile de savoir s'il la voyait seulement comme une amie ou s'il voulait plus.

Lilly, elle, savait très bien *où* elle en était. Plus les jours passaient, plus elle voulait plus. Mais il y avait cette histoire de « Je ne suis là que le temps du tournage » qui planait au-dessus de leurs têtes. Il valait mieux rester amis, mais plus elle apprenait à le connaître, plus ça devenait difficile.

Elle cliqua sur la case sous le texto d'Ethan pour répondre.

Lilly : Et moi je n'arrive pas à croire que tu mets des jalapenos sur tout. C'est bien plus bizarre que l'ananas sur les pizzas Oui, j'ai toujours envie qu'on se voie demain. Je serai d'ailleurs prête plus tôt que d'habitude. C'est une longue histoire, mais je n'ai pas eu à marcher plusieurs kilomètres dans la forêt cette nuit et je suis rentrée à la maison avant 4 heures. Je te raconterai quand on se verra. Demain ce sera encore une longue nuit de tournage, mais je suis contente de pouvoir être humaine avant midi. À bientôt. Bonne nuit.

Ethan lui avait dit que ça ne le dérangeait pas qu'elle lui envoie des textos quand elle rentrait chez elle, alors elle essayait de ne plus culpabiliser de lui envoyer des messages si tard – ou si tôt. Elle sortit de la voiture, prit sa caméra et rentra pour aller au lit.

Elle mit du temps à s'endormir car elle n'était pas aussi épuisée que d'habitude. La journée s'était plutôt bien déroulée. Entre le fait d'avoir passé du temps avec Ethan et ses amis, rencontré Elsie, et de bientôt prendre une décision concernant son travail... Lilly était détendue pour la première fois depuis très, très longtemps.

* * *

L'anticipation coulait dans ses veines. Cette soirée avait été un *fiasco*. Rien ne s'était passé comme prévu. Mais bientôt, très bientôt, cela deviendrait enfin excitant. L'émission allait recevoir un énorme coup de boost – et il avait *hâte* de voir comment tout le monde réagirait.

Il n'avait pas prévu ce qui s'était passé, mais maintenant que c'était fait, il réalisa que c'était parfait. Il se sentit bête de ne pas y avoir pensé plus tôt.

Il aurait *dû* culpabiliser. Éprouver des remords. Mais ce n'était pas le cas.

C'était pour le bien de l'émission.

Le fait de marcher dans les bois, de pousser des hurlements et de taper contre les troncs d'arbres était stupide. Mais avec *ça*, l'émission allait obtenir une nomination aux Emmy Awards. Rien ne pourrait surpasser ça. Et les rumeurs inévitables selon lesquelles Bigfoot était contrarié d'avoir été découvert – et qu'il avait donc agi en conséquence – valaient de l'or.

Soupirant, il s'allongea sur son lit et sourit en direction

du plafond. L'excitation qui le traversait l'étourdissait presque.

Oui, cette émission n'était rien sans lui. Grâce à lui, *Enquêtes Paranormales* serait un succès. Même si personne d'autre ne savait ce qu'il avait fait.

Il s'endormit avec un sourire sur le visage et la conscience tranquille. Il avait fait ce qu'il avait à faire. Tout le reste allait maintenant se mettre en place.

CHAPITRE DIX

Le lendemain matin, quand Ethan s'arrêta au Broyeur pour prendre un café et un muffin, il croisa Clara Wooten. Elle faisait partie d'un groupe de femmes qui adoraient les commérages... mais contrairement à Silas, Otto et Art son groupe était plus vicieux. Les dames en question – Dorothea, Cora, Ruth et bien sûr Clara – n'essayaient même pas de le cacher quand elles cherchaient à obtenir des informations. Plus c'était scandaleux, mieux c'était. Clara le salua avec un sourire, puis se mit à lui parler comme une pipelette pendant qu'il attendait qu'on lui prépare son café. Ce ne fut que lorsqu'elle prononça le prénom de Lilly qu'il prêta enfin attention à ce qu'elle disait.

— Pardon, je suis encore à moitié endormi, mais, qu'est-ce que tu viens de dire ? lui demanda-t-il.

— J'ai dit que j'espérais que tu amènerais mademoiselle Lilly à notre club de lecture à la bibliothèque cet après-midi, dit Clara.

Ethan la regarda avec surprise. Il avait pourtant eu l'impression que Clara et ses amies n'en avaient pas grand-chose à faire de Lilly, ou tous ceux qui étaient en lien avec l'émission. Même si elles avaient assisté à la réunion de la mairie, se moquant des acteurs et de l'équipe.

Il n'avait aucune idée de ce qui s'était passé entre temps pour que Clara soit soudain si gentille en parlant de Lilly et souhaite passer du temps avec elle. Surtout durant ces précieuses réunions du club de lecture. Les quatre femmes étaient les seules à faire partie de leur « club » et elles étaient toujours en train de parler de livres de toute façon, alors Ethan ne comprenait absolument pas pourquoi elles avaient choisi un lieu et un moment spécifique pour en parler plus officiellement. Mais il s'en fichait trop pour lui poser la question.

Et désormais elles voulaient que Lilly les rejoigne ? Quelque chose clochait.

— Je ne connais pas son planning, dit-il à Clara.

La femme plus âgée haussa les épaules. Même s'il était tôt, ses cheveux étaient parfaitement coiffés en ruche, sa coiffure préférée. Ethan avait toujours été fasciné par ses cheveux ; ils ne bougeaient jamais. Même lorsqu'il y avait du vent dehors. Elle devait utiliser une tonne de laque pour qu'ils restent si parfaits. Il ne l'avait jamais vue avec les cheveux ébouriffés. Clara était la plus petite de sa bande, elle faisait environ un mètre soixante, mais sa coiffure la faisait paraître beaucoup plus grande. À 68 ans, elle était plutôt en forme, même si elle mangeait un petit pain à la cannelle au Broyeur chaque matin, avec un café sucré.

— On dirait qu'elle est en congé les après-midis ces derniers temps, donc elle devrait être libre vers 15 heures pour notre réunion, l'informa Clara.

Ethan ne comptait pas confirmer ou nier que Lilly serait présente.

— Je lui parlerai, finit-il par dire.

Puis, il ne put s'empêcher d'ajouter :

— Je croyais que vous vous en fichiez un peu d'elle.

Clara se racla la gorge et finit par hausser les épaules.

— Ce ne serait pas très chrétien de ma part de dire que je n'aime pas quelqu'un sans avoir appris à le connaître, dit-elle au bout d'un moment. Ce n'est pas un secret que je n'aime pas que les gens exploitent notre ville avec cette histoire de Bigfoot, et ce n'est pas comme si elle allait rester. Mais après avoir entendu ce qui s'est passé la nuit dernière, je ne peux m'empêcher de changer mon point de vue sur elle.

Ethan fronça les sourcils.

— Qu'est-ce qui s'est passé la nuit dernière ?

Clara parut très heureuse de raconter la rumeur à quelqu'un qui n'avait pas encore appris la nouvelle.

— Eh bien, cette femme qui travaille au On the Rocks – celle avec le petit garçon qui vit au Mangree – elle s'est retrouvée avec un pneu crevé et s'est retrouvée bloquée sur le chemin du retour à Fallport. Il faisait tout noir, elle avait peur et mademoiselle Lilly s'est arrêtée et l'a aidée.

Ethan secoua la tête.

— Ce n'est pas possible. Lilly travaillait la nuit dernière.

Clara eut un grand sourire.

— Non, elle ne travaillait pas. C'est ma jardinière qui me l'a appris ce matin, qui l'a elle-même su par sa cousine, qui est amie avec l'une des femmes de chambre de l'hôtel Mangree et qui a été appelée tôt ce matin pour nettoyer une chambre après que quelques garçons du lycée aient fait la fête. Elle a parlé au gardien de nuit, qui a dit que la femme... comment elle s'appelle déjà ?

— Elsie ? dit Ethan.

— Oui ! C'est elle. Enfin bref, le gardien de nuit a parlé à Elsie après qu'elle fut rentrée chez elle – bien après minuit, d'ailleurs – parce qu'elle est descendue à la réception pour faire remplacer la cafetière de sa chambre qui ne fonctionnait pas, et tout le monde sait à quel point elle est accro au café. Mais comme elle ne travaille pas avant midi et qu'elle ne peut pas se permettre de venir ici pour avoir sa dose tous les matins, elle doit utiliser la cafetière que Mangree leur fournit dans leur chambre.

Ethan résista à l'envie de lever les yeux au ciel et de dire à Clara d'aller droit au but. Il savait par expérience qu'il ne valait mieux pas la bousculer quand elle était sur sa lancée.

— Et Elsie lui a raconté toute l'histoire. Qu'elle avait heurté quelque chose sur la route et avait failli perdre le contrôle de sa voiture. Qu'elle avait réussi à se mettre sur le côté, mais qu'elle n'avait plus de réseau, parce que ces foutues compagnies téléphoniques refusent d'installer une tour entre l'autoroute et Fallport. C'est ridicule parce que ce n'est pas sécurisant, mais bien évidemment ils s'en fichent, parce que c'est une entreprise prétentieuse avec plus d'argent que de bon sens. Bref, elle était là, en panne sur le bord de la route, une proie facile pour les violeurs et les tueurs en série et il y avait même son fils avec elle. Elle était terrorisée quand des phares ont surgi derrière elle. Elle était tellement soulagée de constater que c'était cette caméraman qu'elle avait aperçue en ville. Elsie était sidérée quand cette petite demoiselle lui a proposé de lui changer son pneu ! J'ai entendu dire qu'elle avait fait du très bon travail. Puis elle l'a suivie jusqu'au Mangree pour s'assurer qu'elle arrivait à bon port. Oui, monsieur, mademoiselle Lilly est une bonne personne. Je l'ai su dès la première fois que je l'ai rencontrée, mais bon, comme elle ne restait pas, je n'ai pas cherché à me rapprocher d'elle.

Ethan avait la tête qui tournait. Il ne savait absolument pas que Lilly n'avait pas travaillé hier soir et se demanda immédiatement ce qu'elle faisait sur la route à cette heure-ci. Il ne fut pas du tout surpris qu'elle se soit arrêtée pour aider quelqu'un dont la voiture était en panne, même s'il ne put s'empêcher d'imaginer ce qui aurait pu se passer si ça n'avait pas été Elsie et son fils mais quelqu'un qui attendait qu'une personne s'arrête pour lui voler ses affaires...

Ethan chassa cette pensée de son esprit. Il était pire que Clara avec son imagination débordante.

— Elle ne reste toujours pas, hein, ne put-il s'empêcher de remarquer.

Clara agita la main en l'air, rejetant ses paroles.

— Je sais, mais c'est adorable de sa part de s'être arrêtée pour aider Elsie et nous voulions lui montrer que nous apprécions sa gentillesse.

Ethan avait remarqué l'emploi du « nous » ce qui signifiait que Clara avait déjà parlé à sa troupe ce matin.

— Je suis certain qu'un simple merci suffira amplement à Lilly.

Clara l'ignora.

— Nous entamons la partie la plus intéressante du livre. Celle où le méchant va enfin payer pour ses actes. Puis le chapitre avec du sexe.

— Voilà ton café, Ethan, dit la jeune femme derrière le comptoir en lui tendant son café et un petit sachet avec son muffin.

Elle souriait, s'amusant manifestement de son malaise face à la tournure qu'avait prise la conversation de Clara. Tout le monde savait que les livres dont parlaient les dames étaient toujours des romances. Il n'avait rien contre ça, mais il n'avait pas vraiment envie de se tenir au milieu du café en écoutant Clara parler de sexe.

— Merci, dit-il en glissant un billet de cinq dollars dans le pot à pourboires.

Il hocha la tête en direction de Clara.

— C'était sympa de te voir ce matin. Il faut que j'y aille si je veux être à l'heure pour retrouver mon frère.

Clara acquiesça avec un sourire.

— N'oublie pas de parler de notre club de lecture à mademoiselle Lilly !

— Je n'oublierai pas, lui dit Ethan.

Puis, il se retournera rapidement et se dirigea vers la porte avant qu'elle puisse trouver autre chose à lui raconter.

Il résista à l'envie d'envoyer un message à Lilly pour lui demander ce qui s'était passé la nuit précédente. Quand il avait lu son message au réveil, il ne s'était pas vraiment demandé ce qu'elle avait fait au lieu de marcher dans les bois ; il avait juste été heureux de la voir plus tôt que d'habitude. Mais évidemment, maintenant, il *n'arrêtait* pas d'y penser. Cela n'avait aucun sens qu'elle se soit retrouvée sur la 480, la route qui reliait Fallport à la I-81.

Mais il fallait vraiment qu'il se mette en mouvement s'il voulait terminer le câblage dont Rocky avait besoin, pour qu'il puisse retrouver Lilly. Même si Rocky ne lui en voudrait pas s'il avait envie de partir plus tôt.

Faisant de son mieux pour repousser sa curiosité, Ethan grimpa dans sa Outback et roula jusqu'au chantier.

Deux heures plus tard, son téléphone sonna. En le sortant de sa poche, il vit que Zeke l'appelait.

— Salut, qu'est-ce qui se passe ? demanda-t-il en répondant.

— Pas grand-chose. Je viens de parler à Elsie et elle m'a raconté ce qui s'est passé hier soir, dit Zeke. T'es au courant ?

— J'ai croisé Clara au Broyeur ce matin, lui dit Ethan.

— Ah, oui. Donc, tu sais, dit Zeke. Brock s'occupe de la voiture d'Elsie au moment où je te parle, il lui met quatre nouveaux pneus. Je n'arrive pas à croire qu'elle ait roulé jusqu'à Roanoke sur ces merdes. Ses pneus étaient telle-ment usés. C'est un miracle qu'elle ne se soit pas retournée quand le pneu a éclaté.

— Et ça ne la dérange pas qu'il fasse ça ? demanda Ethan.

Elsie était une femme fière. Elle était arrivée en ville il y avait environ un an et demi, sans dire grand-chose sur son passé et la raison pour laquelle elle avait atterri à Fallport. Et elle n'acceptait pas facilement qu'on l'aide, ce qui frustrait énormément Zeke. Ethan avait le sentiment que Zeke allait devoir se battre pour qu'elle le laisse lui acheter de nouveaux pneus.

— Elle ne le sait pas, lui dit Zeke.

Ethan éclata de rire.

— Bon courage alors, dit-il à son ami.

— Elle les acceptera, parce que des pneus de qualité permettront d'assurer la sécurité de Tony, dit Zeke.

Ethan avait l'impression que son ami avait raison. Et si elle essayait quand même de refuser son aide, il ferait en sorte qu'elle puisse payer les pneus en plusieurs fois... et mentirait probablement sur leur prix en même temps.

— Enfin bref, je t'appelais pour savoir si tu étais au courant que Lilly avait veillé si tard.

Ethan ne fut pas surpris qu'il lui pose la question. Son ami était très sensible à la sécurité des femmes, notamment après toutes ces années en tant que gérant de bar. La dernière chose qu'il voulait était que quelqu'un se fasse agresser en sortant du On the Rocks. Il avait mis en place plusieurs mesures de sécurité, notamment en raccompagnant toujours les femmes à leur voiture quand elles s'en allaient. Il avait également installé des panneaux dans les toilettes des femmes indiquant que si quelqu'un ne se sentait pas en sécurité – avec un client ou durant un rencard – elles pouvaient commander des boissons spécifiques pour alerter les barmen qui appelleraient ensuite la police ou les feraient sortir sans fanfare.

Donc en apprenant que l'une de ses employées s'était

retrouvée bloquée sur la route, Zeke n'était forcément pas content – surtout qu'Ethan le soupçonnait d'éprouver de l'attirance pour elle. Alors en découvrant aussi que Lilly avait été présente, il s'était doublement inquiété.

— Non, je ne savais pas. Je suis censé la voir tout à l'heure.

— Eh bien, quand ce sera le cas, dis-lui que j'apprécie beaucoup ce qu'elle a fait pour Elsie.

— Je le ferai.

— Et pour info… Fallport aurait bien besoin de gens comme elle. Des gens prêts à s'arrêter et aider quand c'est nécessaire. Trop de gens seraient passés à côté d'Elsie sans y réfléchir à deux fois.

— Je suis d'accord.

— Alors agis, lui dit Zeke.

Ethan leva les yeux au ciel. Ses amis le poussaient à faire en sorte que Lilly reste, mais il ne pouvait pas s'en offusquer. Elle était gentille. Attentionnée. Jolie. Et ses coéquipiers avaient remarqué qu'il était de très bonne humeur ces derniers temps, faisant le lien, à juste titre, avec le fait qu'il passait du temps avec Lilly.

Mais lui demander de rester alors qu'il ne la connaissait pas depuis longtemps lui paraissait fou. Il savait que si les rôles étaient inversés, il partirait en courant si une femme lui demandait de quitter son travail et de rester dans une petite ville après moins d'une semaine.

Ça ne voulait pas dire qu'il ne réfléchissait pas à une façon de faire marcher les choses entre eux et de continuer à se voir.

— S'il y a un problème, dis-le-nous et nous ferons tout pour t'aider, dit Zeke, comme s'il savait qu'Ethan ne rebondirait pas sur ce qu'il venait de lui dire.

Zeke n'avait pas besoin de lui offrir son aide ou celle de l'équipe. Ethan savait déjà qu'il pouvait compter sur eux à tout moment, le jour comme la nuit, pour le soutenir.

— Oui. On se tient au courant.

— Salut.

Ethan raccrocha et rangea son téléphone dans sa poche. Quand il se retourna, Rocky se tenait à côté de lui.

— C'était Zeke ? demanda-t-il.

— Oui.

— Ça ne me surprend pas.

Ethan avait raconté à son frère ce que Clara lui avait dit le matin même.

— Il en pince pour la serveuse, dit Rocky.

— Ouaip, approuva Ethan.

Ils savaient tous que Zeke aimait bien Elsie, mais la seule fois où quelqu'un l'avait souligné, Zeke avait coupé court à la conversation, insistant sur le fait qu'elle traînait trop de casseroles. Et il ne parlait pas de son fils. Zeke aimait bien les enfants. Beaucoup même. Donc, Tony n'était pas le problème. Personne ne savait vraiment quel genre de casseroles elle traînait derrière elle, mais il était évident qu'elle en avait beaucoup.

— Tu as eu des nouvelles de Lilly ? lui demanda Rocky.

Ethan secoua la tête quand son téléphone vibra. Il le sortit en souriant.

— J'imagine que ça répond à ma question, dit Rocky en rigolant.

Ethan lut le message de Lilly et fit de son mieux pour ignorer les papillons dans son ventre. C'était fou à quel point il était excité quand il avait de ses nouvelles et encore plus quand il était avec elle.

Lilly : Je suis réveillée ! J'ai résisté à l'envie de m'empiffrer avec le brunch incroyable de Whitney. Si je continue à manger comme ça, je ne vais bientôt plus rentrer dans mes vêtements. Et j'ai aussi envie d'aller au On the Rocks cet après-midi, si ça ne te dérange pas.

Ethan : Tu veux voir Elsie ?

Lilly : Je vois que le réseau de commérages de Fallport a gardé son excellente réputation

Ethan : Rien n'est un secret ici. Mais je suis curieux d'entendre ta version de l'histoire.

Lilly : Ce n'est pas grand-chose.

Ethan : Je ne suis pas sûr qu'Elsie soit d'accord avec ça.

Ethan leva les yeux vers son frère qui le regardait avec un sourire niais sur le visage.

— Quoi ? demanda-t-il.

Rocky haussa les épaules.

— Je ne t'ai pas vu aussi émoustillé de parler à une fille depuis nos 13 ans quand Missy Buckmeyer t'avait tapé dans l'œil.

Ethan gloussa. Missy avait deux ans de plus qu'eux et avait été sa première expérience sexuelle. Oui, il avait été plutôt amoureux d'elle à l'époque. Bien évidemment, ce qu'il ressentait actuellement pour Lilly était totalement différent. Plus profond. Ce qui était fou puisqu'il venait tout juste de la rencontrer, mais peu importe.

— Et pour info, le reste du câblage peut attendre jusqu'à demain, donc si tu veux y aller, c'est pas un problème. Je peux m'occuper des sols dans les autres pièces pour le reste de la journée.

— Merci, j'apprécie, dit Ethan.

Puis il se reconcentra sur son téléphone.

Ethan : J'ai terminé mon travail avec Rocky. Tu es libre ?

Lilly : Absolument. Tu as prévu qu'on fasse quelque chose en particulier aujourd'hui ? Autre qu'aller au On the Rocks bien sûr.

Ethan : Un bowling ?

Lilly : Oh, j'aimerais beaucoup ! Ça fait des années que je n'ai pas joué au bowling.

Ethan : Super. Je te retrouve dans environ dix minutes.

Lilly : Je t'attends.

Ethan rangea le téléphone dans sa poche et se dirigea immédiatement vers la porte. Il était reconnaissant que son travail ce matin n'ait pas été pénible et qu'il ne soit pas obligé de faire un détour pour retourner à son appartement et prendre une douche avant de retrouver Lilly. Même prendre cinq minutes de plus pour la rejoindre lui paraissait trop long.

* * *

Ils s'étaient arrêtés au On the Rocks pour le déjeuner, mais il y avait tellement de monde qu'ils n'avaient pas eu l'occasion de parler à Elsie, cependant Ethan ne doutait pas qu'ils arriveraient à se recroiser bientôt.

Ethan parvint à calmer sa curiosité concernant sa version de l'histoire pour les événements de la veille, assez longtemps pour qu'ils puissent aller au bowling, prendre leurs chaussures, qu'il aide Lilly à trouver une boule qui lui convienne, et même à faire une partie entière. Mais quand elle le supplia d'en faire une autre, de lui donner l'occasion de le battre, même s'il avait gagné de plus de cent points, il lui dit :

— Je veux bien te laisser ta revanche si tu me dis ce qui s'est passé hier soir.

Lilly pencha la tête sur le côté en le regardant.

— Je croyais que tu avais déjà entendu cette histoire ?

— Clara m'a expliqué que tu avais changé le pneu d'Elsie et pendant que je prenais nos chaussures, j'ai entendu dire que le petit Tony est complètement sous ton charme et qu'il veut désormais être un mécanicien plus tard. J'ai également remarqué que les deux personnes que nous avons vues tout à l'heure étaient tout sourire et très amicales alors qu'hier encore, ces mêmes personnes ne savaient pas trop quoi penser de toi.

Lilly fronça les sourcils.

— Ça te contrarie ? lui demanda-t-elle.

— Non, dit Ethan. Je suis ravi. Je savais qu'ils finiraient par se détendre une fois qu'ils auraient appris à te connaître. Le fait que tu sois venue porter secours à l'un des nôtres n'a fait qu'accélérer le processus.

— Alors pourquoi as-tu l'air en colère ? demanda Lilly.

— Parce que je ne comprends pas ce que tu faisais sur cette route. À 1 heure 30 du matin. Toute seule.

Lilly soupira.

— OK. Ça te dit qu'on s'assoie pendant que je te raconte ? Ça ne prendra pas longtemps, mais tu as l'air stressé et la dernière chose dont j'ai envie c'est que les gens fassent courir la rumeur que nous nous sommes disputés.

— Merde, pardon. Tu as raison. C'est juste que je m'inquiète.

— Et tu as passé la matinée à te demander ce que je fichais hier soir, c'est ça ? lui demanda-t-elle avec un petit sourire.

Il hocha la tête.

— Bien vu.

— Eh bien, j'admire ta patience. Mes frères m'auraient sauté à la gorge dès l'instant où je serais montée en voiture avec eux.

— J'avais vraiment envie de te poser la question, mais je ne voulais pas que tu me trouves trop intrusif.

Ils s'assirent sur un petit banc derrière la piste de bowling. Lilly l'observa en silence pendant un moment.

— Qu'est-ce qu'on fait exactement en fait ? lui demanda-t-elle doucement.

Ethan ricana.

— Je n'en ai aucune idée.

Étonnamment, elle sourit.

— Je suis contente de ne pas être la seule.

— Je t'aime bien Lilly. Et crois-moi que je n'ai jamais fait l'impossible pour passer toutes mes journées avec une femme qui s'en va dans quelques jours.

Son sourire s'atténua.

— Je t'ai dans la peau. Et je n'arrive pas à me résoudre à te dire que ce n'est pas une bonne idée de passer du temps ensemble ou à inventer des excuses pour t'éviter. Je relis même les messages que tu m'as envoyés pour me sentir plus proche de toi quand tu travailles.

— Moi aussi.

— Du coup... j'aimerais bien garder contact avec toi quand tu partiras. Peut-être qu'une fois que tu auras filmé le dernier épisode entre ce tournage et le prochain, tu pourrais envisager de revenir un peu ici et rester quelque temps ?

Lilly rougit légèrement.

— J'aimerais beaucoup, oui.

Ethan expira, réalisant qu'il retenait son souffle depuis le début.

— Super.

— Oui, dit-elle en souriant à nouveau.

— Maintenant... est-ce que tu veux bien me raconter ce qui s'est passé hier soir ? lui demanda-t-il.

Lilly soupira.

— Ce n'est rien de fou. Quand je suis arrivée au parking du sentier de Rock Creek, Tucker nous a dit qu'il avait commandé des caméras thermiques qui avaient été livrées à une pharmacie de Roanoke. Il m'a ordonné d'aller les chercher, expliqua-t-elle en haussant les épaules. Donc j'y suis allée.

— Toute seule ? lui demanda Ethan.

— Oui. Il avait besoin des autres caméramans pour le tournage et évidemment les acteurs ne pouvaient pas y aller, Brodie avait besoin d'être là pour le son et Trent était toujours en train de faire sa mission solo.

Ethan la regarda pendant un long moment, essayant de ne pas être offensé.

Il finit par lui demander :

— Tu n'as même pas pensé à *m'appeler* ?

Lilly fronça les sourcils.

— Je... non.

— Pourquoi ? Je crois que j'ai été plutôt clair quant au fait que j'aime passer du temps avec toi. Et non seulement on aurait pu avoir plus de temps pour apprendre à se connaître, mais en plus ç'aurait été bien plus sûr que de te laisser partir toute seule si tard.

— Mon Dieu. Je suis désolée. Tu as raison. J'aurais dû. C'est juste que... Tucker m'a demandé de partir comme ça, à la dernière minute et ça ne m'a pas plu. Il voulait que je revienne le plus vite possible pour qu'on puisse utiliser les caméras thermiques la nuit dernière. C'était un truc de boulot et ça ne m'a même pas traversé l'esprit que tu puisses vouloir m'accompagner.

— J'essaie vraiment de ne pas être vexé, lui dit Ethan avec honnêteté.

Lilly lui prit la main et la serra.

— J'imagine que c'est parce que j'ai l'habitude de faire les choses par moi-même, lui dit-elle doucement. Tu as raison, j'aurais adoré t'avoir à mes côtés. La circulation était horrible et je me suis terriblement ennuyée. Sans oublier que la pharmacie n'était pas dans le meilleur quartier de la ville et je me suis perdue en essayant de la trouver.

Ethan ne supportait pas d'entendre ça. Imaginer Lilly dans n'importe quelle situation dangereuse lui donnait la chair de poule. Mais c'était une grande fille qui se débrouillait toute seule depuis bien longtemps. Il n'appréciait pas que son connard de patron l'ait envoyée jusqu'à Roanoke, toute seule, mais il se sentait mieux maintenant qu'il savait qu'elle n'avait pas délibérément essayé d'éviter de passer du temps avec lui. Il fit de son mieux pour détendre l'atmosphère en disant :

— Et j'aurais pu tenir la lampe torche pendant que tu changeais le pneu d'Elsie.

Elle lui sourit timidement.

— Tu veux plutôt dire pendant que *tu* aurais changé le pneu d'Elsie.

— Non. Je suis très nul avec les voitures. Demande à Brock. Il pense que c'est sans espoir. Je vous laisse gérer tout ce qui est automobile.

Elle le fixa du regard.

— Quoi ?

— Je... je n'arrive pas à croire que tu l'admettes.

— Pourquoi ? Je ne suis pas parfait, donc quand je ne sais pas faire quelque chose, je l'admets.

— Eh bien, tu es différent de la plupart des gars que j'ai rencontrés, alors. Ils pensaient toujours que c'était leur devoir d'être de gros machos et de prendre en charge ce genre de trucs, même quand ils ne savent pas utiliser une clé à douille.

— C'est quoi, une clé à douille ? demanda Ethan, très sérieux.

Lilly ouvrit la bouche pour répondre lorsqu'il éclata soudain de rire.

Elle leva les yeux au ciel et lui tapa le bras.

Ethan était toujours conscient qu'elle lui tenait la main, mais il n'était pas sûr *qu'elle* le sache. Il ne comptait pas la laisser partir. Il aimait le contact de sa main sur la sienne.

— Tu es une grande fille, Lilly, dit-il au bout d'un moment. Tu es visiblement tout à fait capable de te débrouiller toute seule. Je ne voudrais surtout pas réprimer ça ou te faire te sentir inférieure à moi, simplement à cause de ton genre. Mais ça ne veut pas dire qu'il n'existe pas de situations plus dangereuses pour toi, parce que tu es une femme. Rouler au milieu de la nuit en fait partie. Il ne se passe jamais rien de bon entre 2 et 4 heures du matin.

— On dirait mes frères.

— C'est parce que nous avons raison, dit-il fermement. Tu es une femme, très jolie en plus. Et tu n'es pas aussi grande et forte que la plupart des hommes. Ils pourraient facilement te maîtriser, quel que soit l'entraînement d'auto-défense que tu as reçu.

— Je ne suis pas sûr que ce soit le cas, se défendit-elle.

— J'ai été un SEAL. J'ai vu des femmes qui se sont entraînées avec des hommes toute leur vie se faire neutra-liser d'un seul coup de poing. Et ce sont des femmes qui, je le crois sincèrement, auraient pu réussir l'entraînement des

SEAL si on les avait laissées essayer. Certaines personnes sont des brutes, Lilly. Et imaginer que certaines d'entre elles puissent se servir de leur force pour te faire du mal me rend fou.

Elle lui serra à nouveau la main.

— J'aurais dû t'appeler, lui concéda-t-elle.

Ethan acquiesça.

— Passons à autre chose. Du coup... combien de temps penses-tu rester ici ?

— Eh bien, ce soir nous allons filmer avec les caméras thermiques. Demain sera une longue journée car Tucker veut que nous nous réunissions pour parler du tournage et pour voir si quelqu'un pense que nous devrions refaire certaines choses, ou si nous avons raté un truc. Nous allons probablement devoir filmer Trent en journée quand il nous racontera son enquête en solo avec les autres et parler de ce qu'il a découvert.

— Donc... si tout se passe comme prévu, tu risques de partir après-demain ou au plus tard dans deux jours ?

Lilly hocha la tête.

— Ça craint, marmonna Ethan.

— Oui. Mais... moi aussi je t'aime bien Ethan, dit-elle timidement. Et le meilleur moment de la nuit, c'est quand je me gare devant la chambre d'hôte et que je regarde mes messages. J'imagine que ça ne changera pas quand je serai ailleurs ou sur un autre tournage.

— C'est une bonne chose que nous soyons au bowling, là tout de suite, l'informa Ethan.

— Ah oui ? Pourquoi ? lui demanda-t-elle, perplexe.

— Parce que je ne veux pas que tu sois au cœur d'autres ragots – et si je t'allongeais sur ce banc pour t'embrasser, ça serait un sacré sujet de discussion pour tous les fouineurs qui vivent ici.

Elle rigola.

— Tu imagines la vitesse à laquelle la rumeur se répandrait ? Dès demain matin les gens diraient probablement que nous l'avons carrément fait sur la piste de bowling !

Il gloussa.

— Tu n'as pas tort.

Ils se regardèrent un long moment avant que Lilly ne se mette à sourire.

— Bon... tu vas me laisser te botter les fesses ou pas alors ?

— Tu veux que j'abandonne en cours de route ? demanda-t-il.

— Hein ? Non. Pourquoi ?

— Parce que ce sera le seul moyen pour toi de me botter les fesses au bowling.

— N'importe quoi, dit-elle en levant les yeux au ciel.

Elle se leva et s'avança vers le système de retour de boule, attrapant la monstruosité rose vif qu'elle avait choisie.

— Allez, je vais faire un strike, direct ! déclara-t-elle avant de se tourner vers la piste.

Elle se concentra sur les quilles au loin, prit une grande inspiration et lâcha la boule.

Elle se retourna en fronçant le nez d'un air penaud quand celle-ci atterrit immédiatement dans les rigoles.

— OK, ça, c'était juste pour m'échauffer. Maintenant, je vais vraiment te botter les fesses.

Ethan se leva et alla à sa rencontre lorsqu'elle quitta la piste. Sans réfléchir, il enroula les bras autour d'elle et la serra fort. Il initiait rarement ce genre d'intimité avec les femmes, ne voulant pas que ses gestes soient mal interprétés, mais cette fois-ci, ça lui paraissait naturel. Encore plus lorsqu'elle le serra contre lui en retour. Il enfouit son nez dans ses cheveux et inspira profondément. Elle sentait bon. Il ne savait absolument pas de quel parfum il s'agissait, mais il eut le sentiment que désormais, il associerait toujours cette odeur à Lilly.

Conscient des regards attentifs des quelques personnes qui jouaient au bowling autour d'eux, il la relâcha bien plus tôt qu'il ne l'aurait voulu et s'avança vers le système de retour de boules. Il savait que Lilly serait énervée s'il ne faisait pas de son mieux, alors quand il jeta la boule il ne fut pas surpris de faire tomber les dix quilles d'un coup.

— Et merde, marmonna Lilly avant de lui sourire. Bien joué.

Oui, on pouvait dire qu'il avait vraiment cette femme dans la peau. Même si elle partait bientôt, ils s'étaient mis d'accord pour rester en contact. Il allait devoir s'en contenter. Peut-être qu'un jour cela marcherait entre eux. En attendant, il profitait de l'instant présent. Il avait appris, durant son expérience de SEAL, que la vie n'était pas garantie. Il était donc désormais déterminé à faire tout son possible pour être le genre d'homme que Lilly ne pourrait pas oublier.

CHAPITRE ONZE

Le lendemain matin, pendant qu'il mangeait ses œufs au plat qu'il s'était préparés pour le petit déjeuner, le téléphone d'Ethan sonna. Il pensait que c'était Rocky qui l'appelait pour le prévenir qu'il partait sur le chantier, puisqu'ils avaient convenu de faire du co-voiturage aujourd'hui. C'est pourquoi il fut surpris et excité quand il vit que c'était Lilly.

Elle lui avait expliqué le jour d'avant qu'ils s'attendaient à ce que le tournage d'hier soir se prolonge, puisqu'ils allaient utiliser les caméras thermiques qu'elle avait dû récupérer. Ils avaient beaucoup d'images à tourner et elle s'était plainte du temps que cela prendrait.

— Salut, Lil, répondit-il.

— Salut. Euh... on a un problème.

Ethan se raidit, percevant le stress dans sa voix.

— Qu'est-ce qui se passe ?

— Trent a disparu.

Il mit quelques secondes à assimiler ce qu'elle venait de dire.

— Quoi ?

— Trent. Il menait son enquête solo de camping tu sais

et hier soir, on s'attendait tous à le voir arriver pour la dernière partie du tournage. Il était censé raconter aux autres ce qu'il avait vu et leur montrer des preuves puis rejoindre le groupe pour l'enquête avec les caméras thermiques. Mais il n'est jamais venu. On a tous pensé qu'il avait peut-être décidé de rester une nuit de plus ou qu'il était peut-être épuisé et était retourné à l'hôtel pour se reposer de son aventure. Enfin bref, ce matin, j'ai reçu un appel de Kate. Elle m'a dit qu'il n'était pas à l'hôtel.

— Quand a-t-il été vu pour la dernière fois ? demanda Ethan, très professionnel.

— Le jour où il est parti pour son enquête solo.

— Tu sais où il campait ?

— On savait où il était *censé* être, mais comme il n'était toujours pas revenu ce matin, nous sommes partis à l'endroit où il était censé être installé et il n'y était pas. Nous avons regardé autour pendant un moment mais n'avons retrouvé aucune trace de lui, rien qui n'indique qu'une tente avait été montée ou quoi que ce soit. Donc, nous ne savons pas vraiment où il a décidé de camper.

— Quel idiot, marmonna Ethan.

La première règle des activités de plein air était de toujours faire savoir à quelqu'un où l'on allait.

— Quelqu'un a appelé la police ?

— Tucker est sur le point de le faire.

— Très bien. Je vais voir ce que je peux trouver et prévenir les gars qu'on risque d'aller dans les montagnes.

— Hum, il y a autre chose, dit timidement Lilly.

Il se raidit.

— Quoi ?

— Tucker veut vous filmer en train de le chercher.

Secouant la tête, Ethan soupira.

— Évidemment.

Il ne pouvait pas empêcher Tucker d'envoyer ses caméramans pour les filmer lui et les autres membres de l'équipe de Recherche et Sauvetage d'Eagle Point, mais il lui faudrait une autorisation écrite de la part de son équipe pour qu'il puisse utiliser les images. Ethan n'avait pas très envie de signer cette foutue autorisation... même s'il se doutait que le maire ferait pression sur eux pour qu'ils coopèrent, car cela permettrait d'attirer plus de touristes à Fallport.

— Je lui ai dit que vous chercheriez plus vite si vous n'étiez pas suivis par toute une troupe, mais il m'a ignorée.

Ethan ne fut pas surpris. Lilly lui avait fait comprendre de nombreuses fois que son patron pensait que si quelqu'un était blessé sur le tournage cela ferait de bonnes audiences.

— On s'occupera de ça le moment venu, dit-il avec diplomatie. Tu es où là ?

— Je suis de retour à la chambre d'hôte, mais tout le monde se retrouve au sentier de Fallport Creek, le premier sur lequel nous avons filmé.

— Où est la voiture de Trent ?

— Au parking de Fallport Creek, donc on espère tous qu'il sera dans les parages.

— OK. Ne panique pas. Je suis sûr qu'il n'est pas loin. Surtout s'il n'aime pas trop camper et rester dehors.

— Je l'espère. Il y a encore une chose que tu devrais savoir.

— Quoi ?

— Tucker prévoit déjà de dire qu'il s'est fait enlever par Bigfoot.

— Putain, dit Ethan.

— Je sais. C'est ridicule, mais comme on essaie de trouver Bigfoot, il pense que ce serait bien de le rajouter à l'émission. Que Bigfoot ait été furieux que nous soyons sur le point de prouver son existence et ait décidé d'agir pour empêcher les preuves de sortir. Ou que Trent ait réussi à le filmer et que Bigfoot ait dû se débarrasser de lui.

— Eh bien, espérons que tout ça partira en fumée quand nous le retrouverons et qu'il ira bien, dit Ethan.

— Je suis désolée, dit Lilly.

— Pour quoi ?

— Que toi et tes amis soyez obligés de venir le chercher. Tu as prévenu Tucker quand nous sommes arrivés que ça pouvait se produire et que vous seriez très en colère si vous deviez mettre votre travail en pause pour nous retrouver.

— Ce n'est pas grave, la rassura Ethan. Je suis sûr que nous allons bientôt le trouver et que nous retrouverons nos boulots ennuyeux avant la fin de la journée.

— J'espère. Je ne peux pas dire que je suis proche des acteurs de la série, mais je ne supporte pas de l'imaginer blessé ou terrorisé, seul dans les bois. On se voit tout à l'heure alors ?

— Oui, Lil. On se voit tout à l'heure. J'aurais aimé que ce soit dans d'autres circonstances. Mais je suis quand même content de te voir.

— Moi aussi, murmura-t-elle. Sois prudent sur la route.

Ethan sourit.

— Je le serai.

— OK, à tout à l'heure.

— À tout à l'heure.

Ethan mangea le reste de son petit déjeuner en vitesse, puis plaça l'assiette dans l'évier avant de se diriger vers la salle de bains. Il fallait qu'il se change et appelle les autres. Apparemment, l'équipe de Recherche et Sauvetage d'Eagle Point était une fois de plus sur le coup.

* * *

Trente minutes plus tard, Ethan se tenait sur le parking bondé avec son équipe, écoutant le peu de détails qu'on avait sur la disparition de Trent Morrison. Son téléphone tombait directement sur la messagerie vocale, ce qui signifiait que, soit il était éteint, soit la batterie était morte, soit il était hors de portée. Cela n'aiderait donc pas de demander à son opérateur téléphonique de le localiser puisque la forêt était dense et qu'une fois hors de Fallport, il n'y avait plus aucune tour de transmission.

Le chef de la police, Simon Hill, était là, ainsi que l'un des deux détectives employés par Fallport, tous les membres de l'émission et quelques badauds.

Comme Lilly l'avait prévenu, Tucker était presque tout émoustillé et excité par tout ce qui se passait. Il papillonnait à droite et à gauche, ordonnant à ses caméramans de tout filmer. Il n'était d'aucune aide pour localiser l'acteur disparu et Ethan se demanda s'il n'avait pas tout orchestré afin de faire de l'audimat. Trent était probablement au chaud quelque part, en train de rire de toute cette agitation.

D'ici un jour ou deux, il retournerait dans les bois et ferait semblant de tomber sur l'équipe de recherche et de sauvetage.

Ethan n'aimait pas être aussi cynique, mais il ne pouvait pas s'en empêcher. Il avait déjà rencontré des hommes comme Tucker par le passé et ne doutait pas que le producteur ferait tout pour que l'émission soit un succès, lui assurant ainsi un emploi pour le futur.

Heureusement, Simon Hill était un type bien qui laissait généralement Ethan et son équipe faire leur travail. Il n'essayait pas de s'immiscer dans les recherches qu'ils menaient. Ses hommes ne s'aventuraient dans les bois que si l'on retrouvait quelque chose de criminel. Il laissait la recherche aux experts, ce qu'Ethan appréciait. La dernière chose dont ils avaient besoin était que quelqu'un d'autre disparaisse.

— Très bien, je suggère qu'on se sépare en trois équipes, dit Ethan à ses amis. Rocky, toi, Drew et Brock vous irez à l'ouest vers Eagle Point. Zeke et moi prendrons le sentier de Barker Mill, là où il bifurque vers le sentier de Fallport Creek jusqu'à l'est. Raid toi et Tal vous irez là où vous emmène Duke.

Comme toujours, Raid était là avec son limier. Le chien avait un meilleur taux de récupération que les hommes. Duke l'avait entraîné à chercher en fonction de l'odeur. Tout ce dont il avait besoin, c'était d'un morceau de vêtement de la personne disparue ou quelque chose que celle-ci avait touché récemment, et sa truffe se mettait à renifler le sol, puis il partait. Il pouvait suivre une piste à des kilomètres à la ronde… s'il arrivait à capter une odeur.

Le seul problème avec Duke, c'était qu'il n'était pas un chien détecteur de cadavre. Si une personne était décédée, son odeur changeait et ne pouvait pas être repérée par le chien de Raid. Et dans ces bois, les corps se décomposaient très vite.

Sans compter que les animaux trouvaient souvent le corps avant tout le monde et la nature prenait ensuite le dessus.

Si Trent était en vie, Duke le retrouverait. Sinon… ça pouvait prendre beaucoup de temps, voire une éternité avant que son corps ne soit retrouvé dans les vastes étendues sauvages des Appalaches.

Tucker se tenait non loin de là où Ethan parlait à son équipe et avait manifestement entendu ce qu'il disait, car il se tourna vers sa propre équipe et se mit à distribuer les affectations.

— Kate, toi et Roger vous allez avec le chien. Chris, toi et Joey suivez les gars qui vont vers l'ouest. Lilly, toi et Michelle vous irez à l'est.

— Non, dit Michelle en secouant la tête. Je suis fatiguée. On a tourné toute la nuit et il est hors de question que je retourne dans les bois.

— Surtout qu'il n'y a aucune garantie qu'ils trouvent quoi que ce soit, ajouta Chris.

— Et je suis désolé, mais vu le physique de ces gars, dit Roger en désignant Ethan et son équipe du pouce, ils vont facilement nous semer. C'est impossible que j'arrive à suivre ce chien.

Tucker jeta un regard noir aux acteurs de l'émission.

Ethan vit Lilly baisser la tête en pinçant les lèvres. La situation n'avait rien de drôle, mais il ne pouvait pas lui en vouloir d'être amusée par la mutinerie des stars de l'émission.

— Très bien. Par contre, j'insiste pour que *vous*, vous y alliez, dit Tucker aux caméramans.

— Si Roger ne se sent pas capable de suivre un chien, je ne vois pas comment tu crois que *je* vais pouvoir le faire en trimballant cette caméra, dit Kate.

— Très bien ! dit Tucker désormais énervé. Toi et Andre vous n'avez qu'à rester ici et filmer les acteurs. Lilly, toi et Joey vous suivrez les équipes de recherche et de sauvetage, leur dit-il avec un regard noir, comme si son air menaçant allait les faire accepter.

— On devrait peut-être laisser Ethan et les autres faire leur truc, comme ça, on ne s'inquiète pas de les ralentir, dit Lilly.

— Hors de question putain ! Ressaisissez-vous, bordel et ne les perdez pas de vue.

Ethan n'aimait pas la façon dont Tucker parlait à ses employés. Mais il ne voulait pas rester planté là en les écoutant se disputer, pas quand il devait retrouver un homme disparu.

— Désolée, lui dit doucement Lilly en marchant vers lui.

— Tu m'avais *prévenu*. Ce n'est pas grave, dit-il avant de se tourner vers son équipe. Restez tous connectés sur le canal numéro huit.

Ils n'avaient pas vraiment besoin qu'on leur rappelle, mais il préférait s'en assurer, juste au cas où. Ils utilisaient toujours le même canal lorsqu'ils étaient en recherche. Si jamais quelqu'un repérait quelque chose qui indiquait que la cible était à proximité, il prévenait immédiatement les autres et tout le monde partait en direction de cette zone, se rapprochant lentement de l'endroit le plus probable où pouvait se trouver la personne disparue.

— Comment ça se fait que leurs radios à eux fonctionnent et que les nôtres sont pourries ? demanda Roger alors que l'équipe de RES[1] se dirigeait vers le sentier.

Raid et Tal durent attendre que quelqu'un retourne à l'hôtel et entre dans la chambre de Trent pour trouver un vêtement que Duke pourrait utiliser comme marqueur olfactif, mais les autres se mirent immédiatement au travail. Avec un peu de chance, ils trouveraient quelque chose avant que Raid, Duke et Tal ne partent.

Ethan prit la tête du groupe alors que lui et Zeke commençaient à descendre le sentier de Fallport Creek. Même si Lilly et les autres avaient déjà cherché Trent sur ce sentier, il était possible qu'ils aient raté un signe indiquant sa présence.

Le sentier de Fallport Creek était plutôt destiné aux débutants et Ethan était persuadé que c'était le chemin que Trent avait emprunté, d'après tout ce que Lilly lui avait appris sur cet homme. Il avait aussi une destination spécifique en tête. Une parcelle de terrain à moitié dégagée à environ cinq kilomètres du parking qui serait parfaite pour planter une tente. C'était à l'intersection du sentier de Barker Mill et il espérait vraiment que c'était là qu'ils retrouveraient Trent.

Lui et Zeke ne dirent pas un mot en marchant, habitués à travailler ensemble et à garder les yeux bien ouverts pour trouver tout signe de l'homme disparu. Ce ne fut que lorsqu'ils atteignirent la clairière où il espérait retrouver Trent, qu'Ethan se rappela qu'ils n'étaient pas que tous les deux sur ce sentier.

S'en voulant terriblement d'avoir oublié Lilly, trop focalisé sur la recherche, il se retourna pour voir à quelle distance elle se trouvait. À sa grande surprise, elle était juste derrière Zeke. Sa caméra posée sur l'épaule, elle avait le tee-shirt trempé de sueur au niveau du cou et des aisselles, et il l'entendait haleter légèrement à cause de l'effort.

Il était impressionné. Peu de gens auraient été capables de suivre ce rythme éprouvant qu'il avait imposé.

— On ne dirait pas qu'il a campé ici, dit Zeke, détournant l'attention de Ethan qui était concentré sur Lilly.

— Non. Pas même une nuit. J'espérais que même s'il n'était pas là aujourd'hui, il aurait au moins pu rester ici avant d'aller vers un autre endroit.

L'herbe n'était pas tassée et rien n'indiquait que quelqu'un ait pu passer du temps ici.

Il détacha sa radio et appuya sur le bouton sur le côté pour parler aux autres.

— Ici Chaos. Quelqu'un a-t-il vu un signe de quoi que ce soit ? demanda-t-il.

Bizarrement, lorsqu'ils recherchaient quelqu'un ils utilisaient tous leurs surnoms. Il supposait que c'était une habitude qu'ils avaient prise à l'armée. Quand ils partaient en recherche, ils étaient en mode professionnel et cela leur paraissait naturel d'utiliser leurs surnoms.

— Non, rien encore, répondit Koop, aka Drew.

— On quitte le parking, dit Raid. Duke semble être sur une piste.

— Ici Bones. Dans quelle direction va-t-il ?

Bones c'était Brock.

— Difficile à dire pour le moment. Il zigzague beaucoup, ce qui veut dire que l'odeur n'est pas très forte et qu'elle est surtout aérienne, dit Raid. On vous tient au courant dès qu'on a quelque chose.

Ethan soupira et se tourna vers Zeke.

— Qu'est-ce que tu en penses ?

Au lieu de lui répondre, son ami se tourna vers Lilly.

— Jusqu'où avez-vous descendu le sentier la première nuit où Trent était avec vous ?

Elle croisa le regard de Zeke.

— Honnêtement ? Je ne sais pas trop. Tout paraît différent en journée, ça ne ressemble pas à ce que nous avons vu la nuit.

— Tu as ton GPS avec toi ? lui demanda Ethan.

Lilly parut surprise, puis grimaça.

— Mince. Non. Désolée. Je l'ai enlevé hier soir quand je suis rentrée et je n'ai pas pensé à le prendre quand Tucker m'a appelée pour m'expliquer ce qui se passait. Je crois que j'étais encore partiellement endormie. J'ai juste filé à toute vitesse jusqu'au parking.

— Ce n'est pas grave, lui dit Ethan. Si nous en avons besoin, on regardera ça plus tard.

Puis, il attrapa la bouteille d'eau qu'il transportait toujours avec lui dans le sac à dos qu'il portait en mission.

— Tiens. Tu as l'air fatiguée.

Elle la prit sans hésitation. Et même s'ils étaient en plein travail, Ethan ne put s'empêcher de ressentir un électrochoc quand ses lèvres se posèrent sur l'embout. Elle but plusieurs gorgées avant de la lui rendre.

— Oui, Michelle ne mentait pas. Nous avons été debout quasiment toute la nuit. Je suis rentrée chez Whitney vers plus de 4 heures du matin et je n'ai pu dormir que deux heures avant que Tucker ne m'appelle et ne me réveille.

— Fais une pause pendant qu'on regarde la carte et qu'on essaie de comprendre où Trent a pu aller, lui dit Ethan.

Mais au lieu de baisser sa caméra, Lilly haussa les épaules.

— Ça peut être pas mal de vous filmer en train de regarder la carte.

Il eut envie de protester, préférant qu'elle prenne soin d'elle, mais il ne pouvait pas. Elle avait raison. Et elle faisait simplement son travail. Alors elle se tint au-dessus de lui et Zeke tandis qu'ils sortaient la carte topographique de la région et l'étalaient sur le sol. Ils étudièrent les sentiers possibles et lieux appropriés pour planter une tente.

Au bout d'un moment, Lilly posa la caméra et pointa une crête sur la carte.

— Je crois que c'est là que nous étions le premier soir. Enfin, la moitié d'entre nous. Nous nous sommes séparés pour pouvoir taper contre les arbres et pousser ces cris d'accouplement stupides. Ceux qui se tenaient sur la crête plus éloignée répondaient et les acteurs prétendaient tous entendre Bigfoot.

Ethan fut surpris qu'elle avoue la supercherie, mais ce n'était pas vraiment le moment de cacher quoi que ce soit. Pas quand quelqu'un avait disparu.

— Très bien, on va aller dans cette direction alors. Il est possible qu'il ait voulu s'éloigner des randonneurs au maximum pour qu'ils n'interfèrent pas avec ce qu'il faisait, dit Ethan avant de se tourner vers Lilly. Tu es prête à repartir ?

— Oui.

Ethan attrapa sa caméra en se relavant – et grimaça en voyant à quel point elle était lourde.

— Mon Dieu, mais ce truc pèse au moins cinq kilos.

Lilly sourit.

— Plutôt six, dit-elle en la saisissant.

Ethan culpabilisa encore plus d'avoir imposé ce rythme éprouvant un peu plus tôt.

Comme si elle pouvait lire dans ses pensées, Lilly lui dit :

— T'inquiète pas. J'ai l'habitude.

Son respect pour Lilly et ses collègues caméramans monta d'un cran. Le fait que Michelle se soit plainte d'être fatiguée lui paraissait désormais ridicule, puisqu'elle n'avait pas marché dans les bois toute la nuit avec une caméra de six kilos sur l'épaule. Lilly avait veillé aussi tard que Michelle et les autres, mais elle ne se plaignait pas.

— Et pour info... tu es incroyable, lâcha Ethan.

Lilly pencha la tête sur le côté, détournant son regard de la caméra, et lui sourit.

— Je dois dire que je suis content que ce soit *toi* qui nous accompagnes et pas un des autres, dit Zeke. Tu es discrète et nous n'avons pas eu à t'attendre pour que tu nous rattrapes et tu as la tenue adéquate. On apprécie.

— Merci, les gars. Comme je l'ai dit de nombreuses fois, ma famille a toujours fait de son mieux pour que je sois préparée à tout pour les activités en plein air. Ils se fichaient que mes jambes soient plus courtes que les leurs et que je sois plus jeune, ils m'emmenaient faire des randonnées de seize kilomètres comme si ce n'était rien. Même si, je dois le reconnaître, j'ai perdu un peu de mon endurance au fil des ans. Quand on est caméraman, on n'est pas toujours très actif.

— Tu te débrouilles très bien. Allez, allons voir si on ne peut pas retrouver Trent pour qu'on puisse tous sortir des bois, hein ? dit Ethan.

Il avait envie de lui dire plus de choses. Comme par exemple, qu'il aimerait bien rencontrer les hommes qui avaient élevé une femme aussi incroyable. Qu'il l'admirait énormément. Que si elle restait, il l'emmènerait dans son endroit préféré de la forêt. Mais il se tut et fit de son mieux pour se concentrer sur son travail.

* * *

Trois heures plus tard, le trio sortit des bois pour arriver sur le parking sans avoir vu aucune trace de l'homme disparu ni de son campement.

Le reste de l'équipe les attendait à leur arrivée. Ils étaient restés en contact et aucun d'entre eux n'avait trouvé quoi que ce soit non plus. Même Duke avait fini par perdre l'odeur de Trent à environ deux kilomètres du parking. C'était comme si Trent s'était volatilisé, ce qui, tout le monde le savait, était impossible.

Tucker et le reste de l'équipe n'étaient plus là. Ils étaient visiblement retournés à l'hôtel, attendant qu'on leur donne des nouvelles de leur ami disparu. Ou peut-être étaient-ils partis dormir. Ethan n'en savait rien et pour le moment, ils n'étaient pas sa préoccupation.

Simon, *en revanche*, était là. Attendant probablement des informations sur ce qu'ils avaient – ou n'avaient pas – trouvé.

Lilly resta en retrait avec Joey pendant qu'Ethan et son équipe parlaient avec le chef de la police.

— Alors ? demanda Simon.

— Rien. Soit le type a disparu sans laisser de traces, soit il n'a jamais été ici, dit Ethan.

— J'imagine que c'est la dernière option, dit Rocky.

Plus on allait à l'ouest, moins il y avait de signes que *quelqu'un* était passé par-là récemment.

— Et je pense que l'odeur qu'a repérée Duke n'est pas récente et date de la première nuit, quand Trent tournait avec les autres, dit Raid.

Baissant les yeux, Ethan vit que Duke était allongé à côté des pieds de Raid. Ses bajoues étaient pleines de bave, mais ses yeux étaient fermés comme s'il dormait. Le chien paraissait terriblement paresseux, mais Ethan savait par expérience qu'il avait été dressé pour pouvoir suivre une piste sur des kilomètres. Il était prêt à marcher jusqu'à ce qu'il s'écroule de fatigue si on ne le surveillait pas. Et si jamais il perdait sa trace, il était capable de marcher jusqu'en Virginie-Occidentale. Mais dans l'ensemble, c'était un chien assez relax qui adorait son maître et la nourriture en tout genre. Lui et Raid étaient extrêmement proches et Ethan était persuadé qu'ils donneraient leur vie l'un pour l'autre.

— Quelqu'un a-t-il ajouté d'autres détails concernant l'endroit où il pourrait se trouver ?

— Non. Mais ça me fait penser que...

Le chef de la police se tourna vers Lilly et Joey.

— Je vais devoir vous interroger tous les deux. J'ai déjà parlé à tous les autres pendant que vous étiez avec l'équipe de recherche.

Lilly hocha la tête.

— Bien sûr, dit doucement Joey.

Le chef tourna le dos aux deux autres membres de l'équipe de tournage et parla doucement pour ne pas qu'on l'entende.

— Il y a quelque chose qui cloche et comme vous n'avez rien trouvé, j'ai bien peur que tout ça ne soit qu'une fausse piste.

— Je suis d'accord, dit Koop.

— Il y a très peu de chance qu'un homme qui n'aime pas être en plein air, qui n'avait rien d'autre qu'une tente et un sac de couchage Walmart soit allé plus loin que les zones que nous avons explorées, ajouta Rocky.

— Quelqu'un sait quelque chose, dit Simon. Et je vais trouver de quoi il s'agit, ajouta-t-il avant de se redresser et de dire plus fort : je vous tiendrai au courant. Merci pour votre service et le temps accordé aujourd'hui.

Quand le chef de la police s'éloigna, Ethan se tourna vers son équipe.

— Qu'est-ce que vous en pensez ? Est-ce qu'on devrait essayer un autre endroit ?

— Où ça ? demanda Raid. Il nous faut un point de départ. Tu sais aussi bien que moi qu'on ne peut pas fouiller aveuglément des milliers d'hectares en espérant avoir de la chance. Il y a trop de terrain à explorer.

— Ce serait une perte de temps, reconnut Koop.

— Personne ne pense que Bigfoot l'a peut-être eu après tout ? demanda Tal.

Tout le monde lui jeta un regard noir. Il gloussa.

— Je rigole !

— J'irai voir Simon plus tard, dit Ethan à tout le monde. S'il a réussi à obtenir d'autres informations, je vous le dirai et on pourra se regrouper.

— Ça me va. J'ai des déclarations fiscales à gérer, donc si c'est tout pour le moment, je vais y aller, dit Drew.

— Tu ne ressens pas la moindre envie de mener l'enquête toi-même ? lui demanda Rocky.

— Pas le moins du monde, répondit Drew. J'ai laissé tout ça derrière moi quand j'ai quitté la police d'État. Je laisse volontiers Simon interroger les gens et essayer de découvrir qui ment. Je préfère mille fois mes chiffres et la solitude de la forêt plutôt que de retourner dans ce milieu.

Et sur ce, il se retourna et se dirigea vers sa voiture.

Une fois que Simon eut parlé à Joey et Lilly, prenant probablement des dispositions pour qu'ils puissent se faire interroger, il s'avança également vers sa voiture de patrouille. Les autres suivirent et rapidement, Ethan se retrouva seul sur le parking avec Lilly.

— Eh ben, j'ai dit un truc qui ne fallait pas ? plaisanta-t-elle.

Les lèvres d'Ethan tressautèrent.

— Tu es fatiguée ?

— Épuisée, dit-elle sans aucune hésitation. Mais je ne

suis pas sûre de pouvoir dormir. Je n'arrête pas de penser à l'endroit où Trent pourrait être et à ce qui lui est arrivé.

— Avec un peu de chance, il ne lui est rien arrivé, dit Ethan. Je suis sûr qu'il a juste tourné en rond et s'est perdu. On le retrouvera, dit-il d'un air confiant.

— J'espère bien. Qu'est-ce que tu vas faire aujourd'hui ? lui demanda-t-elle.

— Eh bien, j'avais l'intention d'aller bosser sur la maison que Rocky est en train de retaper, mais je pense qu'il serait plus utile que je regarde des cartes et que j'essaie de trouver où Trent aurait pu penser que c'était un bon endroit pour camper tout seul pendant trois jours.

— Quelque part près d'une douche et d'un fast-food, plaisanta Lilly.

Mais Ethan ne sourit pas.

— Quoi ? lui demanda-t-elle.

— Tu n'as pas tort.

Lilly secoua la tête.

— Non, je plaisantais.

— Mais comme tu l'as dit, Trent n'est pas du genre à aimer les activités de plein air. Il est capable d'aller filmer dans le noir, mais, et s'il avait fait effectivement ça avant de laisser son matériel de camping quelque part et d'aller dans un endroit chaud et sec pour le reste de la nuit ?

— Tu veux dire qu'il serait rentré à l'hôtel toutes les nuits ? Et sa voiture ? Tu ne crois pas que les autres l'auraient vue ?

— Je ne sais pas. Pour le moment, rien n'a de sens, mais nous allons trouver. Tu crois que tu serais capable de dormir si tu venais chez moi ? lui proposa Ethan sans réfléchir, mais il ne regretta pas de l'avoir fait.

Lilly parut surprise.

— C'est juste que j'aimerais bien te garder auprès de moi. J'imagine que tu dois avoir mal partout après être restée debout toute la nuit et avoir trimballé cet énorme truc sur ton épaule pendant des heures aujourd'hui. Tous les autres sont probablement à l'hôtel en train de dormir. Et tu devrais faire de même. On ne sait pas quand Tucker va t'appeler pour le travail. Tu sais aussi bien que moi qu'il va exploiter tout ça autant qu'il le peut. Il va vouloir obtenir des images de tout le monde qui s'inquiète et panique. Je te promets que mon lit est confortable, même si la résidence de mon appartement est pourrie. Tu seras en sécurité. Je te donne ma parole.

Ethan n'avait même pas osé rêver avoir Lilly dans son lit durant son court séjour en ville... mais désormais, il n'arrivait pas à s'enlever cette image de la tête.

— Je te fais confiance. C'est juste que je n'ai pas envie de te déranger.

Ethan ne put s'empêcher de rire.

— Tu ne me dérangeras pas. Et j'ai cru comprendre que tu devais aller au poste pour parler à Simon tout à l'heure ? Je peux te faire à manger quand tu te réveilles et t'y emmener.

C'était une excuse bidon. Elle était tout à fait capable de se rendre au poste toute seule et Whitney n'aurait certainement aucun problème à lui trouver quelque chose à manger.

Mais Ethan n'avait pas menti ; il *voulait* la garder auprès de lui. Il ne savait pas ce qui était arrivé à Trent et espérait qu'il n'était qu'une star de la télévision inexpérimentée perdue dans les bois – ou même « perdue » exprès pour les caméras – mais... et si ce n'était pas le cas ?

— Ça me plairait bien, dit Lilly avec un sourire. Mais il faut que je passe à la chambre d'hôte pour récupérer les chargeurs de ma caméra. Et peut-être changer de tenue.

— Pas de problème. Je vais te suivre et je discuterai avec Whitney pendant que tu feras ce que tu auras à faire.

Ensuite, on pourra aller chez moi et on verra ce qu'on fait à ce moment-là.

— OK.

— OK, répondit Ethan en écho sans pouvoir s'empêcher de tendre la main vers elle. Tu as été géniale aujourd'hui, dit-il doucement en enroulant la main autour de sa nuque.

Sa peau était douce et légèrement humide à cause de tous les efforts qu'ils avaient faits en marchant. Elle se laissa aller à son contact... et Ethan sut qu'il était foutu. Ce peu de confiance qu'elle lui accordait faillit l'anéantir.

Elle ferma les yeux et soupira.

Ils restèrent ainsi durant une minute avant qu'Ethan ne se force à la lâcher. Elle rouvrit les yeux et il vit à quel point elle était fatiguée.

— Viens. Allons-y avant que tu ne t'endormes debout, dit-il.

Lilly hocha la tête.

— Ethan ?

— Oui ?

— Merci.

— Pour ? demanda-t-il.

— Pour avoir cherché Trent et pris sa disparition au sérieux. De m'inviter. De ne pas avoir râlé quand je devais te suivre ce matin. D'être si doué dans ce que tu fais. Je t'ai observé aujourd'hui et je suis impressionnée. Très impressionnée. Rien ne t'échappe et je pense que toi et ton équipe allez vraiment retrouver Trent. Juste... merci pour tout.

— Tu n'es pas obligée de me remercier pour tout ça. Et on le *retrouvera*. Je te le promets.

— J'espère.

Il posa la main sur le bas de son dos et la guida jusqu'à sa voiture. Il prit sa caméra, secouant à nouveau la tête en sentant son poids et la plaça sur le sol, derrière le siège conducteur. Elle baissa la vitre après avoir fermé sa portière et Ethan lui dit :

— Sois prudente sur la route.

Elle sourit.

— Ethan, ce matin je n'ai croisé qu'une seule voiture sur la route. Je ne suis pas sûre que je doive trop m'inquiéter des conducteurs fous.

— Je m'en fiche. On ne sait jamais, Bigfoot peut surgir sur la route et te faire perdre le contrôle, dit-il.

— Ah, des blagues sur Bigfoot. Trop drôle, dit-elle en souriant.

Ethan lui rendit son sourire, luttant pour ne pas se pencher vers elle et l'embrasser à travers la vitre, et recula.

— On se voit à la chambre d'hôte.

Lilly acquiesça et mit le contact. Ethan trotta jusqu'à sa propre voiture et sortit du parking, la suivant. Il n'avait aucune idée de ce qui se passerait les prochains jours, mais il avait un mauvais pressentiment concernant les récents événements. Il était certain que son équipe et lui *retrouveraient* Trent… mais il ne savait pas dans quel état il serait lorsque ce serait le cas.

Il eut un grand sourire. Immense même.

La journée avait été géniale !

C'étaient exactement les réactions qu'il espérait.

Tout le monde paniquait et cela ferait de très bonnes images télé.

Les recherches pour retrouver Trent allaient être un sacré moment de télévision et il imaginait déjà l'épisode se terminer sur du suspense. Où était Trent ? Allait-on le retrouver ?

Et ensuite, quand son corps serait découvert…

L'homme frissonna de plaisir. Oui, tout le monde parlerait de *cette* émission. Absolument tout le monde.

Il devait juste être patient. Ne rien dévoiler. Le chef de la police était incroyablement minutieux et la dernière chose dont il avait envie était de se faire passer pour un suspect. Non, il devait juste garder son calme et laisser faire les choses. Ne rien dire qui puisse révéler ce qu'il avait fait. Et si pour cela il fallait que Trent soit porté disparu plus longtemps, alors ainsi soit-il.

Ces types de l'équipe RES se croyaient super doués. Eh bien, s'ils l'étaient tant que ça... ils finiraient par le trouver. Et c'est là que ça deviendrait intéressant.

CHAPITRE DOUZE

Lilly roula sur le côté et sourit en inspirant. Dès la seconde où elle se réveilla, elle sut qu'elle n'était pas dans le lit confortable de la chambre d'hôte. Elle était dans l'appartement d'Ethan. Dans son lit. Son lit plus-confortable-encore-que-chez-Whitney.

Même s'il n'avait pas exagéré. La résidence dans laquelle lui et son frère vivaient n'était pas... très attrayante. Elle n'était pas dans un quartier mal famé ou autre, mais l'appartement était délabré, les appareils ménagers étaient vieux et les installations dataient probablement des années 1980 ou plus tôt encore. Pourtant, c'était quand même chaleureux. Probablement grâce à tous les livres qu'Ethan avait mis sur des étagères autour du salon ainsi que des photos de son frère et de ses amis. Dont une de Rocky et lui avec une dame qui devait être leur mère. Il y avait une couverture et des oreillers sur le canapé. Il y avait même quelques bougies parfumées placées stratégiquement dans l'appartement.

Mais le lit... Il n'avait pas hésité à mettre le prix, car son matelas semblait bercer son corps. Toutes les douleurs provoquées par sa longue nuit et matinée dans les bois s'étaient dissipées dès l'instant où elle s'était allongée. Sans compter que les draps sentaient Ethan, ce qui était divin.

Lilly s'était endormie dès qu'elle avait posé la tête sur l'oreiller. En regardant l'heure, elle vit qu'elle avait dormi quatre heures d'affilée. Elle aurait pu dormir encore quelques heures de plus, mais elle avait des choses à faire. Premièrement, elle voulait savoir si Trent était réapparu, penaud après avoir causé toute cette agitation. Sinon, elle allait devoir aller parler au chef de la police, même si elle n'avait absolument rien à lui dire. Comme elle ne logeait pas dans le même hôtel que les autres, elle ne pouvait rien apporter à l'enquête.

Alors qu'elle se préparait à sortir du lit, la porte s'ouvrit.

Lilly leva la tête et vit Ethan dans l'embrasure de la porte.

— Salut, dit-il doucement.

— Je suis réveillée, lui dit-elle.

— Je vois ça. Je venais juste voir comment tu allais. Tu as dit que tu avais rendez-vous avec Simon dans une heure environ et je me suis dit que tu aimerais manger quelque chose avant qu'on parte.

— Merci. Je veux bien manger un peu oui, dit-elle en se redressant.

— Tu as bien dormi ? lui demanda-t-il.

— Comme un loir.

Ils se regardèrent fixement, le temps d'un battement de cœur – et soudain Lilly ne sut plus quoi dire. Ce qui était fou car elle avait passé beaucoup de temps avec cet homme depuis une semaine environ. Et elle ne s'était jamais sentie aussi déstabilisée qu'actuellement. Peut-être était-ce parce qu'elle avait enlevé son pantalon cargo pour dormir et qu'elle était dans son lit avec rien d'autre qu'un tee-shirt et ses sous-vêtements. Peut-être était-ce à cause de son regard.

Un regard, qui, elle avait l'impression, se reflétait dans le sien.

Elle désirait cet homme. Et elle n'avait peut-être plus l'habitude de sortir avec des hommes ni de les côtoyer, mais elle était certaine qu'il la désirait aussi.

Comme s'il pouvait lire dans son esprit, Ethan repoussa la porte et s'approcha. Il s'assit sur le bord du lit et tendit la main vers elle, ses doigts glissant dans ses cheveux au-dessus de sa nuque et Lilly frissonna. Elle avait réussi à se retenir de lui sauter dessus quand il avait fait la même chose sur le parking un peu plus tôt, mais là... la pièce était sombre car il avait fermé les stores, elle était à moitié nue, sa peau était couverte de son odeur et son cœur battait la chamade.

Il ne dit pas un mot. Ne lui demanda pas la permission. Il se pencha simplement vers elle.

Lilly le rejoignit à mi-chemin, tendant la main pour attraper sa chemise.

Leurs lèvres se rencontrèrent comme si elles l'avaient déjà fait des milliers de fois. Elle ferma les yeux et fit de son mieux pour mémoriser cet instant. Les lèvres d'Ethan étaient douces et chaudes et pendant un bref instant, il ne fit rien d'autre que de presser un doux baiser contre les siennes. Puis sa main se resserra sur sa nuque et il pencha la tête. Sa langue caressa la jointure de ses lèvres et Lilly ouvrit la bouche pour lui.

Leur baiser, d'abord doux et explorateur, devint charnel en un battement de cœur.

En quelques secondes à peine, elle se retrouva allongée sur le dos, s'agrippant à la chemise d'Ethan qui la dévorait. Ils s'embrassèrent pendant de longues minutes, découvrant le goût et la sensation de l'autre. Leurs langues s'entremê-lèrent en s'affrontant, leurs dents mordirent et leurs mains s'égarèrent. Et chaque seconde lui paraissait aussi naturelle que si elle avait connu cet homme toute sa vie.

Elle laissa échapper un petit gémissement lorsqu'Ethan s'écarta. Il resta au-dessus d'elle, ses yeux scrutant son visage.

Lilly se lécha les lèvres, adorant le fait que son regard soit immédiatement attiré par sa bouche.

— C'était…, dit-elle, hésitante, alors qu'elle essayait de trouver le meilleur mot pour décrire leur baiser.

— Putain de parfait, dit Ethan, complétant sa phrase.

Lilly sourit.

— Oui.

Il leva la main et écarta ses cheveux de sa joue, mais il ne s'éloigna pas pour la laisser se redresser. Alors Lilly promena ses mains le long de ses bras musclés, adorant la sensation qu'il lui procurait en se tenant au-dessus d'elle.

— Je savais que ça arriverait, dit-il au bout d'un moment.

— Quoi ? murmura-t-elle.

— Que si je te mettais dans mon lit, je ne voudrais pas te laisser en sortir.

Elle sourit timidement.

— C'est un matelas très confortable.

— Je te l'avais dit, répondit-il.

Puis, il prit une grande inspiration et expira avant de secouer la tête et de s'asseoir.

Lilly se redressa pour plaquer son dos contre la tête de lit.

— J'ai mis le sac que tu avais préparé ici, dit-il en faisant un geste vers le côté de la pièce sans la quitter des yeux.

— Merci.

Lilly avait emporté sa brosse à dents et son dentifrice ainsi qu'un ensemble de vêtements de randonnée propres, au cas où l'équipe reparte chercher Trent et qu'on lui ordonne à nouveau de les suivre.

Elle avait envie d'être prête pour ne pas perdre de temps en retournant à la chambre d'hôte. Elle n'était pas bien loin, rien ne l'était à Fallport, mais quand même.

Ethan ouvrit la bouche comme s'il était sur le point de lui poser une question, puis la referma avant de se lever.

— De la soupe de tomate et un croque-monsieur, ça te va pour le déjeuner ? Ou pour le repas entre le déjeuner et le dîner ? Le déjiner ? Dîjeuner ?

Lilly avait vraiment envie de lui demander ce qu'il avait voulu lui poser comme question, mais fut assez honnête avec elle-même pour admettre que finalement elle ne préférait pas le savoir. Ce baiser avait été incroyable. Comme s'il allait changer sa vie. Mais elle n'était pas encore tout à fait prête à changer de vie. Alors elle lui sourit et lui dit :

— C'est super.

Il la regarda d'un air mélancolique, une fois de plus avant de sortir et de fermer la porte derrière lui.

Lilly ferma les yeux et effleura ses lèvres gonflées pendant un moment, avant de prendre une grande inspiration et de balancer les jambes hors du lit. Elle se dirigea vers la petite salle de bains attenante, prenant son sac au passage. Elle ne s'était pas attendue à tomber amoureuse d'un homme en arrivant à Fallport, et même si ce n'était pas le moment le plus propice... alors que Trent avait disparu, et qu'elle n'avait aucune idée de ce qu'elle ferait une fois le tournage terminé... elle ne le regrettait pas.

Pour l'instant, tout ce que Lilly pouvait faire était de vivre au jour le jour. D'abord, ils devaient retrouver Trent. Ensuite, elle pourrait réfléchir aux prochaines étapes.

* * *

Ethan observa Lilly attentivement ce soir-là. Elle avait eu une journée difficile, mais essayait de faire comme si tout était parfaitement normal. Ils venaient de manger un délicieux repas préparé par Whitney et comme il y avait maintenant deux autres clients à la chambre d'hôte, il n'avait pas eu le temps de parler avec elle de tout ce qui s'était passé pendant qu'ils mangeaient.

Son entretien avec l'inspecteur chargé de l'enquête sur la disparition de Trent avait duré bien plus longtemps que ce à quoi Ethan s'attendait. Il l'avait cuisinée pendant deux heures au poste, plus tôt dans l'après-midi. Quand elle avait enfin été libre de partir, Ethan n'avait pas été content. Il avait pratiquement été avec Lilly durant tout son temps libre et il était certain qu'elle n'avait rien à voir avec la disparition de son collègue. Malgré ça, l'enquêteur avait mis la pression à Lilly pour essayer de comprendre ce qui se passait. Comme Ethan n'avait pas été avec elle vingt-quatre heures sur vingt-quatre non plus, l'enquêteur supposait qu'elle avait pu sortir en douce de la chambre d'hôte et faire quelque chose à Trent. Ce qui était ridicule, mais le petit inspecteur de police ne faisait que son travail. Il lui avait demandé plusieurs fois pourquoi personne ne s'était inquiété de ne pas avoir de nouvelles de Trent pendant qu'il était seul durant ces deux jours. Des questions désagréables auquel aucun membre de l'équipe de tournage n'avait pu répondre de façon satisfaisante. Ce type faisait partie de leur équipe ; quelqu'un aurait dû remarquer son absence bien avant eux.

Après l'interrogatoire, Ethan avait emmené Lilly au Broyeur pour prendre une tasse de café revigorante et l'un des clients avait marmonné une remarque sarcastique dans sa barbe. Ethan n'avait pas bien entendu, mais c'était quelque chose en rapport avec Bigfoot et des intrus. Il s'était immédiatement avancé vers l'homme, lui faisant clairement comprendre qu'il avait intérêt à se taire sinon, la prochaine fois qu'il demanderait l'aide de son équipe, ou de n'importe qui d'autre en ville, il n'en bénéficierait pas.

Peu de temps après, Tucker avait appelé Lilly pour qu'elle aille filmer une conférence de presse improvisée qu'il avait organisée pour Roger, Chris et Michelle pour que ceux-ci supplient d'obtenir plus d'informations concernant leur ami. Lorsqu'ils étaient devant la caméra, ils paraissaient tous calmes et inquiets, mais Lilly avait avoué à Ethan qu'après coup, une fois qu'ils pensaient que plus personne ne les écoutait, elle les avait entendu dire que Trent était un génie et qu'il était probablement en train de se marrer, où qu'il soit caché. Ils s'étaient même tous demandé où ils mettraient leur Emmy Awards quand la série en reporterait.

Et pour couronner cette journée de merde, le couple qui logeait à la chambre d'hôte était venu à Fallport justement parce qu'ils avaient entendu dire qu'on avait aperçu Bigfoot et ils voulaient voir ce qu'ils pouvaient eux-mêmes trouver. Ethan savait que Lilly culpabilisait d'être en partie responsable d'une arrivée massive de touristes. Ce qui serait une aubaine pour les commerçants comme Whitney, mais cela risquait de changer l'atmosphère de la ville.

Dans l'ensemble, Lilly faisait de son mieux pour rester professionnelle et stoïque, mais Ethan voyait bien qu'elle avait du mal à tout supporter. Même s'il avait très envie de la ramener dans son appartement – il avait tellement aimé la voir dans son lit tout à l'heure – il était encore trop tôt pour ça.

Le baiser qu'ils avaient échangé avait été mieux que tout ce qu'il avait pu imaginer – et il avait *beaucoup* pensé à l'embrasser ces deux derniers jours. Ça n'avait pas du tout été gênant et s'écarter en la laissant dans son lit avait été l'une des choses les plus difficiles à faire.

— Merci pour ce merveilleux repas, encore une fois, dit Lilly à Whitney.

— Avec plaisir. J'adore cuisiner pour les autres, lui répondit la femme plus âgée. L'une des raisons pour lesquelles j'ai ouvert cette chambre d'hôte est que je m'ennuyais. Et le fait de pouvoir préparer à manger pour plus d'une personne est un bonus.

— Tout ce que je peux dire, c'est que c'est une bonne chose que mon travail ici implique de marcher plusieurs kilomètres par jour.

Whitney lui sourit, puis prit un air plus sérieux.

— À ton avis, qu'est-il arrivé à votre ami ?

Ethan eut envie de couper court à la conversation, mais n'avait pas envie de mettre Whitney ou Lilly mal à l'aise. Alors il se tut, se jurant d'intervenir si Lilly paraissait plus stressée qu'elle ne l'était déjà. Les deux autres convives étaient déjà montés dans leur chambre, prévoyant de se lever tôt le lendemain.

— Je n'en ai aucune idée, dit Lilly. Trent n'est pas vraiment du genre à apprécier les activités de plein air. Je continue à espérer qu'il en a eu marre de cette émission et qu'il a peut-être quitté la ville ou quoi. Qu'il appellera Tucker – c'est le producteur – d'un hôtel cinq étoiles et qu'il lui annoncera qu'il arrête.

— Est-ce que tu crois..., commença Whitney avant de chuchoter. Non pas que j'en sois convaincue, mais qu'il y a peut-être une part de vérité dans cette histoire de Bigfoot ?

— Non, dit fermement Lilly. Whit, ça fait longtemps que tu vis ici. Et pendant toutes ces années, as-tu *une seule fois* entendu quelqu'un dire qu'il avait aperçu Bigfoot ?

— Eh bien, non.

— Exactement. Des ours, oui. Des lynx, évidemment. Mais une créature humanoïde de plus de deux mètres de haut qui est assez intelligente pour que personne ne trouve *jamais* de preuve concrète de son existence ?

— C'est vrai que dit comme ça, ça paraît assez idiot, dit Whitney.

— Exactement.

— Donc, si tu ne crois pas en l'existence de Bigfoot, pourquoi travailles-tu pour cette émission ?

Lilly hésita et Ethan ne put nier qu'il était lui aussi intéressé par sa réponse.

— Il faut bien que je mange, dit-elle avec un faible sourire après une longue pause.

— Je vois bien que tu es une femme intelligente, dit Whitney. J'imagine que tu pourrais trouver un travail que tu aimes vraiment.

— Je ne déteste pas ce que je fais, se défendit Lilly.

— D'accord, mais tu ne l'aimes pas non plus, dit Whitney avec conviction. Tu es une adulte et tu es libre de faire ce que tu veux, mais il me semble qu'il y a d'autres choses que tu pourrais faire pour mettre du pain sur la table et qui te plairaient vraiment. Par exemple, nous recevons parfois des gens en ville pour des mariages et je les ai déjà entendus se plaindre qu'il n'y a pas de vidéaste dans la région. Et l'autre jour, le principal du lycée cherchait quelqu'un pour filmer les matchs de football l'année prochaine, parce que le coach souhaite pouvoir les visionner pour améliorer les performances de l'équipe.

— Whitney..., commença Lilly, mais cette dernière était sur sa lancée.

— Et j'imagine que tu n'es pas mauvaise pour prendre des photos non plus. Je sais que ce n'est pas pareil que filmer, mais il y a une tonne de personnes en ville qui adoreraient avoir une photographe professionnelle parmi eux. Des photos d'école, des récitals, de la parade du 4 juillet, des festivals... Je pourrais te citer encore plein de situations où les gens seraient prêts à payer beaucoup d'argent pour avoir de belles photos de leurs enfants et de leur famille. Pas les photos de mauvaise qualité que les gens prennent avec leur téléphone de nos jours.

— Je ne crois pas que...

— Et même si Fallport n'est pas aussi excitant que Hollywood, c'est beaucoup moins cher, j'en suis sûre. Vivre ici ne coûterait pas autant d'argent qu'ailleurs donc...

— Je pense qu'elle a compris, Whit, dit Ethan, l'interrompant avant qu'elle ne mette Lilly encore plus mal à l'aise qu'elle ne l'était déjà.

Le corps entier de Lilly était tendu et il ne savait pas si c'était parce qu'elle détestait le discours de son hôte... ou parce que justement elle l'aimait bien. Mais en plus de tout ce qui s'était déjà passé aujourd'hui, y compris son passage stressant au poste de police, il était évident que Lilly était au bout du rouleau.

Même si Ethan aimait les suggestions de Whitney et qu'il aurait adoré que Lilly s'installe à Fallport de façon permanente, elle avait une carrière pour laquelle elle avait travaillé dur et tout n'était pas encore clair concernant l'émission. Et ce serait probablement encore le cas, jusqu'à ce qu'ils retrouvent Trent.

Lilly lui adressa un petit sourire reconnaissant avant de se tourner vers Whitney.

— J'apprécie la confiance que vous m'accordez. J'adore cet endroit et la plupart des personnes que j'ai rencontrées sont très chaleureuses.

Ethan eut envie de ricaner. L'attitude distante de quelques résidents ne lui avait pas échappé. Du moins, jusqu'à ce qu'elle vienne en aide à Elsie. Car ensuite, l'opinion générale avait rapidement changé.

Whitney soupira, recula sa chaise et se leva. Elle prit son assiette et se dirigea vers la cuisine avant de se retourner et de la fixer, lui souriant avec gentillesse.

— La vie est trop courte pour perdre ton temps à faire quelque chose qui ne te passionne pas. L'argent c'est bien beau, mais au bout du compte, ce sont les relations que tu crées, les gens que tu rencontres, et les nombreuses fois où tu rigoles qui importent.

Sur ce, elle se retourna et repartit dans la cuisine.

Lilly l'observa un moment avant de soupirer à son tour.

— Elle veut bien faire, dit doucement Ethan.

— Je sais, répondit-elle avant de se tourner vers lui. Je voulais te remercier d'avoir pris ma défense face à ce type au café. Tu n'étais pas obligé. Je veux dire, j'ai déjà entendu des choses bien pires de la part de gens qui n'aimaient pas la série sur laquelle je travaillais, mais j'apprécie quand même.

— Je t'ai dit que je ne laisserai jamais personne te dénigrer quand je suis là et je le pensais.

Lilly le regarda quelques secondes, puis ferma les yeux.

— C'est juste que... mes propres petits amis n'ont jamais fait ça pour moi et toi... moi... on ne sort même pas ensemble.

— Ah bon ? demanda-t-il en haussant un sourcil. Peut-être pas dans le sens conventionnel du terme, mais, Lilly, tout le temps libre que tu avais je l'ai passé avec toi. Crois-moi, je ne fais jamais ça d'habitude.

Elle le regarda de ses grands yeux bleu océan. Ne voulant pas l'entendre à nouveau nier qu'ils sortaient ensemble, Ethan se leva et lui tendit la main.

— Viens.

Lilly leva les yeux vers lui d'un air interrogatif, mais n'hésita pas à mettre la main dans la sienne et à le laisser la tirer vers le haut.

— Où est-ce qu'on va ?

Il ne lui répondit pas, mais l'entraîna vers les escaliers. Il ne s'arrêta pas lorsqu'ils entrèrent dans sa chambre, allant tout droit vers la salle de bains.

Il lâcha sa main et s'accroupit pour regarder sous le lavabo.

— Qu'est-ce que tu fais ?

— Whitney se vante toujours d'avoir tout ce qu'un voyageur fatigué désirerait... ah, voilà, dit-il en attrapant un flacon de bain moussant.

Puis, il se tourna vers la baignoire et fit couler l'eau chaude. Ce n'était pas une salle de bains de luxe, mais il ne pensait pas que cela importait beaucoup Lilly.

— Sérieusement, Ethan, qu'est-ce qui se passe ? demanda-t-elle.

Il se retourna vers elle et posa les mains sur ses épaules.

— Tu as eu une longue journée pleine d'émotions. On ne sait pas ce que demain nous réserve, donc pour le moment, tu as surtout besoin de te détendre. Je me suis dit qu'un bon bain chaud t'aiderait à le faire.

Elle leva les yeux vers lui.

— Quoi ? demanda-t-il. Ne me dis pas que tu n'aimes pas les bains. Je veux dire, je sais que c'est le cas pour certaines personnes, mais quand j'atteins mon point de rupture, ça *me* fait du bien de faire trempette dans la baignoire.

Il n'était pas obligé de lui avouer cela, mais maintenant qu'il l'avait fait, il ne le regrettait pas.

— J'adore les bains, dit-elle, sa voix se brisant.

Réalisant qu'elle était sur le point de pleurer, Ethan se retourna pour vérifier la température de l'eau, lui laissant le temps de se reprendre.

Quand il la regarda à nouveau, elle souriait.

— Je suis fier de toi.

— Pourquoi ? demanda-t-elle en fronçant les sourcils.

— Pour la façon dont tu gères tout ce qui te tombe dessus en ce moment. Tu ne t'es jamais plainte quand tu as bossé toute la nuit, puis que tu as dû marcher encore dix kilomètres avec ce truc qui pèse une tonne, et que tu appelles une caméra, sur ton épaule. Tu es restée forte, même quand les flics ont essayé de te faire avouer quelque chose que tu n'as pas fait. Tu dois être inquiète pour Trent et pourtant tu restes positive. Et ce soir, quand tu aurais pu dire à Whitney qu'elle n'était qu'une fouineuse qui ne savait pas de quoi elle parlait, tu l'as laissée dire ce qu'elle pensait. Je te trouve assez incroyable, Lilly.

Elle ferma les yeux et prit une grande inspiration avant de les ouvrir à nouveau.

— Est-ce que ça t'arrive parfois d'avoir le sentiment qu'il suffit d'un petit truc en plus pour que tu aies l'impression d'éclater en mille morceaux ?

— Oui, répondit-il simplement.

Elle haussa les sourcils d'un air interrogateur.

— On a un dicton chez les SEAL... le seul jour facile était hier... et c'est vrai. Tout ce qu'on peut faire, c'est d'encaisser les coups et de continuer à avancer. Mais ça ne veut pas dire qu'on ne peut pas faire une pause de temps en temps.

— Tu as aimé être un SEAL ? lui demanda-t-elle.

Ethan réfléchit à sa question pendant un moment et haussa les épaules.

— Parfois, oui. C'était le meilleur métier au monde. J'avais le sentiment de faire la différence. Puis il y avait des jours où je me demandais ce que je foutais. Peu importe ce que mon équipe et moi faisions, le lendemain il y avait toujours des terroristes et d'autres connards qui essayaient de tuer tous ceux qui ne croyaient pas en la même chose qu'eux. Le fait de vivre dans un monde où il y a plus de gens qui essaient de te tuer que de vouloir être ton ami a fini par m'atteindre. Sans parler de ces putains de politiques.

— C'est pour ça que tu es parti ? lui demanda-t-elle en s'approchant de lui.

Rocky était la seule personne au monde à connaître la *vraie* raison de son départ, mais le fait de le dire à Lilly lui paraissait juste.

— C'était l'un des facteurs, oui, lui expliqua-t-elle. Mais c'est ma dernière mission qui a fait pencher la balance pour moi. On traquait un général taliban. Un gars tout en haut du podium. Un homme qui était bien pire qu'Oussama ben Laden. On avait localisé l'une de ses cachettes et on s'y rendait quand on a entendu un bébé pleurer. Le gamin pleurait si fort et était manifestement en détresse. C'était déchirant. On a contourné un angle à l'intérieur de la maison qu'on fouillait... et elle était là. Allongée par terre, entourée de vêtements sales et d'autres objets. Elle avait les cheveux noirs et devait avoir environ six mois. Elle était emmaillotée de façon si serrée qu'elle ne pouvait même pas bouger les bras. Elle avait le visage tout rouge à force de crier et mon cœur s'est immédiatement serré. J'étais le dernier à entrer dans la pièce et au moment même où j'ai ouvert la bouche pour avertir mon coéquipier qui était sur le point de s'approcher du bébé, j'ai su que c'était trop tard. Sa femme venait tout juste d'accoucher de leur troisième enfant quand nous avons été affectés en mission et il n'y avait aucune chance qu'il puisse ignorer ce bébé. Dès la seconde où il l'a prise dans ses bras, la bombe sur laquelle elle était couchée a explosé. Elle a tué le bébé, mon ami et deux autres membres de mon équipe, instantanément. J'ai été projeté en arrière et j'ai eu une grave commotion cérébrale et une vertèbre cassée au niveau du dos. Mes autres coéquipiers ont souffert de blessures allant de membres sectionnés à des lésions cérébrales traumatiques. La seule raison pour laquelle nous avons réussi à nous en sortir, c'est parce qu'une autre équipe de SEAL arrivait juste derrière nous et qu'ils étaient assez loin pour ne pas être pris dans l'explosion. Ils nous ont ramenés à la base et à l'hôpital.

Lilly n'hésita pas à enrouler ses bras autour de lui et rien ne lui avait jamais paru plus agréable que son corps contre le sien. Sa présence permit à Ethan de continuer son récit.

— Quand j'ai été guéri, j'ai su que je ne pourrai pas revenir. Pas dans un monde où quelqu'un trouve cela parfaitement justifié de se servir d'un bébé comme arme. J'en avais assez. J'avais besoin de quelque chose de différent.

Lilly lui caressa doucement le dos.

— Tu aimais aider les autres mais tu avais besoin de le faire d'une façon qui n'impliquait pas de violence.

Ethan hocha la tête.

— Exactement. Mon frère et moi ne faisions pas partie de la même unité, mais quand il a appris ce qui s'était passé, rien n'aurait pu l'empêcher d'être à mes côtés. Il était là quand j'étais à l'hôpital et il m'a accompagné durant toute ma rééducation. J'avais eu de la chance et nous le savions tous les deux. Donc, quand je suis parti, il n'a pas hésité à faire de même. Nous sommes venus ici, avons créé l'équipe de recherche et de sauvetage d'Eagle Point, avons recruté les autres… et nous voilà.

— Fallport a de la chance de vous avoir tous. Et Whitney a raison, dit-elle doucement en posant sa joue contre son torse.

— Ah oui ? demanda-t-il, l'encourageant à poursuivre.

— Je n'adore pas mon travail. Mais je fais ça depuis tellement longtemps, passant d'un projet à l'autre, que je n'ai aucune idée de ce que je ferais si je démissionnais.

— J'ai ressenti la même chose pour les SEALs. J'étais dans la Marine depuis si longtemps que je ne pouvais pas m'imaginer faire autre chose. C'était effrayant de prendre cette décision, mais je savais au fond de moi que c'était la bonne décision. Je suis persuadé que tu réussiras *tout* ce que tu entreprendras, dit Ethan.

— Merci d'avoir confiance en moi comme ça.

Puis, elle appuya son menton contre son torse et le regarda.

— C'est pour ça que tu souffres de stress post-trauma-tique ? lui demanda-t-elle.

Ethan n'avait pas l'habitude de parler de ce sujet, mais il hocha la tête.

— Je ne peux toujours pas entendre un enfant pleurer sans revivre ce moment juste avant que ce ne soit l'enfer. Et je fais encore quelques cauchemars de temps en temps.

Elle acquiesça puis se retourna et regarda la baignoire avant de lui sourire à nouveau.

— Je te proposerais bien de me rejoindre, mais je ne suis pas sûre qu'on rentre à deux.

Pendant une seconde, Ethan s'imagina assis dans la baignoire avec une Lilly toute nue le chevauchant. Puis, il chassa cette idée de son esprit. Elle avait raison. Il était impossible qu'ils rentrent tous les deux dans la petite baignoire qui débordait presque. Ethan se pencha et éteignit l'eau pour qu'ils n'inondent pas la pièce, puis baissa les yeux vers la femme qu'il tenait dans ses bras.

Il leva la main et remit ses cheveux derrière ses oreilles.

— Comment va se dérouler la journée de demain à ton avis ? demanda-t-il doucement.

Lilly haussa les épaules.

— Je pense que ça dépend probablement de toi et de ton équipe. Si vous partez à nouveau à la recherche de Trent, Tucker voudra qu'on vous accompagne. Je sais que c'est naze et j'en suis désolée.

Il haussa les épaules.

— Ce ne sera pas la première fois que des caméras nous suivent. Nous avons déjà eu des journalistes qui nous ont accompagnés lors de quelques recherches par le passé. Tu me feras savoir ton planning ?

— Bien sûr, dit-elle en hochant la tête.

— OK. On verra au fur et à mesure. Mais pour info... je

ne suis pas contrarié de passer plus de temps avec toi avant que tu ne partes.

C'était nul de sa part de lui dire ça puisque la raison pour laquelle elle restait en ville était parce qu'un homme avait disparu, mais Ethan s'en fichait.

— Moi aussi, murmura-t-elle.

Ne pouvant s'empêcher de l'embrasser, Ethan pencha la tête. La pièce était pleine de vapeur à cause de l'eau du bain et il eut l'impression qu'ils étaient seuls au monde. Ce baiser fut aussi puissant que celui qu'il avait échangé le matin même. Mon Dieu, ça ne faisait donc que quelques heures depuis qu'il l'avait embrassée pour la première fois ?

Leur baiser fut lent et paresseux et ils prirent chacun le temps d'explorer l'autre. Le temps qu'elle s'écarte, ils haletaient tous les deux. Il y avait tellement de choses qu'il avait envie de lui dire. Il avait envie de la supplier de rester, d'approuver les suggestions de Whitney pour de nouveaux emplois, mais c'était à elle de décider de rester. La dernière chose dont il avait envie, c'était qu'elle lui en veuille pour quoi que ce soit.

— Profite bien de ton bain, lui dit-il, se forçant à s'éloigner.

— Compte sur moi. Merci de l'avoir fait couler pour moi.

— Quand tu veux. On se parle bientôt.

Elle hocha la tête.

Ethan la regarda une dernière fois avant de se tourner et de sortir de la salle de bains. Il ferma la porte et traversa la pièce. La vue de cette femme debout, les lèvres légèrement gonflées, ses tétons pointant sous son tee-shirt, les cheveux ébouriffés autour de ses épaules, ne le quitterait pas de sitôt.

Alors qu'il roulait jusqu'à son appartement, étonnamment, il se sentait plutôt bien.

D'habitude, lorsqu'il repensait à ce qui s'était passé en

ce jour fatidique, il avait la chair de poule et la nausée. Mais ce soir, il avait l'impression qu'on lui avait enlevé un poids. Quel était le dicton déjà ? Un fardeau partagé est un fardeau réduit de moitié ?

Cela ne lui avait jamais paru aussi vrai qu'à l'heure actuelle.

Avec un peu de chance, le mystère autour de la disparition de Trent serait résolu demain. Ensuite, Lilly et lui pourraient se concentrer sur ce qu'ils allaient faire par la suite. Ethan ne savait toujours pas comment ils allaient pouvoir faire fonctionner leur relation si elle ne vivait pas à Fallport, mais il était déterminé à trouver une solution. Elle en valait la peine. Il en était certain.

CHAPITRE TREIZE

Cette semaine, elle n'avait pas arrêté de connaître des hauts et des bas. Des hauts quand Lilly avait pu passer du temps avec Ethan. Et des bas quand chaque jour s'écoulait sans que l'on sache où était Trent ou ce qui lui était arrivé.

Ce matin, Tucker avait organisé une réunion à l'hôtel où les autres logeaient. Ils s'étaient tous réunis sur le parking – où le producteur leur avait annoncé qu'il était temps d'aller de l'avant.

Le planning du prochain épisode avait été repoussé d'une semaine, mais ne pouvait pas être reporté plus longtemps. Ils devaient se rendre au lac Memphrémagog pour tenter d'apercevoir Memphre, le monstre qui habiterait le lac glaciaire d'eau douce situé entre Newport, dans le Vermont, et Magog, Québec, au Canada.

— Mais c'est l'épisode sur Bigfoot qui va nous mettre sur le devant de la scène, poursuivit-il alors que Lilly et les autres le regardaient, choqués. Nous devons partir, mais il faut aussi que nous filmions le moment où Trent sera retrouvé. Lilly, tu vas rester ici et coller l'équipe de sauvetage et de recherche comme de la glu. Je t'enverrai la liste des personnes à interroger pour qu'elles te disent ce qui, d'après elles, est arrivé à Trent. Il nous faut des gens qui pensent qu'il a été enlevé par Bigfoot, ce sont les seules personnes qui m'intéressent. Je suis en train de négocier avec quelques habitants. Dès qu'ils seront payés, je te donnerai leurs coordonnées.

Lilly avait du mal à croire ce qu'elle venait d'entendre. Ils *partaient* ? Sans Trent ? Et il payait des gens pour que ceux-ci disent que Trent s'était fait attaquer par Bigfoot ? Elle ne pouvait pas être surprise – et pourtant, elle l'était.

Tucker leur avait déjà prouvé qu'il n'en avait rien à faire des autres et que tout ce qui l'intéressait, c'était l'audimat, et que tous les faits paranormaux qu'ils avaient filmés avaient été mis en scène par l'un des acteurs ou l'équipe, mais quand même. C'était... abominable.

Pendant une seconde, elle se demanda si le producteur n'était pas impliqué dans la disparition de Trent. Peut-être qu'il l'avait amené jusqu'à Roanoke et l'avait mis dans un avion, un truc comme ça, juste pour avoir une histoire dans ce genre pour l'émission.

— Tu m'appelles dès qu'il se passe quelque chose. Si vous trouvez un morceau de vêtement, t'as intérêt à être là pour le filmer, l'avertit Tucker.

Lilly se raidit. Elle n'aimait pas du tout son ton menaçant. Mais il ne lui laissa pas le temps de réagir avant de poursuivre.

— J'envisage que cet épisode dure au moins deux heures. On le divisera peut-être en deux, trois ou même quatre épisodes. On a déjà une tonne d'images, et avec ce qu'ils peuvent potentiellement trouver après notre départ, je suis certain qu'on pourra les enchaîner. Avec un peu de chance quand on retrouvera le campement de Trent, son caméscope sera là et contiendra de bonnes images. Et bien sûr, les autres pourront justifier le fait de ne pas avoir trouvé

Memphre au Canada à cause du stress et de leur chagrin après ce qui est arrivé à ce pauvre Trent. Croyez-moi, cette émission va être un *succès*. Je vous le garantis !

Lilly observa les autres caméramans et les acteurs autour d'elle, et fut consternée de voir qu'au lieu d'être horrifiés par ce que disait Tucker, ils semblaient surtout s'ennuyer. Comme si l'un de leurs amis n'avait pas disparu de la surface de la Terre sans laisser de traces. Et comme s'il n'allait pas être utilisé pour l'audimat. Elle avait le sentiment qu'ils croyaient tous que Trent manigançait quelque chose, qu'il était en vie et en bonne santé quelque part, et que lui et Tucker avaient tout orchestré.

— Très bien, préparez tous vos affaires et on partira vers 11 heures et quelques. Il faut que j'aille parler au chef de la police pour lui donner mes coordonnées pour qu'il puisse me tenir au courant de ce qui se passe ici. Il a dit que nous étions libres de partir puisqu'il n'y a aucune preuve que l'un d'entre nous ait quelque chose à voir avec la disparition de Trent.

Il rigola, comme la majorité de l'équipe, mais leurs gloussements étaient plus gênés que ceux du producteur.

— Allez, on se met en mouvement. Lilly, attends une seconde, je veux te parler.

Lilly n'avait pas vraiment envie d'entendre ce qu'il avait à lui dire – mais ce serait l'occasion pour elle de lui donner son opinion sur la façon dont il se servait de la disparition de Trent comme d'un gadget pour attirer les spectateurs. Elle resta là où elle était pendant que les autres se dirigeaient vers le hall de l'hôtel. Le fait qu'aucun d'entre eux n'ait pris la peine de lui dire au revoir était assez révélateur. Tant qu'ils n'avaient pas besoin qu'elle fasse quelque chose pour eux, elle n'existait pas à leurs yeux. Lilly réalisa que c'était en partie sa faute. Comme elle ne logeait pas dans le même hôtel, cela avait mis de la distance, mais elle avait espéré que la disparition de Trent les rende plus solidaires. Elle s'était manifestement trompée.

— OK, donc je compte sur toi pour obtenir de bonnes images pendant notre absence, dit Tucker. Je sais que tu ne peux pas être partout à la fois, mais c'est important que tu sois sur place quand ils retrouveront le corps de Trent.

Lilly tressaillit.

— Attends, quand on retrouvera son *corps* ? lui demanda-t-elle, perplexe.

— Ben oui. Tu n'es quand même pas assez naïve pour croire qu'il est toujours en vie après tout ce temps, si ? lâcha Tucker en ricanant.

— Beaucoup de gens ont survécu perdus dans les bois pendant plus d'une semaine, rétorqua-t-elle.

— Oui, mais ces gens-là ne sont pas Trent. On sait tous les deux qu'il n'a aucune chance dans la nature. Je te dis juste que nous aurons besoin de ces images pour l'émission. Alors, ne merde pas. Je t'ai choisie pour rester parce que j'ai remarqué que tu faisais ami-ami avec ce type de l'équipe de recherche. Tu n'as qu'à t'en servir à ton avantage. Si tu peux, fais en sorte qu'il te parle des recherches et de ce qui se passe. Je suis sûr qu'il sera ravi de te répondre s'il ne sait pas qu'il est filmé. C'est mieux d'avoir ça en vidéo, mais si tu penses que ce n'est pas possible, je peux me contenter d'un audio. On pourra le superposer sur les images qu'on a déjà de lui quand il marche dans les bois.

— Je ne vais pas le filmer en secret, fulmina Lilly.

Tucker se rapprocha, ne lui laissant plus d'espace. Il lui parla sur un ton que Lilly ne l'avait jamais entendu utiliser auparavant. Du moins, pas pour elle.

— Tu feras ce que je te demande de faire, sinon je te virerai tellement vite que tu auras la tête qui tourne. J'ai oublié qui l'a fait remarquer, mais ils avaient raison. Cette émission est exactement comme les autres. On fait les mêmes conneries, nous enquêtons sur les mêmes choses que les autres avant nous. Mais personne n'a *jamais* perdu ou tué quelqu'un à cause de la chose sur laquelle ils enquêtent. Les gens vont adorer ça putain. C'est l'occasion pour moi d'arrêter de faire des petites émissions de merde comme celle-ci et d'avoir la chance de travailler sur des séries et des films avec de *vraies* stars. Alors, garde cette foutue caméra allumée non-stop. Transfère tes vidéos sur le serveur tous les jours pour que je puisse les regarder. T'as pas intérêt à te planter Lilly, putain. Si tu dois écarter les cuisses pour ce type de l'équipe de recherche, *fais-le*. Mais je veux ces images.

Sur ce, Tucker lui tourna le dos et se dirigea vers les portes du hall.

Lilly était littéralement sans voix. Elle n'aurait même pas pu dire un mot si elle l'avait voulu. Et tout ce dont elle avait *vraiment* envie, c'était de prendre une douche. Elle n'arrivait pas à croire qu'il venait de lui dire de coucher avec Ethan pour obtenir des images pour l'émission. C'était...

Elle ne savait pas ce que c'était. À part dégueulasse et scandaleux.

Pour la deuxième fois en moins de vingt minutes, Lilly se demanda si Tucker n'était pas derrière la disparition de Trent. Ça faisait sens... et l'idée même lui donnait la nausée.

En mode autopilote, elle retourna à sa voiture et grimpa derrière le volant, toujours choquée par tout ce que lui avait dit Tucker.

Elle repartit vers Fallport sans vraie destination en tête. Pour la première fois depuis une semaine, personne ne lui dictait quand et où elle devait être. Après le déjeuner, Ethan et Brock se rendraient dans une partie de la forêt qu'ils n'avaient pas encore explorée, mais là, tout de suite, elle n'avait nulle part où aller.

Et c'était une bonne chose. Lilly avait la tête qui tournait.

Elle était dégoûtée de Tucker, ses collègues et toute l'industrie du divertissement. Travailler sur une émission qui enquêtait sur le paranormal paraissait inoffensif. Mais ça, c'était avant qu'elle sache exactement ce qui se passait dans les coulisses, avec les supercheries et les mensonges flagrants que l'on servait aux spectateurs. Tout ça, c'étaient des conneries et par conséquent, Lilly avait l'impression que son *travail* était une connerie en soi.

Aucun travail ne valait la peine de se sentir comme ça. Elle avait envie de démissionner. Ç'avait été son premier instinct lorsque Tucker lui avait dit de filmer secrètement Ethan. La seule chose qui la retenait, c'était Trent. Elle avait l'impression d'être la seule personne qui se souciait vraiment de sa disparition. Si elle démissionnait, Tucker laisserait un des caméramans à Fallport et qui sait ce qu'ils feraient pour obtenir les images que le producteur voulait désespérément ?

Quand elle retourna à la chambre d'hôte, au lieu d'entrer, elle se dirigea vers le hamac dans le jardin. Il était tendu entre deux arbres, leurs branches créant une sorte d'auvent pour que les invités puissent en profiter en été sans transpirer à mort sous le soleil brûlant.

Lilly grimpa dessus et sortit son téléphone, cliquant sur le numéro de la seule personne qui, elle le savait, pourrait la faire se sentir mieux.

Comme d'habitude, son père répondit au bout de deux sonneries.

— Coucou, ma chérie, la salua-t-il.

Sa voix suffit à faire pleurer Lilly.

— Papa, dit-elle d'une voix tremblante.

— À qui est-ce que je dois botter les fesses ? gronda-t-il, ayant manifestement senti dans sa voix qu'elle était contrariée.

— À personne. Tu as le temps de discuter ?

— J'ai toujours le temps de parler avec toi, lui dit-il avec amour. Qu'est-ce qui se passe ?

— C'est si bon d'entendre ta voix.

Comme si son père savait qu'elle avait besoin de temps avant de lui expliquer ce qui la tracassait, il commença à la mettre au courant de tous les potins de la ville. En écoutant ses histoires, elle réalisa que Fallport était exactement comme la ville où elle avait grandi. Son père lui rappelait beaucoup Otto, Silas et Art. Se plaignant des nouveaux arrivants et lui expliquant qui avait été malade et qui se mariait.

— Tu me manques, lui dit-elle quand il s'arrêta enfin pour respirer.

— Toi aussi tu me manques. Tu es prête à me raconter ce qui se passe ?

Lilly ne put s'empêcher de glousser.

— Tu me connais bien.

— Évidemment que je te connais bien. Allez, crache le morceau.

Alors elle le fit. Elle lui parla de Fallport et de ses habitants excentriques qu'elle finissait par apprécier. Elle lui raconta comment Whitney faisait de son mieux pour la gaver comme une dinde de Thanksgiving, à quel point la région était belle et que même si elle avait marché dans la forêt pour le travail, elle avait adoré toutes ces secondes passées dans la nature. Elle avait dû prononcer le prénom d'Ethan trop de fois, car lorsqu'elle s'arrêta enfin de parler, son père lui dit :

— Et... tu l'aimes bien cet Ethan ?

— Il est différent, dit Lilly.

— Comment ça ?

C'était encore une autre chose que Lilly adorait chez son père. Même s'il était protecteur et voulait toujours ce qu'il y avait de meilleur pour elle, il n'était pas le genre de père qui détestait tous les types qui intéressaient Lilly par principe. Il avait toujours prêché que les actions parlaient plus que les mots et basait son opinion sur ce que les gens faisaient et non pas sur ce qu'ils disaient qu'ils *allaient* faire.

— Il me fait rire. Et il est intense, mais dans le bon sens.

— Je ne sais pas du tout ce que ça veut dire, dit son père d'un air sarcastique.

Lilly gloussa.

— Je ne sais pas si j'arriverai à l'expliquer.

— Essaie toujours.

— OK, et bien c'est un ancien militaire. C'était un Marine. Il est très observateur. Il peut te donner tous les noms de ceux qui étaient dans la pièce, même si nous n'y sommes restés que dix secondes. Et si j'ai faim, on dirait qu'il le sait déjà. Si je suis fatiguée, ça ne lui pose aucun problème de changer nos plans pour que je puisse dormir un peu. Et ça, je sais que tu vas adorer – il m'a même défendue quand un type a fait une remarque désobligeante sur l'émission parce qu'elle était tournée en ville.

— Il a l'air d'être un homme bien, dit son père.

— Il l'est, dit doucement Lilly.

— Si la ville est si géniale et que tu passes du temps avec ce Ethan, que tu sembles beaucoup aimer... c'est que ça doit être le boulot qui te stresse alors.

Lilly ne fut pas surprise que son père l'ait compris. Ce n'était pas un secret qu'elle soit de moins en moins amoureuse de son travail. Si elle avait accepté ce job, c'était en partie parce qu'il lui permettait de quitter Hollywood. Elle avait espéré que cela raviverait son amour pour ce qu'elle pensait être la carrière de ses rêves.

— Oui. Disons que... ça ne se passe pas bien, Papa.

— Parle-moi, ma chérie.

— L'un des acteurs de l'émission a disparu.

— Quoi ? Comment ça ? C'est quoi ce bordel ?

Lilly imaginait très bien son père, assis bien droit et le regard noir tandis qu'il lui posait ces questions.

— Il a décidé qu'il voulait mener une enquête solo. Je lui ai acheté une tente, un sac de couchage et d'autres équipements de camping basiques et le plan était qu'il reste quelque part dans les bois pendant plusieurs jours. Il devait se filmer en train de chercher Bigfoot, puis retrouver le reste de l'équipe. On devait ensuite finir le tournage et aller au Canada. Mais il n'est jamais revenu de la forêt. Ethan et son équipe de recherche et de sauvetage l'ont cherché pendant une semaine, mais ils ne l'ont pas retrouvé, ni même l'endroit où il a campé.

— Oh, merde.

— Oui. On a reporté le prochain tournage autant qu'on a pu, mais on ne peut plus. Donc Tucker et le reste de l'équipe vont aller au Canada et je reste ici pour filmer les recherches qui continuent.

— Et il salive pratiquement à l'idée de filmer le moment où on le retrouvera, c'est ça ? demanda son père.

— Oui. Il a même parlé de filmer son *cadavre*, Papa. Et il m'a aussi demandé de filmer secrètement Ethan pendant qu'il parle des recherches. Il me dégoûte tellement, et l'émission aussi... tout. Tout ça c'est des conneries. Tucker a même demandé à Andre de se promener dans la forêt en portant de faux pieds de Bigfoot. C'est juste...

Sa voix se brisa.

— Tu détestes tout ça.

— Oui.

— Alors, démissionne, dit-il simplement.

— J'y ai sérieusement pensé.

— Et ?

— J'ai l'impression que si je me barre maintenant, je laisse Trent aux loups, si je puis dire. Là, actuellement, je suis la seule qui en a quelque chose à faire de lui dans l'émission. Si je ne suis pas là, qui sait ce que quelqu'un d'autre fera pour obtenir de bonnes images, qu'elles soient vraies ou pas ?

— Tu crois vraiment qu'il a disparu ? Ou bien c'est un stratagème pour l'audimat ? demanda son père.

— Honnêtement, je n'en sais rien, mais je ne me sens pas de partir.

— Et tu as travaillé dur pour obtenir ce boulot, ajouta son père.

Lilly se sentait terriblement mal de penser à elle alors que Trent avait disparu, mais elle répondit :

— Oui.

— Tu peux toujours trouver un autre travail ma chérie. Tu es très douée dans ce que tu fais. Même si je n'ai pas manqué de remarquer que tu n'étais pas dans ton assiette ces derniers temps.

Lilly ricana. Pas dans son assiette. C'était un sacré euphémisme.

— Je vois bien comment tu regardes tes nièces et neveux. Tu as envie de ça toi aussi. Des enfants. Une maison. Quelqu'un que tu aimes. Et tu ne pourras pas trouver ce que tu veux si tu te déplaces constamment d'un endroit à l'autre pour ces tournages.

Il n'avait pas tort. Lilly en était arrivée à la même conclusion au dernier Thanksgiving. La présence de sa famille lui avait tellement manqué et ça avait été si dur de partir le vendredi pour retourner au travail au lieu de passer le week-end entier avec tout le monde. Elle avait remis sa vie en question depuis.

— Tout ce que je dis, c'est que tout ça est peut-être une bénédiction. Pas le fait que ton ami ait disparu ou que ton patron soit un connard... mais une excuse pour démissionner. J'entends dans ta voix à quel point tu adores cette petite ville dans laquelle tu es. Sans oublier que ton petit ami y vit.

— Ce n'est pas *mon* petit ami, protesta Lilly.

— Mais tu aimerais bien qu'il le soit.

Effectivement. Tout comme elle avait envie de quitter son travail, de rester à Fallport. Mais elle n'avait aucune idée de comment faire pour que tout cela fonctionne.

— Chaque chose en son temps, lui dit son père comme s'il pouvait lire dans ses pensées. Tu n'es pas obligée de résoudre tous tes problèmes d'un coup.

— Je sais.

— Tant mieux. Une fois qu'ils auront retrouvé Trent, tu pourras y réfléchir. Et pour info... quoi que tu décides de faire, tu déchireras tout. Depuis que tu es bébé, tu as toujours été déterminée à réussir. Tu as commencé à marcher bien avant la plupart des bébés de ton âge, simplement parce que tu voulais pouvoir suivre tes frères.

— Merci, Papa.

— Je ne te raconte pas d'histoires, c'est la stricte vérité. Et n'oublie pas que si cet Ethan ne continue pas à te traiter comme une princesse, tu le largues. Ne te contente pas de peu, ma chérie. Tu mérites d'être avec un homme qui est conscient de ta valeur. Et si Ethan est intelligent, il réalisera à quel point tu es incroyable et s'accrochera bien fort.

— Oui, oui, c'est ça, Papa, dit Lilly en levant les yeux au ciel.

— Je ne suis peut-être pas très objectif, mais je trouve que tu es la meilleure fille au monde, dit-il.

— Et moi je pense que tu es le meilleur père au monde, lui répondit Lilly.

Ils avaient commencé à se répéter cette phrase depuis qu'elle était entrée à l'école primaire. Elle trouvait du réconfort dans ces mots familiers.

— Je t'aime, ma chérie.

— Je t'aime aussi, Papa.

— Appelle-moi et tiens-moi au courant. J'espère qu'ils vont vite retrouver Trent.

— Oui je le ferai. Moi aussi. Merci de m'avoir remonté le moral.

— Quand tu veux.

— Je te donne bientôt des nouvelles.

— Oui. Au revoir.

— Au revoir, Papa.

Lilly coupa la connexion et observa les feuilles au-dessus de sa tête avec un petit sourire. Son père la faisait toujours se sentir mieux.

— Salut.

Lilly sursauta et faillit tomber du hamac. Elle regarda en direction de la maison et vit Ethan appuyé contre un arbre non loin de là où elle était allongée.

— Mon Dieu, Ethan tu m'as foutu la trouille, dit-elle en posant la main sur sa poitrine.

— Pardon, dit-il en s'éloignant de l'arbre pour s'avancer vers elle. Whit m'a dit que tu étais ici et je ne voulais pas interrompre ton appel. Tout va bien ?

— Oui.

Elle avait désespérément envie de lui parler de tout ce qui se passait.

— J'ai entendu dire que les autres s'en allaient, dit-il.

Lilly cligna des yeux, surprise. Puis elle regarda sa montre et secoua la tête.

— Waouh, le réseau de commérages de Fallport est bien plus efficace que chez moi. Il n'a fallu que trente minutes pour que la nouvelle se répande.

Ethan rigola.

— Eh bien, premièrement les habitants ne sont pas vraiment tristes de les voir partir. Je crois que l'excitation après avoir été les protagonistes principaux d'une émission de télé sur Bigfoot s'est dissipée.

— Attends qu'elle soit diffusée. Là, ils vont vraiment détester.

— Je sais. Et deuxièmement, dès qu'ils ont tous quitté l'hôtel au même moment, l'information a circulé partout en ville. Mon téléphone n'arrête pas de vibrer à cause des habitants qui m'informent que les gens de la télé s'en vont. Je suis venu ici immédiatement pour essayer de te voir avant que tu ne partes... et je n'ai pas l'impression que tu sois en train de faire tes valises.

Lilly s'assit et bascula ses jambes de l'autre côté du hamac.

— On m'a demandé de rester ici et de filmer les recherches pour Trent, lui dit-elle. Et je ne serais jamais partie sans t'en parler avant.

Ethan acquiesça.

— Je suis content de l'apprendre, Lil. Je t'avoue qu'au fond, une partie de moi avait peur que ce soit à sens unique, dit-il en faisant un geste les désignant tous les deux.

— Ce n'est pas le cas, dit doucement Lilly.

Puis, comme elle ne supportait pas de lui cacher quoi que ce soit, elle lâcha :

— Tucker veut que j'enregistre secrètement des conversations entre toi et ton équipe quand vous parlerez de Trent et des recherches.

— Quoi ? demanda Ethan, fronçant les sourcils.

— Il est convaincu que cet épisode va être épique et va faire un tabac au niveau des audiences, parce qu'il ne se souvient pas de la dernière fois où l'animateur d'une émission ait été blessé ou tué à la télé. Il veut faire croire que Bigfoot a pu emporter ce pauvre Trent et il compte bien exploiter sa disparition. Il m'a ordonné de filmer le plus d'images juteuses possible et il m'a dit que si je pouvais obtenir des séquences ou audio secrets de toi et ton équipe qui puissent être scandaleux concernant la recherche, ça ne ferait qu'améliorer l'émission.

Lilly savait qu'elle parlait trop vite, mais elle ne pouvait pas s'en empêcher. Elle détestait l'idée même de décevoir Ethan. Et faire partie du plan de Tucker en exploitant ce qui était arrivé à Trent, lui donnait l'impression d'être perfide et la rendait malade.

Ethan fit un pas vers elle, refermant cet espace entre eux. Il s'accroupit pour que ses yeux soient à la hauteur des siens puisqu'elle était toujours assise sur le hamac. Il mit la main sur sa taille, la stabilisant tout en croisant son regard.

— J'étais un peu énervé quand j'ai appris que tout le monde s'en allait. Je comptais venir ici et piquer une crise parce que tu ne m'avais pas prévenu que tu partais. Mais dès la seconde où je t'ai vue allongée ici, ne partant manifestement pas, j'ai réalisé à quel point j'étais irrationnel, dit-il en poussant un gros soupir. Tu as aussi un travail et je serais un connard si je t'empêchais de le faire. Même si les méthodes de Tucker craignent, je ne suis pas contrarié que tu restes. Loin de là. Je suis soulagé. Excité. Putain de ravi, même.

— Tu es en colère ?

— Qu'on t'ait demandé de me filmer en secret ?

— Oui.

— Je suis furieux, dit Ethan.

Lilly sentit son estomac se nouer.

— Mais pas contre toi. Lil, tu n'as même pas attendu trois minutes avant de tout m'avouer. Je pense que c'est plutôt de bon augure pour notre couple.

Elle aimait bien qu'il emploie ce mot. Elle avait *envie* d'être en couple avec cet homme. Et elle était ravie qu'il semble vouloir la même chose.

— J'adore que tu sois trop honnête pour me faire ça, continua-t-il.

Malgré ses paroles, Lilly se sentait terriblement mal. Car

elle ne se sentait pas si honnête que ça. Pas à rester là en filmant de la merde sans rien dire ni protester.

Ethan posa le doigt sous son menton et elle leva les yeux vers lui pour croiser son regard inquiet.

— Qu'est-ce qui se passe derrière ces jolis yeux ? demanda-t-il.

— Je ne suis pas aussi honnête que ce que tu crois. Tout cet épisode n'a été que supercherie. Je t'ai déjà expliqué que les cris et coups frappés contre les arbres ont été provoqués par les membres de l'équipe. Tucker a également mis la main sur ces énormes chaussures Bigfoot et Andre s'est promené partout avec pour que les acteurs « trouvent » les traces. Il a même éparpillé des poils pour que les acteurs les retrouvent. Et ne parlons même pas du montant que Tucker a utilisé pour payer les gens pour qu'ils racontent des « histoires » à propos des trucs paranormaux sur lesquels nous enquêtons. Entre les extra-terrestres, le Chupacabra et Bigfoot. Tout ça, ce ne sont que des mensonges. Et j'ai gardé le silence sur tout ça, lui dit Lilly.

Mais au lieu de s'énerver, Ethan haussa simplement les épaules.

— C'est seulement du divertissement inoffensif pour la télévision, dit-il.

— Mais Trent a disparu ! Ce n'est pas inoffensif, ça.

— Tu as raison. Ça ne l'est pas. Ça craint. Mais tu fais juste ton travail.

— Je n'aime pas beaucoup mon travail, lui dit Lilly. J'ai envie de dire à Tucker d'aller se faire foutre et de démissionner.

— Alors, fais-le.

— C'est tellement n'importe quoi, que tout le monde s'en va pour le prochain tournage comme si tout allait bien. Trent a *disparu*. Si je démissionne, j'aurai l'impression de le laisser tomber. Et Tucker enverra juste quelqu'un d'autre pour obtenir cette histoire sensationnelle qu'il convoite. Mais au moins si c'est moi... je peux aussi filmer la vérité derrière sa disparition.

Ethan chercha Lilly du regard et elle ne pouvait pas dire à quoi il pensait. Puis, il s'agenouilla et posa la main sur sa joue. Il ne fit pas de remarque sur son travail et n'essaya pas de la convaincre de rester comme l'avait fait Whitney. Du moins, pas avec des mots. Il se servit de ses lèvres pour argumenter à sa place.

Et il fit un sacré plaidoyer.

Lilly s'abandonna à son contact, à sa façon de bouger ses lèvres sur les siennes, sentant que la caresse de sa langue lui donnait la chair de poule. Elle respira son odeur subtile – c'était probablement le savon qu'il utilisait, car Ethan n'était pas du genre à mettre du parfum – et cela lui rappela le jour où elle avait dormi dans son lit.

Il continua de la tuer avec son baiser avant de s'écarter enfin.

— Merci de m'avoir confié ce que Tucker voulait que tu fasses. Je te fais confiance, Lilly. Je veux ce qu'il y a de mieux pour toi. Et le fait que tu refuses de démissionner comme ça, pour le bien de Trent, en dit long sur la personne que tu es. Tout pue comme jamais dans cette affaire. Je n'ai pas besoin de faire partie des forces de l'ordre pour suspecter un acte criminel. Et si ça s'avère être le cas, je ne préfère pas que tu partes au Canada avec Tucker et les autres... qui sait ce qu'ils vont planifier d'autre pour l'audimat ? Tu es plus en sécurité ici.

Lilly aussi avait pensé à ça.

— Donc tu penses que je devrais faire ce que me demande Tucker ?

— Je pense que tu devrais rester ici à Fallport. Rester près de moi. Que tu nous filmes mon équipe et moi en train de chercher Trent. Tu feras ton travail, mais sans les subterfuges.

— Il sait que je t'aime bien. Il m'a même dit de coucher avec toi pour obtenir de meilleures images par la suite, lâcha-t-elle.

Lilly se demanda si les baisers d'Ethan n'avaient pas fait court-circuiter son cerveau.

— C'est un connard, répondit-il. Je suis surpris qu'il n'ait toujours pas été accusé de harcèlement sexuel. Une fois que nous aurons trouvé Trent, tu pourras dire à Tucker d'aller se faire foutre et tu pourras démissionner en ayant la conscience tranquille, si c'est toujours ce que tu veux faire.

Lilly y réfléchit un long moment. Elle avait toujours du mal à rester tout court, car ça lui paraissait tellement mal de se servir de la disparition de Trent pour attirer les téléspectateurs.

Mais elle *pouvait* apaiser Tucker en lui faisant croire qu'elle faisait exactement ce qu'il voulait, tout en protégeant Trent et en empêchant tout autre acteur de revenir pour rendre l'émission encore plus sensationnelle.

— Et aussi... quand tout sera terminé, j'aimerais bien que tu restes à Fallport. Je sais que c'est beaucoup te demander, étant donné que ton travail t'oblige à voyager un peu partout. Mais je n'ai jamais été attiré par quelqu'un comme je le suis par toi. Si je te laisse partir sans même *essayer* de te convaincre de rester, je pense que je m'en voudrai pour le reste de mes jours. Je ne sais pas si tu pourras continuer de faire ce que tu fais actuellement si tu restes, mais j'ai le sentiment que tu excelleras dans tout ce que tu entreprendras.

Lilly n'arrivait pas à croire ce qu'elle entendait. Cet homme était... Merde, il était *tout* ce qu'elle avait voulu chez un partenaire. Quelqu'un qui la soutiendrait quoi qu'elle fasse. Elle se jeta sur lui et il la rattrapa, le souffle coupé. Il perdit l'équilibre et tomba sur l'herbe. Lilly se retrouva à califourchon sur son ventre. Il la tenait par la taille pour ne pas qu'elle se fasse mal et elle le sentit rigoler sous elle.

— Donc...tu restes pour filmer ? lui demanda-t-il.

Lilly acquiesça.

— Oui, je reste. Mais je ne filmerai personne en cachette.

— Tant mieux. Maintenant que nous sommes sur la même longueur d'onde... Brock et moi partons à nouveau à sa recherche dans une heure. Tu veux toujours venir avec nous ?

— Oui. Vous avez une piste ?

— Non. On cherche juste méthodiquement tous les endroits où nous pensons que Trent a pu aller. Les endroits où il est possible de se rendre sans problème. Il a peut-être eu une recommandation de quelqu'un du coin en dehors des sentiers battus et s'est rendu là-bas.

— Pourquoi personne ne s'est présenté pour dire qu'ils lui avaient parlé ? demanda Lilly.

— Aucune idée.

— Hé ! Ça va tous les deux ? leur demanda Whitney depuis la porte de la maison.

Ethan rigola puis tourna la tête en criant :

— On fait peut-être juste une sieste !

— Par terre ? Peu importe, dit Whitney. Comme vous partez à nouveau à sa recherche, je vous ai préparé un en-cas pour vous dépanner. Entrez et mangez avant de partir !

— On parie qu'avec son « encas » elle a assez d'assiettes pour recouvrir toute la table ? marmonna Lilly dans sa barbe.

— Je refuse de parier, dit Ethan en s'asseyant.

Lilly s'accrocha à lui pour ne pas tomber, mais elle n'avait pas à s'inquiéter. Ethan garda les mains sur sa taille. Elle le regarda droit dans les yeux.

— Je suis content que tu restes, dit-il. Je ne suis pas ravi que ce soit parce que Trent a disparu, mais je suis heureux quand même.

— Moi aussi, dit Lilly.

Il la regarda encore un instant avant de prendre une grande inspiration et de se lever. Il lui prit la main et se dirigea vers la maison sans dire un mot.

— Mon père t'a validé, dit Lilly.

Les lèvres d'Ethan tressautèrent.

— Ah oui ?

— Et oui. J'étais justement en train de lui parler quand tu es arrivé. Je lui parlais de toi.

— Tout se passe bien pour nous alors... j'ai hâte de le rencontrer.

— C'est vrai ? Je croyais que la plupart des hommes avaient peur de rencontrer le père d'une femme.

— Quelqu'un qui a élevé une personne aussi incroyable que toi ne peut pas me faire peur, dit Ethan. Je le respecte et l'admire déjà. Et j'espère qu'il ressent la même chose.

Ils venaient d'atteindre la maison et Lilly n'eut pas le temps de lui répondre avant que Whitney ne les conduise à la cuisine où elle avait préparé un repas composé de restes et d'un plat qu'elle venait de cuisiner « à l'improviste ». Mais Lilly ne doutait pas une seule seconde que son père respecterait et admirerait Ethan en retour.

* * *

Il n'avait pas prévu de partir avant que Trent ne soit retrouvé.

Mais c'était peut-être pour le mieux.

Lilly restait et elle obtiendrait les images dont l'émission avait besoin pour être un succès.

Oui, il valait mieux qu'il ne soit pas là. Qu'il ne soit pas impliqué de quelque façon que ce soit.

Cet imbécile de chef de la police ne le suspectait pas, donc il était tranquille. Tout ce dont ils avaient besoin, c'était de la vidéo finale où Trent était retrouvé et le choc émotionnel que cela causerait.

Trent n'aurait pas dû le renvoyer. Il aurait dû mieux le traiter. Si ça avait été le cas... peut-être qu'il serait encore en vie aujourd'hui.

Ils auraient pu travailler ensemble pour faire de cette émission un succès, mais Trent ne voulait la gloire que pour lui. Il ne l'aurait jamais partagée.

Il n'aurait jamais avoué comment le concept de l'émission était né au départ.

Il n'aurait jamais avoué que c'était Joey qui avait *tout* imaginé.

Il s'assit à l'arrière du van, fulminant en silence. Il avait cru que Trent et lui étaient amis. Mais quand les choses s'étaient gâtées, Trent l'avait traité aussi mal que les autres. Joey et Trent étaient censés être les co-animateurs de l'émission qu'ils avaient créée. Mais au lieu de ça, Trent n'avait pas beaucoup protesté quand Tucker avait rejoint le projet et avait immédiatement rejeté l'idée en engageant Michelle pour ses seins et les autres pour leur apparence.

Oui, Joey n'était pas super beau, et alors ? La plupart des autres animateurs pour ce genre d'émission n'étaient pas non plus des mannequins. Ç'aurait pu fonctionner. Mais Trent avait fait tout ce que Tucker voulait, rassurant Joey en lui disant que même s'il n'était pas un des acteurs de l'émission, il en profiterait quand même.

Trent avait fait en sorte que Joey soit embauché comme caméraman, mais plus le temps passait, plus Joey avait vu la catastrophe arriver. Trent avait commencé à le traiter différemment. Comme s'il n'était pas important. Et quand Joey avait fait des suggestions concernant l'émission, Trent l'avait envoyé balader devant tout le monde.

Eh bien, Joey était prêt à parier que maintenant, il le regrettait.

Il fit attention de garder un visage neutre, mais à l'intérieur, sa colère se transforma en jubilation. Trent avait raison, cette émission *allait* être un succès.

Et tout ça grâce à Joey.

S'il n'avait pas fait ce qu'il avait fait, l'émission aurait échoué dès le départ. Elle était ennuyeuse, ringarde et sans originalité. Mais ça ? Un homme qui disparaissait et qui s'était fait malmener par Bigfoot ? La gloire serait instantanée pour toutes les personnes impliquées.

Il ferait ce qu'il pourrait pour se frayer un chemin sous les feux de la rampe à la place de Trent. La saison deux allait être l'occasion pour Joey de prouver qu'il avait tout d'une star de la télévision.

Il regrettait de ne pas être là quand ils retrouveraient Trent, mais il se délecterait en regardant les vidéos. La patience était la clé – et Joey en avait à revendre.

CHAPITRE QUATORZE

La semaine dernière avait été longue. Lilly avait été heureuse de passer plus de temps avec Ethan, apprenant à le connaître, mais son enthousiasme avait été éclipsé par la disparition de Trent qui restait introuvable. Elle avait envie de se plonger dans la joie de sa relation naissante avec Ethan, mais le fait de savoir que la raison pour laquelle elle restait en ville était parce que Trent ne donnait toujours aucun signe de vie était démoralisant.

Elle marchait tous les jours avec l'équipe de Recherche et de Sauvetage d'Eagle Point. Les hommes se relayaient pour trouver une trace de l'enquêteur du paranormal disparu. Le jour où Lilly suivit Raid et Duke fut le plus dur. Le limier avait gardé la truffe au sol pendant les cinq heures qu'ils avaient passé sur le sentier et elle avait eu l'impression de courir tout le long.

Mais ils avaient beau chercher et regarder partout, personne ne trouva quoi que ce soit. À la fin de la semaine, Ethan et l'équipe eurent une réunion avec le chef de la police et ils déduisirent tous que soit Trent avait quitté la région pour camper ailleurs, soit il n'avait pas passé la nuit dans les bois une seule fois.

Ou alors, quelqu'un avait remballé son campement afin de ne laisser aucune trace de l'homme.

Et déjà que c'était difficile de trouver l'endroit où il avait campé, trouver une personne ou un corps dans les vastes montagnes de l'Appalaches sans un seul point de départ était quasiment impossible. Il y avait tout simplement trop de zones à explorer. Sans parler des dommages que pouvaient causer les charognards sur un cadavre.

Mais tant que Trent n'était pas retrouvé – que ce soit dans les bois ou quelque part en sécurité – l'équipe de RES d'Eagle Point n'abandonnerait pas.

Les seuls moments où Lilly se sentait bien, c'était le soir.

Car comme elle ne travaillait plus de nuit, ils pouvaient passer du temps ensemble. Ils dînaient ensemble, regardaient des films et apprenaient à se connaître sans que son travail ou quoi que ce soit d'autre ne leur pèse.

Bien évidemment, dès l'instant où ils retrouveraient Trent, mort ou en vie, elle était censée rejoindre le reste de l'équipe de tournage et les acteurs. Mais plus les jours passaient, plus ils étaient proches de finir le tournage au Canada et de boucler l'émission sans elle, ce qui ne contrariait pas vraiment Lilly. Pas quand tout se passait si bien entre elle et Ethan.

Même si elle devait admettre que depuis quelques jours elle était un peu troublée par les messages contradictoires qu'il envoyait.

Ethan ne manquait jamais de s'occuper d'elle quand ils étaient dans les bois, en train de chercher. Il s'assurait toujours qu'elle mange, fasse des pauses, n'ait pas d'ampoules, et lui jetait toujours des regards qui l'étourdissaient carrément. Mais le soir, une fois qu'ils avaient mangé, regardé la télé et s'étaient câlinés et embrassés sur le canapé... il s'écartait, annonçant qu'il se faisait tard et proposait de la raccompagner chez elle.

Lilly avait envie d'insister sur le fait qu'elle n'avait pas à rentrer chez elle.

Qu'elle préférait continuer à l'embrasser et le toucher... dans sa chambre. Mais elle était trop poule mouillée.

Il était de plus en plus évident que quelque chose le dérangeait et elle avait extrêmement peur que ce soit *elle*. Qu'il n'ait pas *envie* de faire l'amour avec elle. Qu'il ait changé d'avis sur le fait de vouloir rester en couple après son départ.

Elle supposait que si c'était le cas, le fait qu'il stoppe tout avant que ça n'aille trop loin était mieux que s'il couchait avec elle avant de la saluer gentiment au moment du départ.

Lilly était une adulte. Elle n'était pas censée avoir du mal à lui dire ce qu'elle voulait. Mais elle avait peur qu'il réalise qu'elle ne lui plaisait pas tant que ça. Ce qui était ridicule étant donné qu'ils passaient tout leur temps libre ensemble depuis des semaines. Si Ethan ne l'appréciait pas, il ne continuerait pas à faire ça... non ?

Elle était troublée et elle détestait ça. Les relations de couple avaient toujours été compliquées pour elle, ce qui était naze. C'était plus difficile pour elle d'être honnête et de parler aux garçons que ce n'était censé l'être. Elle s'était juré que ce soir serait le soir où elle demanderait à Ethan pourquoi il ne voulait pas passer à l'étape supérieure avec elle.

C'était révélateur pour Lilly qu'elle catégorise ce qu'ils vivaient comme une relation de couple. Tout avait évolué très rapidement entre eux, mais elle avait l'impression qu'en étant avec Ethan, elle était aussi à sa place. Plus qu'avec tous ceux avec qui elle était sortie.

C'est pourquoi le fait qu'il soit passé de, l'embrasser en glissant la main sous sa chemise à se tenir à l'autre bout de la pièce enfilant ses chaussures pour la raccompagner, était si déroutant.

Ce soir, elle allait trouver le courage de lui demander ce qui n'allait pas.

Mais elle devait d'abord affronter le reste de la journée. Elle était retournée chez elle après avoir fouillé les bois avec Tal et Brock, s'était lavée, avait téléchargé les images sur le serveur pour Tucker, et Ethan allait bientôt venir la chercher. Puis elle allait enfin pouvoir passer du temps avec Elsie et Tony. Elle était passée au On the Rocks pour la voir un peu plus tôt dans la semaine, mais le bar était bondé et la serveuse n'avait pas eu le temps de discuter.

Aujourd'hui, c'était l'anniversaire de Tony et il le fêtait à la piscine de l'hôtel Mangree et de l'aire de stationnement pour caravanes. Elsie les avait invités Ethan et elle et Lilly avait hâte d'y être. La piscine de l'hôtel n'était pas très grande et elle était au milieu du parking, entourée de goudron et d'une clôture peu solide, mais Tony était quand même excité et avait hâte de passer du temps avec ses copains de l'école.

Lilly parlait avec Whitney dans le grand salon de la chambre d'hôte, attendant Ethan, quand elles entendirent un bruit d'eau qui coule au-dessus de leurs têtes.

— Qu'est-ce que c'est que ça ? demanda Whitney en regardant le plafond d'un air inquiet.

Mais Lilly était déjà en mouvement. Elle avait le sentiment que, quel que soit ce qu'elle était en train d'entendre, ce n'était pas bon signe, surtout qu'elles étaient actuellement les deux seules personnes dans la maison. Elle monta les marches deux par deux et se dirigea vers le bruit qui provenait de la chambre à côté de la sienne.

Elle entra dans la pièce – et vit un geyser d'eau jaillir de sous les toilettes. L'eau s'accumulait dans la pièce et se dirigeait vers la moquette de la chambre.

— Oh, mon Dieu ! s'exclama Whitney. Qu'est-ce qu'on fait ? demanda-t-elle d'une voix aiguë et paniquée.

Heureusement – ou malheureusement – Lilly avait déjà vu la même chose se produire dans la maison de son père. Elle se précipita dans la salle de bains et ferma rapidement le robinet derrière les toilettes, arrêtant l'écoulement de l'eau.

— Est-ce que tu as des serviettes ? demanda-t-elle à Whitney. On peut essayer d'absorber une partie de l'eau avant qu'elle ne s'infiltre sous le carrelage.

Sans un mot, Whitney se retourna et se précipita hors de la pièce. Agissant rapidement, Lilly souleva le tapis de bain humide et le mit dans la baignoire. Elle prit le papier toilette trempé, qui se trouvait sur un joli porte-papier à côté des toilettes et le jeta également dans la baignoire. Whitney revint à ce moment-là et elles se mirent à absorber autant d'eau que possible du sol.

— Où se trouve le robinet d'arrêt d'eau ? lui demanda Lilly après qu'elles eurent empilé toutes les serviettes trempées ensemble.

Elle n'était pas experte en matière de sol, mais il semblait qu'elles aient stoppé l'eau avant que les dégâts ne soient trop importants.

— Euh..., dit Whitney d'un air absent.

— C'est pas grave. Je vais le trouver, la rassura Lilly en souriant.

Elle ne préférait pas démonter les toilettes pour vérifier les joints en caoutchouc sans s'assurer d'abord qu'elle ne causerait pas une autre inondation par inadvertance. En général, il suffisait de couper l'eau des toilettes, mais elle n'avait pas envie de prendre de risques.

Il lui fallut dix minutes pour trouver le robinet d'arrêt d'eau principal de la maison, mais une fois l'eau coupée, Lilly essaya de trouver l'origine de la fuite.

La simple vérification des joints en caoutchouc à l'intérieur du réservoir l'amena à retirer l'ensemble des toilettes et à découvrir qu'elles avaient bougé de leur socle et que l'eau fuyait sous le carrelage depuis bien plus longtemps que ce matin.

Elle était en train de s'essuyer le front et de créer une liste dans sa tête de ce qu'elle allait devoir acheter à la quincaillerie pour réparer les toilettes – se demandant comment elle allait annoncer à Whitney que le sol de la salle de bains allait probablement devoir être remplacé à cause de la fuite – lorsqu'Ethan apparut dans l'embrasure de la porte.

— Hum, dit-il avec un petit sourire. Que t'ont fait ces toilettes exactement ? plaisanta-t-il.

Lilly sourit.

— On a eu un petit problème d'eau un peu plus tôt.

— C'est ce qu'a dit Whitney. Elle m'a aussi dit que tu n'as pas hésité à te jeter à l'eau, sans mauvais jeux de mots. Que tu as coupé l'eau et que tu as su quoi faire pour reprendre le contrôle de la situation.

— J'ai quatre frères, tu te souviens ? lui dit Lilly en haussant les épaules.

Ethan regarda rapidement par-dessus son épaule puis entra dans la salle de bains. Il la plaqua contre le comptoir.

— C'est mal si en te voyant ici avec une clé à molette dans la main et les toilettes démontées sur le côté ça m'excite énormément ? lui demanda-t-il.

Lilly leva les yeux au ciel.

— Oui, lui dit-elle.

— Peu importe, dit-il en baissant la tête.

Lilly le retrouva à mi-chemin. Si Ethan était excité par ses compétences rudimentaires en plomberie, elle n'allait pas s'en plaindre. Ils s'embrassèrent comme des adolescents dans la salle de bains de Whitney jusqu'à ce qu'ils l'entendent arriver dans le couloir.

Ethan s'écarta et l'examina avec un regard que Lilly ne sut pas interpréter. Elle n'eut pas le temps de lui demander à quoi il pensait avant que Whitney n'arrive.

— Oh, mon Dieu, dit-elle en secouant la tête en voyant l'état de la pièce.

— La bonne nouvelle, c'est qu'on a empêché le geyser d'atteindre la moquette de la chambre.

Elle était tout à fait consciente des mains d'Ethan sur sa taille alors qu'il se tenait à côté d'elle.

— La mauvaise nouvelle, c'est qu'il y avait une fuite à l'endroit où les toilettes étaient fixées au sol. Je ne sais pas depuis combien de temps c'est là, mais le bois sous les toilettes, et probablement ici dans la salle de bains en général, est gorgé d'eau et pourri. Il va falloir le remplacer.

— Il y a de la moisissure ? demanda Ethan.

— Je n'en ai pas vu beaucoup, mais je ne suis pas une experte, dit Lilly.

— Je ne sais pas ce que j'aurais fait si tu n'avais pas été là, dit Whitney. J'aurais dû appeler quelqu'un et l'eau aurait continué de couler en attendant.

— La personne que tu aurais appelée t'aurait forcément parlé de la valve à l'arrière des toilettes, la rassura Lilly.

— Quand même. Je suis contente que tu aies été là.

— Rocky peut t'aider à réparer ça, dit Ethan à Whitney.

— Dieu merci, dit-elle en soupirant.

— Je l'appellerai quand on sera en route pour l'hôtel, dit Ethan.

— Oh, j'avais oublié ! Vous devez y aller ! s'exclama Whitney. Vous allez être en retard.

— C'est pas grave, la rassura Ethan. Je suis sûr que la fête commencera sans nous de toute façon. Tu sais comment sont les enfants de 9 ans.

— Il faut d'abord qu'on rouvre l'eau avant de partir, dit Lilly en s'éloignant d'Ethan.

— Je m'en occupe. Tu peux te changer pendant que je gère.

Lilly baissa les yeux sur sa tenue et fronça le nez. Son jean était trempé jusqu'aux genoux après qu'elle s'était agenouillée par terre et son tee-shirt n'était pas mieux. Elle avait un peu peur de regarder ses cheveux. Ils étaient probablement frisés et hirsutes.

— Ça ne posera pas de problème de rouvrir l'eau ? demanda Whitney avec inquiétude.

— Non, la rassura Ethan. Lilly a coupé l'eau de la salle de bains. Est-ce que cette chambre est louée pour la semaine prochaine ?

— Il faut que je vérifie, lui dit Whitney. Mais je pense que je peux déplacer les gens.

— Si tu as besoin de ma chambre, je peux trouver une autre solution, lui proposa Lilly.

Whitney parut consternée.

— Si tu crois que je vais te mettre dehors après que tu m'as aidée, tu es folle, dit-elle. Tu as été une cliente modèle. J'aimerais bien que tous ceux qui louent une chambre soient comme toi. Non, je *trouverai* une solution.

— Très bien. Je vais m'occuper de l'arrivée d'eau. Lilly, on se retrouve en bas ? lui demanda Ethan.

— Oui. Je te rejoins.

Elle se dirigea vers sa chambre et se retint d'éclater de rire en voyant son reflet dans le miroir. À cause de l'humidité de la salle de bains et l'effort fourni pour démonter les toilettes, ses cheveux étaient tout ébouriffés, comme si elle avait dormi dessus pendant quatorze heures. Elle les brossa rapidement, décidant de les relever en un chignon désordonné. Elle était sur le point de passer quelques heures dehors, ça n'aurait pas été une bonne idée de les avoir lâchés de toute façon. Mais elle les attachait toujours et elle voulait être jolie pour Ethan.

Elle enfila un autre jean et mit un tee-shirt qu'elle avait acheté au Nouveau-Mexique sur lequel était dessiné une vache qui se faisait aspirer par un vaisseau extra-terrestre. Puis, elle dévala les escaliers. Elle prit le cadeau qu'elle avait emballé pour Tony la veille et se tourna vers Ethan.

— Je suis prête.

Il la regarda en souriant.

— Quoi ? demanda-t-elle quand elle vit qu'il ne s'avançait pas vers la porte et ne disait rien.

— Tu ne vas jamais cesser de me surprendre, n'est-ce pas ? demanda-t-il.

Lilly fronça les sourcils.

— Comment ça ?

— Y a-t-il un truc que tu ne saches pas faire ?

— Oui, beaucoup de choses, dit-elle sans hésitation. Si tu fais référence aux toilettes, j'ai aidé mon père à changer des toilettes avec des joints mal fixés plein de fois. Mes frères me demandent aussi souvent de l'aide quand ils font des travaux dans leur maison. Mais si tu veux que je m'occupe de la déco ou que je prépare un repas gastronomique, je ne pourrai pas t'aider.

— Viens ici, dit-il d'un ton bourru en l'attirant vers lui.

Il la serra fort et Lilly s'accrocha, respirant profondément, adorant l'odeur d'Ethan.

Ils se tenaient toujours ainsi lorsque Whitney apparut dans l'embrasure de la porte.

— Ça suffit les mamours, les réprimanda-t-elle. Vous êtes déjà en retard.

Lilly et Ethan échangèrent un regard et un sourire en entendant le mot « mamours » mais s'éloignèrent docilement l'un de l'autre.

— Tu reviens pour le dîner ? lui demanda Whitney.

Lilly regarda Ethan d'un air interrogatif.

Il lui prit le cadeau des mains et secoua la tête.

— Je ne pense pas, Whit. Je suis sûr qu'on mangera des gâteaux et autres à l'anniversaire, puis on retournera chez moi. J'ai quelques steaks que je suis allé chercher tout à l'heure que je compte faire griller.

— Très bien. On se voit demain matin alors. Tu me feras savoir ce que Rocky a dit ?

— Bien sûr, dit Ethan. Mais je suis certain qu'il sera là demain pour faire un état des dégâts et voir de quelles fournitures il aura besoin. Il va te réparer tout ça très vite.

— Merci, c'est gentil.

— Je t'en prie. Tu es prête ? demanda ensuite Ethan à Lilly.

Elle hocha la tête, puis Ethan lui prit la main et la conduisit vers la porte.

* * *

Trois heures plus tard, Ethan observait la piscine extérieure depuis sa chaise à côté du Motel Mangree et du parking alors que huit petits garçons criaient et hurlaient, essayant de voir celui qui ferait le plus gros plouf.

L'eau de la piscine était glaciale, mais ça ne semblait pas déranger Tony et ses amis. Cependant, ce qui faisait sourire Ethan, c'était Lilly. Elsie était agitée et presque dépassée quand ils étaient arrivés et Lilly avait immédiatement pris le relais. Elle était tellement douée avec les enfants. Elle lui avait expliqué sur le chemin qu'elle adorait passer du temps avec ses nièces et neveux et il était évident qu'elle avait de l'expérience et savait comment les divertir.

Tony l'avait présentée à ses amis comme la dame qui lui avait appris à changer un pneu et quand ils ne l'avaient pas cru capable de le faire, Lilly avait réussi à convaincre Ethan de le laisser enlever un pneu de sa voiture pour le remettre ensuite... tout en le surveillant bien sûr.

Puis, Tony avait ouvert ses cadeaux et ils avaient tous mangé du gâteau et des glaces, et ça avait été l'idée de Lilly de faire un concours de sauts dans la piscine. Elle avait même réussi à trouver le temps de parler avec Elsie et quelques autres mamans qui étaient restées. Elsie avait pris quelques photos durant la fête, mais Lilly avait fini par se retrouver avec l'appareil photo et elle capturait désormais chaque seconde d'amusement et les jeux de l'après-midi.

Ethan remarqua également qu'elle s'assura de prendre plein de photos d'Elsie avec son fils, ce que la mère célibataire chérirait sûrement plus tard. Il était difficile d'avoir des images de soi avec son enfant quand on était toujours celle qui prenait les photos.

— Elle a l'air de bien s'intégrer, dit Rocky.

Le jumeau d'Ethan était passé pour parler des réparations qu'il devrait faire chez Whitney, puis était finalement resté.

— Oui, dit Ethan qui était d'accord.

— J'ai eu des nouvelles de Simon aujourd'hui, dit Rocky.

Ethan se força à détourner son attention de Lilly et des rires provenant de l'autre côté de la piscine où les garçons essayaient encore de se surpasser.

— Ah oui ?

— Ouaip. Il est parti parler à Clyde ce matin. Comme tu le sais, son alambic est assez proche du premier sentier qu'on a exploré.

— Et ? demanda Ethan quand son frère ne poursuivit pas tout de suite.

— Et Clyde a dit « qu'il était pas au courant qu'y aurait un type de disparu ». Je te cite ce qu'il a dit. Maman me tuerait si je m'exprimais aussi mal. Bref, quand Simon est parti, il a vu tout un tas de trucs dépassant d'une benne à ordures que Clyde a sur sa propriété. Quand il a regardé de plus près, c'était une tente, un sac de couchage, et une glacière.

Ethan regarda Rocky avec stupéfaction.

— Sérieux ?

— Oui. Il est en train d'obtenir un mandat de perquisition, mais on dirait bien que ce sont les affaires du disparu.

— C'est quoi ce bordel ? Pourquoi Clyde avait ces affaires ?

— Il a parlé d'un gars qui faisait du raffut dans les bois et à quel point ça l'a énervé. Il jure qu'il n'a rien fait à Trent. Quand il a entendu dire que Trent avait disparu, il est parti vérifier d'où venaient les bruits deux nuits auparavant et il a trouvé le campement. Il a tout ramassé parce qu'il ne voulait pas que quelqu'un vienne fouiner trop près de son business.

— Merde, jura Ethan.

— Oui. Impossible que Duke repère une odeur maintenant.

— Sans compter que toutes les preuves médico-légales que Simon et ses hommes auraient pu trouver dans le camping ont été compromises.

— Ils vont récupérer la tente et les autres trucs et voir ce qu'ils peuvent en tirer, mais oui, il y a très peu de chance qu'ils trouvent quelque chose d'utile.

— Tu crois que Clyde l'a tué ? demanda Ethan à son frère.

Rocky haussa les épaules.

— C'est possible. S'il était énervé quand Trent était là-bas, peut-être. Et Clyde est un putain de parano. Tout le monde sait qu'il a des alambics dans les bois, donc ce n'est pas un secret. Mais il aime penser qu'il passe inaperçu et il ne veut pas qu'on l'espionne et qu'on découvre la recette de cette liqueur dégueulasse qu'il concocte.

— Donc demain on retourne au sentier de Fallport Creek et on cherche à nouveau ? demanda Ethan.

— J'imagine que c'est notre meilleure chance de trouver quelque chose, approuva Rocky.

— Purée. Ça fait des semaines qu'on perd du temps à chercher au mauvais endroit.

— Peut-être. Peut-être pas. Trent aurait pu choisir d'aller ailleurs pour traquer Bigfoot.

— C'est possible puisque personne n'a retrouvé sa voiture de location, répondit Ethan.

— Tu veux savoir ce que j'en pense ?

— Évidemment.

— Quelqu'un de l'émission est impliqué. Trent Morrison ne s'est pas volatilisé. Je pense que l'un des acteurs ou membres de l'équipe sait exactement ce qui lui est arrivé, mais refuse de parler.

Ethan hocha la tête, ayant déjà dit la même chose à Lilly.

Il regarda dans sa direction alors qu'elle éclatait de rire. Elle était tellement pleine de vie et elle faisait facilement confiance. Il ne supportait pas l'idée que quelqu'un autour d'elle puisse être impliqué dans toute cette histoire.

— Fais attention, frérot, dit doucement Rocky.

Ethan se focalisa à nouveau sur son frère.

— Tu me mets en garde contre elle ?

— Certainement pas, putain. Je pense qu'elle est probablement la meilleure chose qui te soit arrivée depuis des années. Tu sembles plus... énergique... que tu ne l'as été depuis longtemps. Mais j'ai le sentiment que lorsque l'on aura retrouvé Trent, ça sera la merde. Et si quelqu'un de l'émission est impliqué, ça pourrait mal tourner pour ta copine.

Ethan ne put s'empêcher de regarder à nouveau Lilly.

— Ça ne sent pas bon, dit-il, soudain encore plus inquiet pour la sécurité de Lilly.

— Non. Mais tu sais qu'on la soutiendra. Tout ce qu'on a à faire, c'est de faire passer le mot qu'il faut surveiller tout ce qui sort de l'ordinaire, et le réseau de commérage de la ville se mobilisera. Elle ne pourra même pas éternuer sans que ça se sache.

Ethan hocha la tête. Il ne supportait pas d'être le centre de l'attention de la ville et avait le sentiment que Lilly aussi, mais si grâce à ça, ils apprenaient qu'une des personnes qu'elle connaissait avait une part de responsabilité dans ce qui était arrivé à Trent, il ne s'en plaindrait pas.

— Venez vous deux, on a besoin d'autres juges ! cria Lilly dans leur direction.

— Le devoir nous appelle, dit Rocky avec un sourire.

— Merci de m'avoir prévenu, dit Ethan.

— C'est normal. Tu vas dire à Lilly qu'on a retrouvé les affaires de camping de Trent ?

— Oui. Plus tard. Son patron va être furieux si elle ne filme pas ces conneries pour sa putain d'émission.

— Pas sûr que Simon approuve.

— Effectivement, dit Ethan en se levant.

— Je parie que si tu lui demandes, il la laissera filmer la tente et les affaires une fois qu'ils les auront récupérées, suggéra Rocky.

— Je déteste Hollywood putain, marmonna Ethan.

— Et moi donc mon frère, répondit Rocky.

Ils se dirigèrent vers l'endroit où les petits jouaient, et Ethan passa la demi-heure suivante à regarder les garçons s'éclabousser dans la piscine et à faire de son mieux pour féliciter chaque enfant... tout en gardant un œil sur Lilly, qu'il n'avait jamais vue sourire autant qu'elle le faisait en prenant photo sur photo.

* * *

Lilly se blottit contre Ethan plus tard dans la soirée. Elle était rassasiée après le délicieux dîner qu'il avait préparé et était toujours aux anges après l'après-midi qu'ils avaient passée. Elsie avait été accueillante, tout comme les autres mères.

Zeke était même venu à la fin de l'anniversaire – et elle n'avait pas manqué de remarquer les regards que lui et Elsie se lançaient quand ils croyaient que personne ne les regardait. Il y avait quelque chose entre ces deux-là et elle espérait que l'un d'eux ferait le premier pas vers une relation qui serait davantage que celle d'un patron et de son employée.

Pour la première fois depuis des années, Lilly eut l'impression d'être à sa place. Elle avait de nouveaux amis et le fait de tenir un appareil photo entre ses mains, en prenant des photos de Tony et de ses amis, avait été génial. Cela faisait bien longtemps qu'elle n'avait pas regardé à travers l'objectif pour autre chose que le travail.

Elle avait envie de couronner cette première journée vraiment relaxante depuis la disparition de Trent en faisant progresser sa relation physique avec Ethan... mais il avait semblé tendu toute la soirée.

— Ça va ? lui demanda-t-elle.

Il soupira – et Lilly se crispa.

— Il faut que je te dise quelque chose que Rocky m'a appris aujourd'hui.

Lilly se redressa, mais Ethan garda un bras autour de la taille.

— Qu'est-ce qui se passe ?

— Simon a retrouvé la tente de Trent et d'autres affaires de camping.

— Hein ? tressaillit-elle. Où ça ?

— Il y a un type du coin du nom de Clyde Thomas. Il fabrique de la liqueur. Il se targue d'avoir la meilleure gnôle de la région. Il est aussi paranoïaque et grincheux à souhait. Il a vécu à Fallport toute sa vie. Il n'a jamais été marié. Il vit seul dans une caravane délabrée en périphérie de la ville.

Apparemment, Trent campait près d'un des alambics que Clyde a cachés dans les bois. Ça l'a énervé et inquiété, il a probablement cru que Trent allait trouver sa cachette. Quand Trent a disparu, Clyde a retrouvé son campement et a pris ses affaires. Il les a jetés sur sa propriété.

— Oh, mon Dieu. Est-ce qu'il sait où est Trent ? Il lui a fait du mal ? demanda Lilly.

— Le chef de la police enquête toujours à ce sujet.

— Où campait-il ? demanda-t-elle.

— Tu vois ce sentier qu'on a fouillé le premier jour ?

Lilly acquiesça.

— Le sentier de Fallport Creek.

— Ouaip. Trent a installé son campement à environ trois kilomètres de là où nous avons cherché. À environ trente mètres hors du sentier.

— Donc vous auriez pu le trouver le premier jour si ce Clyde n'avait pas pris toutes ses affaires, conclut Lilly.

— C'est possible, dit Ethan en hochant la tête.

Lilly s'appuya contre Ethan alors que la tête lui tournait.

— Ça va ? lui demanda-t-il doucement.

— Je n'arrive pas à croire que ce type n'ait rien dit. Ce n'est pas comme si c'était un secret que Trent ait disparu ou que toi et ton équipe étiez partis à sa recherche pour retrouver son campement.

— Je t'ai dit, il est paranoïaque, dit Ethan.

— Oui. Mais quand même, répondit Lilly avant de lever les yeux vers lui. Qu'est-ce qu'on fait du coup ?

— On retourne sur les lieux de son campement et on élargit nos recherches à partir de là.

Lilly hocha la tête. Elle supposait que si elle voulait vraiment faire ce que Tucker lui avait ordonné, elle essaierait de trouver un moyen d'obtenir des images de la tente et du matériel de camping de Trent. Ou voir si elle pouvait interviewer le type qui fabriquait de la liqueur. Mais elle avait surtout envie de retrouver Trent, elle n'allait même pas demander à Ethan si elle pouvait interviewer ce gars.

Ils restèrent assis en silence, chacun perdu dans ses pensées jusqu'à ce qu'elle bâille, la fatigue de la journée la rattrapant finalement.

— Tu es fatiguée, dit Ethan.

Ce n'était pas une question. Il se leva et Lilly soupira mentalement. Elle aurait aimé lui parler ce soir. Elle avait envie de dormir dans ses bras, dans son lit. Mais apparemment, ce n'était pas au programme.

Elle le laissa la hisser vers le haut et se sentit un peu mieux quand il enroula les bras autour d'elle.

— On va le retrouver, dit-il doucement dans ses cheveux.

Lilly acquiesça. Et elle culpabilisa à nouveau. Elle avait envie de retrouver Trent, vraiment. Mais s'ils le retrouvaient, cela voulait aussi dire que son séjour à Fallport allait prendre fin. À moins qu'elle ne soit prête à effectuer de grands changements dans sa vie, ce qui était effrayant, notamment quand elle n'arrivait pas à comprendre ce que voulait Ethan et qu'elle était trop poule mouillée pour le lui demander.

Le bed and breakfast était très silencieux lorsqu'elle entra. Ethan l'avait raccompagnée jusqu'à la porte et l'avait embrassée avec tellement de passion que Lilly haletait lorsqu'il s'était écarté avant de retourner brusquement vers sa voiture. Elle avait senti son érection contre son ventre et une fois de plus, la confusion l'avait envahie.

Les hommes. Ils étaient si déroutants parfois.

Redressant les épaules, Lilly monta les escaliers jusqu'à sa chambre.

Demain, elle allait devoir affronter Tucker et lui annoncer qu'on avait retrouvé le matériel de campement de Trent. Ethan et ses coéquipiers allaient être impatients de retourner dans la forêt pour fouiller à nouveau maintenant qu'ils savaient où avait été Trent, au moins la première nuit. Et elle avait aussi envie de regarder les photos qu'elle avait prises aujourd'hui à l'anniversaire et retoucher les meilleures pour les envoyer à Elsie et les autres mamans.

Elle avait besoin de repos... mais elle avait beau essayer de se sortir Ethan de la tête, elle n'y arrivait pas. Allongée dans son lit dans le noir, elle ne put s'empêcher de fermer les yeux et de glisser sa main entre ses jambes. Elle était excitée. Le fait d'être avec Ethan sans être *vraiment* avec lui devenait de plus en plus difficile. Mais elle avait le sentiment qu'il valait la peine d'attendre.

CHAPITRE QUINZE

Les journées passaient vite pour Ethan. Cela faisait déjà une semaine que Lilly avait calmement réparé les « toilettes explosives », comme elle les appelait. Une semaine qu'ils avaient découvert où Trent avait campé.

Le matin, soit il travaillait avec Rocky, soit il faisait des petits boulots en ville pour des gens qui avaient besoin de travaux électriques. Les après-midis, l'équipe continuait à chercher tout signe de Trent, toujours porté disparu. Ils se relayaient pour chercher avec ses coéquipiers, mais honnêtement, ils se trouvaient dans une impasse. Ils savaient où était son campement, du moins au départ, mais ils n'avaient pas été en mesure de trouver le moindre signe de l'endroit où il aurait pu aller. Il avait littéralement disparu, ne laissant aucune trace derrière lui et c'était aussi déconcertant que frustrant.

Ethan commençait vraiment à se dire que Trent *avait* quitté la région et était probablement comme un coq en pâte quelque part, sirotant un martini. Il se souvint que Rocky soupçonnait que quelqu'un de l'équipe était impliqué – une idée qui avait déjà effleuré Ethan – qui se demandait une fois de plus si Trent n'avait pas planifié toute cette affaire avec Tucker pour l'audimat.

Le producteur était furieux que Lilly n'ait pas pu obtenir d'images de la tente et des autres équipements de camping dans la benne à ordures de Clyde. Il avait été encore plus irrité qu'elle n'ait pas interviewé le fabricant de liqueur. Ça, c'était de la faute d'Ethan. Quand elle lui avait expliqué ce que voulait son patron, il avait tapé du poing sur la table. Clyde n'aurait pas aimé qu'elle se pavane devant sa porte et il apprécierait encore moins de se retrouver dans une putain d'émission télé.

Même si les recherches pour retrouver Trent étaient extrêmement frustrantes, sa relation avec Lilly se passait plutôt bien. Il était impressionné par son endurance et le fait qu'elle n'ait aucun problème à le suivre lui et ses coéquipiers quand ils fouillaient la forêt autour de Fallport.

Ils étaient descendus et avaient remonté des gorges et elle les avait suivis sans problème.

Depuis qu'elle avait changé le pneu d'Elsie sur la route, Lilly était devenue très populaire auprès des habitants. Quand ils apprirent qu'elle avait pris des photos à l'anniversaire de Tony et les avait retouchées gratuitement, ceux qui ne s'étaient *pas* encore manifestés avaient fini par se décoincer. Le fait que Rocky et les autres gars chantent sans cesse ses louanges avait dû aider. Elle et Ethan continuaient leur petite routine en rentrant à son appartement tous les soirs, passant la soirée ensemble. Elle téléchargeait les vidéos qu'elle avait filmées tous les jours sur le serveur – et Tucker l'appelait tous les deux jours environ pour avoir des nouvelles concernant les recherches – puis ils passaient la soirée à parler, se câliner, s'embrasser.

Ethan était ravi de la façon dont sa relation avec Lilly progressait – à part sur un point.

Il avait envie de l'inviter à rester dormir et avait été sur le point de le faire plusieurs fois... mais il se dégonflait toujours.

Ce n'était pas qu'il n'avait pas envie de l'avoir à nouveau dans son lit. Il le voulait vraiment. Plus qu'il ne pouvait se rappeler avoir désiré quoi que ce soit. Son odeur avait imprégné ses draps pendant des jours après sa sieste. Rien que l'idée de la tenir toute la nuit et de lui faire l'amour suffisait à le faire bander en quelques secondes.

Mais il avait peur.

Lui. Un putain d'ancien Marine. Un homme qui n'avait aucun mal à s'aventurer dans la nature la nuit, seul, sans rien d'autre qu'une vieille boussole pour trouver son chemin, avait peur.

Dernièrement, ses cauchemars s'étaient empirés. Il allait se coucher heureux et détendu et se réveillait trempé de sueur, étranglant son oreiller. Il se retrouvait *littéralement* à genoux avec ce foutu oreiller sous lui, les jointures blanches à cause de la pression qu'il exerçait sur le rembourrage.

Son cauchemar était toujours le même. Le bébé hurlait. Étrangement, Ethan pouvait lire dans son esprit. La petite fille savait qu'elle était sur le point de mourir et elle était terrifiée. Dans son rêve, il regardait autour de lui et voyait un homme, son père, se tenant dans la pièce avec un sourire en coin. En réalité, il n'avait aucune idée de qui était le père de l'enfant, mais dans son rêve, il le savait.

Ethan se précipitait alors vers l'homme, parvenant toujours à l'attraper avant qu'il ne s'enfuie. Il le plaquait au sol et enroulait ses mains autour de sa gorge, faisant de son mieux pour le tuer avant qu'il ne puisse actionner les explosifs avec une télécommande. Mais à chaque fois, l'homme arrivait à appuyer sur un énorme bouton rouge sur le gadget qu'il tenait dans sa main, déclenchant la bombe.

Ethan se réveillait au moment où il volait dans les airs, ses mains toujours autour du cou du terroriste.

Avec les cris du bébé qui résonnaient encore dans sa tête.

Cela faisait des années que le drame avait eu lieu. Il avait parlé à des thérapeutes et avait cru que les cauchemars avaient disparu pour de bon. Mais peu de temps après avoir rencontré Lilly, ils étaient revenus.

Ça ne lui était jamais arrivé avec les autres femmes qu'il avait fréquentées... même s'il n'y en avait pas eu beaucoup. Et dans ses derniers cauchemars, il n'y avait pas seulement ses collègues SEALs dans la maison sur le point d'exploser – il y avait aussi Lilly. Dans un coin, une caméra sur l'épaule, en train de tout filmer. Il savait sans aucun doute que, s'il n'empêchait pas l'homme de déclencher l'explosion, non seulement ses amis seraient blessés ou mourraient, ainsi que le bébé innocent, mais Lilly mourrait aussi.

Les cauchemars étaient déjà assez pénibles comme ça. Mais sa *pire* crainte était de s'endormir avec Lilly dans ses bras... et de se réveiller en train de l'étrangler elle au lieu de son oreiller.

Alors chaque soir, il la ramenait au B&B, attendant qu'elle soit en sécurité à l'intérieur avant de retourner à son appartement et d'aller dormir seul.

Il savait qu'il la blessait en refusant de lui proposer de rester. Elle était perplexe et il ne pouvait pas lui en vouloir. Ils s'embrassaient sur son canapé et lorsqu'ils atteignaient un point de non-retour, il lui proposait une boisson ou quelque chose à manger ou bien se levait pour aller aux toilettes. Peu de temps après, comme il ne se faisait pas assez confiance pour tout stopper avant que ça n'aille trop loin, il lui disait qu'il se faisait tard et utilisait les recherches du lendemain comme excuse pour qu'ils aillent tous les deux se coucher de leur côté.

Il ne supportait pas d'être aussi lâche et avait envie de

lui expliquer ses peurs, mais quelque chose l'en empêchait toujours.

Même maintenant, à nouveau dans son appartement, alors que Lilly attendait qu'il vienne s'asseoir et se blottisse contre elle après qu'ils eurent dîné ensemble, il hésitait. Il avait *terriblement* envie qu'elle reste, mais il avait peur de ce qui se passerait si c'était le cas.

— Il faut qu'on parle, dit Lilly – et le cœur d'Ethan rata un battement.

Ces mots-là n'annonçaient jamais rien de bon. La dernière chose qu'il avait envie d'entendre, c'était qu'elle lui dise que ça ne marchait pas entre eux. Honnêtement, il ne lui en voudrait pas si c'était le cas. Il la tenait à distance et détestait ça.

Il avait traîné dans la cuisine comme un con pour éviter de devoir s'asseoir sur le canapé. Il savait qu'il ne pourrait pas s'empêcher de la toucher. Et une chose en amènerait une autre... et il allait devoir la raccompagner pour s'empê-cher d'aller trop loin et de devoir lui demander de rester. Mais il n'avait pas encore envie de la ramener chez elle. Il aimait qu'elle soit là. Elle était drôle, intelligente et ils n'étaient jamais à court de discussions.

Alors, il se cachait dans la cuisine, comme un putain d'idiot.

Prenant une grande inspiration, il porta le bol de pop-corn sur lequel il s'était affairé jusqu'au petit salon et le posa sur la table basse que quelqu'un lui avait donnée quand il avait emménagé ici. Il inspira à nouveau profondément et se tourna vers Lilly.

Il fut soulagé de voir qu'elle ne paraissait pas en colère. Seulement inquiète.

— Qu'est-ce qui se passe ? lui demanda-t-elle.

— Comment ça ?

Son visage se décomposa en entendant sa réponse.

Comme s'il l'avait déçue. Merde, il se décevait lui-même. Ça ne lui ressemblait pas. Il n'aimait pas quand les gens n'étaient pas sincères et c'était exactement ce qu'il faisait.

— Parle-moi, Ethan. Est-ce que je te gêne ? Est-ce que tu en as marre que je sois toujours là ? Je veux dire, je ne t'en voudrais pas, ces dernières semaines nous avons été constamment ensemble. Je peux peut-être m'abstenir de t'accompagner à chaque recherche. Ce n'est pas comme si Tucker avait des millions d'heures de vidéo de toi de dos en train de marcher dans les bois.

— Non ! cria presque Ethan. Ce n'est pas ça.

— Alors c'est quoi ? Tu veux qu'on soit simplement amis ? J'ai remarqué que tu n'étais pas vraiment tendu jusqu'à ce qu'on revienne ici le soir. Si c'est le cas, dis-le-moi. Je ne veux pas que tu te forces à m'embrasser si tes sentiments ne sont plus les mêmes.

Ethan secoua rapidement la tête, consterné qu'elle puisse penser cela. Mais comment aurait-elle pu faire autrement ? Dès que ça devenait plus chaud entre eux, c'était lui qui stoppait tout.

— J'ai envie de toi, lâcha-t-il presque désespérément.
Lilly le regarda.

— C'est juste que je n'ai pas envie de te faire du mal.
Elle souffla.

— Si tu comptes ensuite me dire « ce n'est pas toi, c'est moi » je n'ai pas envie de l'entendre, dit-elle.
Ethan sentit l'irritation et la peine dans sa voix.

— Pas du tout ! s'exclama-t-il. Merde, dit-il avant de passer la main dans ses cheveux et de prendre une grande inspiration. En ce moment... je me bats avec mon syndrome post-traumatique.

Son agacement se transforma immédiatement en inquiétude. Et il eut encore plus envie d'elle.

— Qu'est-ce que je peux faire pour t'aider ?

Il secoua la tête. C'était tellement typique de sa part.

— Sois patiente avec moi, répondit-il. Comme je te l'ai dit, j'ai envie de toi. Il n'y a *rien* que je ne désire plus que de t'emmener dans ma chambre et de t'avoir sous moi.

— Mais ? demanda-t-elle.

— Je fais des cauchemars, avoua-t-il. Je me réveille en ayant les doigts autour de mon oreiller, l'étranglant comme pas possible, parce que je le prends pour l'homme dans mes rêves qui est sur le point de faire exploser la bombe qui a blessé et tué mon unité.

Lilly acquiesça lentement.

— Et tu as peur de me faire du mal.

— Oui, dit Ethan, soulagé qu'il ne soit pas obligé d'expliquer ce point.

— Qu'est-ce qui les a provoqués ? demanda-t-elle en penchant la tête sur le côté.

— Hein ?

— Pourquoi maintenant ? J'imagine que tu allais bien avant. Alors pourquoi les cauchemars ont recommencé à ton avis ?

— Je ne sais pas, dit-il avant de secouer la tête. Non, c'est pas vrai. C'est toi.

Elle eut l'air effrayée.

— Moi ?

Ethan lui prit la main, ne la laissant pas s'éloigner.

— Je ne voulais pas dire ça comme ça. Je veux dire… tu *y es* Lilly. Dans mes cauchemars. Dans un coin de la pièce, une caméra sur l'épaule. J'essaie désespérément d'empêcher l'homme d'appuyer sur le détonateur, pas parce que cela risquerait de me blesser moi ou mes amis ou même le bébé. Mais parce que *tu* es là. Tu comptes pour moi. Putain, Lilly je t'ai dans la peau et ça s'est fait si facilement, comme si tu étais faite pour être mienne. Mais je ne veux pas te faire de mal. Je préfèrerais me couper le bras que de te blesser. Et si je te propose de rester et que je fais à nouveau ce cauchemar, c'est ce qui risque de se passer. Si je me réveille avec ton cou entre mes mains, je ne pourrai pas le supporter.

Il apprécia qu'elle ne dise pas immédiatement quelque chose comme : « Tu ne le feras pas ». Car elle ne pouvait pas le garantir et même s'il ne le supportait pas, il ne pouvait pas le faire non plus.

— Alors je te pose à nouveau la question. Qu'est-ce que je peux faire pour t'aider à traverser cette épreuve ? Tu en as parlé à l'un de tes amis ? Je suis sûre qu'ils comprendraient. Notamment ton frère.

— Non. Mais je pense que je devrais.

Lilly hocha la tête. Elle ne semblait pas réaliser qu'elle lui caressait doucement le bras. C'était apaisant et il adorait voir qu'elle veuille toujours garder ce lien-là avec lui, même s'ils parlaient d'un sujet difficile.

— Je ne peux pas comprendre ce que tu traverses, mais je suis là pour toi Ethan. Je déteste te voir souffrir, mais je t'admire énormément.

— Tu m'admires ? demanda-t-il d'un air sceptique. Parce que je me réveille en essayant d'assassiner une personne qui est dans mes rêves ?

— Oui. Sinon ça voudrait dire que tu n'es pas du tout affecté par ce qui s'est passé. Que tu te fiches que tes amis ou ce bébé soient blessés ou meurent. Que tu me vois dans tes rêves et que ça n'a pas d'importance que je me fasse tuer dans le feu de l'explosion. Tu es un homme incroyable Ethan. Je te le dirai autant de fois qu'il le faudra pour que tu commences à le croire. Tu n'es pas parfait. Tu fais des erreurs. Tu échoues parfois. Je ne les connais pas, mais j'imagine qu'il y a des choses pour lesquelles tu n'es pas doué, dit-elle en souriant, lui faisant comprendre qu'elle le taquinait. Et pour info, moi aussi j'ai envie de toi. Je ne couche pas à droite et à gauche. Je ne l'ai jamais fait et ne le ferai jamais. J'aime sentir qu'il y a une connexion avec quelqu'un avant d'être plus intime. Je crois qu'avec toi j'ai ressenti cette connexion dès le premier jour où nous nous sommes rencontrés. C'est bizarre, et bizarrement ça me met un peu mal à l'aise, mais comme dit mon père, la vie est trop courte pour avoir des regrets.

Elle prit une grande inspiration, comme si elle se préparait, puis dit :

— Je comprends mieux maintenant pourquoi tu me ramènes chez moi au moment où ça commence à devenir intéressant. Et je comprends pourquoi tu ne veux pas que je dorme dans ton lit... mais on peut toujours faire l'amour sans que je reste toute la nuit. Je dis ça comme ça, dit-elle timidement.

Ethan la regarda. Il ne méritait pas cette femme. Vraiment pas.

— Je ne veux pas que tu croies que je me sers de toi pour qu'on couche ensemble, jamais, dit-il. Et te virer après qu'on ait fait l'amour, c'est juste odieux.

— Et si tu ne me virais *pas* ? lui demanda-t-elle. Maintenant que je comprends ce qui se passe, ça ne me choquerait pas que tu te lèves et ailles dormir ailleurs. Ou je peux dormir sur le canapé. Je ne dis pas que si on continue à se voir j'aurais toujours envie de quitter ton lit juste après, mais j'ai confiance en toi, je sais que tu surmonteras ça. Que tu te feras autant confiance que moi je te fais confiance.

Ethan ne put s'empêcher de tendre la main vers elle. Il glissa ses doigts à travers ses cheveux et s'y accrocha en se penchant vers elle. Il plaqua son front contre le sien et fit de son mieux pour contrôler ses émotions.

— Tu ferais ça pour moi ? Me laisser t'aimer puis tu me laisserais l'espace dont j'ai besoin pour ne pas te faire de mal ?

— Je crois que je ferais à peu près tout pour toi Ethan, dit simplement Lilly.

— Ce soir ? Maintenant ? demanda-t-il tout en sachant qu'il paraissait bien trop impatient, mais il n'arrivait pas à ne pas imaginer Lilly nue dans son lit.

— Oui. Absolument, oui.

Ethan ne s'était pas attendu à ça. Il aurait voulu que leur première fois soit romantique et que la soirée soit parfaite. Mais il n'y avait aucune chance qu'il puisse refuser une offre aussi généreuse. Pas quand cela faisait des semaines qu'il ne pensait qu'à ça.

Il glissa sa main libre sous le dos de sa chemise, la plaçant contre sa colonne vertébrale. Elle se cambra vers lui et saisit ses biceps alors que ses lèvres prenaient les siennes. Il l'embrassa comme si c'était la dernière fois qu'il la touchait. Il déversa tout l'amour et le soulagement qu'il éprouvait dans ce baiser. Soulagé qu'elle ne l'ait pas rejeté ou lui ai dit qu'il était stupide.

Il n'y avait pas beaucoup de femmes comme Lilly et il le savait.

Ethan ne la laisserait pas partir sans se battre d'abord. Il suspectait même que si elle avait envie de vivre ailleurs, il la suivrait sans réfléchir. Il n'avait jamais voulu quitter Fallport ou l'équipe de recherche d'Eagle Point, mais là, actuellement, sa dévotion pour cette femme était plus importante encore que pour son travail.

Mais peut-être éprouvait-il cela car il savait que Lilly ne lui demanderait jamais de faire ce sacrifice. Il n'était pas un diseur de bonne aventure, mais il eut soudain une vision d'eux deux debout près du Cercle dans le centre-ville, regardant un défilé et se tenant la main en saluant leurs deux enfants qui étaient sur un char qui passait. C'était une vision fantaisiste digne d'un film, mais il s'en fichait.

— Pourquoi tu souris comme ça ? lui demanda-t-elle.

Ethan n'avait pas réalisé qu'il s'était écarté et lui souriait comme un fou.

— Je suis juste heureux, lui dit-il. Et soulagé que tu me donnes une seconde chance. J'ai été un connard, je suis désolé. J'aurais dû t'expliquer ce qui se passait dans ma tête. Je n'imagine pas ce que tu as dû penser quand je te poussais dehors tous les soirs.

— Je me disais qu'il y avait un problème et que tu m'en parlerais quand tu pourrais, dit Lilly. Tu es un homme sincère alors ça ne m'a jamais traversé l'esprit que tu puisses soudain te servir de moi pour quoi que ce soit.

Et voilà. Ethan la voulait nue. Tout de suite.

Il se leva, lui prenant la main au passage et la traîna presque le long du couloir.

Lilly gloussa derrière lui et Ethan mémorisa le son. C'était doux et sexy et joyeux et il avait envie de l'entendre tous les jours pour le reste de sa vie.

Cela aurait dû l'effrayer, mais bon, il venait quand même de les imaginer en train de regarder leurs deux enfants imaginaires au défilé du 4 juillet de Fallport.

Il s'arrêta devant son lit, s'en voulant mentalement de ne pas l'avoir fait ce matin-là, mais comme elle ne regardait pas ses draps avec dégoût, mais plutôt comme si elle avait envie de le dévorer, il chassa cette idée de son esprit.

Puis, comme s'ils en avaient discuté à l'avance ils enlevèrent tous les deux leurs hauts. Elle enleva le sien en premier et tendit la main en arrière pour défaire son soutien-gorge.

Ethan ne put s'empêcher de la toucher et palpa ses seins dès que ceux-ci furent exposés lorsque son soutien-gorge tomba par terre.

Lilly gémit et se cambra, se pressant contre lui.

— Ils ne sont pas énormes, dit-elle d'un air désolé.

— Tu es parfaite, dit Ethan, ne voulant pas qu'elle se dénigre de quelque manière que ce soit.

Ses seins n'étaient pas gros, mais ils étaient proportionnels à sa grande taille. Ses mamelons étaient longs et alors qu'il la caressait, ils se mirent à durcir, ce qui à son tour, poussa son sexe à faire de même.

Il savait déjà que cette première fois ne durerait pas aussi longtemps qu'il l'aurait voulu. Cela faisait trop longtemps qu'il n'avait pas pénétré une femme et là, il s'agissait de Lilly. La femme qu'il désirait depuis le premier jour où il l'avait vue. Une femme qu'il respectait et admirait. Il avait *besoin* d'être en elle.

Mais avant de pouvoir le faire, il devait s'assurer qu'elle puisse facilement le prendre. Il lui désigna le lit et elle grimpa immédiatement sur le matelas.

— Pantalon. Enlève.

Il avait du mal à faire une phrase complète, mais elle ne semblait pas s'en soucier. Elle se débarrassa de son pantalon, de ses sous-vêtements et de ses chaussettes et s'allongea sur son lit, complètement nue, ne portant rien d'autre qu'un sourire sur son visage.

Ethan enleva rapidement le reste de ses habits et la rejoignit.

Dès l'instant où sa peau toucha la sienne, il inspira profondément, attrapant son sexe pour en presser la base. Fortement. Il était à deux doigts d'exploser sur son ventre et pour le moment il n'avait fait que sentir sa douceur contre sa fermeté.

Lilly gloussa à nouveau.

Ethan sourit et tendit la main entre ses jambes.

Son rire s'arrêta brusquement lorsqu'elle tressaillit au premier contact de ses doigts contre ses lèvres.

— Mon Dieu, Lilly... tu mouilles déjà.

— Je suis comme ça depuis des semaines, avoua-t-elle.

Ayant l'impression de recevoir une leçon d'humilité de la part de cette femme et voulant que leur première fois soit mémorable, il trouva son clitoris et le caressa doucement.

Elle sursauta dans ses bras.

— Sensible, murmura-t-il.

— Oui.

— Ça va être amusant, dit-il avec un sourire avant de se mettre au travail pour voir s'il pouvait faire jouir sa femme avec ses doigts.

Ethan ne fut même pas effrayé de la considérer comme « sa femme ». Pour lui, elle lui *appartenait*. Elle lui correspondait parfaitement. Autant physiquement que pour son mode de vie. Elle aimait Fallport et les habitants l'appréciaient en retour. Elle adorait être dehors dans la forêt et ne sourcillait même pas lorsqu'il passait du temps avec son frère et ses amis. Même si ça n'avait pas été beaucoup le cas ces derniers temps. Ethan avait passé tout son temps libre avec Lilly, autant qu'il le pouvait.

— Ethan ! s'exclama-t-elle, écartant un peu plus les cuisses en se cambrant.

Il continua de caresser son clitoris, se servant de son autre main pour jouer avec ses lèvres. Il pénétra sa chair trempée avec un doigt et gémit quand ses muscles se crispèrent immédiatement autour.

— Encore, murmura-t-elle. Plus vite.

Ethan n'hésita pas à obéir à ses ordres. Il ajouta un autre doigt en elle, la baisant avec tandis qu'il frottait son clitoris plus vite et plus fort. Elle se mit à chevaucher ses doigts en quelques secondes, fermant les yeux, enfonçant ses doigts dans son bras alors que son autre main s'agrippait aux draps sous elle.

Elle était tellement belle. Ethan ne pouvait pas détacher ses yeux d'elle.

Ses seins frémissaient et sautaient alors qu'elle se frottait contre sa main et il apprécia de voir cette tache rouge se répandre sur sa poitrine alors qu'elle se rapprochait de l'extase.

Ses cuisses se mirent à trembler, l'avertissant de son orgasme imminent.

— C'est ça, Lil. Jouis pour moi.

Elle laissa échapper un adorable grognement aigu avant de se recroqueviller sur elle-même. Ses cuisses se refermèrent sur la main entre ses jambes et elle trembla de la tête aux pieds.

Rien ne l'affectait autant que le plaisir de cette femme. Sa main était trempée et il était tellement dur que ça lui faisait mal, mais il ne pouvait pas bouger alors que Lilly continuait de trembler sous lui. Lorsqu'elle s'allongea enfin en arrière et le regarda en lui demandant :

— Je te veux en moi. *Tout de suite.*

Ethan ne put faire autrement que de lui obéir.

Il retira ses doigts de son entrejambe humide et les porta à sa bouche. Il les lécha, gémissant en sentant son goût musqué alors qu'il grimpait sur elle, son sexe dans l'autre main. Il était sur le point de s'enfoncer en elle quand il se força à s'arrêter. Il ferma les yeux et serra les dents, luttant pour se contrôler.

— Ethan ? lui demanda-t-elle.

Il sentit sa main caresser ses cuisses de haut en bas et une goutte de pré-sperme coula du bout de son membre.

— Je n'ai pas de préservatif, marmonna-t-il à travers sa mâchoire serrée. Enfin, si, j'en *ai.* Ils sont dans la salle de bains. Donne-moi une seconde et...

— Je prends la pilule, l'interrompit-elle.

Ethan écarquilla les yeux et il regarda cette femme qui se tenait sous lui. Elle était complètement détendue et ne paraissait pas le moins du monde contrariée ou perturbée.

— Quoi ?

— Je prends la pilule, répéta-t-elle. Mon père m'a emmenée chez le médecin quand j'avais 16 ans et depuis je la prends. J'étais tellement gênée et lui aussi, mais il ne voulait pas que je tombe enceinte durant mon adolescence. Il voulait que j'obtienne un diplôme et que je me trouve avant de devenir mère, sourit-elle. Je n'avais *même pas* encore de relations sexuelles, mais il ne le savait pas. Désolée – c'est trop d'informations d'un coup. Mais je me protège. Et ça fait longtemps que je n'ai pas couché avec quelqu'un. Je suis clean.

— Moi aussi, dit Ethan. Ça fait plus d'un an que je n'ai pas été avec quelqu'un.

— Je te fais confiance, dit-elle. Mais je te comprendrais si tu ne me faisais pas confiance. Il y a des femmes qui mentent souvent pour piéger les hommes et tomber enceinte, mais je ne te ferai jamais ça. Si tu veux aller en chercher un, je ne bouge pas je...

Sa voix se brisa lorsqu'Ethan plaça le bout de son sexe entre ses jambes et la pénétra doucement d'un seul coup.

CHAPITRE SEIZE

Lilly prit une grande inspiration en sentant qu'Ethan la pénétrait, faisant de son mieux pour se détendre. Il était large et cela faisait *vraiment* longtemps qu'elle n'avait pas eu quelqu'un en elle.

Lorsqu'il fut enfoui en elle jusqu'au bout, ses bourses pressés contre ses fesses, il se pencha en avant et la prit dans ses bras. La regardant droit dans les yeux, il lui dit :

— Je te fais confiance.

Ses mots lui allèrent droit au cœur. Lilly déglutit avec difficulté et hocha la tête. Elle n'arrivait pas à parler car elle avait la gorge nouée à cause des larmes qu'elle refusait de lâcher. Ce n'était pas le moment de pleurer. Pas quand Ethan était en elle. Pas après qu'il lui eut donné l'orgasme le plus intense qu'elle ait éprouvé depuis bien longtemps sans qu'il n'ait encore couché avec elle.

Il recula les hanches et elle gémit en le sentant s'écarter d'elle.

Mais il la pénétra à nouveau immédiatement, la faisant se cambrer face à la délicieuse friction. Elle ne s'était jamais sentie aussi pleine qu'en ce moment. Quand il alla jusqu'au fond, il frotta son clitoris encore extrêmement sensible et elle frissonna.

Il sourit.

— Tu aimes ça ?

— Oh que oui, murmura-t-elle.

Le sourire d'Ethan s'élargit et il bougea à nouveau ses hanches. Il la pénétra doucement. D'avant en arrière. Sans jamais la quitter du regard pendant qu'il lui faisait l'amour.

Lilly n'oublierait jamais ce moment. Elle avait l'impression d'avoir erré toute sa vie et qu'en étant avec Ethan, tout faisait enfin sens. Elle posa les pieds à plat sur le matelas et lorsqu'il la pénétra à nouveau, elle leva les hanches pour le rejoindre. Leurs chairs claquèrent l'une contre l'autre, retentissant dans la pièce silencieuse.

— Ne bouge pas, lui ordonna Ethan.

— Non, dit Lilly en secouant la tête. Va plus vite.

— Je veux que ça dure, dit-il.

— Et moi je veux te voir perdre le contrôle, rétorqua-t-elle.

— Je n'ai pas envie de te faire mal.

— Tu ne le feras pas.

— Sérieux, Lil. Tu es tellement agréable. T'es trempée. Tu m'ébouillantes presque la queue et tu es tellement – Oh *mon Dieu*, oui... serre-moi comme ça, dit-il en gémissant alors qu'elle contractait ses muscles internes.

Lilly ne put s'empêcher de sourire. Ethan avait beau être au-dessus, c'était elle qui avait le contrôle.

Puis, cette impression disparut lorsque Ethan s'écarta pour la pénétrer à nouveau. Avec *force*.

— Oh mon Dieu. Oui ! gémit-elle. Recommence.

Et il le fit. Et ce fut tout aussi bon que la deuxième fois. Il plaça une main sous ses fesses, faisant basculer son bassin vers le haut et recommença. Cette fois-ci, il frotta son clitoris d'une façon qui la fit tressaillir de plaisir.

Lilly fit de son mieux pour suivre le rythme de ses coups de reins, mais rapidement, tout ce qu'elle put faire fut de rester allongée et d'accueillir ce qu'il lui donnait. Et ce qu'il lui offrait, c'était la meilleure relation sexuelle qu'elle ait jamais eue de sa vie. Elle avait l'impression que son corps entier la picotait. Ses seins tremblaient ainsi que le matelas à chaque coup de reins d'Ethan. Il transpirait, sa chair glissant sur la sienne, ce qui aurait pu la dégoûter si cela n'avait pas été lui. Pendant tout ce temps, il ne la quitta pas du regard. C'était intense. Presque *trop* intense.

Lilly ferma les yeux, car elle avait besoin de répit.

— Non. Regarde-moi. Ouvre les yeux, Lil.

Elle s'exécuta et déglutit avec difficulté en voyant la passion dans son regard.

— Jamais. Ressenti. Ça. Avant, dit-il au même rythme que ses coups de reins. Te. Laisserai. Pas. Partir.

— Tant mieux, souffla Lilly.

Elle regarda Ethan se laisser envahir par son orgasme. Sa mâchoire était serrée et les veines de son cou ressortaient alors qu'il la pénétrait une dernière fois en gémissant.

Lilly resserra les jambes autour de lui et posa une main sur son visage. Elle s'accrocha à lui alors qu'il se déversait en elle, la remplissant jusqu'au bout.

Mais si elle croyait qu'ils avaient terminé, elle se trompait. Il ne se retira pas, déplaçant simplement son poids sur un bras pour descendre son autre main le long de leurs silhouettes. Il recueillit un peu de son sperme et l'humidité entre ses jambes là où leurs corps se rejoignaient et commença à caresser son clitoris une fois de plus.

— Ethan ! cria-t-elle.

— Jouis sur mon sexe, gronda-t-il.

Lilly était encore extrêmement sensible à cause de son orgasme précédent, mais elle ne parvint pas à prononcer un seul mot pour s'y opposer. Elle écarta les cuisses et essaya de se pousser contre lui mais le corps d'Ethan l'en empêchait. Elle continua d'onduler des hanches du mieux qu'elle put sous lui alors qu'elle se dirigeait rapidement vers un second orgasme.

— C'est ça, Lil. Laisse-moi le sentir cette fois-ci.

Cet orgasme fut différent puisqu'il était toujours en elle, la remplissant même s'il n'était qu'à moitié dur. Elle cria et jouit alors qu'il continuait de la caresser.

— Putain, c'est incroyable, gémit Ethan, mais Lilly était bien trop ailleurs pour répondre.

C'était comme si son cerveau avait rétréci et que tout ce qu'elle pouvait faire était ressentir. Ses tétons étaient tendus et très sensibles lorsqu'ils frôlèrent le torse d'Ethan qui se penchait vers elle.

Soupirant de soulagement lorsque ces sensations intenses diminuèrent, Lilly ouvrit les yeux. Ethan la regardait, une fois de plus, son visage à quelques centimètres du sien. Elle haletait comme si elle venait de courir un marathon et tout ce qu'elle désirait, c'était de s'enfoncer dans sa peau.

Comme s'il pouvait lire dans ses pensées, Ethan se baissa un peu plus, sans l'écraser non plus mais en la pressant légèrement contre le matelas. Il enfouit son nez entre son épaule et son cou et ils restèrent comme ça un moment.

Elle adorait le sentir des épaules aux cuisses. Même le fait qu'il soit encore en elle lui paraissait parfait. Lilly s'en voulut de ne pas lui avoir parlé plus tôt. Ils auraient pu faire ça toute la semaine.

Maintenant qu'elle redescendait de son euphorie sexuelle, elle ne put s'empêcher de repenser à ce qu'il lui avait dit un peu plus tôt. Elle ne supportait pas qu'Ethan fasse des cauchemars. Et elle détestait encore plus en faire partie. Elle ne savait pas comment l'aider et c'était naze.

Elle lui caressa les cheveux, le dos et même les fesses. Ce

ne fut que lorsque son sexe glissa enfin hors de son corps qu'il pencha la tête.

— Je déteste ce moment, putain, marmonna-t-il.

Lilly ne put s'empêcher de sourire.

— Ne bouge pas, ordonna-t-il en s'écartant d'elle.

Lilly eut envie de protester, mais puisqu'elle put reluquer son corps nu, elle ne se plaignit pas lorsqu'il s'avança jusqu'à la salle de bains. Il revint un instant plus tard avec un gant de toilette.

— Il a intérêt à être chaud, l'avertit-elle tandis qu'il s'avançait vers elle.

— Oserais-je te toucher avec un gant de toilette froid ?

— Pas si tu veux me pénétrer à nouveau un jour.

Il ne répondit pas, mais pressa le gant de toilette heureusement chaud entre ses jambes. Bizarrement, ça ne lui parut pas étrange, même si personne ne s'était jamais occupé d'elle de cette façon auparavant. Vraiment jamais.

Elle se sentait si bien avec Ethan que tout ce qu'elle pouvait faire était de rester allongée et de lui sourire. Et cela l'aidait de voir qu'il semblait parfaitement heureux d'être nu avec elle. Et son regard tendre la conforta dans l'idée qu'il appréciait ce qu'il faisait.

Sa main libre se posa sur la joue de Lilly et il se pencha pour l'embrasser. Ce fut long, lent et doux et avant même qu'il ne se retire, Lilly se mit à nouveau à se tortiller sous lui. Sa main continua de bouger, lavant le sperme entre ses jambes et à chaque fois que le tissu effleurait son clitoris, le désir revenait.

Avant même qu'elle ne puisse anticiper ce qu'il allait faire, Ethan s'était glissé entre ses jambes et les écartait.

— Ethan ? demanda-t-elle en se redressant sur ses coudes.

— Chuuut. Ma copine a besoin de plus.

Choquée par cette excitation qu'elle ressentait encore,

Lilly se laissa retomber en soupirant. Il n'avait pas tort. Elle n'avait jamais été aussi excitée auparavant. Elle n'arrivait pas à se lasser de cet homme.

Heureusement, il ne la taquina pas trop longtemps. Sa bouche se referma immédiatement sur son clitoris et Lilly gémit au contact si agréable de sa langue contre ses terminaisons nerveuses très sensibles.

Il lécha, suça et se servit de ses doigts pour l'amener à nouveau vers le sommet. Lilly aurait des courbatures demain, mais elle s'en fichait. Pas quand les attentions d'Ethan étaient aussi délicieuses.

Ethan s'en voulait de ne pas avoir pris sur lui pour en parler à Lilly avant ce soir. Il aurait dû se douter qu'elle serait compréhensive. Il avait merdé. Il aurait pu l'avoir sous lui comme ça durant cette dernière semaine.

Peut-être même plus. Au lieu de ça, il avait eu trop peur.

Lilly était plus sensuelle que n'importe quelle autre personne qu'il ait connue. Elle avait déjà joui deux fois et quand il l'avait nettoyée, il lui avait paru évident qu'elle avait besoin de plus. Il n'était pas prêt à coucher à nouveau avec elle, mais ça ne lui posait aucun problème de s'occuper d'elle. C'était avec plaisir. Et un honneur.

Les draps sous ses fesses étaient trempés par son plaisir et le sien et il ne s'en lassait pas. Il adorait à quel point elle devenait rapidement mouillée, comment elle ondulait sous lui, poursuivant son propre plaisir. Il posa une main sur son ventre pour essayer de la maintenir immobile et se servit de l'autre pour la pénétrer doucement avec ses doigts. Ces derniers émettaient des sons gluants lorsqu'ils entraient et sortaient et il n'avait jamais rien entendu d'aussi charnel de sa vie.

Il s'accrocha à son clitoris avec sa bouche et fit de son mieux pour l'emmener à nouveau vers l'extase. Elle tressaillit sous lui et il fit en sorte de garder ses lèvres sur elle. Puis, elle se figea et il sut qu'elle était à quelques secondes d'exploser. Il suça plus fort, souriant lorsqu'elle se mit à geindre et à trembler.

Il leva la tête pour la regarder jouir une fois de plus. Putain, qu'est-ce qu'elle était belle.

Une autre giclée recouvrit ses doigts et il sourit. Il ne pouvait sentir que son odeur. Les leurs. Il avait envie de se rouler sur le côté et de baigner dans leur parfum. Sa queue tressaillit, mais lorsqu'il regarda le visage de Lilly, il vit qu'elle avait enfin terminé.

Touchant le gant de toilette et réalisant qu'il s'était refroidi le temps qu'il la fasse à nouveau jouir, Ethan se leva et retourna dans la salle de bains. Il fit couler l'eau jusqu'à ce qu'elle soit chaude puis rinça le gant. Quand il retourna vers le lit, Lilly était allongée comme il l'avait laissée. Les membres écartés et les yeux fermés.

Souriant, fier de lui – et d'elle – Ethan lui lava l'entrejambe une deuxième fois. Elle le remercia en marmonnant, mais ne se leva pas totalement. Il se servit également du gant de toilette pour lui, puis le jeta de l'autre côté de la pièce, souriant lorsqu'il atterrit sur le carrelage de la salle de bains avec un « plop ». Il s'en occuperait demain matin.

Puis, il déplaça le corps de Lilly jusqu'à ce qu'elle soit sous les draps, évitant la tache humide qu'ils avaient faite, et l'attira plus près. Elle se laissa fondre contre lui, enroulant une jambe autour de lui et s'accrochant à lui comme si elle pouvait fusionner avec sa peau.

C'était... incroyable.

Ethan n'avait jamais aimé ce moment après le sexe. Il était toujours gêné. Mais avec Lilly, c'était comme si c'était là qu'était sa place. Tout comme *lui*.

— Laisse-moi apprécier cet instant pendant dix minutes, puis après je me lèverai et m'en irai, marmonna-t-elle contre sa gorge.

Tout en Ethan se rebellait à l'idée de la voir partir. Mais il ne put s'empêcher d'être touché qu'elle lui propose ça. Elle n'avait pas ignoré ses peurs. Elle ne les avait pas rejetées. Elle essayait de faire ce qui était le mieux pour lui.

— Reste, dit-il, se tournant pour l'embrasser sur le front.

— Mais...

— Je me lèverai dans pas longtemps et j'irai dormir sur le canapé.

Ses mots l'interpellèrent assez pour qu'elle lève la tête.

— Ethan, non. Ce n'est pas juste.

— Ce qui n'est pas juste, c'est que ce soit toi qui sois obligée de te lever et de t'habiller et que je t'amène à l'autre bout de la ville pour que tu dormes dans un lit qui n'est pas le mien. Je veux que tu sois ici, Lilly. Je veux que mon lit sente ton odeur. Je veux que tu sentes comme *moi*. Et j'ai envie de te tenir jusqu'à ce que tu t'endormes dans mes bras.

— Je déteste ces connards, dit-elle, soudain plus en colère qu'il ne l'avait jamais entendue l'être.

— Qui ? demanda-t-il, ne sachant absolument pas de qui elle parlait.

— Ces salauds qui t'ont fait souffrir, dit-elle en posant la tête sur son torse.

Ses doigts effleurèrent paresseusement le tatouage sur son pectoral.

— Mais tu les vaincras, je n'en doute pas.

La confiance qu'elle avait en lui fit battre son cœur.

— Je les vaincrai, dit-il.

Désormais, il avait une motivation supérieure : pouvoir dormir avec Lilly dans ses bras toute la nuit. Mais la peur de lui faire du mal était encore trop réelle. Trop importante pour être ignorée.

Elle tourna la tête, embrassa son torse, puis se blottit à nouveau contre lui en soupirant.

Elle s'endormit peu de temps après et Ethan resta allongé sous elle un moment. Il se sentait rassasié et remercia sa bonne étoile d'avoir fait en sorte que cette femme ait pu arriver jusqu'à lui. C'était tout aussi improbable que le fait d'avoir survécu à cette bombe quelques années plus tôt, mais il était bien là.

Ils étaient bien là.

Finalement, sachant qu'il ne pouvait pas rester allongé plus longtemps sans s'endormir et mettre en danger ce précieux paquet dans ses bras, Ethan s'écarta de Lilly. Elle grogna quand il bougea, ne se calmant que lorsqu'il mit son oreiller dans ses bras. Elle tourna la tête, inspira profondément, puis se rendormit rapidement.

Ethan se pencha, l'embrassa sur le front, s'assura qu'elle était bien couverte par les draps et la couette, puis se dirigea vers la commode. Il prit un jogging et quitta la chambre. Il ne regarda pas en arrière, sachant que s'il le faisait, il ne pourrait pas la quitter.

Il s'installa sur le canapé, une main sous la tête, l'autre sur le ventre, puis il regarda le plafond en souriant. Il s'endormit... et rêva de ses deux enfants, riant et sautillant le long d'un chemin en forêt alors que lui et Lilly les suivaient, se tenant la main en se souriant.

CHAPITRE DIX-SEPT

Lilly se tenait dans l'embrasure de la porte de la chambre d'Ethan et observait cet homme qui dormait profondément sur le canapé. Cela faisait maintenant six jours que leur relation s'était transformée en relation plus physique, même s'il ne dormait toujours pas dans son lit avec elle.

Elle comprenait ses inquiétudes. Mais elle détestait également ne pas pouvoir se réveiller dans ses bras. Car elle savait que si s'endormir blottie contre lui était incroyable, ouvrir les yeux face à un Ethan nu serait encore plus satisfaisant.

Il croyait qu'elle dormait contre lui à chaque fois qu'il quittait le lit, mais ce n'était pas le cas. Ça n'avait jamais été le cas. Pas une seule fois. Comment aurait-elle pu en étant collée contre lui, chaude et rassasiée par leurs ébats amoureux avant de perdre son oreiller humain ?

Elle ne dormait pas bien du tout d'ailleurs. Simplement car elle se faisait du souci pour Ethan. Mais chaque matin, elle lui demandait s'il avait fait un cauchemar et chaque matin, il semblait surpris de ne pas en avoir fait. Lilly décida de s'en attribuer un peu le mérite. Le fait d'être épuisé par le travail, puis de marcher toute la journée en ayant au moins un incroyable orgasme tous les soirs, semblait l'aider à bien dormir, tenant les cauchemars à distance.

Ou alors... faisait-il des cauchemars sans lui dire ? Était-ce pour ça qu'il continuait à dormir sur le canapé ? Elle n'avait rien entendu. Et si c'était le cas, devait-elle se lever pour le réveiller ? Devait-elle plutôt l'ignorer ? Cela la tuait de ne pas savoir quoi faire pour l'aider. Ce matin, elle décida d'essayer quelque chose. Ethan serait probablement énervé contre elle, mais elle s'en fichait. Lilly savait sans l'ombre d'un doute que cet homme ne lui ferait jamais de mal... même dans son sommeil.

Elle s'approcha discrètement sur la pointe des pieds, faisant attention à ne pas faire de bruit et s'agenouilla près du canapé. Elle avait envie de lui montrer ce qu'il ratait en ne se réveillant pas à côté d'elle. Ethan était sur le dos, un bras derrière la tête, l'autre reposant sur son ventre nu. La couverture qu'il utilisait était par terre car il l'avait manifestement repoussée dans la nuit. Il respirait profondément et régulièrement.

Lilly ne put s'empêcher de prendre un moment pour admirait sa beauté, le caleçon qu'il portait était bas sur ses hanches, assez pour qu'elle voie le début de ses poils pubiens. Son sexe n'était pas dur, mais elle voyait clairement son contour sous le coton de son boxer. Elle saliva, se rappelant à quel point il lui avait fait du bien avec cette queue.

Elle n'avait pas souvent fait de fellations.

Mais après toutes les fois où il l'avait fait jouir avec sa bouche, elle trouvait qu'elle lui devait bien ça. Prenant une inspiration discrète, elle descendit son boxer et saisit son sexe en même temps, le faisant basculer vers le haut et enroulant ses lèvres autour.

Lilly fut surprise de constater à quel point celui-ci durcit. Elle supposa que c'était parce qu'il avait déjà le début d'une érection matinale, mais avant même qu'elle n'ait le temps de faire trois mouvements d'avant en arrière avec sa tête, il avait déjà doublé de volume.

Elle s'appliqua comme jamais pour cette pipe du matin, se servant de sa main pour caresser sa longueur lorsqu'elle tirait vers le haut et le suçant fort lorsqu'elle le prenait aussi profondément qu'elle le pouvait.

— Putain, Lil, marmonna-t-il.

Elle ne put s'empêcher de sourire en sentant sa main dans ses cheveux.

Il ne la poussa pas vers le bas en la forçant à prendre plus ; il s'agrippa à peine. Lilly savait que sa performance ne méritait pas de trophée, mais Ethan ne semblait pas s'en soucier le moins du monde.

Il s'assit soudain, bien avant qu'elle ne soit prête. Il l'attrapa au niveau de la taille et la hissa sur le canapé avec lui. Ses doigts se faufilèrent entre ses jambes et ils gémirent tous les deux en voyant à quel point elle était mouillée.

Sans perdre de temps, Ethan tira l'entrejambe de son short de pyjama sur le côté et plaça le bout de son sexe vers l'ouverture.

— Baise-moi, lui ordonna-t-il.

Lilly se laissa glisser sur lui sans aucune hésitation. Elle pencha la tête en arrière tellement son contact était agréable dans cette position et elle s'appuya sur son torse. Portant toujours son tee-shirt trop grand, elle se mit à le chevaucher avec force.

— C'est ça. C'est toi qui as commencé tout ça, alors tu finis, grogna-t-il.

Le sexe fut rapide et sale. Aucun d'eux ne s'était déshabillé, trop perdu dans leurs sensations. Lilly rebondissait presque frénétiquement sur son membre. Mais ce ne fut que lorsqu'il caressa son clitoris du pouce qu'elle fut sur le point de jouir.

Elle ne put s'empêcher de s'immobiliser lorsque son orgasme approcha, serrant le sexe d'Ethan, au bord de l'extase. Quand Ethan pinça son clitoris, elle trembla de façon incontrôlable et jouit.

Même si elle était en plein milieu d'un orgasme, il la souleva de quelques centimètres et la pénétra par en dessous, levant ses hanches en pourchassant sa propre libération. Celle-ci arriva quelques secondes plus tard et il l'immobilisa sur son sexe palpitant en laissant échapper un long gémissement gronder dans sa gorge.

Lilly tomba sur lui, engourdie et respirant avec difficulté comme si elle venait de parcourir l'une des montagnes à l'extérieur de la ville. Quand elle eut repris son souffle, elle marmonna :

— Bonjour.

— Mon Dieu, Lilly, dit Ethan haletant. Qu'est-ce qui t'a amenée à faire ça ?

Elle leva la tête, adorant le sentir en elle.

— Quoi ? Je n'ai pas le droit de faire l'amour à mon homme ?

Il la regarda un moment, puis lui demanda :

— C'était juste ça ?

Elle haussa les épaules.

— Je t'ai réveillé d'un profond sommeil et... tu ne m'as pas fait de mal.

Son regard était inébranlable et elle ne parvint pas à cerner l'expression sur son visage. Alors Lilly continua de parler.

— Tu vois, j'ai juste besoin de te prouver que tu ne me feras jamais de mal. Tu n'as pas fait de cauchemars depuis presque une semaine. J'espère que c'était juste parce que tu étais en manque. Maintenant que tu fais l'amour régulièrement, tes hormones sont rééquilibrées et ton esprit n'est plus aussi hyperactif.

— Tu ne sais pas du tout de quoi tu parles, n'est-ce pas ? dit-il avec un petit sourire.

— Non. Mais ça sonne bien, non ? sourit-elle avant de redevenir sérieuse. Ethan, tu ne me feras pas de mal. Je ne supporte pas que tu viennes dormir ici. C'est naze. Pour tous les deux. Je te fais confiance. Maintenant, il faut que *tu* te fasses confiance.

— Si jamais je touche à un seul de tes cheveux, je ne me le pardonnerai jamais, lui dit Ethan.

Lilly lui caressa la joue. Elle était rugueuse et elle adorait la façon dont les poils de sa barbe frottaient sa peau quand ils s'embrassaient.

— Laisse-moi encore un peu de temps, Lil. Je n'aime pas te laisser non plus, mais le reste est inacceptable.

— Très bien. Mais sache que... je te fais confiance.

— Et ça signifie beaucoup pour moi.

— Et je vais devoir continuer à être créative pour te prouver que tu ne vas pas me blesser inconsciemment, lui dit-elle.

Ethan sourit.

— Je suis cent pour cent d'accord pour que tu sois créative, si ce que tu as fait ce matin donne une idée de ce que tu as en tête.

— Je vais m'améliorer avec le temps, dit-elle timidement. Il la regarda, bouche bée, avant de rire.

— Lilly, si tu t'améliores, je ne tiendrai pas assez longtemps pour être en toi.

Lilly sentit qu'elle rougissait, mais elle se contenta de sourire à l'homme dont elle était tombée amoureuse.

—Qu'est-ce que tu as prévu de faire aujourd'hui ? lui demanda-t-il.

Elle cligna des yeux face à ce brusque changement de sujet.

— Hum, eh bien j'imagine que ça dépend de toi et de

ton équipe. J'avais prévu de vous accompagner pendant les recherches. Puis j'ai promis à Tony que je passerai plus tard dans l'aprèm pour lui montrer comment fonctionnent les toilettes. Je sais, je sais, dit-elle avant qu'Ethan ne puisse faire de commentaire. C'est bizarre. Mais après avoir entendu parler de l'inondation chez Whitney, il m'a demandé si je pouvais lui montrer ce qu'il devait faire si jamais ça se produisait dans la chambre qu'il occupe avec sa mère. J'ai essayé de lui dire que c'était dégoûtant, mais il a été catégorique. Je pense que comme il n'a pas de figure paternelle dans son entourage, il a vraiment envie d'apprendre tout ce qu'il considère comme « viril ».

Consciente qu'elle parlait trop, Lilly lui demanda :

— Pourquoi ? Quels sont tes plans ?

— Je me demandais juste combien de temps on avait devant nous ce matin avant que tu ne partes charmer les habitants de Fallport.

Lilly leva les yeux au ciel.

— N'importe quoi.

— Je suis sérieux. Partout où je vais, les gens me disent à quel point ils t'apprécient. Et à quel point tu es charmante. Et Otto m'a même dit que s'il avait vingt ans de moins il serait un concurrent redoutable.

Lilly rigola.

— Euh, s'il avait vingt ans de moins il aurait quand même 60 ans. C'est toujours trop vieux pour moi.

Ethan grimaça sous elle.

— Quoi ? Qu'est-ce qui y a ? demanda Lilly. Je suis trop lourde ?

Elle répartit son poids sur ses genoux, mais il l'attrapa par la taille et l'immobilisa sur lui.

— Il n'y a pas de problème. C'est juste que quand tu as rigolé, je l'ai senti sur ma queue, dit-il avec nonchalance, comme s'il lui annonçait la météo.

— Oh.

— Et comme c'est moi qui suis en charge des recherches aujourd'hui – et qui décide quand on part – ça veut dire que je t'ai un peu plus pour moi ce matin, lui dit-il avec un sourire.

Puis, il s'assit, la tenant contre son torse en se levant d'un mouvement fluide.

Lilly résista à l'envie de crier et s'accrocha à lui alors qu'il se dirigeait vers la chambre. Il lui avait déjà prouvé qu'il était assez fort pour la porter un soir quand il l'avait prise contre un mur.

Il la reposa doucement sur le dos dans son lit, parvenant étrangement à rester en elle tout le long. Et aussi incroyable que cela puisse paraître, il banda à nouveau.

— Et pour info... j'adore me réveiller avec ta bouche sur moi, Lil.

Elle sourit.

— Mais j'ai joui trop vite. Maintenant que tu m'as calmé, je vais durer plus longtemps cette fois-ci. Tu veux voir combien de fois je peux te faire jouir avant que tu ne me fasses perdre le contrôle ?

Le sourire de Lilly s'effaça.

— Je ne suis pas sûre...

— Moi si. Ça va être marrant.

Lilly aimait avoir des orgasmes, autant que n'importe quelle autre fille, mais elle savait par expérience que lorsque Ethan se mettait en tête de faire quelque chose – comme de lui donner du plaisir par exemple – il ne s'arrêtait pas tant qu'il n'était pas sûr à cent pour cent d'avoir réussi.

Heureusement qu'aucun deux ne devait se rendre quelque part tôt ce matin-là... car le temps qu'Ethan ait fini de prouver ses prouesses en lui donnant du plaisir et en jouissant à nouveau à son tour, Lilly pouvait à peine bouger.

* * *

L'après-midi, Lilly suivit Ethan et Tal dans les bois pour une autre recherche infructueuse, où Trent - ou son cadavre - restait introuvable. Après cela elle montra à Tony comment couper l'eau des toilettes dans sa chambre au bed and breakfast, lui expliquant les principes physiques rudimentaires de leur fonctionnement et en installa des nouvelles, avec l'approbation de Whitney qui avait décidé de changer toutes les toilettes de la maison juste au cas où.

Désormais, Lilly se prélassait dans le salon, se détendant avec Whitney après le dîner.

Ethan avait rendez-vous avec son équipe. Ils devaient adopter une approche différente pour retrouver Trent. Il n'était pas près de l'endroit où Clyde avait prétendu retrouver son matériel de camping et tout le monde commençait à être frustré par leur manque de progrès. C'était comme de chercher une aiguille dans une botte de foin car ils n'avaient aucune idée de la direction qu'il avait pu prendre. Il y avait des centaines de milliers d'hectares à fouiller et sans être capable de préciser où il aurait pu aller, il était presque impossible de le trouver.

Alors ce soir, Lilly dînait avec Whitney et Ethan la rejoindrait après sa réunion.

— Tu sais, ça ne me dérange pas qu'Ethan dorme ici, lui dit Whitney.

Lilly faillit s'étouffer avec son thé.

— Quoi ?

— Il n'y a aucune raison d'être gênée, dit-elle avec un petit sourire. Moi aussi j'ai été jeune. Et il est évident qu'Ethan est ton petit ami.

Lilly fit de son mieux pour ne pas rougir. Ce n'était pas comme si elle avait honte, ou soit gênée, qu'Ethan et elle couchent ensemble, mais ça lui semblait mal de le faire chez

Whitney. Comme si elle était sa mère de substitution, quelque chose comme ça.

— Je ne sais pas encore ce que nous avons prévu, mais merci, dit-elle au bout d'un moment.

Whitney eut un grand sourire.

Lilly fut sauvée de tout autre commentaire sur le sujet par la sonnerie de son téléphone. C'était Ethan.

— C'est lui, dit-elle à Whitney en se levant. Je vais prendre l'appel dans l'autre pièce.

— Bien sûr, ma chérie, répondit la femme.

— Salut, dit Lilly en répondant au téléphone et en allant dans l'autre pièce.

Une fois qu'elle s'y trouva, elle réalisa que ce n'était pas vraiment privé, alors elle passa par la porte qui menait au jardin.

— Tu es chez Whitney ? demanda Ethan.

Lilly fronça les sourcils en fermant la porte derrière elle.

— Oui, pourquoi ?

— On a retrouvé Trent.

En entendant ces quatre mots, le cœur de Lilly rata un battement. Puis il se remit rapidement à battre.

— C'est vrai ? C'est génial ! Où est-il ? Est-ce qu'il va bien ? Qu'est-ce qui lui est arrivé ? Je peux lui parler ?

— Il est mort, Lil, dit doucement Ethan. Je suis tellement désolé.

Pendant une seconde, Lilly se figea, perplexe. Elle était choquée par la franchise d'Ethan, mais fut également reconnaissante. Elle était d'avis qu'il était préférable d'annoncer les mauvaises nouvelles de manière succincte et rapide, sans laisser place au doute. Mais la première chose à laquelle elle avait pensé, en entendant qu'ils avaient retrouvé Trent, était qu'il était en vie. Malgré la durée de sa disparition, elle avait gardé l'espoir qu'il soit vivant et que tout ça n'était qu'une farce pour l'audimat.

— Oh, mon Dieu, chuchota-t-elle.

— Deux touristes campaient et randonnaient le long d'une section des montagnes à environ quarante kilomètres de Fallport. Loin dans la forêt. Le sentier est difficile et mène jusqu'à Eagle Point... le pic qui a donné son nom à notre équipe de recherche. Nous n'avions pas encore étendu nos recherches aussi loin, pensant qu'il serait plus proche de la ville, mais c'est l'une des choses dont l'équipe et moi avons discuté ce soir.

Lilly avait toujours du mal à se faire à l'idée que Trent soit mort.

— Qu'est-ce qu'il s'est passé ?

— On ne sait pas. On ne saura rien tant que l'autopsie n'aura pas été faite. Ça va prendre du temps. Mais... ce n'était pas beau à voir, Lil.

Elle déglutit avec difficulté. Si Ethan trouvait que l'état de Trent n'était pas beau à voir, ça voulait dire que ce n'était *vraiment* pas beau à voir.

— Je ne vais pas pouvoir venir te voir ce soir. Ça va aller ?

— Oui, murmura-t-elle. Je peux faire quelque chose pour vous aider ?

— Non. On ne peut pas faire grand-chose. Nous allons aller là où il a été retrouvé avec Simon et le détective pour aider à protéger les lieux. Ils prendront des photos le matin quand il y aura plus de lumière et essaieront de trouver des preuves qui pourraient être encore là. L'équipe chargée de la scène de crime arrivera demain, mais nous devons nous assurer que la scène reste sécurisée jusque-là.

— OK. Tu auras du réseau ? lui demanda Lilly.

— J'en doute. Mais je te contacterai dès que possible.

— Merci d'avoir appelé, dit-elle.

— C'est normal. Eh, Lil ?

— Oui ?

— Je suis désolé.

— Moi aussi.

— Essaie de dormir un peu ce soir.

Oui, tu parles. Elle ne voyait pas comme elle pourrait. Non seulement elle s'était habituée à s'endormir avec Ethan, mais maintenant elle allait penser à ce pauvre Trent et à Ethan et son équipe qui seraient dans les bois toute la nuit, surveillant sa dépouille. Rien dans cette situation n'était de bon augure pour le sommeil. Mais au lieu de lui dire tout ça, elle lui répondit.

— Ça marche.

— Putain. J'aurais aimé pouvoir être là, mon cœur.

En entendant ses mots, Lilly se sentit un peu mieux.

— Tu as du travail. Ça ira pour moi.

— Très bien. Si tu as besoin de quoi que ce soit, appelle Raid.

— Il ne part pas avec vous ?

— Non. Il a beaucoup fait travailler Duke ces derniers temps et il a besoin d'une pause. Le chien, pas Raid. Mais si tu as besoin de *quelque chose*, il sera très heureux de t'aider. Et si besoin, il pourra me contacter.

— Ça ira, ne te fais pas de souci pour moi, lui dit Lilly.

— C'est plus possible ça, ma chérie, dit-il avec ironie. Je t'appelle demain.

— D'accord. Sois prudent.

— Toujours. Bisou.

— Bisou.

Lilly raccrocha et resta dans le jardin pendant quelques minutes. Elle se sentait terriblement mal pour la famille de Trent. Elle se demanda si quelqu'un avait prévenu le reste de l'équipe et les acteurs, et si c'était le cas, comment le prenaient-ils.

Soupirant, Lilly retourna dans la maison. Elle apprit la triste nouvelle à Whitney et elles passèrent quelques heures à parler de l'émission et des quelques bons souvenirs que Lilly avait de Trent.

Lilly finit par se rendre à l'étage, désirant rester un peu seule. Elle s'allongea sur son lit et ce ne fut qu'après avoir passé plusieurs heures à fixer le plafond qu'elle pensa à Tucker. Elle grimaça mentalement. Il n'allait pas être content qu'elle n'ait pas été là quand Trent avait été retrouvé. Mais il allait devoir comprendre qu'elle n'aurait pas pu faire grand-chose, pas quand c'étaient des randonneurs et non l'équipe de recherche qui l'avaient trouvé.

Elle réalisa dans la foulée que Tucker serait certainement énervée qu'elle ne soit pas *actuellement* dans les bois. Mais il devait comprendre, une fois de plus, que la police ne l'aurait jamais laissée s'approcher de la scène de crime avec une caméra. Et même s'ils *l'autorisaient*, elle ne souillerait pas la mémoire de Trent en le filmant pour que tout le monde puisse le voir.

Tucker allait devoir l'accepter. Et si ce n'était pas le cas ? Eh bien tant pis pour lui.

CHAPITRE DIX-HUIT

— T'es virée.

Lilly se raidit.

— Non. Je *démissionne*, rétorqua-t-elle.

Trois jours s'étaient écoulés depuis que le corps de Trent avait été retrouvé et cette découverte avait jusqu'à présent donné lieu à plus de questions que de réponses. Il était près d'un sentier bien entamé qu'elle n'aurait jamais cru qu'il puisse emprunter volontairement. Sans compter qu'il se trouvait à des kilomètres de là où son matériel de camping avait été retrouvé. Personne ne savait comment il était arrivé jusqu'ici, sa voiture de location n'avait toujours pas été retrouvée et il n'avait certainement pas marché quarante kilomètres.

Et en plus, Ethan lui avait dit deux jours plus tôt, après que le corps de Trent fut déplacé et transporté jusqu'à Roanoke pour une autopsie avancée et un examen des médecins légistes, que le caméscope qu'il avait avec lui avait été découvert sous son corps. Et non seulement il était très endommagé par la décomposition, mais il semblait également avoir été mâché par une sorte d'animal.

Simon avait dit à Ethan qu'il avait bon espoir que les informaticiens du labo criminel soient capables de récupérer les images. Lilly avait rapporté tout ce qu'elle pouvait à Tucker, le tenant informé de ce qui se passait. Elle s'était attendue à recevoir de ses nouvelles après lui avoir envoyé un email pour lui annoncer qu'ils avaient retrouvé le corps de Trent, mais c'était la première fois qu'il l'appelait.

— Je n'arrive pas à croire que tu te comportes comme un connard avec moi parce que je n'ai pas filmé le *cadavre* de Trent. On est dans la vraie vie là, Tucker ! s'emporta Lilly. Pas un monde imaginaire où chacun rentre chez soi une fois les caméras éteintes.

— Je n'aurais jamais dû te laisser là-bas ! Tu es trop occupée à écarter les cuisses pour ce type de l'équipe de recherche. Je t'ai dit d'être là quand on retrouverait Trent. Non seulement tu as échoué, mais en plus tu n'as filmé *aucune* vidéo du corps. Tu avais largement le temps d'y aller pendant que le labo criminel se rendait dans cette ville débile, mais tu n'as pas pris la peine de le faire. Tu as fait foirer l'épisode et maintenant nous allons devoir être créatifs pour le finir ! Je prie pour qu'il y ait quelque chose de croustillant sur ce caméscope.

— Bonne chance pour mettre la main dessus. C'est une pièce à conviction, Tucker.

— Ce n'est plus ton problème. J'envoie Joey pour qu'il prenne ta place. Donne-lui ta caméra et tout ce pour quoi l'émission a payé. L'allocation que tu percevais s'arrête aujourd'hui. Tu devras payer toi-même ton logement.

Avant que Lilly ne puisse lui dire à quel point il était un vrai trou du cul, il continua à parler.

— N'essaie même pas de te battre avec moi sur ce sujet, Lilly. Je connais assez de trucs sur toi pour que tu ne puisses plus *jamais* retrouver de travail à Hollywood. La conclusion c'est que tu nous as baisés. On avait tout ce qu'il fallait pour conclure cette émission en beauté et à cause de toi, on va devoir bricoler des trucs au lieu d'utiliser de vraies images. Et ne fais pas chier Joey non plus. Il me tiendra au courant si jamais tu fais quoi que ce soit pour saboter l'émission. Et je te garantis que tu ne pourras *jamais* engager de meilleurs avocats que les miens !

Lilly en avait assez des menaces de Tucker.

— Écoute-moi bien, connard, premièrement, tu n'as *rien* sur moi parce que je suis une sacrée bonne employée et on le sait tous les deux. Mais je suis sûre que la SAG[1] serait très intéressée d'apprendre toutes ces corvées personnelles que tu obliges les caméramans à faire pour toi. Ce genre de connerie ne fait pas partie de notre contrat. De plus, si on doit comparer ma réputation à la tienne dans ce milieu, *on* sait très bien qui en sortira vainqueur : c'est *moi* au cas où tu ne l'aurais pas compris. Après plus de dix ans de carrière, j'ai une excellente réputation. Les réalisateurs me réclament. Toi, à part ton népotisme, t'as quoi ? La réputation de ton grand-père ? Ne te fais pas d'illusions, Tucker. Si besoin, plus de gens *me* soutiendront que toi.

Je n'arrive même pas à croire que tu m'aies *demandé* de filmer un homme mort. C'est très bas, même pour toi. Et tu ne peux pas me coller un procès parce que j'engueule Joey – ce que je ne ferai jamais de toute façon. Ce n'est pas illégal de parler à quelqu'un. Et refuser de prendre des photos d'un putain de cadavre ou de filmer une personne à son insu ce n'est pas du sabotage, ça s'appelle être une personne respectable ! Tu n'as aucune base légale sur laquelle t'appuyer et nous le savons tous les deux.

J'en ai assez de tes abus, Tucker. Je démissionne, à partir de maintenant. Je te souhaite à toi et aux autres, bonne chance pour l'émission, mais j'arrête. Et si tu essaies de faire *quoi que ce soit* pour nuire à ma carrière, rappelle-toi que je sais beaucoup de choses sur la façon dont cette émission a été falsifiée. Tout ce que j'ai à faire, c'est de réaliser une interview pour révéler les supercheries mises en place pour rendre l'émission plus intéressante et ta carrière sera terminée avant même d'avoir commencé. Ne me cherche pas, Tucker. Ce n'est pas dans ton intérêt.

Sur ce, Lilly raccrocha. Elle n'avait pas envie d'entendre d'autres menaces creuses de la part de Tucker. Elle en avait fini avec lui et sa foutue émission.

— Bravo, dit doucement Ethan depuis la porte.

Lilly se retourna. Elle ne l'avait ni entendu ni senti.

Ils étaient à l'appartement d'Ethan. Il n'avait pu dormir que dix heures en tout ces trois derniers jours et il n'était clairement pas de bonne humeur. Le fait qu'il y ait une conférence de presse un peu plus tard dans la matinée n'aidait pas. En tant que fondateur de l'équipe de recherche et de sauvetage d'Eagle Point, c'était à lui d'expliquer les détails relatifs aux recherches. Simon serait là pour répondre aux questions et partager ce qu'il pouvait concernant l'enquête autour de la mort de Trent, mais Lilly savait qu'Ethan n'avait pas hâte d'y assister.

— C'était Tucker, lui dit-elle en soupirant. Il a essayé de me virer parce que je n'ai pas filmé le corps de Trent dans les bois et parce que je n'étais pas là quand on l'a retrouvé.

— C'est n'importe quoi, dit Ethan d'un ton sec.

— Je sais, dit Lilly avant de hausser les épaules et de prendre une grande inspiration. Donc je lui ai dit que c'était moi qui démissionnais. Et tu sais quoi ? Ce n'est pas grave. Vraiment pas.

— Ce connard, ragea Ethan. Tu fais partie d'un syndicat ? Il ne peut pas te virer parce que tu n'étais pas là quand *personne* n'y était à part deux randonneurs, putain. Et ils sont probablement traumatisés à vie. Le fait qu'il voulait que tu filmes cette horreur pour le diffuser à la télé est tellement mal que ce n'est même pas drôle, putain. Comment le vivrait *sa* famille si son corps à lui était utilisé pour faire des audiences ?

Lilly s'avança vers Ethan et posa les mains sur son torse. Il arrêta de fulminer et prit une grande inspiration.

— Je suis tellement énervé pour toi que j'en perds la tête, dit-il entre ses dents serrées.

— Ce n'est pas grave Ethan. Honnêtement, je suis soulagée. Je détestais ce que je faisais. Pas le temps que j'ai passé avec toi et tes amis ou les randonnées, mais mentir à tous ceux qui allaient regarder l'émission. Je suis restée en retrait et j'ai laissé Tucker et les autres mentir comme des arracheurs de dents et je n'ai pas dit un mot. J'ai regardé Tucker manipuler des gens, les payer pour qu'ils disent ce qu'il pensait que les spectateurs voudraient entendre. J'ai filmé les fausses interviews et les acteurs qui mentaient en disant avoir entendu et vu des choses. J'ai même dû participer à la fabrication des « preuves ». Le fait de savoir qu'il se servait de la disparition de Trent a été la goutte d'eau qui a fait déborder le vase.

Je ne sais pas du tout ce que je vais faire maintenant. Je suis sûre que Tucker fera tout pour me pourrir dans le milieu, comme il m'a menacée de le faire, mais c'est un imbécile s'il pense vraiment que ça va marcher. J'ai une excellente réputation parmi mes pairs et auprès des réalisateurs. Personne ne va l'écouter.

Ce qui m'inquiète le plus actuellement c'est que je n'ai pas d'endroit où vivre puisqu'il va arrêter de payer Whitney pour la chambre d'hôte. Je n'ai pas vraiment envie de retourner en Virginie-Occidentale chez mon père, même si je le ferai si je n'ai pas le choix. Mais dans l'ensemble, j'ai l'impression qu'on m'a enlevé un poids énorme des épaules. J'aurais dû partir depuis bien longtemps et ça fait du bien de faire enfin le bon choix.

— Viens ici, dit Ethan et l'attirant vers lui.

Lilly s'avança avec plaisir, se blottissant dans ses bras.

— Reste ici. À Fallport. Tout le monde t'adore déjà.

— Je ne suis pas sûre que *tout le monde* m'aime, marmonna Lilly en se remémorant certains regards qu'on lui avait jetés quand elle était sortie les premières semaines de tournage.

Certes, les habitants semblaient avoir changé d'attitude à son égard depuis qu'elle avait aidé Elsie et son fils, mais quand même.

— En tout cas, ceux qui comptent le plus t'aiment, dit Ethan. Comme moi.

Lilly arrêta de respirer. Est-ce que ça voulait dire ce qu'elle *pensait* ?

Elle leva la tête et le regarda.

— Je t'aime, lui confirma-t-il doucement. Je ne sais pas comment c'est arrivé, mais c'est le cas. Tu m'as fait baisser ma garde, Lil. J'ai adoré passer du temps avec toi ces dernières semaines. Cela faisait des années que je n'avais pas autant souri. En fait, j'ai même hâte de retrouver mon appartement merdique alors qu'avant je me trouvais des excuses pour ne pas rentrer. Pour ne pas me retrouver seul.

Il s'arrêta.

— Tu sais la maison sur laquelle Rocky travaille actuellement ? continua-t-il.

Lilly acquiesça, bouleversée par tout ce qu'il venait de lui dire.

— Le propriétaire la remet en état pour la vendre... et j'ai envie de l'acheter. Pour nous, Lilly. Ce n'est pas loin du centre-ville ni de mon frère. Je ne peux pas m'imaginer vivre loin de lui. La maison ne sera pas prête avant quelques mois, mais si tu penses que tu peux le supporter, tu peux rester ici avec moi, à l'appartement, jusqu'à ce que l'affaire soit conclue. Il faut que je parle au propriétaire, que je vois s'il sera prêt à me laisser l'acheter sans la mettre sur le marché d'abord – la dernière chose dont j'ai envie c'est de démarrer une guerre aux enchères avec quelqu'un – et si tu veux aller la voir de temps en temps, pour être sûre qu'elle te plaise, on peut le faire sans problème.

— T'es en train de me demander d'emménager avec toi là ? Et de me dire que tu vas acheter une *maison* pour nous ? demanda-t-elle, choquée.

— Oui. Je t'aime, Lilly. J'ai envie de passer le reste de ma vie avec toi. Ici, à Fallport. Mon travail est assez flexible. Je ne gagne pas énormément, mais ma retraite médicale de Marine est assez importante. Je ne serai jamais millionnaire, mais j'ai assez pour nous permettre de vivre.

Lilly avait du mal à réaliser ce qui était en train de se passer. Elle était passée de l'indignation, au soulagement puis à la stupéfaction.

— Lilly ? demanda-t-il d'un air incertain.

— Moi aussi je t'aime ! lâcha-t-elle.

Ethan sourit.

— Tant mieux, dit-il doucement.

— On ne sort pas ensemble depuis longtemps. Peut-être qu'avant d'emménager ensemble et que tu achètes une maison, on ferait mieux de s'assurer que notre couple va durer.

— Il durera, répondit immédiatement Ethan.

— Tu n'en sais rien, dit-elle en secouant la tête. Ethan tu n'as même pas passé une nuit entière avec moi. Et tu ne m'as pas encore vu manger des céréales.

Il rigola.

— Manger des céréales ?

— Oui. Ou de la soupe. Je fais du bruit en aspirant. Je ne peux pas m'en empêcher. Mon père et mes frères ne le supportent pas, ça les rend fous. Puis je m'impatiente avec la cuillère et je finis généralement par boire le lait ou le bouillon directement dans le bol. C'est un peu dégoûtant.

Ethan éclata de rire. Une fois qu'il eut repris le contrôle de lui-même, il secoua la tête.

— Je n'en ai rien à foutre que tu fasses du bruit en mangeant, Lil. J'imagine que je trouverai ça super mignon. Tes frères ne supportent pas ça parce que ce sont tes *frères*. C'est dans leur ADN d'être agacés par toi. Et si faire du bruit en mangeant est la pire chose qui te vienne à l'esprit te concernant, alors je suis plus chanceux que ce que je croyais... et crois-moi, j'ai déjà réalisé à quel point j'ai de la chance que tu sois avec moi, putain.

— Je n'ai pas envie d'être un poids pour toi, dit-elle.

— Tu ne pourras jamais être un poids, répondit-il, prenant son visage dans ses mains en l'approchant du sien. Tucker est un connard. Il ne se rend pas compte de la super employée qu'il vient de perdre. Tu trouveras quelque chose à faire ici, je le sais. Cette ville a besoin de toi, Lil. *Moi*, j'ai besoin de toi. Tu veux bien rester ? Si ça te met mal à l'aise d'emménager avec moi – et je ne t'en voudrais pas ; cet appartement est pourri. Ça reste un toit au-dessus de ma tête et je n'ai aucun problème avec les autres locataires, mais je te jure qu'à chaque fois que je me réveille, j'ai l'impression d'être de retour dans les années 1980. Enfin bref, je suis sûr que Whitney adorerait t'accueillir encore au bed and breakfast jusqu'à ce que la maison que je veux acheter soit à moi.

Elle adorait sentir les mains d'Ethan sur elle. Elle avait l'impression d'être chérie et proche de lui. Elle saisit ses poignets et s'accrocha tandis que ses pouces caressaient ses joues.

— Je ne peux pas me permettre de lui verser ce que l'émission payait pour la chambre, dit Lilly avec honnêteté. Je veux dire, j'ai de l'argent de côté, mais pas assez pour payer une chambre d'hôte sur une longue période.

— Whitney te laissera probablement y rester pour pas

grand-chose, lui dit-il. Elle se sent seule. Elle ne l'avouera jamais, mais elle n'a pas beaucoup de clients. Ce n'est pas comme si Fallport était un haut lieu du tourisme et la plupart des randonneurs qui passent par-là séjournent dans le même hôtel que l'équipe de tournage et les acteurs. Elle a adoré t'avoir chez elle. Elle paraît plus heureuse elle m'a même dit qu'elle adorait avoir quelqu'un à la maison avec qui parler et qu'elle peut nourrir. Parle-lui. Je parie qu'elle te fera payer un tarif mensuel réduit que tu pourras te permettre.

— Je l'adore. J'ai l'impression que c'est la mère que je n'ai jamais eue, avoua Lilly.

— Donc tu restes ? Pour voir comment ça se passe entre nous et si tu as envie d'emménager avec moi si j'achète la maison ?

Lilly sentit son cœur battre plus vite dans sa poitrine. Elle en avait envie. Elle voulait Ethan. Elle avait envie de vivre dans la maison que son frère et lui étaient en train de retaper. Elle voulait que Fallport devienne sa maison.

Elle sourit.

— Oui.

— Merci mon Dieu ! cria Ethan en soufflant de soulagement.

Lilly gloussa.

— Tu étais si inquiet que ça ? lui demanda-t-elle.

— Je redoute que tu t'en ailles depuis que j'ai réalisé à quel point tu comptes pour moi, avoua-t-il. Et je vais m'occuper de cette histoire de cauchemar. Même si je n'en ai pas fait un seul depuis que tu dors ici.

— Je déteste quand tu m'abandonnes en plein milieu de la nuit.

— Moi aussi, dit Ethan. Il n'y a rien que je ne désire plus que de me réveiller dans tes bras. Et d'ailleurs, même si tu n'emménages pas vraiment, je ne veux pas que les choses changent entre nous. Tu peux dormir dans mon lit quand tu veux. Je te donnerai une clé de l'appartement plus tard dans la journée. Tu as déjà quelques affaires dans la salle de bains et si tu as envie de stocker plus de vêtements ici, tu peux aussi.

Lilly rigola.

— Ce n'est pas un peu comme emménager ? demanda-t-elle.

Ethan glissa une main derrière sa tête et l'autre dans le bas de son dos, sous sa chemise, l'attirant encore plus près. Lilly sentit son sexe contre son ventre alors qu'elle enroulait ses bras autour de lui.

— C'est une ville du sud ici. C'est mieux qu'on attende que je t'aie passé la bague au doigt pour le faire officiellement.

Lilly faillit s'étouffer quand il fit allusion au mariage. Elle eut soudain une vision d'eux, des années plus tard, se disputant pour savoir qui allait se lever et s'occuper de leur bébé en pleurs. Elle se força à se concentrer sur leur conversation actuelle.

— Donc ce serait mal vu d'emménager mais dormir dans le même lit tous les soirs non ? Quelle est la différence ?

Ethan sourit.

— Aucune idée. Mais peu importe. Je m'en fiche. Tant que je peux te tenir dans mes bras, je suis content.

— Cette journée est la plus bizarre que j'ai passée et il n'est même pas encore 10 heures, dit Lilly.

— Je me suis réveillé en redoutant cette journée, je ne vais pas te mentir. Je n'ai pas hâte d'assister à cette putain de conférence de presse ni de répondre à des questions débiles sur les raisons pour lesquelles nous n'avons pas trouvé Trent nous-mêmes. Comme si c'était facile de retrouver une personne au milieu de centaines de milliers d'hectares, dit-il en levant les yeux au ciel avant de resserrer sa main à l'arrière de sa tête. Mais entendre ma copine me dire qu'elle m'aime et accepte de rester à Fallport me fait réaliser que *rien* de ce que pourront me dire les journalistes ne pénétrera vraiment mon cerveau.

— Et *moi*, je pense qu'une pénétration avant la conférence de presse pourrait aider justement, dit Lilly.

Sa remarque était ringarde à souhait, mais elle atteignit son but. Son sexe tressaillit contre elle.

— Oh oui, murmura-t-il avant de plaquer son front contre le sien. Tu es sûre que ça va après ce qui s'est passé avec Tucker ?

— Ça craint, mais oui.

— Et Trent ?

— Une fois de plus, je déteste ce qui lui est arrivé, mais je suis contente qu'on l'ait retrouvé et que tout le monde puisse tourner la page.

— Simon est déterminé à comprendre ce qui s'est passé et découvrir qui l'a tué. Fallport n'a jamais eu d'affaires non résolues. Aucune. Tous les cambriolages ont été résolus et pour le peu de meurtres qui ont eu lieu, les tueurs ont été mis derrière les barreaux. Simon fera tout pour que la mort de Trent soit vite élucidée.

— Tant mieux, dit Lilly.

— Et je déteste mettre ça sur le tapis... mais il y a de fortes chances pour que ce soit quelqu'un de l'équipe de tournage, l'avertit Ethan.

— Je sais. J'ai déjà été interrogée par le détective sur l'affaire, comme tu le sais. Mais ce n'est pas moi, dit-elle fermement. Donc ça ne me dérange absolument pas qu'ils prélèvent mon ADN et me posent des questions. J'aiderai de toutes les manières possibles. Je leur dirai ce qu'ils ont besoin de savoir.

— Je t'aime, dit Ethan.

Lilly sourit. Elle ne se lasserait jamais de l'entendre le dire.

— Moi aussi.

— Et si on oubliait tous ces meurtres, journalistes et producteurs pendant un moment et qu'on fêtait plutôt le fait que tu restes ?

— Ça marche, dit doucement Lilly.

Ethan bougea rapidement puis l'embrassa. Quelques minutes plus tard, sans détacher ses lèvres des siennes, il la souleva et la porta jusqu'à la chambre. Les jambes de Lilly se heurtèrent contre les siennes, mais elle le remarqua à peine. Tout ce qui lui importait, c'était ses lèvres possessives sur les siennes. Quand il la déposa à côté du lit qu'elle n'avait pas fait ce matin, ce fut la course pour voir celui qui se déshabillerait en premier. Puis ils se retrouvèrent nus sur le matelas.

Ils firent l'amour avec rapidité et intensité, mais ce ne fut pas moins satisfaisant que les sessions longues et tranquilles qu'ils avaient eues auparavant. Comme d'habitude, Ethan s'assura qu'elle jouisse avant de prendre du plaisir.

Après cela, ils s'allongèrent dans un amas de sueur et Lilly ne put s'empêcher de sourire.

— Alors, qu'est-ce que tu vas faire aujourd'hui, vu que tu n'as plus à filmer la conférence de presse ? lui demanda Ethan.

Lilly fronça les sourcils. Elle n'y avait même pas pensé.

— Ça ne te dérange pas si je viens quand même ? J'aimerais te soutenir.

— Est-ce que ça me dérange ? demanda-t-il en secouant la tête. J'adorerais t'avoir à mes côtés parce que tu as envie d'y être et non parce que tu es obligée.

— Alors j'y serai. Il va falloir que je retrouve Joey à un moment donné. Je ne sais pas du tout quand il sera là. Si ça se trouve, il est déjà sur place. Et si c'est le cas et qu'il est au courant pour la conférence de presse, je suis sûre qu'il y sera avec sa caméra.

— Pourquoi est-ce que tu dois le retrouver ? demanda Ethan en lui caressant le dos du bout des doigts.

Elle avait posé la tête sur son torse et relevé une jambe par-dessus la sienne. Elle traçait des motifs sur ses pectoraux pendant qu'il parlait.

— Il faut que je lui rende ma caméra et d'autres trucs que l'émission a achetés. L'ordinateur que j'ai utilisé pour télécharger les séquences, les chargeurs de batteries, ce genre de chose. D'ailleurs, ça me fait penser qu'il faut aussi que je rende la voiture de location.

— C'est vrai. Je peux t'arranger ça. Je crois que j'ai entendu Drew râler qu'il devait aller à Christiansburg pour rencontrer un client. D'habitude, il ne fait pas ça, mais la personne en question est riche et veut le voir en personne pour parler de ses impôts. Je suis sûr que ça ne le dérangera pas de conduire ta voiture et de la ramener à une agence de location là-bas.

— Mais comment va-t-il faire pour rentrer à Fallport ? demanda Lilly avec inquiétude.

— Je demanderai à Rocky de le ramener.

— Non, c'est trop, dit Lilly en secouant la tête.

— T'inquiète. Ça ne dérangera pas Rocky, surtout si c'est pour toi.

Lilly regarda Ethan.

— C'est vrai ?

— Il sait à quel point tu m'as rendu heureux, Lil. Et il n'a pas hésité à me dire que je serais un imbécile si je te laissais partir. Donc il sera ravi d'apprendre que tu restes.

— Je me sens mal. Je devrais peut-être rouler jusque là-bas et ramener Drew après son rendez-vous.

— Non, Rocky s'en chargera.

— Ce n'est pas comme si j'avais quelque chose à faire, protesta Lilly.

— On est vraiment en train de se disputer pour ça ? demanda Ethan.

Mais il sourit en même temps.

— Apparemment, oui.

— On pourrait faire des trucs bien plus sympas en étant nus et au lit, lui dit-il.

— Ah les hommes, sourit Lilly en essayant de se libérer de son étreinte pour aller prendre une douche.

Mais Ethan l'attrapa par la taille et la tira en arrière.

— Écoute, en réalité – Rocky est de plus en plus solitaire et je n'aime pas ça. Il ne parle pas à grand monde à part l'équipe, il reste seul. Je suis inquiet pour lui. Je me suis dit que ça lui ferait du bien de te rendre service et de sortir, même si c'est seulement à Christiansburg. Peut-être que Drew pourra discuter avec lui sur le chemin du retour et voir s'il y a un problème, ou si c'est juste une phase et que Rocky va vite redevenir ce type sociable et chaleureux qu'il a toujours été.

Et hop, l'agacement de Lilly disparut.

— Il s'est passé quelque chose ? Est-ce que ton frère va bien ?

— Pas que je sache, mais j'ai remarqué qu'il a changé depuis un an environ. J'ai essayé de lui en parler mais il me dit toujours qu'il va bien, qu'il n'y a pas de problème.

— OK. Il peut ramener ma voiture alors, dit immédiatement Lilly.

— Merci.

Elle gloussa.

— C'est bizarre. C'est toi qui me remercies alors que c'est *toi* qui me rends service, dit-elle en secouant la tête. Ça ne présage rien de bon pour les futures disputes qu'on pourrait avoir.

— Moi je trouve ça génial, dit Ethan.

— Évidemment, dit Lilly en levant les yeux au ciel. Bon, j'adorerais rester allongée nue à côté de toi toute la journée, mais on a des choses à faire et des gens à voir.

— Oui. C'est nul.

— Est-ce que ça te motiverait à te lever si je te disais qu'on peut prendre une douche ensemble ?

— Oui. Et d'ailleurs, je vais convaincre le propriétaire de la maison que Rocky est en train de rénover d'installer une super salle de bains. Avec une douche en mode car-wash. Tu sais, celles où quand tu entres il y a un gros pommeau de douche qui sort du plafond et des jets de chaque côté du mur. Comme ça, on n'aura jamais froid quand on se douchera ensemble.

— Génial, répondit Lilly.

Et elle le pensait. Même si elle aimait beaucoup Ethan et dormir chez lui, la salle de bains laissait à désirer. La douche/baignoire n'était pas faite pour deux et n'était pas propice aux instants sexy.

— Et comme je sais que tu m'as proposé de te doucher avec moi par bonté d'âme et non pas parce que tu aimes te geler les fesses pendant que je suis sous le jet, je te laisse y aller en premier.

— Tu m'aimes *vraiment*, lâcha-t-elle en rigolant.

— Oui, dit-il avec un visage très sérieux.

Lilly l'embrassa. Comment pouvait-elle résister ? Un baiser en entraîna un autre, mais avant que ça n'aille trop loin, elle s'écarta à contrecœur.

— Il faut vraiment qu'on y aille.

— Je sais, dit-il en soupirant. Vas-y. Je vais nous faire du café. J'ai le sentiment qu'on va en avoir besoin.

— Surtout *toi*. Tu n'as pas beaucoup dormi ces trois derniers jours. Est-ce que ça va quand même ?

— J'ai connu pire du temps où j'étais un Marine.

— Mais ce n'est pas ça que je te demande. Et puis, tu n'es plus un Marine.

— Je n'arrive pas à savoir si tu me charries par rapport à mon âge ou si c'est parce que je ne suis pas autant en forme que lorsque j'avais 20 ans, dit-il avec un sourire.

— Je ne te charrie pas et tu sais que tu es en pleine forme, rétorqua Lilly. Je dis juste que tu n'as plus l'habitude de faire ça. Et tu n'es pas un superhéros. Tu as autant besoin de sommeil que n'importe qui d'autre.

— Je sais. Je te taquine, dit Ethan. Tu as raison. Je suis *fatigué* et je serai bientôt au bout du rouleau. Mais après cette conférence de presse, j'ai l'intention de revenir ici et de dormir un peu. T'es contente ?

— Oui.

— Lil ?

— Oui.

— Je suis tellement heureux de t'avoir rencontrée. Je me rends compte que tout est allé très vite entre nous et que nous devons encore apprendre beaucoup de choses l'un sur l'autre, mais mes sentiments pour toi ne changeront pas. Je t'ai dans la peau et j'aime bien ça. Beaucoup même.

— Pareil, dit Lilly.

Elle n'aurait pas pu le dire mieux.

— Allez. Va prendre ta douche. Je viendrai quand tu auras fini, donc ne prends pas la peine de couper l'eau.

— OK. Tu vas être super aujourd'hui. Je le sais.

— Merci d'avoir confiance en moi.

Lilly se leva du lit et ne fut que très peu mal à l'aise en marchant nue vers la salle de bains. Il lui était difficile de culpabiliser que son corps ne soit pas parfait quand Ethan avait été si proche de ces zones qu'elle trouvait pleines de défauts... et en avait vénéré chaque centimètre.

* * *

Joey n'arrivait pas à savoir s'il était heureux ou furieux d'être renvoyé à Fallport. Au fond, il avait vraiment envie de savoir quelles informations les flics détenaient sur Trent. Mais il savait aussi que ce n'était pas malin de revenir, étant donné que c'était lui qui l'avait tué.

Trent *méritait* ce qui lui était arrivé.

Il n'aurait jamais dû demander à Joey de l'aider cette nuit-là. Tout n'était qu'une question d'ego quand il était le centre de l'attention et que les gens lui léchaient le cul – et quand il faisait passer les idées de Joey sur l'émission pour les siennes. Mais quand il s'était retrouvé seul dans les bois et avait dû trouver de quoi divertir les spectateurs, il s'était retrouvé bête.

Il n'avait pas hésité à appeler Joey. Comme d'habitude, il avait besoin qu'on vienne le tirer d'affaire.

Eh bien, Trent avait obtenu ce qu'il voulait. Il allait être célèbre, ça, c'était sûr... sauf qu'il ne serait plus là pour savourer cette notoriété.

Maintenant, tout ce qu'il avait à faire, c'était de s'assurer que rien ne s'oppose au succès de l'émission. Joey était prêt à *tout* pour qu'elle fasse un tabac.

Il réalisa que c'était une bonne chose que Tucker l'ait envoyé à Fallport pour récupérer ce qu'il pouvait. Il n'avait pas peur d'enregistrer les gens à leur insu, contrairement à Lilly.

Le simple fait de penser à elle le fit bouillir de rage. Elle était inutile putain. Elle n'avait obtenu aucune image du cadavre de Trent. Même un sac mortuaire aurait été mieux que rien. Elle avait prétendu qu'elle était restée à l'écart du sentier par respect pour sa famille quand le corps de Trent avait été déplacé.

Tu parles. Qu'elle aille se faire foutre. Joey était un bien meilleur caméraman qu'elle.

Cette émission était *son* bébé, même si personne ne le reconnaissait.

Et Lilly avait peut-être tout gâché parce qu'elle était trop occupée à se taper un beauf du coin !

Mais Joey irait jusqu'au bout et pour la prochaine saison, il serait de l'autre côté de la caméra.

Une idée lui vint soudain à l'esprit.

Une idée terrible et merveilleuse.

Tout le monde savait que Lilly et Tucker ne s'entendaient pas. Qu'elle avait démissionné.

Et si les gens finissaient par croire que, comme Tucker était absolument furieux que Lilly n'ait pas filmé Trent et ait démissionné... il avait totalement perdu les pédales ?

Et si *deux* personnes mouraient ?

Cette idée brillante germa dans l'esprit de Joey, provoquant des images claires qui lui permirent d'élaborer un plan.

L'émission deviendrait encore *plus* célèbre. Non seulement les gens voudraient désespérément regarder *Les Enquêtes Paranormales* afin de savoir ce qui s'était passé, mais elle pourrait aussi finir par être le sujet de ces émissions criminelles.

Ils deviendraient tous célèbres. Il serait tranquille pour le restant de ses jours ! Et ce connard de Tucker aurait enfin ce qu'il méritait.

Lilly aurait dû faire ce qu'on lui demandait. Si ça avait été le cas, elle n'aurait peut-être pas fini comme Trent.

Ça avait déjà été facile de se débarrasser de son ami, alors ce serait encore plus simple de tuer cette salope.

CHAPITRE DIX-NEUF

Deux jours plus tard, Ethan s'assit devant Simon Hill alors que l'homme le mettait au courant de l'affaire Trent Morrison.

Ils attendaient toujours le rapport médico-légal du laboratoire, ce qui, malheureusement, pouvait prendre des mois. Il y avait beaucoup d'affaires en cours et même si le laboratoire travaillait aussi rapidement que possible, il y avait trop de preuves pour trop d'affaires différentes et pas assez de monde pour tout traiter rapidement.

Mais les résultats de l'autopsie étaient arrivés. Ethan n'était pas un officier de police, mais lui et Simon avaient travaillé sur suffisamment de cas de personnes disparues pour devenir assez proches. Du moins, professionnellement. Il était reconnaissant que le chef soit d'accord pour partager quelques détails avec lui, notamment parce que ce qui était arrivé à Trent était un peu trop proche de la femme qu'il aimait.

Même si Lilly ne travaillait plus pour l'émission, Ethan restait prudent. Quelqu'un avait tué Trent et il ne voulait surtout pas que l'attention de cette personne se tourne vers un autre membre de l'émission... comme disons, un caméraman par exemple. Ou une ancienne caméraman.

— Nous avions raison. Morrison a été assassiné, dit Simon.

Ethan hocha la tête. Ils l'avaient déjà supposé.

— Il leur a été difficile de donner des détails sur l'autopsie vu l'état de décomposition du corps, mais l'hyoïde a été fracturé.

Voilà qui *surprit* Ethan.

— Il a été étranglé ?

— On dirait bien oui. Il n'y a pas de traces d'ecchymoses, mais surtout parce que la peau a été trop abimée pour qu'on puisse voir quoi que ce soit de ce genre. Il a également le péroné cassé sur sa jambe droite. C'est difficile de dire si c'est à cause d'une chute ou d'autre chose.

— Qu'est-ce que tu en penses ? lui demanda Ethan.

— C'est difficile de savoir. J'espère que ce caméscope qu'il avait avec lui nous en apprendra plus. Mais je pense qu'il est tombé ou a été frappé très fort avec quelque chose pour ne plus pouvoir bouger. C'est difficile de se battre contre quelqu'un avec une jambe cassée. La douleur a dû être insupportable et ça a dû être facile de le maîtriser, j'imagine.

— Mais comment s'est-il retrouvé là alors ? Il n'a pas pu marcher jusque là-bas avec une jambe cassée, remarque Ethan.

— Non, effectivement. Il était là pour trouver Bigfoot, n'est-ce pas ? lui demanda Simon.

Ethan acquiesça.

— Peut-être qu'il a eu un accrochage avec Clyde près de son campement. Il n'a toujours pas admis avoir vu Trent, mais je ne comprends pas comment ce serait possible. Peut-être qu'il s'est approché parce que Trent faisait du grabuge en criant et compagnie, essayant d'appeler Bigfoot. Ils se sont disputés, Clyde a menacé Trent et on sait tous les deux qu'il ne vaut mieux pas s'attirer les foudres de Clyde.

— Ou... il a peut-être appelé l'une des personnes de l'équipe pour obtenir de l'aide pendant qu'il campait. Ils se sont disputés, le tueur s'est énervé contre Trent et l'a frappé avec une branche d'arbre. Puis, l'a étranglé.

— Alors, comment savoir qui c'est ? demanda Ethan.

— On attend que les médecins légistes trouvent quelque chose. Et on espère que les gourous de la technologie qui bossent sur la caméra auront bientôt terminé. Je veux ce fils de pute, dit férocement Simon. Personne n'a le droit de débarquer dans ma ville, de faire un truc pareil et de s'en sortir.

Ethan acquiesça. Lui non plus n'était pas particulièrement content.

— Tu crois qu'il l'a déjà fait ? Ou qu'il le refera ?

Simon haussa les épaules.

— Je pense qu'il y a une chance sur deux pour l'un ou l'autre. Soit il avait tout prémédité, soit c'était un acte passionnel et quelque chose en lui a cédé.

— Il ? demanda Ethan, sachant déjà ce que l'autre homme allait lui dire, mais il voulait s'en assurer.

— Oui. D'après tout ce que j'ai appris sur Morrison, je ne le vois pas appeler une femme en renfort. Et puis, il faut beaucoup de force pour étrangler quelqu'un. Et même en étant blessé, j'ai le sentiment qu'il aurait pu se battre contre quelqu'un de plus petit et léger que lui.

— La personne aurait pu utiliser quelque chose pour l'étrangler. Une ceinture. Une corde. Dans ce cas-là, pas besoin d'avoir beaucoup de force, ajouta Ethan, jouant à l'avocat du diable.

— Oui, mais le meurtrier aurait quand même dû mettre quelque chose autour de sa gorge et encore une fois, je pense que Trent se serait battu comme un diable pour que ça n'arrive pas. L'autre femme de l'émission, Michelle, elle ne fait qu'un mètre soixante. Et ne pèse pas plus de cinquante-quatre kilos. C'est impossible qu'elle ait pu maîtriser Morrison. Kate, la caméraman, est un peu plus grande et plus lourde, mais c'est quand même peu probable.

— Et Lilly ?

Ethan ne supportait pas de poser la question, mais il le fallait.

— On a déjà parlé à Whitney qui s'est portée garante des horaires exacts de son retour à la chambre d'hôte et qui nous a confirmé qu'elle n'avait quitté le manoir que lorsque tu étais venu la chercher. Donc, elle n'est pas suspectée.

— Vous avez déterminé l'heure de son meurtre ? demanda Ethan, à nouveau surpris.

Aux dernières nouvelles, il y avait encore une fenêtre de deux jours entre la dernière fois où on l'avait aperçu et lorsqu'il avait été déclaré disparu.

— Non. On ne sait pas encore quelle nuit il a été tué, mais tu connais Whitney. Elle ne dort pas très bien. Entre les planches qui grincent, le parking juste sous sa fenêtre et l'eau qui coule dans ses vieux tuyaux quand quelqu'un tire la chasse ou utilise le lavabo... rien ne lui échappe. Sans compter qu'elle a suivi mes conseils il y a quelques mois et a fait installer des caméras autour de sa maison, juste au cas où. Elles ne sont pas de bonne qualité et la vidéo n'est pas top. Elle est même super pixélisée. Mais assez claire pour voir Lilly se garer, puis rester assise dans sa voiture, écrire sur son téléphone pendant quelques minutes avant de rentrer. Ta copine est en règle, Ethan, tu peux te détendre.

Il n'avait pas réalisé à quel point il s'était crispé. Ethan se força à baisser les épaules et prendre une grande inspiration.

— Donc tu penses que c'est l'un des autres ?

Simon pinça les lèvres et hocha la tête.

— Je suis en train de vérifier les alibis et il y a des heures et des heures de vidéosurveillance de l'hôtel. Les acteurs et l'équipe n'arrêtaient pas d'entrer et sortir, à n'importe quelle heure en raison de leurs horaires de tournage bizarres. Mais à chaque fois qu'ils ne sont pas à l'hôtel, il est très difficile de savoir où ils se trouvaient. Certains dormaient tard, d'autres filmaient le matin ou la journée. On les a aperçus à droite et à gauche alors qu'ils mangeaient au restaurant, faisaient le plein, ce genre de chose. Dans tous les cas, ils avaient tous le temps de prendre la voiture et d'aller retrouver Morrison pour le tuer. Nous n'avons pas été en mesure d'exclure qui que ce soit. Roger, Chris, Brodie, Tucker, Joey, et André sont toujours des suspects.

— Joey est en ville, dit Ethan, certain que le chef de la police le savait déjà.

— Sans blague, dit Simon avec dégoût. Ce connard n'arrête pas de me supplier pour une interview. Je lui ai dit non un nombre incalculable de fois, mais il ne veut rien savoir. J'ai entendu dire qu'il avait parlé à tout le monde en ville. De façon très inappropriée évidemment. Je regrette qu'il ne soit toujours pas parti. Pourquoi est-il encore là ?

— Probablement à cause de ce que tu viens de dire, répondit Ethan. Il essaie d'obtenir des réactions des habitants sur ce qui s'est passé.

— Il a aussi envie de savoir où Morrison a été retrouvé, dit Simon. Il veut qu'un de mes adjoints l'emmène là-bas pour filmer la zone.

— Ça ne me surprend pas, dit Ethan. Tucker n'était pas content quand Lilly n'a pas filmé l'endroit où son corps a été découvert. Il a probablement menacé Joey de le virer aussi s'il ne filmait les lieux.

— J'ai presque de la peine pour ce connard, marmonna Simon. Mais ça ne change rien qu'il retrouve l'emplacement ou pas. On a tout nettoyé. Tout ce qui ressemble de près ou de loin à une preuve a été emmené au labo.

— Je suis sûr qu'il sait sur quel sentier il a été retrouvé, mais pas exactement où, dit Ethan en haussant les épaules. Il pourrait aller n'importe où dans les bois et affirmer que c'est là que ça s'est passé. Les téléspectateurs n'en sauraient pas plus. J'imagine que c'est ce qu'il finira par faire. Ce n'est pas comme si quelqu'un dans cette émission était très à cheval sur les faits.

Simon rigola pour la première fois.

— Putain de Bigfoot. J'en reviens pas. Même si les légendes et histoires disaient vrai je serais quand même du côté du singe. Si cette espèce est si douée que ça pour rester inaperçue et ne pas se faire prendre, tant mieux pour elle. J'espère que ça restera comme ça.

Ethan acquiesça.

— As-tu une idée de *qui* pourrait être le tueur ? C'est surtout l'homme qui aime Lilly qui te demande ça, car je veux m'assurer qu'elle est en sécurité.

— Je peux comprendre. Et entre toi et moi, je pense que c'est ce connard de producteur. Il est assez sournois pour faire n'importe quoi qui puisse faire de cette émission un succès. On ne peut pas nier que la mort d'une de ses stars pendant le tournage ferait sacrément grimper l'audimat. Je suis sûr qu'il va faire en sorte qu'on croit que c'est ce putain de Bigfoot qui a tué Morrison. Mais on sait tous que ce n'est pas une créature mythique qui l'a étranglé. C'était un homme en chair et en os et je vais le coincer.

— Tant mieux. Si tu as besoin de quoi que ce soit de la part de mon équipe et moi, tu n'as qu'un mot à dire.

— J'apprécie. Merci pour toutes les heures que vous avez passé à le chercher. Je ne le dis pas assez, mais Fallport a bien de la chance de vous avoir. Je travaille avec le conseil municipal pour vous allouer plus de fonds pour l'an prochain. Je sais que d'autres villes vous voleraient en un clin d'œil si elles le pouvaient. La dernière chose dont j'ai envie c'est que vous alliez voir ailleurs à cause d'un manque de moyens.

— On n'ira nulle part, le rassura Ethan.

— Tant mieux.

La discussion se tourna vers d'autres sujets et après une dizaine de minutes environ, Ethan se leva. Il serra la main de Simon.

— Merci de m'avoir tenu au courant.

— C'est normal. Si Lilly entend quoi que ce soit d'inquiétant de la part de ses anciens collègues, ou son connard de patron, tu l'amèneras ici pour qu'elle m'en parle ?

— Absolument.

— Même si je ne pense pas qu'il y aura de problème, mais garde un œil sur elle, l'avertit Simon.

— J'en ai bien l'intention. Elle est actuellement au On the Rocks. Elle s'est bien rapprochée d'Elsie et elles déjeunent ensemble pendant sa pause. Zeke garde un œil sur elle pour moi. Elle a dit qu'après le déjeuner, elle irait faire une partie d'échecs avec Otto, Silas et Art.

— Que Dieu nous vienne en aide, dit Simon en levant les yeux au ciel.

Ethan rigola.

— Ils vont la pomper pour avoir des infos tout en l'informant des derniers potins en retour, ce que Lilly adore mais refuse d'admettre. Elle va retourner chez Whitney après pour l'aider à faire quelques bricoles dans la maison. Elle se sent coupable de la somme minuscule qu'elle paye pour sa chambre, même si elle passe la plupart de ses nuits chez moi, alors elle lui a proposé de faire du bricolage chez elle. Aujourd'hui, elle va épousseter le haut des ventilations au plafond et changer certaines ampoules qui sont trop hautes pour Whitney. Je ne suis pas très enthousiaste à l'idée qu'elle monte sur une échelle, mais puisqu'elle reste, je vais faire avec.

Simon sourit.

— T'as trouvé la bonne.

— Ça, je le sais, crois-moi. Enfin bref, tout le monde gardera un œil sur elle toute la journée et je m'assurerai que ça reste ainsi jusqu'à ce que tu coinces le bâtard qui a tué Morrison.

— Tant mieux. Je fais tout ce que je peux pour faire examiner les preuves plus rapidement. Avec un peu de chance, on en saura vite plus. La preuve ADN prendra plus de temps, mais je croise les doigts pour qu'on ait les données de cette caméra aujourd'hui.

— Si tu en as l'occasion, j'aimerais bien savoir ce que vous avez trouvé.

— Considère que c'est déjà fait.

— Super. À plus tard.

Ethan salua le chef de la police en levant le menton puis s'avança vers la porte. Il ne fut pas vraiment surpris par ce qu'il venait d'apprendre.

Ethan sortit son téléphone et composa le numéro de Lilly, il avait besoin d'entendre sa voix après que Simon lui avait dit que le tueur était probablement quelqu'un qu'elle connaissait. Elle répondit dès la première sonnerie.

— Salut ! dit-elle joyeusement.

Ethan se détendit immédiatement, sa voix enjouée le rassurant sur son état.

— Salut, répondit-il.

— Comment s'est passée ta réunion avec le chef de la police ?

— Pas trop mal. Je te raconterai plus tard. Comment va Elsie ?

— Elle est occupée, dit Lilly en rigolant. Mais il est évident que tout le monde l'apprécie ici. Ça ne faisait pas trois secondes qu'on était assises que quelqu'un nous a tout de suite interrompues pour la saluer... et a eu l'air déçu qu'elle soit en pause et ne puisse pas le servir.

Ethan rigola.

— Oui, c'est l'une des meilleures employées de Zeke. Enfin bref, je voulais juste t'appeler et prendre de tes nouvelles. M'assurer que tout va bien.

— Pourquoi, ça ne devrait pas ? demanda-t-elle.

— Si. Je me fais juste du souci pour toi, vu que la personne qui a tué Trent court toujours.

— Je vais bien. Je t'assure.

— OK, fais en sorte que ça reste comme ça alors. D'accord ?

Elle rigola.

— OK. Y a-t-il quelque chose que tu voudrais que je demande à Art et aux autres ?

— Hum... non ?

Il ne se lasserait jamais de son rire.

— Très bien. Je te tiendrai au courant de tous les potins de Fallport ce soir quand tu viendras me chercher. Justement, en parlant de ça... tu veux bien m'accompagner pour que j'achète une voiture ? Pas une voiture de luxe ni chère, mais je vais avoir besoin d'un *truc* pour que tu ne sois pas obligé de constamment m'amener partout.

— Ça ne me dérange pas, dit-il.

— Je sais et je t'en remercie, mais j'aimerais quand même avoir ma propre voiture.

— Je t'accompagnerai avec plaisir.

— Merci. Oh, et j'ai parlé à mon père ce matin... et je crois qu'il a prévu de venir ici.

— Ah oui ?

— Oui, oui. J'espère que ça ne te fait pas flipper.

— Pas du tout. Je t'ai déjà dit que j'avais hâte de le rencontrer. Ça n'a pas changé.

— Je crois qu'il veut s'assurer que tu es aussi génial que ce que j'affirme. C'est pénible, mais c'est mon père, donc je le comprends.

— Moi aussi. Ça ne pose pas de problème, Lil.

— D'accord, mais si mes frères disent qu'ils viennent aussi je m'y opposerai. Je n'ai pas envie de te soumettre à leur jugement pour le moment.

Ethan gloussa.

— Tu es sûre que Whitney est d'accord pour venir te chercher tout à l'heure ?

— Oui. Elle fait une liste de toutes les choses qu'elle n'a pas pu réparer chez elle... mais elle n'est pas contente. Je lui ai dit de ne rien oublier sinon... Je ne sais pas vraiment ce que j'aurais fait si elle ne s'était pas exécutée, mais ma menace a fonctionné, dit Lilly avec joie. Elle me rend un grand service en ne me faisant payer que quelques centimes pour la chambre. Elle m'a aussi dit qu'elle serait ravie de m'amener où je voulais et de venir me rechercher. Raison de plus pour que j'ai ma propre voiture.

— Effectivement. Je rentre à la maison. Si jamais il y a un problème et qu'on ne peut pas venir te chercher, appelle-moi. Je pourrai prendre une pause pour le faire.

— OK.

— Je vais te laisser pour que tu puisses profiter du reste de ton déjeuner avec Elsie. Dis-lui que je la salue.

— Ça marche.

— Je t'aime, Lil.

— Je t'aime aussi. On se voit plus tard.

— Bisou.

— Bisou.

Ethan raccrocha, satisfait que Lilly soit prête pour l'après-midi. Malgré ça, il pinça les lèvres, espérant contre toute attente que Simon pourrait découvrir l'identité du meurtrier de Trent dans pas longtemps. Il avait besoin d'être sûr que sa Lilly était en sécurité. Et pour cela, le meurtrier devait être attrapé. Le plus tôt serait le mieux.

CHAPITRE VINGT

— C'était super de passer du temps avec toi, dit Lilly à Elsie.

— Pareil. Même si j'adore vivre ici, je n'ai pas souvent eu l'occasion de connaître des femmes de mon âge, expliqua-t-elle avant de baisser les yeux. Ou qui pensent que ça vaut la peine de se lier d'amitié, vu ma situation.

Lilly lui prit la main.

— Ta situation ? Quoi, parce que tu es une mère célibataire qui travaille d'arrache-pied et qui fait de son mieux pour son fils ? demanda-t-elle.

Elsie haussa les épaules, un peu gênée.

— Je vis dans un motel, je suis serveuse et on me considère encore comme une nouvelle venue.

— Tu as un toit au-dessus de ta tête et tu travailles dur. Il n'y a rien de mal à ça, Elsie.

Elle haussa les épaules.

— Je voudrais mieux pour Tony.

— D'après ce que je vois, il est heureux, intelligent et gentil, je ne sais pas ce que tu voudrais de plus pour lui.

— Merci, dit-elle.

Lilly hocha la tête et serra la main de sa nouvelle amie.

— J'apprécie que tu prennes le temps de lui apprendre des choses que je ne sais pas faire. Il a vraiment besoin d'une figure masculine dans sa vie, mais je ne suis pas prête à sortir avec quelqu'un.

Lilly ne se vexa pas. Elle pouvait apprendre à Tony comment faire pour changer un pneu et bricoler quelques trucs, mais elle ne pouvait pas remplacer un modèle masculin positif.

Elle regarda en direction du bar et vit que Zeke les observait une fois de plus. Et elle savait que ce n'était pas parce qu'*elle* était là. Elle avait rapidement remarqué qu'il gardait *toujours* un œil sur Elsie.

— Tu sais, dit-elle aussi nonchalamment que possible, Zeke est un bon gars. Je suis sûre que ça ne le dérangerait pas de passer du temps avec Tony.

Elsie rougit et secoua la tête.

— Oh, non, je ne peux pas lui demander de faire ça. Il a déjà été si gentil concernant mon emploi du temps.

— Je n'ai pas l'impression que ça le dérangerait, dit Lilly.

Elsie jeta un coup d'œil en direction du bar, ses joues roses devenant de plus en plus rouges lorsqu'elle vit que Zeke la regardait.

— Merci d'être venue manger avec moi, dit-elle en essayant désespérément de changer de sujet.

Lilly gloussa.

— OK, je laisse tomber. Mais tu sais, j'ai passé beaucoup de temps avec lui et ses amis ce mois-ci et je peux t'assurer qu'ils sont tous incroyables. Attentionnés, drôles et gentlemen.

— Et tu as oublié intenses, dit Elsie avec ironie.

— Oui, aussi, admit Lilly. Mais ils en ont bavé avec leur ancien métier, donc ce n'est pas surprenant.

— Zeke était un Béret Vert, dit Elsie d'un air admiratif.

Lilly le savait déjà grâce à Ethan, mais elle dit :

— Ah oui ?

— Oui. Il ne parle pas trop de son passage dans l'armée, mais je l'ai entendu en parler à Tal une fois. Ils comparaient leurs histoires, expliqua Elsie en frissonnant. Il a vu des choses assez horribles.

— Ethan aussi. Il en fait encore des cauchemars parfois.

Les deux femmes se regardèrent un moment avant que Lilly n'ajoute :

— Je crois que ce serait une bonne chose que Zeke passe du temps avec Tony. Il l'aiderait à oublier toutes ces choses affreuses qu'il a connues.

Elle vit qu'Elsie y réfléchissait. Réalisant qu'elle avait assez insisté pour aujourd'hui, Lilly se leva et Elsie la rejoignit, puis elle prit sa nouvelle amie dans ses bras.

— Ne travaille pas trop dur aujourd'hui, dit-elle.

— Non. Je suis vraiment contente que tu restes, dit Elsie.

— Moi aussi. Et je vais peut-être devoir demander du travail à Zeke si je n'en trouve pas un rapidement, plaisanta Lilly.

— J'adorerais, mais j'imagine que ça ne te plairait pas beaucoup. Les photos que tu as prises de Tony sont géniales. Tu devrais poursuivre dans cette voie.

Lilly hocha la tête. Elle y pensait justement. Whitney lui en avait parlé il y a quelque temps et plus elle y pensait, plus ça lui donnait envie. Elle avait adoré être au cœur de l'action à la fête d'anniversaire de Tony et il n'y avait pas d'autre photographe ou vidéaste professionnel à Fallport. Elle ne deviendrait peut-être pas millionnaire avec ce métier, mais ça lui plairait beaucoup plus que ce qu'elle avait fait récemment, ça, c'était sûr.

— J'y pense effectivement.

— Dis bonjour à Otto et aux autres pour moi, dit Elsie en raccompagnant Lilly à la porte.

— Ça marche. On se voit plus tard ! dit Lilly en serrant à

nouveau Elsie dans ses bras avant de sortir sous le beau soleil de printemps.

Elle fit le tour de la place en direction de la poste, profitant de la météo et saluant tous ceux qu'elle croisait. Cela faisait du bien d'avoir été acceptée aussi rapidement par la plupart des habitants... notamment quand on savait que la raison de sa venue à Fallport n'était pas très appréciée.

Il y avait certaines personnes, comme Harry Grogan, qui avaient pleinement approuvé l'émission.

Il était occupé à fabriquer tout un tas de produits dérivés en prévision de la foule de gens qu'il s'attendait à voir arriver une fois l'épisode du Bigfoot diffusé. Lilly espérait qu'il finirait par se faire beaucoup d'argent. Mais l'opinion la plus répandue était que l'émission agaçait tout le monde et qu'un possible afflux de touristes à la recherche de Bigfoot était redouté.

Elle salua Davis qui était assis dans le carré de pelouse au milieu de la place et fut contente qu'il la salue en retour. Ruth et Clara étaient au salon Un Cran Au-Dessus, comme d'habitude, et même si elles ne la saluèrent pas, elles lui sourirent derrière la vitre lorsqu'elle passa devant. Lilly prit ça comme une victoire. Le chemin qu'elle emprunta l'éloigna de la salle de billard contre laquelle Ethan l'avait mise en garde et elle en fut bien contente car elle vit quelques hommes à l'air hirsute se tenir devant la porte d'entrée. Elle sourit en entendant Silas, Otto et Art se disputer à leur place habituelle devant la poste.

— Salut, dit-elle en s'approchant.

— C'est pas trop tôt, grommela Art.

Lilly n'en fut pas offensée. Art était toujours grognon.

Elle se pencha et l'embrassa sur la joue. Il s'en plaignit aussi, mais il était évident que ça ne le dérangeait pas vraiment.

Elle salua Otto de la même façon et quand elle se

pencha vers Silas pour l'embrasser sur la joue, il tourna la tête au dernier moment et elle bécota ses lèvres à la place.

Il sourit et posa la main sur son cœur.

— Vous avez vu ça les gars ? Elle m'a embrassé !

Lilly ne put que rire de ses pitreries. S'il s'était agi de quelqu'un d'autre, elle aurait été furieuse. Mais elle ne pouvait pas être en colère contre un chauve de presque 70 ans qui passait ses journées à bavarder et traîner avec ses copains.

— C'est grossier, le réprimanda Otto.

— Pas cool, dit Art.

Silas fronça les sourcils en se tournant vers Lilly.

— Je ne pensais pas à mal.

— Je sais, ce n'est pas grave, dit Lilly. Mais si Ethan vient te défier en duel, ne viens pas pleurnicher après.

Ils rigolèrent tous. Silas lui prit la main et la serra.

— Ça ne se reproduira plus.

Elle lui sourit.

— Du coup... qui va m'apprendre à jouer ? demanda-t-elle.

Elle savait qu'elle ouvrait la boîte de Pandore en demandant une leçon d'échecs de la part des trois hommes, mais au moins, ce serait divertissant.

Après trente minutes de cours, Lilly fut aussi perdue qu'au début. Dès que Art lui expliquait quelque chose, Otto ou Silas le contredisait. Puis, le trio se disputait sur les règles du jeu. C'était hilarant – et Lilly s'amusait beaucoup.

Tout en lui expliquant les coups qui étaient permis et comment marquer des points, les hommes lui racontaient les derniers potins. Tout ce qu'ils partageaient était assez inoffensif et Lilly fut surprise de réaliser qu'elle connaissait une partie des gens dont ils parlaient.

Quand la conversation se tourna vers Davis, le seul sans-abri de Fallport, Lilly demanda doucement :

— N'y a-t-il rien que nous puissions faire pour l'aider ?

— Il ne veut pas qu'on l'aide, dit Silas.

— J'aimerais bien que ce soit l'inverse, soupira-t-elle.

— Moi aussi. Il dit qu'il a trop de problèmes dans sa tête pour vivre à l'intérieur. Il dit qu'il est claustrophobe. Les propriétaires des magasins s'assurent de lui laisser à manger, pour qu'il ne meure pas de faim, et il y a un abri derrière le poste de police qu'il l'utilise quand la météo est mauvaise.

Elle était au courant pour la nourriture, grâce à une conversation qu'elle avait eue avec Ethan, mais pas pour l'abri.

— Et l'hiver quand il fait froid ? demanda Lilly avec inquiétude.

— Old Town Auto le laisse rester dans les hangars, ajouta Otto.

— Ah, bon c'est bien, dit Lilly.

Elle était toujours inquiète pour le vétéran, mais elle était contente que les habitants fassent de leur mieux pour s'occuper de lui.

— J'ai entendu dire que cet autre caméraman lui a parlé hier. Il lui a proposé de l'argent pour qu'il parle de Bigfoot et affirme l'avoir vu en ville, dit Otto.

Lilly se tourna vers le vieil homme.

— Sérieux ? Joey lui a proposé de l'argent pour qu'il parle ?

Otto haussa les épaules.

— C'est ce que j'ai entendu dire.

— Moi aussi, ajouta Silas. Et il traîne près du lycée, il essaie aussi de parler aux enfants quand ils sortent de classe. Le caméraman, pas Davis bien sûr.

Lilly vit rouge. C'était une chose que Tucker soit un connard, et elle suspectait Joey de faire ce qu'on lui ordonnait, mais là, c'en était trop.

Ils avaient largement assez de vidéos pour faire ce foutu épisode ; Joey était juste pénible.

— Si vous voulez bien m'excuser messieurs, j'ai oublié que j'avais quelque chose à faire, dit-elle en se levant.

— Très bien mademoiselle, dit Art.

Lilly avait le sentiment que ça ne le dérangerait pas de retrouver sa routine habituelle.

— Tout va bien ? demanda Otto.

— Oui, dit Lilly faisant de son mieux pour ne pas paraître aussi énervée qu'elle l'était.

— Merci pour la leçon. On remet ça bientôt. OK ?

— Bien sûr, dit Silas, reportant son attention sur le plateau.

— Otto, c'est à ton tour.

Lilly les salua une fois de plus, puis elle descendit rapidement la rue. Elle composa le numéro de Joey en tournant à l'angle, s'appuyant contre le mur en briques, s'assurant qu'elle ne puisse pas attirer les regards indiscrets des clients et propriétaires des commerces du centre.

— Allô ?

— Joey, c'est Lilly. Il faut qu'on parle.

Elle ne tourna pas autour du pot et n'essaya même pas de cacher son irritation.

— Qu'est-ce qui se passe ?

— Il faut que tu arrêtes de harceler les gens pour Trent et Bigfoot. Tucker a suffisamment d'images pour ce fichu épisode. Je t'ai donné ma caméra l'autre jour. Pourquoi es-tu encore là ?

— Tucker veut plus d'images, dit Joey en s'excusant.

— Eh bien, ce n'est pas cool de traquer les lycéens et ce pauvre Davis. C'est quoi la prochaine étape ? Faire en sorte qu'un élève de CE2 te raconte qu'il a vu Bigfoot manger l'animal de compagnie de sa famille ?

— C'est pas ce que tu crois, protesta Joey.

Son ton agaça Lilly.

— Alors c'est quoi, Joey ?

— Tu sais comment est Tucker. Il est obsédé.

— Je *sais*, dit Lilly, sa colère s'atténuant un peu, maintenant que Joey lui avait confirmé ce qu'elle suspectait – tout ça était de la faute de Tucker.

— Je ne vais pas rester longtemps. Et je suis désolé si j'ai contrarié qui que ce soit, mais je ne sais pas à qui je devrais ou ne devrais pas parler. Tu veux bien me retrouver pour me donner des idées ? Tu connais les habitants et cette ville bien mieux que moi.

Lilly soupira. Elle n'avait plus envie d'être impliquée dans cette émission. Mais si elle pouvait l'empêcher de harceler quiconque et l'aider à trouver ce qu'il cherchait pour qu'il reparte plus vite, ne devrait-elle pas le faire ?

— OK.

— Merci beaucoup ! dit Joey. Maintenant ?

— Hein ?

— Est-ce qu'on peut se retrouver maintenant ? J'aimerais en finir. Tucker parle déjà de la deuxième saison de l'émission et j'ai envie de participer à ces discussions. Donc plus vite j'obtiens les images pour l'apaiser, plus vite je rentre en Californie et m'assure d'être inclus dans l'équipe pour la prochaine saison.

Lilly regarda sa montre. Elle avait environ une heure avant que Whitney ne vienne la chercher.

— Très bien, dit-elle. Mais je n'ai pas toute l'après-midi. J'ai des trucs de prévus.

— Ah oui ?

Elle se crispa devant son air perplexe.

— Oui, Joey. J'ai une vie en dehors des tournages.

— Pardon, je ne voulais pas dire ça comme ça. Je suis juste surpris. On dirait que tu as décidé de rester. Enfin bref, je ne pense pas que ça prendra longtemps. Où es-tu ? Je peux passer te prendre ? Tu as déjà loué une nouvelle voiture ?

— Non. Et oui, tu peux venir me chercher. Et si on se retrouvait devant le parc à chiens derrière les bâtiments de Main Street ?

— Ça fera l'affaire, je sais où c'est. Derrière la boulangerie et le café. Merci beaucoup, Lilly. Sérieusement. J'arrive.

— À toute, dit Lilly.

— Salut.

Elle raccrocha et secoua la tête. Elle n'avait pas envie de passer du temps avec Joey. Premièrement, elle en avait fini avec ces conneries d'enquêtes paranormales. Deuxièmement... ça lui faisait mal de le revoir. Jusqu'à ce dernier tournage, elle avait toujours fait passer sa carrière avant le reste. Mais ce serait peut-être l'occasion de tourner la page. Une façon de laisser sa vie de caméraman derrière elle, une bonne fois pour toutes. Et au passage, elle pourrait essayer d'honorer la mémoire de Trent. Ils n'avaient jamais été proches, mais elle ne supportait pas que sa mort soit utilisée comme une stratégie marketing.

Peut-être que si elle arrivait à convaincre Joey de demander aux gens ce qu'ils pensaient de *Trent*, elle se sentirait mieux. Ça ne devrait pas être trop difficile. Trent n'était pas un habitant, mais il avait su comment charmer les étrangers. Il devait y avoir des *gens* avec lesquels il avait interagi qui pourraient avoir de gentilles choses à dire sur lui devant la caméra. Elle allait encourager Joey à parler aux employés de l'hôtel et des restaurants du coin.

Satisfaite de son plan, elle se rendit au parc à chiens. Il n'était pas très loin, mais quand même, Lilly avait hâte d'avoir son propre véhicule. Elle détestait acheter une voiture, mais avec l'aide d'Ethan, ce ne serait peut-être pas si horrible.

En pensant à Ethan, elle réalisa qu'il fallait qu'elle l'informe de son changement de plan. Elle cliqua sur son prénom sur son téléphone et attendit qu'il réponde, mais la sonnerie retentit avant de tomber sur la messagerie. Elle lui laissa un message bref lui indiquant qu'elle retrouvait Joey, lui promettant de l'appeler dès qu'elle aurait fini. Elle rangea son téléphone dans sa poche et attendit.

Joey arriva quelques minutes plus tard dans une berline noire de location. Elle s'assit sur le siège passager et sourit à son ancien collègue.

— Salut.

— Merci encore pour ton aide, Lilly. C'est gentil, dit Joey avec un grand sourire.

— Pas de problème.

Il s'éloigna du parc à chien et tourna à droite. Puis, il tourna à nouveau à droite sur Main Street et se dirigea vers l'est, en dehors de la ville.

— Où est-ce qu'on va ? demanda Lilly.

— Je me disais qu'on pourrait aller dans un endroit plus tranquille. J'imagine, d'après ta réaction, que je ne suis pas très populaire par ici en ce moment. Je pourrai te déposer où tu veux une fois qu'on aura fini de discuter.

Lilly ressentit un certain malaise.

— OK. Il y a une aire de stationnement pas trop loin sur la route qu'on peut utiliser.

Mais lorsqu'ils s'approchèrent de l'endroit en question, Joey ne ralentit pas.

— Joey ? Tu l'as ratée.

— Je sais, dit-il soudain d'une voix grave.

Le malaise qu'elle avait ressenti un peu plus tôt s'accentua.

— Gare-toi, lui ordonna-t-elle. Tout de suite.

— Non.

— Joey, je ne plaisante pas. Je n'ai pas accepté de quitter la ville.

Il s'éloignait de la civilisation. À vrai dire, il se dirigeait même vers les sentiers des montagnes où ils avaient fait la plupart de leurs tournages.

Il ne lui répondit pas, regardant simplement droit devant lui en conduisant.

Lilly avait vraiment peur désormais et ne comprenait pas ce qui se passait, mais elle savait que ça ne présageait rien de bon. Elle repensa à la conversation qu'elle avait eue avec Ethan sur le fait que le meurtrier de Trent était probablement l'un des gars avec qui elle avait travaillé sur l'émission.

À ce moment-là, elle n'était pas sûre d'y croire – mais maintenant, elle n'arrêtait pas d'y penser.

Elle sortit rapidement son téléphone de sa poche, mais avant qu'elle n'ait le temps de cliquer sur le prénom d'Ethan, il le lui arracha des mains.

Jetant un coup d'œil vers Joey, elle vit qu'il arborait une expression qu'elle ne lui avait jamais connue.

Le caméraman affable qu'elle avait appris à connaître ces derniers mois avait disparu.

Il avait l'air absolument furieux.

— N'y pense même pas, ricana-t-il.

Lilly ouvrit la bouche pour dire quelque chose – mais elle ne savait pas quoi. Instinctivement, elle sentait qu'il fallait qu'elle apaise cet homme pour qu'il ne fasse pas de bêtise.

Elle n'en eut pas l'occasion. Il dirigea son poing vers elle et la frappa. Violemment.

Sa tête partit sur le côté et heurta la vitre à côté d'elle, la voiture bougeant un peu suite au geste de Joey.

Lilly vit de petits points blancs et l'obscurité menaça de

s'emparer d'elle. Elle lutta. Dieu seul savait ce que Joey ferait si elle était inconsciente.

Avant même qu'elle ne puisse retrouver son équilibre, il la frappa à nouveau. Cette fois-ci, quand sa tête heurta la vitre elle s'évanouit immédiatement.

CHAPITRE VINGT ET UN

Ethan s'essuya le front. Lui et Rocky avaient passé les dernières vingt-minutes à se battre avec une lourde poutre de support dans la maison. L'ancienne n'avait pas été installée correctement et c'était un miracle que la maison ne se soit pas effondrée sur elle-même. Il avait entendu son téléphone sonner quelquefois, mais n'avait pas pu y répondre.

Lorsqu'il le tira de sa poche, il vit que Lilly et Simon l'avaient appelé.

Comme aucun d'eux n'avait laissé de message, il cliqua d'abord sur le prénom de Simon, espérant obtenir plus de nouvelles sur l'affaire. Le chef de la police répondit après seulement une sonnerie.

— Qu'est-ce qui se passe ? demanda Ethan.

— Le labo nous a envoyé la vidéo qu'ils ont réussi à récupérer de la caméra de Morrison, dit Simon sans tourner autour du pot. On le voit surtout errer dans les bois près de son campement. Puis la vidéo se coupe et quand elle reprend il est dans le coin de la forêt où il a été retrouvé par les randonneurs. Il marche, semblant se parler à lui-même en disant qu'il a aperçu des traces de Bigfoot et qu'il pense s'en approcher quand soudain il crie et tombe. Et comme tu le sais, la caméra était sous lui, donc il n'y a pas d'images... mais il y a un enregistrement audio.

— De ? demanda Ethan quand Simon s'arrêta.

— De sa mort. Le son est étouffé, probablement parce que Trent était tombé sur la caméra, mais on peut l'entendre demander pourquoi et supplier quelqu'un d'arrêter. Puis il y a beaucoup de bruits de lutte et de gargouillis.

— Et ? demanda Ethan avec impatience.

Il savait que Simon ne l'aurait pas appelé s'il n'y avait pas autre chose.

— Le meurtrier n'est pas sur la vidéo, évidemment. Mais il lui dit « Merci pour le Emmy Awards » avant de s'en aller. J'imagine qu'il était pressé de partir et qu'il a oublié que le caméscope de Trent était toujours là, mais même si celui-ci se trouvait sous lui, la voix est bien audible. Morrison avait mis le volume à fond. Probablement pour être sûr d'enregistrer Bigfoot en train de marcher dans les bois ou une connerie du genre.

— Qui était-ce ? demanda Ethan.

— Ça ne va pas te plaire, l'avertit Simon.

— Qui ?

— Joey Richards. J'ai envoyé des échantillons de voix de toutes les personnes qui travaillent pour l'émission à la police d'État à partir des interrogatoires que nous avons conduits. Et la sienne correspond. Ils sont sûrs à quatre-vingt-cinq pour cent que c'est lui.

— Merde, jura Ethan. Il faut que j'appelle Lilly.

— Oui, c'est pour ça que je t'ai appelé. J'ai envoyé des gars pour traquer Richards. Pour l'instant ils ne l'ont pas trouvé.

— Merci pour ces infos. Lilly l'a revu il y a quelques

jours pour lui rendre sa caméra et autres. J'étais là. Je n'ai même pas senti quelque chose de bizarre chez lui.

— On enquête toujours sur lui, mais apparemment lui et Morrison se connaissent depuis longtemps. Ils ont trouvé l'idée de l'émission ensemble. Tu savais que Richards avait commencé sa carrière à Hollywood devant la caméra ?

— Non.

— Eh bien, si. Il a joué dans des feuilletons, a eu quelques petits rôles dans des films. Mais comme ça n'a rien donné, il s'est rabattu sur le métier de caméraman. Apparemment, c'était ce qu'il faisait à l'université avant qu'il ne décide de devenir une star. Je suppose que le succès potentiel de l'émission l'a rendu jaloux. Morrison faisait partie des stars et s'il y en a bien un qui devait être célèbre, c'était lui. Peut-être que ça a énervé Richards.

Ethan l'écoutait à peine. Il fallait qu'il parle à Lilly. Maintenant. Pour lui dire qu'elle ne devait en aucun cas s'approcher de Joey tant qu'il n'était pas en détention.

— Il faut que j'y aille.

— D'accord.

— Tiens-moi au courant.

— Ça marche.

Ethan raccrocha et cliqua immédiatement sur le prénom de Lilly sur l'écran.

— Qu'est-ce qui se passe ? demanda Rocky.

— C'est Joey, dit-il simplement.

— Merde, dit Rocky.

La tension d'Ethan s'accentua lorsqu'il tomba immédiatement sur la messagerie de Lilly. Elle gardait toujours son téléphone allumé. Toujours. Il lui laissa un message bref lui demandant de l'appeler dès qu'elle le pourrait, puis cliqua sur le prénom de Zeke.

— Yo. Qu'est-ce qui se passe ? répondit Zeke.

— Lilly est là ?

— Non. Pourquoi ?

Le ton léger de son ami devint immédiatement sérieux.

— Simon pense que c'est Joey qui a tué Trent. Et je n'arrive pas à contacter Lilly, dit Ethan.

— Elle était là tout à l'heure. Elle a déjeuné avec Elsie. Elle est partie après 13 h 30. Attends…

Ethan entendit son ami marcher et la clochette au-dessus de l'entrée tinta alors qu'il ouvrait la porte.

— Elsie a dit qu'elle devait passer du temps avec les gars devant le bureau de poste, mais je ne la vois pas. Tu veux que j'aille leur demander s'ils l'ont vue ?

— Oui.

Ethan entendit Zeke traverser la place en courant. En moins de trente secondes, il put entendre sa conversation avec les trois vieux hommes.

— Vous avez vu Lilly aujourd'hui ? demanda Zeke.

— Elle était là tout à l'heure, lui dit Otto.

— Quand est-elle partie ? Et pourquoi ? demanda Zeke.

— Il y a environ une demi-heure, dit Art.

— Elle a dit qu'elle avait quelque chose à faire, ajouta Silas.

— Quoi ? demanda Zeke.

— Elle n'a pas dit, répondit Silas.

— Essaie de réfléchir. C'est très important, dit Zeke d'un ton sec. Est-ce qu'elle a reçu un appel ou autre ?

Un silence s'installa et Ethan retint sa respiration.

— Non, pas d'appel, dit Otto. Mais on parlait de Davis. Et elle était très inquiète pour lui. Je lui ai dit que lorsqu'il faisait froid il restait au Old Town Auto.

— C'est ça, ce qui nous a ensuite amenés à parler du type de la TV. Et sur le fait qu'il posait des questions à Davis, ajouta Silas. Et je lui ai dit qu'il traînait aussi vers le lycée pour parler aux gamins.

— C'est là qu'elle s'est souvenue qu'elle avait quelque chose à faire, dit Art. Ça m'arrive souvent aussi. Je peux être en train de faire quelque chose, comme me brosser les dents, et soudain, je réalise que j'ai oublié de mettre la brique de lait dans le frigo.

— OK. Merci, les gars, dit Zeke. T'as entendu Ethan ?

— Oui, j'ai entendu. Je ne le sens pas.

— Moi non plus.

Quelques secondes s'écoulèrent, puis Zeke dit :

— Je ne la vois nulle part.

C'est juste à ce moment-là que le téléphone d'Ethan vibra dans sa main. Il l'écarta assez de son oreille pour voir qu'il venait de recevoir un message vocal.

— Attends, Zeke j'ai reçu un message.

— Rappelle-moi, lui ordonna Zeke.

— Je le ferai.

Ethan raccrocha et cliqua immédiatement sur l'icône message. En regardant sa montre, il réalisa que le message avait en fait été envoyé il y a presque quarante minutes. Il pinça les lèvres avec agacement. Il ne *supportait pas* que le réseau soit si peu efficace en dehors du centre-ville.

Il entendit la voix de Lilly et fut immédiatement soulagé – jusqu'à ce qu'il comprenne son message. Elle avait prévu de retrouver Joey. La seule personne au monde qu'elle devait à tout prix éviter.

— Putain ! jura-t-il en rappelant Zeke.

Il ne perdit pas de temps quand son ami décrocha.

— Il la tient, dit Ethan.

— On n'en sait rien.

— Si. Le message que j'ai reçu est de *sa part*, et elle m'explique qu'elle va retrouver Joey et qu'elle m'appellera quand elle aura terminé. Ce foutu message n'est arrivé que maintenant. Où pourraient-ils aller ?

Ethan était déjà en route vers sa voiture, son frère à ses

côtés. Son jumeau ne savait pas ce qui se passait, mais il soutiendrait Ethan quoi qu'il arrive.

— À l'hôtel ? Ou vers Roanoke ? suggéra Zeke.

Ethan se tourna vers Rocky une fois qu'ils furent dans sa voiture. Il connecta son téléphone au Bluetooth de la voiture pour qu'ils puissent parler tous les trois.

— Où Joey emmènerait-il Lilly s'il voulait lui faire du mal ?

Rocky y réfléchit un instant.

— Dans les montagnes.

L'estomac d'Ethan se noua. C'était également ce qu'il pensait.

— Mais où ?

— Tu crois qu'il serait assez bête pour l'emmener là où il a tué Trent ? demanda Rocky.

— Peut-être, dit Zeke. S'il veut que les gens pensent que c'est la même personne qui a tué Trent et Lilly... il risque de l'emmener au même endroit.

Pinçant à nouveau les lèvres, Ethan démarra sa voiture et quitta rapidement l'allée de la vieille maison. Pendant une seconde, Ethan eut l'impression de se retrouver projeté dans son cauchemar. Il imagina le bébé hurlant à tue-tête, tout en sachant que quelque chose de terrible allait se produire.

Dès que l'image se forma dans son esprit, il la repoussa.

Non. Ils trouveraient Lilly à temps. Il le fallait.

Mais s'ils se trompaient sur le lieu où ils pensaient que Joey l'emmènerait, cela risquait de lui coûter la vie.

— On est en chemin, dit Rocky à Zeke.

— Je vais appeler les autres. Et Simon. On se retrouve là-bas. Ne nous attendez pas, dit Zeke.

— Reçu, dit Rocky avant de couper la connexion.

Ils roulèrent sans parler. Il n'y avait rien à dire. Les deux hommes étaient perdus dans leurs pensées. Ethan pensait à Lilly. Son doux sourire. Son rire. Ce qu'il ressentait quand elle était dans ses bras. Il ne pouvait pas la perdre alors qu'il venait juste de la trouver. Il ne le pouvait pas.

Sa détermination s'accentua. Lilly ne mourrait pas aujourd'hui. Hors de question. Il ferait tout son possible pour s'en assurer.

* * *

Lilly se réveilla lentement, sans savoir où elle était ni pourquoi elle avait si mal à la tête. Elle leva la main vers son crâne – et quelque chose autour de son cou se resserra, au point qu'elle ne pouvait plus respirer.

— Ne touche pas la corde, dit une voix au-dessus d'elle alors que la pression autour de sa gorge diminuait.

Ouvrant les yeux, Lilly vit le visage de Joey. Il était à cheval sur elle, la regardant avec un rictus, tenant une corde dans ses mains.

— Joey ? Qu'est-ce qui se passe ?

Il se redressa.

— Lève-toi, ordonna-t-il au lieu de répondre à sa question.

Comme elle ne bougeait pas assez vite, il tira sur la corde.

C'est là que Lilly réalisa que la corde qu'il tenait dans ses mains était reliée à une boucle autour de son cou.

Non. Pas une boucle. Un putain de nœud coulant.

Elle était vraiment dans la merde.

N'ayant pas le choix, elle se mit à genoux, puis se leva. Elle tangua un peu, regardant Joey d'un air perplexe alors que ses souvenirs revenaient.

La conversation avec les trois hommes qui adoraient les potins. L'appel de Joey. Comment elle avait accepté de l'aider pour le faire quitter Fallport plus rapidement. Comment il l'avait frappée au visage.

Par réflexe, elle mit la main dans sa poche et la trouva vide.

Joey le remarqua. Évidemment.

— Si tu cherches ton téléphone, il est explosé en mille morceaux sur le bord de la route. Tu ne croyais quand même pas que j'allais te laisser appeler quelqu'un, non ? Ou laisser quelqu'un traquer le signal ? Et puis, de toute façon, ton téléphone ne capterait pas ici. Maintenant, marche.

Il tira à nouveau sur la corde, lui coupant le souffle alors qu'elle se resserrait autour de son cou une fois de plus. Lilly ne put s'empêcher de la saisir, essayant de desserrer la matière rugueuse autour de sa gorge. Mais Joey tira fortement sur l'extrémité et elle se retrouva à nouveau à genoux.

— J'ai dit ne la *touche pas* ! hurla-t-il, sa voix résonnant à travers les arbres.

Ils se trouvaient sur un parking de graviers, ce qui ressemblait à l'un des nombreux points de départ des sentiers autour de Fallport, et il n'y avait aucune voiture. Elle était seule.

— À chaque fois que tu toucheras la corde, tu le regretteras. Lève-toi et *marche* putain !

Lilly s'exécuta. Elle ne savait pas où ils étaient, mais elle savait très bien pourquoi il l'avait amenée dans les bois – Joey avait tué Trent. Elle ne savait pas vraiment pourquoi, mais ce n'était pas important pour le moment. La vraie question c'était de savoir pourquoi il lui faisait ça à *elle* ? Avait-il vraiment l'intention de la tuer aussi ? Ça ne faisait aucun sens.

Mais Lilly garda ses questions pour elle et commença à marcher dans la direction indiquée par Joey. Le sentier était étroit et envahi par la végétation et plus ils avançaient, plus elle avait peur.

Joey resta derrière elle et elle réalisa qu'il ne plaisantait pas lorsqu'il lui avait dit qu'il lui ferait regretter de toucher la corde lorsqu'elle leva la main pour toucher le côté de sa tête où elle s'était cognée contre la vitre côté passager quand il l'avait frappée.

Il dut croire qu'elle essayait d'enlever la corde, car il tira par-derrière. Elle fut projetée en avant, tombant sur les fesses et faisant de son mieux pour respirer maintenant que le nœud coulant était très serré.

— Je t'avais prévenue, siffla-t-il. Marche plus vite. On a du chemin à faire.

Ses paroles ne la rassurèrent pas du tout, mais elle retint la leçon. Elle n'approcherait pas ses mains de sa tête ou de la corde. Joey allait lui briser le cou s'il tirait trop fort.

Mais ce qu'elle *pouvait* faire, c'était de dégager le chemin autant que possible pour qu'Ethan et ses amis puissent le suivre. Elle les avait observés assez souvent pour savoir ce qu'ils recherchaient quand ils étaient en quête de retrouver une personne disparue. Des éraflures sur le sol de la forêt. Des branches cassées. Alors elle traîna les pieds autant que possible, faisant semblant de trébucher. Elle s'assura de balayer les branches et les feuilles sur son passage. Elle voulait laisser son odeur sur le plus de choses possible pour que Duke puisse suivre sa trace.

Elle ne doutait pas une seconde que l'équipe de recherche et de sauvetage d'Eagle Point la chercherait. Mais quand ? C'était la question à un million de dollars. Heureusement, elle avait expliqué à Ethan ce qu'elle était censée faire et quand, et l'un n'attendait jamais longtemps pour prendre des nouvelles de l'autre.

Elle lui avait aussi laissé un message en lui disant qu'elle retrouvait Joey. Mais découvrirait-il où il l'avait emmenée ?

Elle n'en savait rien, mais il était peu probable qu'elle

parvienne à s'échapper, alors elle espérait qu'Ethan la retrouverait. Sa vie en dépendait, littéralement.

Alors qu'ils marchaient dans la forêt paisible et sereine, Joey se mit à parler.

— Je parie que tu te demandes ce qui se passe, hein ? demanda-t-il, sans lui laisser le temps de répondre. J'ai tué Trent. Il le méritait. Tu savais que l'émission était *mon* idée ? Trent et moi discutions un soir et nous nous moquions de toutes les émissions paranormales à la télé. J'ai souligné qu'elles devaient probablement être très rentables et que la plupart se concentraient sur un sujet à la fois. Soit les fantômes, ou Bigfoot ou les extra-terrestres. Nous avons commencé à parler d'une émission qui inclurait *tout*. On a même planifié les épisodes. Nous étions censés être tous les deux animateurs et assez différents des autres puisque nous trouverions *réellement* quelque chose à chaque émission. Pas des détails inutiles qui laissent les téléspectateurs sur leur faim. On n'y verrait pas que de simples ombres ou des voix faibles, mais de vraies *apparitions*. Qu'on filmerait. Et on interviewerait des personnes qui auraient vraiment expérimenté des faits paranormaux.

Quand on a trouvé des investisseurs, c'était censé être notre moment. Puis, *Tucker* a été embauché et au lieu que Trent et moi soyons les stars, Tucker a décidé qu'il nous fallait une femme pour la diversité et pour attirer les téléspectatrices. Je me suis soudain retrouvé sur la touche et Trent n'a pas eu les couilles de me défendre ! De défendre nos idées. J'ai été renvoyé derrière la caméra. *Une fois de plus.*

Au début, je m'en fichais, j'étais juste content que l'émission se fasse. Jusqu'à ce que je réalise que ça allait être un énorme succès. Et au lieu de faire de son mieux pour me mettre devant la caméra, Trent m'a traité comme une merde ! Comme n'importe quel autre membre de l'équipe. Il m'a *trahi*, s'emporta Joey, comme un déséquilibré.

Je n'avais pas prévu de le tuer, dit Joey, presque nonchalant. Mais il m'a appelé après la première nuit où il a campé tout seul, me suppliant de l'aider. Il détestait être seul là-bas et ne savait pas quoi faire d'intéressant pour les caméras. Alors je suis sorti, je me suis déplacé, je l'ai laissé filmer les buissons qui bougeaient et les bruits que je faisais. Il était tellement excité, ricana Joey d'un air moqueur. C'était son idée de venir ici. Ce contrebandier l'a engueulé parce qu'il filmait près de son installation, alors Trent a voulu aller plus loin pour pouvoir filmer sans être interrompu.

Je l'ai conduit là-bas la deuxième nuit. Pendant qu'il marchait le long du sentier, cherchant un bon endroit, je lui ai dit que j'avais envie d'être invité en tant qu'acteur pour l'émission au Canada. J'avais envie d'être devant la caméra, comme on l'avait prévu au début. Il s'est moqué de moi. Il a vraiment *rigolé*, putain, siffla Joey. Il a dit que je n'avais pas l'étoffe d'une star. Ça m'a tellement énervé ! J'ai pris une branche et je l'ai frappé aussi fort que je le pouvais. J'ai heurté sa jambe. Je l'ai cassée. Je l'ai entendue craquer. Mais je m'en fichais. Il est tombé et avant même qu'il ne comprenne ce qui se passait, j'avais les mains autour de son cou. Tu sais combien de temps il faut pour étrangler quelqu'un ?

Lilly eut la nausée. Elle ne pouvait pas répondre.

— J'ai *dit*, est-ce que tu sais combien de temps il faut pour étrangler quelqu'un ? répéta Joey en tirant sur la corde.

Lilly se retint de tendre la main vers son cou.

— Non, murmura-t-elle.

— Quatre à cinq minutes. Oh, il a perdu connaissance bien avant, mais j'ai dû lui serrer la gorge un bon moment avant qu'il ne meure vraiment.

Lilly fut horrifiée, une fois de plus.

— C'était *tellement bon* ! s'exclama Joey en rigolant alors qu'ils continuaient de marcher. Si je ne peux pas percer grâce à l'émission que *j'ai* imaginée, alors lui non plus.

Lilly n'arrivait pas à croire ce qu'elle entendait.

— Mais maintenant, *c'est toi qui* essaies de saboter l'émission, dit Joey d'un air sombre. Et je ne peux pas l'accepter. Tucker sait très bien ce qu'il fait. Ce sera l'émission dont on parlera le plus dans le pays. Ce pauvre Trent s'est fait attaquer par Bigfoot et a été tué. Tout le monde est bouleversé et on a prévu tout un épisode commémoratif. Mais *tu* as merdé et n'as pas filmé les images qu'il nous fallait pour une fin dramatique ! Le moment où l'on retrouve le corps de Trent. Déchiqueté et mangé par Bigfoot dans les montagnes. Tu as bousillé mon émission ! Mais désormais... avec *deux* morts... tout le monde va en parler. On sera sur toutes les chaînes d'infos et tous les talk-shows. Je vais enfin avoir la reconnaissance que je mérite, et que Trent m'a *volée*.

Ce n'était pas la personne que Lilly pensait connaître. Joey avait perdu les pédales et était complètement délirant. C'était un *monstre*. Et si elle voulait survivre, elle allait devoir réfléchir vite. Elle allait devoir trouver une solution.

Pendant que Joey continuait à lui reprocher de ne pas avoir su l'heure et l'endroit exact où les randonneurs avaient retrouvé le corps de Trent, Lilly essayait frénétiquement de trouver un moyen de s'échapper. Si elle parvenait à arracher la corde des mains de Joey, elle pourrait courir dans la forêt. Elle était en meilleure forme que Joey, même s'il était plus costaud et plus fort. Mais dès la seconde où elle lèverait la main vers la corde, il tirerait dessus et lui briserait probablement le cou.

Non, il fallait qu'elle attende et fasse de son mieux pour s'enfuir quand Joey baisserait sa garde. Tout ce qu'il lui fallait, c'était un moment opportun et elle partirait. Pour l'instant, elle ferait de son mieux pour rester docile et ne pas pousser Joey à faire n'importe quoi.

Elle ne savait pas du tout depuis combien de temps ils marchaient quand il l'arrêta d'un coup sec.

Elle retint son souffle, prête à se battre pour sa vie si Joey essayait de l'étrangler comme il l'avait fait avec Trent.

Mais il sourit simplement. Il eut un regard si sinistre que Lilly en eut la chair de poule.

— On arrive à la partie amusante.

— Joey, ne fais pas ça, le supplia-t-elle, terrifiée.

— Je ne vais rien faire, dit-il calmement. Tu es tellement désemparée par la fin de ta carrière et par le fait que l'émission va être un succès, sans toi, que tu ne le supportes pas. Tu es venue ici pour te suicider.

Lilly le regarda avec incrédulité. Il plaisantait ou quoi ?

Non, clairement pas.

— Évidemment, Tucker ne me laisse pas prendre la place de Trent, donc il a lui aussi besoin d'une bonne leçon. Alors peut-être que la police trouvera des indices confirmant que c'est lui qui t'a tuée, dans un accès de rage, pour avoir bousillé son émission. Dans tous les cas... on va s'amuser. Tourne-toi.

Elle le regarda avec effroi. Elle ne voulait pas lui tourner le dos. Ce n'était pas l'homme avec qui elle avait rigolé quand Tucker proposait des idées stupides pour l'émission. Pas le gars avec qui elle avait dîné. Avec qui elle se plaignait de devoir marcher des kilomètres et des kilomètres ou de transpirer pendant des heures sous le soleil du Nouveau-Mexique. Là, il s'agissait d'un inconnu. Quelqu'un qu'elle ne connaissait pas.

— J'ai *dit*. Tourne. Toi, gronda Joey d'une voix rauque et dure.

Ne sachant pas quoi faire d'autre, Lilly se retourna. Elle tremblait si fort qu'elle était impressionnée de tenir toujours debout. Elle entendit Joey farfouiller derrière elle, mais elle ferma les yeux, se demandant si ça allait être douloureux de mourir.

Lilly se détestait. Elle aurait dû se battre. Fuir. Attaquer Joey. Faire *quelque chose* au moins. Mais elle était paralysée par la peur. Sa famille lui avait appris à se battre, mais ils ne s'étaient jamais retrouvés dans une situation comme celle-ci. Ravalant sa bile, elle attendit.

— Très bien. Il est temps de commencer, dit finalement Joey, d'un ton jovial et léger.

Lilly ouvrit les yeux, mais elle n'eut pas le temps de se retourner avant que la corde ne se resserre. Elle fut projetée en arrière.

Puis, elle constata avec horreur que ses pieds se soulevaient du sol.

Tournant frénétiquement sa tête sur le côté, elle vit que Joey riait en tirant sur la corde. Il l'avait balancée par-dessus une branche épaisse et hissait son corps vers le haut.

Elle leva les mains sans réfléchir, tirant désespérément sur la corde autour de sa gorge, mais elle était trop serrée. Elle avait le souffle totalement coupé. Elle n'arrivait pas à respirer.

Pendant un moment, Lilly paniqua. Ça y est – elle allait mourir.

Puis, instinctivement, elle leva les mains au-dessus de sa tête et attrapa la corde. Elle se hissa vers le haut, déplaçant son poids pour ne pas qu'il serre la corde autour de son cou. Elle haleta, toussant et inspirant profondément.

Un drôle de son retentit à travers les arbres. Elle mit un moment à réaliser que c'était Joey qui rigolait comme un fou en l'observant.

— Oui, c'est vrai. Tu peux te sauver pendant un moment. Mais combien de temps pourras-tu supporter ton propre poids ? Pas éternellement, je suppose. Tu finiras par lâcher prise et la corde te coupera la respiration. Puis tu te relèveras à nouveau... mais à chaque fois, tu seras de plus en plus faible jusqu'à ce que tu n'en puisses plus. Pauvre Lilly, elle va se suicider parce qu'elle est une ratée.

Submergée par la peur, Lilly réalisa qu'il avait raison. Elle avait une bonne condition physique et comme il n'avait pas attaché ses mains, elle pouvait s'agripper à la corde, mais elle n'était pas assez forte pour le faire indéfiniment. La corde était trop longue pour qu'elle puisse monter jusqu'à la branche. Elle était trop loin du pied de l'arbre pour s'en servir comme levier.

Tout ce qu'elle pouvait faire c'était de se balancer au bout de la corde en essayant de se maintenir en l'air aussi longtemps qu'elle le pourrait pour ne pas s'étrangler.

Elle allait mourir – et Joey allait rester assis derrière elle en la regardant.

Elle avait envie de pleurer. De hurler que ce n'était pas juste. Mais rien de tout ça ne pourrait l'aider. Et Lilly n'allait pas abandonner. Hors de question. Plus elle tiendrait, plus Ethan aurait des chances de la trouver à temps.

Joey accrocha le bout de la corde autour du pied d'un autre arbre puis leva les yeux vers elle, les bras croisés, un grand sourire sur le visage.

Les bras de Lilly la brûlaient alors qu'elle soulevait son poids. Le seul point positif dans tout ça était que personne ne croirait jamais qu'elle avait réussi à faire ça toute seule. Personne ne croirait qu'elle s'était suicidée. Ethan *saurait* que c'était faux.

Ça paraissait presque idiot d'espérer qu'Ethan sache où elle se trouvait et vienne à sa rescousse, mais Lilly avait confiance en lui. Whitney était censée venir la chercher. Quand elle verrait que Lilly ne l'attendait pas, elle appellerait Ethan. Il comprendrait que quelque chose n'allait pas et préviendrait ses amis. Ils étaient tous d'anciens militaires durs à cuire. Ils pourraient traquer le signal de son téléphone, assez loin pour savoir dans quelle direction elle était partie. Et la voiture de Joey était sur le parking.

Ils la verraient et viendraient la chercher.

Il fallait juste qu'elle s'accroche. Littéralement.

Ethan la retrouverait. Le contraire était inacceptable.

CHAPITRE VINGT-DEUX

Ethan retint son souffle lorsqu'ils se garèrent sur le parking au début du sentier d'Eagle Rock.

— Merci mon Dieu, dit-il en voyant la voiture de location de Joey.

— Il est là, ajouta Rocky avec satisfaction.

Ethan gara son véhicule et bondit en dehors. Il courut vers la voiture de location – et jura lorsqu'il vit du sang sur la vitre côté passager. Joey avait fait du mal à Lilly. Et il allait le payer.

— Regarde, dit Rocky en faisant un geste vers le sol, non loin du début du sentier.

Il y avait des traces dans la poussière, comme s'il y avait eu une sorte de bagarre. Mais il n'y avait pas de sang et aucun signe de Joey ou Lilly.

Ethan avait envie d'appeler son prénom, mais il savait que c'était la pire chose à faire. Lui et Rocky avaient besoin d'être avantagés par le silence pour surprendre Joey. Ils devaient également agir vite. Si Lilly était blessée, cela risquait de ralentir la progression de Joey, mais ils n'avaient pas de temps à perdre. Il pourrait être en train de faire du mal à Lilly en ce moment même.

N'ayant pas besoin de s'arrêter pour élaborer un plan, Ethan et Rocky empruntèrent le sentier en courant. Ils l'avaient déjà fait de nombreuses fois en tant que Marines, mais cette fois-ci, ils n'étaient pas ralentis par des sacs lourds sur leur dos. Ils étaient tous les deux plus que capables de tuer à mains nues, c'est pourquoi l'absence d'armes ne les fit pas hésiter une seule seconde.

Ils coururent sans bruit et prudemment pendant au moins trois kilomètres avant qu'ils n'entendent autre chose que le bruit des oiseaux et le vent dans les arbres. Ethan s'arrêta net, sans même haleter. Il tendit la main vers son frère, mais Rocky s'était déjà arrêté également.

Ethan pencha la tête sur le côté, essayant de comprendre ce qu'il venait d'entendre. Puis le bruit retentit à nouveau.

Un rire.

Un homme rigolait de façon hystérique quelque part devant eux. Ils n'étaient pas loin de là où le corps de Trent avait été retrouvé, mais ils n'y étaient pas encore. Soit Joey était impatient, soit il avait prévu autre chose pour Lilly. Vu son rire, ça devait être la dernière option.

— Doucement, dit-il alors que Rocky se mettait en mouvement.

Il avait déjà perdu assez d'amis et collègues qui avaient agi avant d'évaluer une situation, il n'allait pas en plus perdre son frère. Ils étaient deux contre un, mais ni lui ni Rocky ne savait quel tour Joey pouvait avoir dans son sac.

Ils avancèrent en se baissant, s'éloignant du sentier et en espérant ne pas être vus. Rocky s'éloigna, décrivant un large cercle pour qu'ils puissent cerner Joey. Ethan essaya de distinguer la voix de Lilly, mais il n'entendit que des rires en continu.

Quand il s'approcha suffisamment pour observer la scène, il se figea, horrifié.

Sa Lilly était suspendue à un nœud coulant à environ trois mètres du sol. Elle faisait de son mieux pour se maintenir en l'air afin de ne pas s'étrangler, mais il était évident qu'elle avait du mal.

Sa première pensée fut de courir vers elle.

Il ferma les yeux et prit une grande inspiration pour reprendre le contrôle. S'il se précipitait sans réfléchir, Joey pourrait la tuer. Pour le moment, Lilly était en vie. Même s'il détestait la voir souffrir, c'était toujours mieux que l'autre alternative.

En observant la petite clairière sous l'arbre, Ethan repéra Rocky, le regard choqué de son frère étant identique au sien. Ils devaient agir vite. Ils ne savaient absolument pas depuis combien de temps Lilly s'accrochait, mais ils voyaient bien que ses bras tremblaient et ils entendaient la détresse dans ses cris.

Ils communiquèrent en se faisant des signes, puis Ethan acquiesça.

Il prit une grande inspiration – et sortit de derrière les arbres.

— Fais-la descendre ! cria-t-il.

Comme prévu, Joey se tourna vers lui, quittant Lilly des yeux.

C'était exactement ce dont ils avaient besoin, que toute son attention soit tournée vers Ethan.

— Reculez ! hurla Joey, plein de rage.

Il se pencha rapidement pour attraper une grosse branche près de ses pieds, mais Rocky le plaqua par terre avant même qu'il n'ait le temps de toucher l'arme de fortune.

Joey tomba violemment, atterrissant sur le sol avec un : « *Humf !* ».

Ethan reporta immédiatement son attention sur Lilly. Il n'en avait rien foutre de Joey. Son frère s'occuperait de lui.

Les jambes de Lilly se balançaient et Ethan crut entendre son prénom s'échapper de ses lèvres avec désespoir alors qu'il courait vers elle. Il sut immédiatement que la femme qu'il aimait plus que tout était à quelques secondes de mourir juste devant ses yeux.

— Lâche-moi ! cria Joey. On m'a pris ce qui aurait dû être à moi ! Tout était *mon idée* et j'ai été relégué au second plan ! Une putain de ligne au générique ! Ce n'est pas juste ! Et elle a bousillé l'émission ! Elle aurait dû être là quand on a retrouvé Trent ! Je croyais que vous étiez censés être *doués*. Vous auriez dû le trouver dès la première semaine ! Les images auraient été épiques ! Maintenant, la fin va être nulle à cause *d'elle* ! *Elle doit payer* !

Ethan ne comprenait rien de ce que hurlait Joey, mais il ne lui accorda même pas un regard. Tout ce qui comptait c'était de libérer Lilly de ce putain de nœud. En s'approchant, il réalisa qu'il ne pouvait pas l'atteindre par en dessous. Joey l'avait tirée tellement haut que ses pieds étaient à au moins deux mètres du sol. Elle ne pouvait pas atteindre ses épaules pour soulager la corde de son poids. Le seul moyen de la faire descendre était de défaire la corde du pied de l'arbre.

— Tiens bon, Lil ! Je vais te faire descendre dans une seconde.

Ethan voyait à quel point elle était proche de perdre la bataille alors qu'elle essayait de porter son propre poids. Au moment même où il la regarda, il vit que ses mains glissaient et qu'elle se balançait frénétiquement au bout du nœud coulant.

Elle émit un bruit d'étranglement avant de lever à nouveau les mains vers le haut.

Merde. Il fallait qu'il la fasse descendre.

Courant vers là où Joey avait attaché la corde, il essaya de défaire le nœud. Mais le poids de Lilly au bout l'avait tellement serré que quoi qu'il fasse, il ne parvenait pas à le dénouer. Chaque seconde qu'il perdait était une seconde de souffrance de plus pour Lilly.

— Merde ! Rocky, je n'y arrive pas. J'ai besoin d'un couteau ! cria-t-il.

Il leva les yeux et vit que son frère resserrait des attaches en plastique autour des poignets de Joey – et reconnut le regard plein de regrets de son jumeau.

— Je n'en ai pas. Je l'ai utilisé sur le chantier pour un truc et je suis parti tellement vite que je n'ai même pas pensé à le prendre.

Ethan étudia le sol de la forêt, recherchant quelque chose, n'importe quoi qu'il puisse utiliser pour couper la corde. Ne voyant rien, sa panique s'accentua – chose qui ne lui était jamais arrivée auparavant dans une situation de vie ou de mort. Ethan ne put contrôler le cri de détresse qui s'échappa de ses lèvres.

Rocky le rejoignit et le tira brutalement sous Lilly.

— Monte sur mes épaules, lui ordonna-t-il. Ça te donnera assez de hauteur pour qu'elle puisse se caler sur tes épaules, enlever le poids de son cou et de ses bras pour pouvoir défaire le nœud.

Pendant une demi-seconde, Ethan regarda Joey. Il était allongé par terre, ses bras attachés derrière son dos, mais il avait les jambes libres. Rocky n'avait pas fini de s'assurer qu'il ne pourrait aller nulle part.

Comme si Joey réalisait en même temps que c'était l'occasion pour lui de s'enfuir, il roula sur les genoux, puis parvint à se lever sans utiliser ses mains puisqu'elles étaient toujours attachées dans son dos. Il trébucha et courut vers le sentier qui ramenait au parking.

Ethan s'en fichait. Tout ce qui comptait c'était Lilly.

Rocky se mit à genoux et Ethan n'hésita pas à grimper sur ses épaules. Une fois qu'il fut installé, Rocky se leva. Il vacilla un moment, cherchant son équilibre, mais Ethan savait que son frère ne le laisserait pas tomber.

Rocky avait raison, en s'asseyant sur ses épaules, Ethan était assez haut pour atteindre les jambes de Lilly. Il prit ses genoux et les plaça sur ses propres épaules.

— Agenouille-toi sur moi Lilly. Soulage tes bras.

Elle s'exécuta immédiatement et Ethan entendit Rocky grogner en bougeant, faisant de son mieux pour rester immobile alors que la pression sur ses épaules et ses jambes augmentait.

Ethan saisit les cuisses de Lilly et fit de son mieux pour la rassurer.

— Je te tiens Lil. Tout va bien maintenant. Prends une grande inspiration. C'est ça. Encore une autre. Tu es en sécurité.

— Joey, s'étouffa-t-elle.

— Ne t'inquiète pas pour lui. La seule chose que tu as à faire c'est de respirer, lui dit Ethan.

Mais il réalisa qu'ils étaient peut-être dans la merde. Joey pouvait se libérer des attaches en plastique et revenir, les tuant tous s'il avait une arme dans sa voiture. Ils n'avaient toujours pas trouvé comment faire descendre Lilly et Rocky ne pourrait pas les porter tous les deux indéfiniment.

Pourtant, là, tout de suite, tout ce qui lui importait, c'était que Lilly respire et ne s'étrangle pas.

Une minute ou deux s'écoulèrent quand Lilly dit :

— Et maintenant ?

Il n'avait jamais été aussi fier de quelqu'un.

Elle aurait été parfaitement en droit de paniquer. Mais elle restait calme.

— Est-ce que tu peux défaire le nœud ? lui demanda Ethan.

Il sentit qu'elle bougeait au-dessus de lui pendant de précieuses secondes avant qu'elle ne dise :

— Non. Le nœud ne se défait pas !

Levant les yeux, Ethan réalisa que Joey n'avait pas fait un nœud normal pour créer le nœud coulant. Il ne savait absolument pas *comment* il avait été serré, mais ça n'avait aucune importance si Lilly n'arrivait pas à le défaire.

— OK, et si tu mettais tes pieds sur mes mains et que je te poussais vers le haut ? Est-ce que tu pourras atteindre la branche au-dessus et grimper dessus ?

Il l'entendit prendre une grande inspiration. Ethan pencha la tête en arrière alors qu'elle le regardait. Lorsque leurs regards se croisèrent, il eut l'impression de sentir une certaine force. Il avait failli la perdre. Il le pouvait encore si ça tournait mal. Ils n'étaient pas hors de danger, mais il allait faire tout son possible pour la sortir de là.

— Peut-être, dit-elle.

Ça lui suffit.

— Rocky ? Tu tiens le coup ?

— Vas-y, dit son frère. Je gère.

Ethan ne savait pas si c'était vrai ou non, mais il allait devoir le croire sur parole pour le moment. Ils n'avaient littéralement pas d'autres options. La dernière chose qu'Ethan voulait était de laisser Lilly en l'air pour qu'il puisse descendre et grimper à ce putain d'arbre ou autre.

Il ramena ses mains sur ses épaules et dit :

— OK, lève ta jambe droite et pose ton pied dans ma main. Super. Maintenant l'autre.

Une fois qu'il eut le pied de Lilly, il prit une grande inspiration.

— Très bien. À trois, je vais te soulever. Tu es prête ?

— Non. Mais oui, dit Lilly d'une voix tremblante.

— Tu peux le faire, Lil. OK. Un, deux...

Son compte à rebours fut brusquement coupé lorsqu'ils entendirent un cri provenant du sentier.

Pour la première fois depuis qu'il avait réalisé que Lilly avait disparu, le moral d'Ethan remonta en flèche.

Il ouvrit la bouche pour hurler, mais Rocky le devança.

— On est là !

— Tiens bon Lil, la cavalerie est presque arrivée, dit Ethan.

Il l'entendit renifler au-dessus de lui et il eut lui-même envie de pleurer.

En une minute, la petite clairière fut soudain remplie par la meilleure chose qu'Ethan n'ait jamais vue de sa vie. Zeke, Drew, Raid et un Duke baveux qui se mit à aboyer dès qu'il sentit Lilly.

— Où sont Tal et Brock ? demanda Rocky alors que Zeke comprenait ce qui était en train de se passer, se dirigeant immédiatement vers l'arbre où la corde était attachée. Il sortit un grand couteau K-BAR de son fourreau et commença à la scier.

— Ils s'occupent de Richards. Ce connard nous a vus, a couru hors du sentier et a tout de suite percuté un putain d'arbre. Il s'est assommé tout seul, dit Drew alors que lui et Raid attrapaient Rocky pour le tenir en place.

— Tu l'as, c'est bon ? demanda Zeke.

— Oui, dit Ethan en aidant Lilly à remettre ses pieds sur ses épaules, puis attrapant ses mollets.

— Tiens bon, Lilly. Zeke va couper la corde. Je te tiens. Reste forte pendant encore quelques secondes.

— C'est du gâteau, marmonna-t-elle.

Ethan eut envie de sourire, mais il ne le pouvait pas. Pas encore. Pas avant qu'elle n'ait vu un médecin et qu'il l'ait ramenée chez lui, en sécurité, dans son lit et ses bras.

La corde fut rapidement coupée, et Drew et Raid aidèrent Rocky à se mettre à genoux.

Puis, ils attrapèrent les bras d'Ethan, s'assurant qu'il ne tombe pas alors qu'il redescendait des épaules de son frère.

Puis ses coéquipiers attrapèrent enfin Lilly, la soulevant de ses épaules.

Toute l'opération ne prit que quelques secondes, mais Ethan eut l'impression que ça avait duré des heures.

Drew et Raid la posèrent doucement par terre – puis Ethan s'agenouilla, prenant son visage dans ses mains, la regardant droit dans les yeux.

— *Putain*, dit-il.

Puis jura à nouveau. Il n'arrivait pas à prononcer d'autres mots. Formuler une phrase était *complètement* au-dessus de ses capacités.

Il l'écrasa contre son torse et Lilly se laissa fondre contre lui. Il enroula fermement ses bras autour d'elle et ferma les yeux, enfouissant son visage dans ses cheveux.

Il avait failli la perdre. Ça avait été si juste. Bien trop juste, putain. S'il n'avait pas appelé Simon... s'ils n'avaient pas compris où Joey avait pu l'emmener... s'il avait couru moins vite...

Il y avait trop de facteurs qui auraient pu faire qu'elle soit morte quand il serait arrivé dans cette clairière. Il avait été chanceux. Ils avaient tous les *deux* été chanceux.

Il réalisa que Lilly tremblait de la tête aux pieds. Son corps vibrait dans ses bras. Ethan n'avait pas envie de la lâcher, mais il devait s'assurer qu'elle allait bien. Faisait-elle une crise ? Son cerveau n'avait-il pas été assez oxygéné ?

Ethan s'écarta.

— Lil ?

— Je-je-v-vais bien, bégaya-t-elle. C-c'est u-une réaction t-tardive j-je crois.

— Laisse-moi lui enlever cette corde, dit doucement Zeke.

— Attention, l'avertit Ethan. Ne la coupe pas.

— Jamais, lui promit Zeke en desserrant rapidement le nœud avant de l'enlever.

Lilly et Ethan soupirèrent en même temps. Son cou était rouge vif et irrité par la corde, il y avait un peu de sang dans ses cheveux, près de sa tempe. Elle avait manifestement été frappée au visage. Elle allait avoir de sacrés bleus – et rien qu'en la voyant comme ça, Ethan eut envie de traquer Joey et de le tuer.

— Il faut qu'elle se fasse examiner, dit Raid. On peut la porter à tour de rôle.

— Je vais bien, protesta Lilly.

Tout le monde l'ignora.

— Vous pensez qu'on peut demander un soutien aérien ? demanda Ethan.

— Je peux retourner au parking en courant et voir si j'ai du réseau, proposa Drew.

— Non ! dit Lilly d'une voix plus forte.

Elle était un peu rauque et une fois de plus Ethan eut envie de remonter le temps de dix minutes pour tuer Joey.

— Je peux marcher. Ça va.

— Non, dirent les cinq hommes en même temps.

Lilly ne se laissa pas intimider.

— Écoutez, ça craint, d'accord ? Je l'avoue. J'ai cru que c'était fini. Que je n'allais plus jamais revoir aucun d'entre vous. Mais il n'a pas gagné. Ma gorge me fait mal. Je vais avoir des courbatures horribles pendant au moins une semaine. Mais, mes jambes ne sont pas cassées. Je peux marcher. Joey m'a fait venir ici pour me tuer, mais il a perdu. Il est hors de question qu'on me porte.

— C'est toi qui décides, dit Rocky à Ethan.

Ethan pinça les lèvres et regarda Lilly. Il avait envie de l'amener immédiatement à l'hôpital pour s'assurer qu'elle allait bien. Mais il comprenait également qu'elle ait besoin de reprendre le contrôle après l'avoir *perdu* plus tôt.

— Je ne me suis pas battue, murmura-t-elle en regardant Ethan doit dans les yeux. Je le voulais, mais j'avais tellement peur. J'étais paralysée. Je n'aurais même pas dû le laisser m'approcher. Il m'a frappée dans la voiture et quand je me suis réveillée, il avait déjà passé la corde autour de mon cou. Il n'arrêtait pas de tirer dessus et j'avais peur qu'il me brise la nuque si je ne faisais pas ce qu'il me demandait. Une fois que nous sommes arrivés ici, il m'a demandé de me tourner... et...

Elle trembla un instant et Ethan lutta pour ne pas craquer en la voyant lutter.

Mais sa Lilly prit une grande inspiration et se redressa.

— Je vais aller chez le docteur. Ma gorge me fait mal, mais je peux respirer. Et avaler. Je vais bien. S'il te plaît Ethan. J'ai besoin de marcher par moi-même.

Il se pencha en avant et l'embrassa sur le front. Il examina à nouveau les vilaines marques rouges autour de sa gorge. Puis, il lui prit la main et embrassa la peau rouge de sa paume. Elle avait littéralement tenu sa vie dans ses mains. Il hocha la tête.

— OK. Mais on fera beaucoup de pauses.

Elle acquiesça, puis grimaça.

— Et on ira tout droit à la clinique quand on sera rentrés à Fallport.

— OK.

— Il faudra aussi qu'elle parle à Simon. J'imagine qu'il a retrouvé Tal et Brock sur le sentier, dit Zeke.

— Il n'est pas venu avec vous ? demanda Rocky, clairement surpris.

— Si, dit Raid. Mais il nous a dit de continuer sans lui quand il a vu qu'on avançait plus vite que lui et son adjoint.

Ethan regarda à nouveau Lilly dans les yeux.

— Je t'aime, dit-il doucement.

— Moi aussi. Et je *savais* que tu viendrais, lui dit-elle. Il fallait juste que je tienne bon assez longtemps pour tu arrives.

Sa foi en lui lui donna envie de pleurer.

— Tu as fait du bon travail en marquant ton odeur sur le sentier, dit Raid. Duke a filé à toute allure et n'a pas ralenti une seule fois.

Lilly leva les yeux vers lui.

— Je vous ai vus travailler assez souvent. J'ai fait de mon mieux pour me frotter contre toutes les feuilles et autres que je pouvais trouver.

— Ça a marché, dit Raid en souriant.

Duke choisit ce moment pour s'approcher de Lilly et lui donner un long coup de langue baveux sur la joue. Elle gloussa et Ethan sut que c'était le meilleur bruit qu'il entendrait de toute sa vie.

— Je ne sais pas vous, mais je suis prêt à me casser d'ici, dit Rocky avant de se tourner vers son frère. Et toi, il faut que tu perdes du poids.

— Tais-toi, dit Ethan en levant les yeux au ciel, même s'il appréciait que son jumeau essaie de détendre l'atmosphère.

Il se leva et tendit la main vers Lilly. Dès qu'elle fut debout, il enroula un bras autour de sa taille et l'attira contre lui.

— On va y aller doucement. Et si jamais tu te sens faible ou que quelque chose te fait mal, tu me le dis.

— Je le ferai, lui promit-elle, enroulant son propre bras autour de sa taille et appuyant une partie de son poids contre lui.

Elle était peut-être déterminée à marcher toute seule jusqu'au parking, mais il était évident qu'elle n'était pas vraiment stable sur ses jambes. Serrant les dents, déterminé à lui donner ce dont elle avait besoin, Ethan s'avança vers le sentier. Il regarda une fois de plus en arrière. Il vit le bout de la corde toujours attaché à l'arbre alors que Zeke ramassait le nœud coulant et commençait à rassembler le reste de la corde. Simon pourrait en avoir besoin pour faire condamner Joey. Ethan savait que Zeke s'occuperait de réunir les preuves pour les autorités.

Le fait de sentir Lilly contre lui le calma. Aujourd'hui, ils avaient combattu le mal et en étaient sortis victorieux. Et les événements ces dernières heures l'avaient rendu encore plus sûr de son amour pour Lilly. Il n'avait jamais eu aussi peur. Jamais.

C'était drôle comme une situation de vie ou de mort pouvait souligner ce qui était vraiment important. Et Lilly était clairement sa priorité numéro un. Il ne voulait pas vivre sans elle, et il passerait le reste de sa vie à s'assurer qu'elle comprenne à quel point elle était aimée. Elle était à lui, tout comme il était à elle.

La tension qu'Ethan avait pu éprouver depuis le moment où il n'avait pas réussi à la joindre un peu plus tôt quitta enfin ses épaules et il eut l'impression de pouvoir à nouveau respirer. Il se pencha et embrassa la tempe de Lilly pendant qu'ils marchaient. Il n'avait jamais été aussi fier de quelqu'un. Elle ne s'était pas défendue, mais ils ne pouvaient pas savoir ce que Joey aurait fait si ça avait été le cas. Il l'aurait peut-être tuée sur le parking avant qu'Ethan ne puisse la secourir.

L'essentiel, c'était que lorsque la mort l'avait regardée en face, elle n'avait pas abandonné. Elle s'était battue comme une folle pour rester en vie.

— Ethan ? demanda-t-elle doucement.

— Oui ?

— Je n'ai pas eu le temps de changer les ampoules de Whitney et elle va probablement essayer de monter sur l'échelle pour le faire elle-même.

Il ne fut pas étonné que sa Lilly se fasse actuellement plus de souci pour quelqu'un d'autre qu'elle.

— On s'en occupera, dit Rocky derrière elle.

Oui, il avait eu de la chance que Lilly vienne dans sa ville. Ethan le savait. Rocky le savait. Même toute l'équipe le savait. Elle n'avait pas seulement gagné un petit ami, mais toute une équipe d'hommes qui la soutiendraient toujours.

La journée avait bien commencé avant de devenir merdique, mais elle se terminait sur une bonne note. Ethan ne pouvait pas demander plus.

ÉPILOGUE

Lilly fut surprise par toute cette agitation autour d'elle. Certes, ce n'était pas tous les jours qu'un meurtrier venait à Fallport, mais elle ne pensait pas avoir fait quelque chose que d'autres n'auraient pas fait, s'ils avaient été dans la même situation qu'elle.

Et elle avait eu de la chance. Beaucoup de chance. Le médecin était d'accord.

Lilly avait pu rentrer chez elle le soir même et pour la première fois, Ethan ne s'était pas levé dans la nuit pour aller dormir sur le canapé. Et chaque nuit qui avait suivi, il l'avait serrée fort dans ses bras, presque effrayé de la lâcher. Elle voyait l'agonie dans son regard à chaque fois qu'il posait les yeux sur son cou meurtri et elle savait qu'il souffrait autant que cela la faisait souffrir elle.

Mais un mois s'était écoulé depuis cette journée horrible et Lilly était plus que prête à aller de l'avant. Elle avait été au centre de toutes les conversations de Fallport durant des semaines et cela se calmait enfin. Grâce à ce scandale autour du principal du lycée qui avait une liaison avec, non pas une, ni deux, mais trois professeures en même temps.

Joey était en prison, attendant son procès, et Lilly était plus que prête à témoigner contre lui. Rien ne l'empêcherait d'être dans la salle d'audience. Le procès pour meurtre serait probablement prioritaire à son enlèvement et la tentative de meurtre, mais dans tous les cas, Lilly était plus que prête à se dresser contre lui.

En ce qui concernait la série... tout se déroulerait probablement comme prévu. Ce qui craignait. Mais Tucker n'avait pas enfreint la loi, même s'il n'avait aucune morale. Lilly ne doutait pas qu'il se servirait de ce qui s'était passé. Ça allait être un enfer de vivre à Fallport lorsque l'épisode serait diffusé et que la ville serait envahie par les curieux et ceux à la recherche de Bigfoot, mais elle – et les habitants – sauraient y faire face.

Une après-midi, alors qu'elle était assise avec Otto, Silas et Art pendant qu'Ethan travaillait sur leur future maison, Harry Grogan les avait rejoints. Il paraissait nerveux et avait demandé à parler avec elle. Lilly n'avait pas compris ce qu'il voulait... puis, il lui avait montré le logo Bigfoot qu'il comptait apposer sur les produits dérivés de son magasin. Quand il lui avait demandé si elle préférait qu'il n'aille pas au bout de son projet, Lilly avait eu l'impression de fondre tellement c'était mignon.

Elle avait fini par parler marketing avec lui pendant trente minutes, l'aidant à peaufiner son logo. Elle avait même hâte d'acheter des tee-shirts, casquettes et mugs pour elle une fois qu'ils seraient prêts. Et elle était à cent pour cent d'accord pour exploiter à fond le filon touristique. Des produits dérivés, des randonnées le long du sentier de Fallport Creek, renommer les plats et boissons avec le nom de la célèbre créature... elle était presque impatiente.

La ville ne pouvait peut-être pas empêcher la diffusion de l'épisode, mais tout le monde pouvait en profiter s'ils s'en donnaient les moyens.

Elle emménagea presque officiellement dans l'appartement d'Ethan, même si ça n'avait pas été le plan de départ. Ils ne supportaient pas d'être séparés l'un de l'autre, et comme ils dormaient dans son lit chaque nuit, il était plus logique de prendre le taureau par les cornes et de déménager ses affaires.

Ethan avait parlé au propriétaire de la maison que Rocky rénovait et avait conclu un accord pour l'acheter avant qu'elle soit terminée. Pour que la paperasse soit lancée. Ils n'allaient pas tarder à emménager dans la maison et commencer à vivre officiellement ensemble.

Mais avant ça, Ethan devait rencontrer sa famille. Tous ses frères et son père avaient eu envie de venir à Fallport après que Joey l'eut kidnappée, mais la dernière chose que voulait Lilly c'était qu'ils pètent les plombs en voyant ses blessures. Elle avait réussi à les faire patienter un mois, mais aujourd'hui, ils étaient censés tous arriver.

Le bed and breakfast de Whitney allait être plein à craquer, car non seulement ses frères arrivaient, mais leurs épouses et familles aussi. Lilly avait essayé de demander à ses frères de ne pas venir leur rendre visite tous en même temps, mais une fois que les Ray avaient une idée en tête, il était impossible de les dissuader de quoi que ce soit.

Même si elle était nerveuse qu'ils rencontrent ses nouveaux amis – parce qu'elle avait envie qu'ils aiment autant Fallport qu'elle – elle était plus préoccupée par le fait qu'Ethan ne lui avait pas fait l'amour depuis qu'elle s'était fait kidnapper.

Au début, cela lui convenait très bien d'être seulement dans ses bras. Elle avait eu des courbatures très douloureuses, tellement que cela lui faisait mal de lever les bras au-dessus de la tête ou même de porter quoi que ce soit. Mais cela faisait des semaines qu'elle allait mieux et pourtant Ethan se comportait toujours comme si elle était en sucre.

Lilly en avait assez de ces bêtises.

Il était encore tôt, le soleil commençait à peine à percer le sommet des montagnes autour de Fallport et Lilly savait qu'ils avaient encore quelques heures avant que sa famille n'arrive. La semaine suivante allait être remplie de rires, de moments où elle rassurerait ses proches en leur assurant qu'elle allait vraiment bien, les présentant à ses amis et leur montrant le charme de Fallport. Mais pour le moment, il n'y avait qu'elle et Ethan, et elle était déterminée à lui montrer à quel point elle l'aimait.

Bougeant doucement pour ne pas le réveiller, Lilly se mit à genoux et enleva son tee-shirt. Elle était nue en dessous, ses tétons se durcissant immédiatement lorsqu'elle chevaucha les cuisses d'Ethan. Il bougea sous elle et Lilly sut qu'elle n'avait que trois secondes avant qu'il ne se réveille complètement et ne fasse de son mieux pour la câliner.

Elle saisit le bord de son caleçon et le tira vers le bas, prenant son sexe à moitié dur de son autre main. Elle l'avait déjà fait auparavant, le réveillant comme ça, et ça avait très bien fonctionné, alors elle fit ce qu'elle savait faire.

Lilly baissa la tête et le prit entre ses lèvres.

Elle l'entendit gémir, mais ne s'arrêta pas. Elle fut fière et satisfaite en voyant qu'il grossissait immédiatement dans sa bouche.

— Lilly... qu'est-ce que tu fais ? demanda Ethan en passant la main dans ses cheveux.

Craignant qu'il ne la repousse, Lilly suça plus fort.

Il n'essaya pas de l'arrêter, et gémit simplement une fois de plus.

Lilly s'appliqua à lui faire la meilleure fellation qui soit, adorant son goût. Ça lui avait manqué.

Certes, elle aimait lui faire des câlins, mais le fait de

savoir qu'elle était la seule à avoir le droit de faire ça l'excitait. Beaucoup.

Auparavant, Ethan l'avait toujours arrêtée avant qu'elle ne puisse le faire jouir, mais ce matin, il ne semblait pas avoir le contrôle. De petites giclées de pré-sperme coulaient de son sexe en continu et Lilly les avalait, vorace.

— Je vais jouir ! tressaillit-il.

Lilly ne s'écarta pas, le prenant encore plus dans sa bouche, suçant plus fort.

Dix secondes plus tard, il grogna alors que des giclées de sperme remplissaient sa bouche. Lilly ne le lâcha pas, l'immobilisant d'une main tout en gémissant et avalant alors qu'il prenait du plaisir. C'était très agréable pour elle de pouvoir faire ça pour lui.

À peine avait-elle levé la tête après l'avoir léché une dernière fois qu'Ethan était déjà en mouvement. Il lui prit les bras et la retourna, la faisant tomber sur le dos. Puis, il glissa le long de son corps et plongea entre ses cuisses. Lilly ne put que tenir bon pendant qu'il la dévorait presque.

Chaque coup de langue, chaque succion était fait pour la rendre folle. Et cela fonctionna. Lilly ne se souvenait pas de l'avoir vu si insatiable auparavant, et pourtant il aimait vraiment lui faire des cunni.

— Ethan ! cria-t-elle lorsqu'il posa la bouche sur son clitoris et commença à sucer en même temps que sa langue l'effleurait.

Il ne s'arrêta pas. Son regard sexy croisa le sien, mais il garda sa bouche là où elle était.

Les sensations étaient trop intenses. Elle s'était préparée à lui faire une fellation, notamment parce que cela faisait trop longtemps qu'il ne lui avait pas fait l'amour. L'attention agressive qu'il portait à son entrejambe était tellement excitante. Se blottissant contre lui et écrasant quasiment sa tête entre ses cuisses, Lilly jouit. Avec force.

Quand elle redescendit enfin, elle réalisa qu'Ethan était à genoux, palpant son sexe dur, prêt à la pénétrer. Il ne bandait pas toujours immédiatement après avoir joui, mais elle supposa que comme elle, il était prêt. Il hésita, attendant sa permission.

— S'il te plaît, Ethan. Pénètre-moi.

Il n'eut pas besoin de plus. Il s'enfonça entre ses plis mouillés d'un seul coup.

Ils gémirent tous les deux d'extase.

— Est-ce que je te fais mal ? demanda-t-il entre ses dents serrées.

— Tu ne pourras *jamais* me faire mal, rétorqua-t-elle. Maintenant, tais-toi et baise-moi.

Ethan sourit et s'exécuta.

Après, une fois qu'ils furent tous les deux transpirants et haletants, Ethan posa la tête sur *son* épaule, pour une fois. Une main sur son sein et l'autre bras autour de son cou, la tenant contre lui. Ou se tenant contre *elle*. Peu importe. Lilly ne s'était jamais sentie aussi proche de lui.

— Je t'aime, dit-il doucement.

— Je t'aime aussi, le rassura Lilly.

Ethan leva la tête.

— Tu vas m'épouser, hein ?

Lilly cligna des yeux.

— Hein ?

— J'ai l'intention de demander à ton père cette semaine, une fois qu'il aura appris à me connaître, de me donner sa bénédiction pour que je puisse faire de toi ma femme.

— Et s'il dit non ? demanda Lilly, tout en sachant qu'il n'y avait aucune chance que son père dise non.

Il serait prêt à la donner à Ethan après l'avoir côtoyé cinq minutes à peine, elle en était sûre.

Ethan haussa les épaules et sourit contre sa peau.

— Je t'épouserai quand même, dit-il simplement.

— D'accord, répondit-elle.

Il leva la tête vers elle.

— D'accord ? C'est tout ? Pas de couinement ? De bisous ? Tu ne te jettes pas sur moi en étant folle de joie ?

Lilly gloussa.

— Je garde tout ça pour quand je verrai la bague.

Il lui sourit puis redevint sérieux.

— Ça fait un mois que je n'ai pas fait de cauchemar.

— Je sais, dit-elle d'un air solennel.

— J'ai toujours peur que ça recommence, mais je n'ai plus peur de te faire du mal.

— Pourquoi ?

— Parce que te voir suspendue à cette corde a guéri ma peur de te voir souffrir. Mais je préfère te prévenir, si un jour tu te cognes l'orteil, je risque de perdre mon sang-froid.

C'était aussi mignon que ridicule. Et elle le lui dit.

Ethan haussa les épaules.

— Je t'aime. Je ne supporte pas de te voir avoir mal, lui dit-il.

— Comment tu vas faire quand j'accoucherai de nos enfants ? demanda-t-elle en fronçant les sourcils. Je n'affronterai pas une grossesse sans t'avoir à mes côtés chaque seconde. Si je dois souffrir, alors toi aussi.

Ethan pâlit, mais ne détourna pas le regard.

— Je suis partagé, dit-il bizarrement.

— Quoi ?

— Je suis partagé entre être incroyablement content que tu parles de nos futurs enfants et insister pour qu'on n'en ait pas juste pour t'éviter d'endurer cette douleur.

C'était mignon, mais Lilly n'était pas d'accord.

— Je ne dis pas que j'ai envie de souffrir comme j'ai souffert cette fameuse journée. Mais je n'ai pas non plus envie de vivre dans une bulle. La vie n'est pas toujours rose, Ethan. Mais je sais que tu seras là pour m'aider à surmonter les épreuves, tout comme je serai là pour toi aussi. Je ne vais pas te mentir, ça me fait peur d'avoir des enfants, mais quand j'imagine un fils avec tes yeux et une fille qui te ferait fondre rien qu'avec un regard, je suis prête à faire tout ce qu'il faut pour l'obtenir. Attends – tu ne veux pas d'enfants ?

— Si j'en veux. J'en ai même rêvé à vrai dire, lui dit Ethan. Je t'aime, Lilly. Je ne suis pas sûr de mériter quelqu'un comme toi, mais je ne te laisserai pas partir. Certainement pas.

Elle rigola.

— Tant mieux, parce que je ne vais nulle part. Tu es coincé avec moi.

— Et je ne voudrais être coincé avec personne d'autre, la rassura-t-il.

Puis son visage se radoucit et il se pencha vers elle pour l'embrasser. Un baiser, long, lent et intense. Le temps qu'il s'écarte, Lilly se tortillait déjà presque sous lui.

— Donc, on a décidé qu'on se mariait, qu'on aurait au moins deux enfants et que ma nouvelle façon préférée de me réveiller, c'est avec ta bouche autour de mon sexe. C'est ça ?

Elle lui sourit.

— À peu près, oui.

— Je voulais juste être sûr. On a encore un peu de temps avant de devoir se préparer pour retrouver ta famille chez Whitney, non ?

— Oui, pourquoi ?

— Parce que je crois que ma copine n'est pas encore complètement satisfaite.

Sur ce, Ethan glissa le long de son corps et entre ses lèvres.

Lilly laissa échapper un petit couinement, mais écarta immédiatement les jambes pour lui laisser de la place.

Oui, on pouvait dire que Lilly était plus heureuse qu'elle ne l'avait jamais été.

* * *

Zeke, qui se tenait derrière le bar, sourit. Le temps s'était réchauffé dehors – et à l'intérieur du On the Rocks, il faisait encore plus chaud. Lilly était là avec toute sa famille, et l'ambiance dans le bar était joviale. Il y avait ses frères, ses belles-sœurs, ses nièces et neveux, ainsi que son père. D'après ce qu'avait dit Ethan, ils avaient tous voulu venir à Fallport dès qu'ils avaient appris ce qui était arrivé à Lilly, mais elle avait réussi à les en dissuader et avait préféré organiser une réunion familiale cette semaine à la place.

Les six autres hommes de l'équipe de recherche et de sauvetage d'Eagle Point étaient également là, riant avec la famille de Lilly, et semblaient passer un bon moment. Zeke adorait voir Ethan si heureux. Il le méritait. Il ne connaissait pas tous les détails de la mission à laquelle il avait participé et qui l'avait manifestement affecté... mais il n'avait pas besoin de les entendre pour comprendre. Il avait lui-même connu de nombreuses missions qui avaient mal tourné lorsqu'il avait été un Béret Vert. C'était agréable de vivre une vie plus tranquille et normale ici à Fallport.

Le bar était également rempli d'habitants qui voulaient être aux premières loges de toute cette agitation pour pouvoir en parler plus tard. Cela faisait partie du charme quand on vivait dans une petite ville. Tout le monde se connaissait et se sentait en droit de parler sur les autres.

Reina, Tiana, Elsie et Valeri, les serveuses du bar, se démenaient pour répondre aux besoins de chaque client. Il avait eu de la chance en recrutant ces femmes. Elles ne se plaignaient jamais et faisaient de leur mieux pour servir tout le monde avec le sourire, à la fois parce qu'elles aimaient ce qu'elles faisaient, mais aussi parce qu'elles voulaient de bons pourboires. Dans l'ensemble, tout le monde était d'humeur festive malgré ce qui était arrivé à Lilly.

Tout le monde à Fallport avait pris son enlèvement de manière personnelle, ayant du mal à concevoir que quelqu'un ait pu enlever l'une des leurs sous leur nez. Et même si Lilly n'était pas en ville depuis longtemps, elle était vraiment l'une des leurs.

Zeke regardait Elsie, encore et encore, comme à chaque fois qu'elle travaillait en même temps que lui. Elle était l'une des employées les plus travailleuses qu'il ait jamais eues. Zeke était même parfois obligé de lui demander de partir. Il savait qu'elle avait envie et besoin de gagner de l'argent, mais il avait peur qu'elle s'épuise si elle ne relâchait pas la pression.

Elle était en ville depuis un an et demi et il l'appréciait de plus en plus.

Zeke était conscient qu'elle travaillait aussi dur à cause de son fils, Tony. Elle était déterminée à lui offrir la meilleure vie qu'elle pouvait, même si pour le moment, c'était un appartement à l'hôtel Mangree et à l'aire de stationnement pour caravanes en périphérie de la ville. Ça ne le dérangeait pas qu'elle vive là-bas, en revanche, ça semblait la déranger elle. Il la regarda alors qu'elle souriait gentiment à l'un des hommes à la table où elle prenait une commande et la jalousie le frappa si fort qu'il dut se retenir de foncer vers elle pour l'embrasser comme jamais – afin que tout le monde sache qu'elle était prise.

Dernièrement, il avait de plus en plus ce genre de pensées. Au début, son attirance pour elle l'avait dérangé ; il n'était pas doué pour les relations de couple. Son ex-femme le lui rappelait bien. Mais plus Zeke apprenait à connaître

Elsie, plus il lui était difficile de garder ses distances. De ne pas lui dire ce qu'il ressentait.

Il ne connaissait pas beaucoup de choses sur elle, mais le peu qu'il savait, lui plaisait. Elle aimait son fils plus que tout et était prête à tout pour lui. Elle ne buvait pas. Ne fréquentait pas beaucoup de monde. Ne critiquait pas les gens en ville. Et son rire était merveilleux.

Ils avaient également tous les deux eu une relation qui s'était mal terminée et Zeke avait le sentiment qu'elle serait sur la même longueur d'onde que lui si jamais ça devenait sérieux entre eux.

Il avait également l'impression de voir quelque chose en elle qu'elle cachait aux autres. Une douleur dans son regard. Il la reconnaissait puisqu'il éprouvait la même.

Elle portait un masque toute la journée. Mais il avait le sentiment que tard le soir, quand elle était dans son lit, le passé menaçait de la submerger... tout comme lui.

Zeke avait envie d'apaiser ses blessures. De l'aider à vaincre ses démons. Mais une autre part de lui-même, plus importante, avait aussi peur d'elle.

C'était fou. Du haut de son mètre quatre-vingt-dix, elle qui ne faisait qu'un mètre soixante-sept, il la surplombait de toute sa hauteur, mais il supposait qu'elle pourrait lui faire plus de mal que n'importe quelle balle ou coup de poing.

Il entendit un éclat de rire masculin provenant de la table où Elsie attendait, et Zeke se tourna juste à temps pour voir l'un des hommes tendre la main vers elle avant de saisir fermement ses fesses.

Elsie trébucha en avant, heurtant sa hanche contre le coin de la table.

Zeke vit rouge. *Personne* ne touchait ses serveuses sans leur permission. Et il était évident qu'Elsie était mal à l'aise et ne voulait pas attirer l'attention de ce type.

Il fut à quelque pas de la table avant même de réaliser qu'il était déjà en mouvement.

Il s'arrêta derrière Elsie et enroula le bras autour de sa taille, l'écartant de la table – et de l'homme qui la pelotait. Elle trébucha à nouveau, mais ne se raidit pas dans ses bras.

Si elle l'avait fait, Zeke l'aurait relâchée immédiatement. Mais elle semblait plutôt se laisser fondre contre lui, posant sa paume de main chaude sur son avant-bras.

— Garde tes mains pour toi si tu veux pouvoir rester, gronda Zeke.

Et il grogna vraiment. Il ne savait pas ce qui lui prenait, mais il se sentit soudain possessif et surprotecteur envers Elsie.

— Elle n'avait pas l'air de s'en plaindre, dit l'homme avec un rictus.

Zeke lutta pour ne pas lui mettre son poing dans la figure. Il ouvrit la bouche pour lui dire de se casser de son bar, lorsque Rocky apparut soudain, sortant de nulle part.

— Je m'en occupe, dit-il à Zeke, en désignant le couloir et le bureau d'un coup de tête.

Zeke n'avait jamais reculé devant une bagarre, ni ne s'était empêché de dire à quelqu'un qu'il n'était plus le bienvenu au On the Rocks, mais pour le moment, toute son attention était tournée vers la femme qu'il tenait dans ses bras. Il se retourna avec Elsie et l'emmena vers son bureau.

Il leva le menton en direction de Reina et fut soulagé quand elle acquiesça. Elle ferait en sorte que l'on s'occupe du bar jusqu'à son retour.

Elsie ne dit pas un mot alors qu'il marchait le long du couloir et la faisait entrer dans son bureau. Il ferma la porte derrière eux et prit une profonde inspiration. Il aurait dû se calmer depuis, mais ce n'était pas du tout le cas. Il n'arrêtait pas de voir les doigts de cet homme pincer les fesses d'Elsie – et son air alarmé.

Il prit ses joues dans ses mains et inclina son visage vers le sien. Comme d'habitude, elle ne portait pas de maquillage. Son visage était doux et immaculé, des mèches de cheveux bruns s'étaient échappées de sa queue de cheval qu'elle avait toujours, et son regard marron et foncé l'étudiait sans aucune peur. Il détestait ces cernes sous ses yeux, indiquant qu'elle ne dormait pas assez, mais il comprenait son besoin de faire tout son possible pour offrir une belle vie à son fils.

Puis, cela frappa soudain Zeke. Comme un train de marchandises.

Il en avait assez de garder ses distances.

En voyant Ethan qui avait réussi à faire fonctionner sa relation avec Lilly, Zeke désirait la même chose que son ami. Prouver que lui aussi pouvait vivre cela.

— Zeke ? demanda prudemment Elsie.

Elle ne s'éloignait pas de lui. Elle se tenait là, calmement, ses mains toujours agrippées à ses poignets, sans s'écarter... le regardant simplement.

— Ça va ? lui demanda Zeke.

— Elle hocha la tête.

— Hum... et toi ?

— Maintenant oui. *Personne* n'a le droit de te toucher, Elsie.

Ses lèvres tressautèrent.

— Mais *toi* tu me touches, plaisanta-t-elle.

— Pardon. J'aurais dû être plus précis – personne n'a le droit de te toucher, à part moi.

Elle cligna des yeux, le regardant pendant un long moment.

— Qu'est-ce qui se passe ? murmura-t-elle, plus du tout sur le ton de l'humour.

— Il se passe, que désormais, il y a un *nous*, l'informa-t-il, avant de pencher doucement la tête.

Zeke lui laissa une chance de s'écarter. De protester. De crier. De faire quelque chose. Mais elle ne fit rien de tout cela. Au lieu de ça, elle ferma les yeux et soupira en levant le menton.

Oh, oui. La vie d'Elsie Ireland était sur le point de changer... pour le mieux. Elle n'avait peut-être pas réalisé ce qu'il venait de dire, mais elle finirait par le faire.

Zeke s'était juré de ne plus jamais s'engager dans une relation sérieuse, pas après son expérience désastreuse avec son ex-femme.

Mais alors que ses lèvres revendiquaient celles d'Elsie, pour la première fois depuis des années, il eut un très bon pressentiment pour la suite.

* * *

Ne ratez pas le prochain tome de la série Sauvetage à Eagle Point: *Un sauveteur pour Elsie*

NOTES

Chapitre Un

1. Créature fantastique aux yeux rouges, populaire dans toute l'Amérique latine
2. Base militaire secrète dans le Nevada, aux États-Unis
3. Créature ailée mystérieuse
4. Créature légendaire qui vivrait au Canada et aux États-Unis

Chapitre Deux

1. Underwater Demolition Teams : Équipes de Démolition Sous-marine
2. Forces spéciales de la marine de guerre aux États-Unis
3. Forces Spéciales de l'armée américaine

Chapitre Quatre

1. Syndicat professionnel américain représentant plus de 160 000 acteurs
2. Groupe de pionniers américains bloqués par la neige dans la Sierra Nevada et qui ont dû avoir recours au cannibalisme pour survivre

Chapitre Six

1. Syndrome de Stress Post-Traumatique

Chapitre Onze

1. Recherche et Sauvetage

Chapitre Dix-huit

1. Screen Actors Guild

DU MÊME AUTEUR

Autres livres de Susan Stoker

Sauvetage à Eagle Point

Un sauveteur pour Lilly

Un sauveteur pour Elsie (28 Juin 2022)

Un sauveteur pour Bristol

Un sauveteur pour Caryn

Un sauveteur pour Finley

Un sauveteur pour Heather

Un sauveteur pour Khloe

Delta Force Deux

Un refuge pour Gillian

Un refuge pour Kinley

Un refuge pour Aspen (1 Juin)

Un refuge pour Jayme

Un refuge pour Riley

Un refuge pour Devyn

Un refuge pour Ember

Un refuge pour Sierra

Hawaï : Soldats d'élite

Un paradis pour Élodie

Un paradis pour Lexie

Un paradis pour Kenna

Un paradis pour Monica (10 May)

Un paradis pour Carly

Un paradis pour Ashlyn

Un paradis pour Jodelle

Mercenaires Rebelles

Un Défenseur pour Allye

Un Défenseur pour Chloé

Un Défenseur pour Morgan

Un Défenseur pour Harlow

Un Défenseur pour Everly

Un Défenseur pour Zara

Un Défenseur pour Raven

Ace Sécurité

Au Secours de Grace

Au Secours d'Alexis

Au Secours de Bailey

Au Secours de Felicity

Au Secours de Sarah

Forces Très Spéciales Series

Un Protecteur Pour Caroline

Un Protecteur Pour Alabama

Un Protecteur Pour Fiona

Un Mari Pour Caroline

Un Protecteur Pour Summer

Un Protecteur Pour Cheyenne

Un Protecteur Pour Jessyka

Un Protecteur Pour Julie

Un Protecteur Pour Melody

Un Protecteur pour l'avenir

Un Protecteur Pour Les Enfants de Alabama

Un Protecteur Pour Kiera

Un Protecteur Pour Dakota

<u>Forces Très Spéciales : L'Héritage</u>

Un Sanctuaire pour Caite

Un Sanctuaire pour Brenae

Un Sanctuaire pour Sidney

Un Sanctuaire pour Piper

Un Sanctuaire pour Zoey

Un Sanctuaire pour Avery

Un Sanctuaire pour Kalee

Un Sanctuaire pour Jane

<u>Delta Force Heroes Series</u>

Un héros pour Rayne

Un héros pour Emily

Un héros pour Harley

Un mari pour Emily

Un héros pour Kassie

Un héros pour Bryn

Un héros pour Casey

Un héros pour Wendy

Un héros pour Mary

Un héros pour Macie

Un héros pour Sadie

Un héros pour Annie

Autre

Un moment suspendu : Recueil de nouvelles

AUDIO

Un paradis pour Élodie

www.ingramcontent.com/pod-product-compliance
Lightning Source LLC
Chambersburg PA
CBHW071524120726
47907CB00012B/305